R&B

Douglas Adams

LACHS IM ZWEIFEL

Zum letzten Mal per Anhalter
durch die Galaxis

Aus dem Englischen
von Benjamin Schwarz

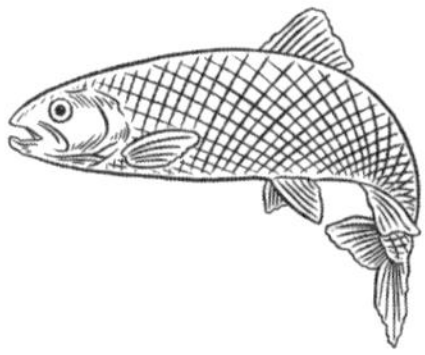

Rogner & Bernhard
bei Zweitausendeins

1. Auflage, Oktober 2003.
2. Auflage, Oktober 2004.

Die Originalausgabe erschien unter dem Titel
»The Salmon of Doubt« bei Macmillan, London.

ISBN 3-8077-0129-X
www.rogner-bernhard.de

Lektorat: Hans M. Herzog, Berlin.
Umschlag: Philippa Walz, Stuttgart.
Herstellung: Eberhard Delius, Berlin.
Gesetzt aus der Berling und Colossalis.
Druck und Bindung: Kösel, Kempten.
Printed in Germany.

Dieses Buch gibt es nur bei Zweitausendeins im Versand,
Postfach, D-60381 Frankfurt am Main,
Telefon 069-420 8000, Fax 069-415 003.
Internet www.Zweitausendeins.de, E-Mail info@Zweitausendeins.de.
Oder in den Zweitausendeins-Läden in Berlin, Düsseldorf,
Essen, Frankfurt am Main, Freiburg, 2× in Hamburg, in Hannover,
Köln, Mannheim, München, Nürnberg, Stuttgart.

In der Schweiz über buch 2000,
Postfach 89, CH-8910 Affoltern a. A.

Great acknowledgement is made to the following
for permission to reprint previously published material:

American Atheist Press: »Interview with Douglas Adams«, American Atheist, vol 40, no. 1 (Winter 2001–2002). Reprinted by permission of the American Atheist Press.
Byron Press Visual Publications: »Introduction« from *The Hitchhikers Guide to the Galaxy (Collected Edition)* DC Comics, volume 1 (May 1997). Reprinted by permission of Byron Press Visual Publications.
Daily Nexus: »Interview with Daily Nexus« by Brendan Buhler, of the University of California Santa Barbara Daily Nexus, *Artsweek*, (April 5, 2001). Reprinted by permission of Daily Nexus.
Richard Dawkins: »A Lament for Douglas Adams« by Richard Dawkins, *The Guardian* (May 14, 2001). Reprinted by permission of the author.
Matt Newsome: »Douglas Adams Interview« by Matt Newsome. Copyright © 1998, 2002 by Matt Newsome. Reprinted by permission of the author.
The Onion A.V. Club: »Douglas Adams Interview« by Keith Phipps, from *The Onion A.V. Club* (January 1998). Reprinted by permission of The Onion A.V. Club.
Pan Macmillan: Excerpts from the Original Hitchhiker Radio Scripts by Douglas Adams & G. Perkins (ed.) Copyright © 1995 by Serious Productions Ltd. Reprinted by permission of Pan Books, an imprint of Pan Macmillan.
Robson Books: »Maggie and Trudie« from *Animal Passions,* edited by Alan Coven. Reprinted by permission of Robson Books.
Virgin Net Limited: »Interview with Virgin.net, Ltd.« Conducted by Claire Smith (September 22, 1999). Reprinted by permission of Virgin Net Limited.
Nicholas Wroe: »The Biography of Douglas Adams« by Nicholas Wroe, *The Guardian* (June 3, 2000). Reprinted by permission of the author.

Für Polly

Vorbemerkung des Herausgebers

Kennengelernt habe ich Douglas Adams 1990. Ich war gerade bei Harmony Books sein Lektor geworden und nach London geflogen, um ihm wegen seines lange überfälligen fünften *Anhalter*-Romans, *Einmal Rupert und zurück*, ein bißchen auf die Füße zu treten. Kaum hatte mich der Türsummer in Adams' Haus in Islington eingelassen, kam auch schon ein hünenhafter, überschwenglicher Mann die lange Treppe heruntergestürmt, begrüßte mich freundlich und drückte mir eine Handvoll Seiten in die Hand. »Schauen Sie mal, was Sie davon halten«, sagte er über die Schulter, während er die Treppe wieder nach oben stürmte. Eine Stunde später kam er wieder, neue Seiten in der Hand, und wollte dringend meine Meinung über den ersten Stapel hören. Und so verging der Nachmittag, indem sich lange Lektürestrecken mit erneutem Herunterstürmen und weiteren Gesprächen über Neugeschriebenes abwechselten. Es stellte sich heraus, daß Douglas so am liebsten arbeitete.

Im September 2001, vier Monate nach Douglas' tragischem, unerwartetem Tod, rief mich sein Agent Ed Victor an. Ein guter Freund habe die Festplatten von Douglas' vielen geliebten Macintosh-Computern gesichert; ob ich Interesse hätte, die Dateien mal durchzusehen und festzustellen, ob sie das Material zu einem Buch enthielten. Wenige Tage später kam ein Paket, und ich riß es voller Neugier auf.

Mein erster Gedanke war, Douglas' Freund Chris Ogle müsse eine wahre Herkulesarbeit geleistet haben – was, wie sich herausstellte, den Tatsachen entsprach. Die CD-ROM, auf die Douglas' schriftstellerisches Werk gespeichert war, enthielt 2.579 Posten: angefangen bei großen Dateien, die den kompletten Text von Douglas' Büchern enthielten, bis hin zu Briefen im Namen von »Save the Rhino«, einer seiner Lieblings-Schutzorganisationen. Außerdem boten sie faszinierende Einblicke in Dutzende halbfertige Ideen zu Büchern, Filmen und Fernsehsendungen, von denen manche nicht mehr als einen oder zwei Sätze, andere bis zu einem halbem Dutzend Seiten umfaßten. Daneben fanden sich Entwürfe zu Vorträgen, Texte, die Douglas für seine Website geschrieben hatte, Einleitungen und Einführungen zu verschiedenen Büchern und Anlässen und Gedanken zu Themen, die Douglas am Herzen lagen: Musik, Technik, Wissenschaft, bedrohte Tierarten, Reisen und Single-Malt Whisky (um nur einige zu nennen). Schließlich fand ich Dutzende Fassungen des neuen Romans, mit dem sich Douglas fast die ganzen letzten zehn Jahre herumgeschlagen hatte. Sie zu sichten und zu ordnen, um zu dem *work in progress* zu gelangen, das Sie im dritten Teil dieses Buches finden, erwies sich als größte Herausforderung für mich, obwohl das jetzt so klingt, als wäre es schwierig gewesen. Was nicht stimmt. Sobald Fragen aufkamen, beantworteten sie sich wie von selbst.

Douglas' im Entstehen begriffener Roman, der als dritter Dirk-Gently-Roman geplant war, begann seine Existenz als *A Spoon Too Short* (Ein zu kurzer Löffel) und wurde in seinen Computerdateien bis August 1993 so genannt. Von dem Zeitpunkt an heißt der Roman in den Ordnern *The Salmon of Doubt* (Lachs im Zweifel), und sie gehören drei Kategorien an. Von den ältesten bis zu den letzten sind dies: »The Old Salmon« (Der alte Lachs), »The Salmon of Doubt« und »LA/Rhino/Ranting Manor« (Ranting Manor könnte man als »Schloß Protz« übersetzen). Bei der Lektüre dieser verschiedenen Fassungen kam ich zu dem Entschluß, daß Douglas am besten gedient wäre, wenn ich das stärkste Material aneinanderreihte, ohne Rücksicht darauf, wann er es geschrieben hatte, so wie ich es wohl auch vorgeschlagen hätte, wenn er noch am Leben wäre. Und so stellte ich aus »The Old Salmon« das Kapitel her, das jetzt Kapitel eins ist, nämlich das über Dave-Land. Die folgenden sechs Kapitel wurden komplett der zweiten und längsten zusammenhängenden Version von »The Salmon of Doubt« entnommen. Um den Gang der Handlung einigermaßen plausibel zu erhalten, fügte ich dann zwei seiner drei neuesten Kapitel aus »LA/Rhino/Ranting Manor« an (sie wurden die Kapitel acht und neun). Für das Kapitel zehn griff ich auf das letzte Kapitel aus »The Salmon of Doubt« zurück, und endete dann mit dem Schlußkapitel aus Douglas' jüngster Arbeit, »LA/Rhino/Ranting Manor«. Um dem Leser ein Gefühl davon zu geben, was Douglas im Rest des Romans vorhatte, habe ich dem Ganzen ein Fax vorangestellt, das Douglas seiner Londoner Lektorin Sue Freestone geschickt hat, die von Anfang an eng mit ihm an seinen Büchern zusammenarbeitete.

Von der Lektüre dieser Adams-Schätze auf der CD-ROM beflügelt, sicherte ich mir die überaus wertvolle Hilfe von Douglas' persönlicher Assistentin Sophie Astin, um das Netz noch weiter auszuwerfen. Gab es noch andere Schätze, die wir in ein Buch aufnehmen könnten, das Douglas' Leben gewidmet war? Wie sich herausstellte, hatte Douglas in ruhigen Zeiten zwischen Büchern oder Multimedia-Megaprojekten Artikel für Zeitungen und Zeitschriften geschrieben. Zusammen mit dem Inhalt der CD-ROM bilden sie den grandiosen Fundus von Texten, der diesem Buch zum Leben verhalf.

Der nächste Schritt war, eine Auswahl herzustellen, die keinerlei Anspruch auf Objektivität erheben sollte. Sophie Astin, Ed Victor und Douglas' Ehefrau Jane Belson schlugen ihre Lieblingstexte vor; zusätzlich suchte ich einfach Artikel aus, die mir am besten gefielen. Als Douglas' Freund und Geschäftspartner Robbie Stamp vorschlug, das Buch solle doch dem Aufbau von Douglas' Website folgen (»Das Leben, das Universum und der ganze Rest«), fügte sich alles von allein zusammen. Zu meiner Freude schlugen die hier versammelten Werke einen Bogen, der die unverwechselbare Flugbahn von Douglas Adams' viel zu kurzem, aber bemerkenswert reichem, schöpferischem Leben nachzeichnete.

Das letzte Mal besuchte ich Douglas in Kalifornien, und unser nachmittäglicher Spaziergang über den winterlichen Strand von Santa Barbara wurde immer wieder durch kleine Wettläufe mit seiner damals sechsjährigen Tochter Polly unterbrochen. Nie habe ich Douglas so glücklich erlebt, und ich hatte keine Ahnung, daß dieses Miteinander unser letztes sein sollte. Seit seinem Tod habe ich oft an Douglas denken müssen, was vielen ihm nahestehenden Menschen offenbar ebenso geht. Fast ein Jahr nach seinem Tod ist seine Gegenwart noch immer außerordentlich spürbar, und ich habe irgendwie das Gefühl, daß er bei der erstaunlichen Leichtigkeit, mit der dieses Buch zustande kam, seine Hand im Spiel hatte. Ich weiß, wie lebhaft er sich gewünscht hätte, daß Sie Spaß daran haben, und das hoffe ich auch.

PETER GUZZARDI
Chapel Hill, North Carolina
12. Februar 2002

Inhalt

Prolog

Nicholas Wroe in: *The Guardian*
Samstag, den 3. Juni 2000

Bald nach Erscheinen von *The Hitchhiker's Guide to the Galaxy (Per Anhalter durch die Galaxis)* im Jahr 1979, wurde Douglas Adams eingeladen, in einer kleinen Science-fiction-Buchhandlung in Soho Exemplare zu signieren. Auf seinem Weg dorthin hinderte ihn eine Demonstration oder etwas Ähnliches am Vorankommen. »Es gab einen Stau, und überall sah man riesige Menschenmengen«, erinnert er sich. Erst als er sich durch sie hindurchgezwängt hatte, wurde ihm klar, daß die Leute seinetwegen gekommen waren. Am nächsten Tag rief ihn sein Verleger an und teilte ihm mit, daß er auf der Bestsellerliste der Londoner *Sunday Times* die Nummer eins sei, und sein Leben veränderte sich für immer. »Es war, als würde man mit dem Hubschrauber auf dem Mount Everest abgesetzt«, sagt er, »oder als hätte man einen Orgasmus ohne das Vorspiel.«

Der *Hitchhiker* war schon als Radiosendung Kult und wurde daraufhin fürs Fernsehen und zu einer Bühnenfassung verarbeitet. Ihm folgten vier Fortsetzungsbände, die weltweit über 14 Millionen Mal verkauft wurden. Es gab Schallplatten und Computerspiele, und jetzt, nach zwanzig Jahren der Ausflüchte in Hollywood, ist er kurz davor, ein Kinofilm zu werden.

Die Handlung beginnt auf der Erde, wo der freundliche Vorstädter Arthur Dent den Gemeinderat davon abzuhalten versucht, sein Haus abzureißen, um eine Umgehungsstraße zu bauen. Sie verlagert sich in den Weltraum, als sein Freund

Ford Prefect – manche sahen in ihm den Vergil für den Dante Dent – sich als Abgesandter eines Planeten in der Nähe des Beteigeuze zu erkennen gibt und ihm mitteilt, daß die Erde selber in Kürze zerstört werden wird, um Platz für eine Hyperraum-Expreßroute zu schaffen. Sie werden von einem Vogonen-Raumschiff mitgenommen und verlassen sich fortan auf den Reiseführer *Per Anhalter durch die Galaxis* – eine in der Regel verläßliche Quelle des gesamten Wissens über das Leben, das Universum und den ganzen Rest.

Adams' Kreativität und ureigener intergalaktischer Humor sollten einen durchschlagenden kulturellen Einfluß haben. Der Ausdruck *»hitchhiker's guide to* ...« ging rasch in den allgemeinen Sprachgebrauch über, und es gab zahlreiche platt nachgeahmte komische Science-fiction-Bücher und -Fernsehserien. Sein Babelfisch – ein kleiner Fisch, den man sich ins Ohr stecken kann, um sich von ihm alle Gespräche in die eigene Sprache übersetzen zu lassen – wurde als Name für eine Übersetzungsvorrichtung in einer Internet-Suchmaschine übernommen. Er setzte seinen Erfolg mit mehreren weiteren Romanen, einer Fernsehsendung sowie einem Buch und einer CD-ROM über gefährdete Tierarten fort. Er hat eine Internetfirma namens H2G2 gegründet, die seit kurzem über das Handy einen Dienst mit echten Informationen über das Leben, das Universum und den ganzen Rest anbietet und somit die Idee des Reiseführers wieder an ihren Ausgangspunkt zurückführt.

Große Teile seines vielen Geldes hat er offenbar darauf verwandt, seiner Leidenschaft für Technik zu frönen, aber der versponnene Science-fiction-Freak war er eigentlich nie. Er ist ein lockerer, kontaktfreudiger und massiv gebauter Zwei-Meter-Mann. Er hat im Grunde eher die Ausstrahlung eines dieser englischen Schuljungen, die in den 70er Jahren zu Rockstars wurden; und einmal hat er auch tatsächlich mit seinen Kumpels von Pink Floyd auf der Bühne im Earls Court Gitarre gespielt. Statt ein kleines Foto seiner Tochter aus der Brieftasche zu ziehen, klappt er freundlich-großkotzig seinen beeindruckend leistungsstarken Laptop auf, auf dessen Bildschirm nach ein bißchen Herumgefummele die fünfjährige Polly Adams in der Parodie eines Popvideos zu sehen ist, in der ein anderer Freund, John Cleese, einen kurzen Auftritt hat.

Das ist also aus seinem Leben geworden: Geld, prominente Freunde und hübsche Spielsachen. Sieht man sich die nackten Tatsachen seines Lebenslaufs an – Internat, die Studentenbühne »Cambridge Footlights« und die BBC –, erscheint es auf den ersten Blick nicht überraschend. Aber sein Weg verlief nicht schnurgerade über die ausgefahrenen Gleise des Establishments.

Douglas Noel Adams wurde 1952 in Cambridge geboren. Einer seiner vielen Standardgags lautet, daß er bereits neun Monate, bevor Crick und Watson ihre Entdeckung machten, DNA in Cambridge war. Seine Mutter Janet war Krankenschwester im Addenbrooke's Hospital, und sein Vater Christopher unterrichtete zunächst als Lehrer, studierte danach Theologie, arbeitete als Bewährungshelfer und schließlich als Unternehmensberater, was »ein sehr, sehr sonderbarer Schritt war«, meint Adams. »Jeder, der meinen Vater kannte, wird Ihnen sagen, daß er von Unternehmen nun wirklich nicht sehr viel verstand.«

Die Familie war »ziemlich knapp bei Kasse«, verließ Cambridge sechs Monate nach Douglas' Geburt und wohnte an verschiedenen Orten am östlichen Stadtrand von London. Als Adams fünf war, ließen sich seine Eltern scheiden. »Es ist verblüffend, in welchem Maße Kinder ihr Leben für normal halten«, sagt er. »Aber natürlich war es schwierig. Meine Eltern trennten sich, als es noch nicht so üblich war wie heute, und um ehrlich zu sein, kann ich mich kaum an etwas vor meinem fünften Lebensjahr erinnern. Ich glaube nicht, daß es eine tolle Zeit war, so oder so.«

Nach der Scheidung zogen Douglas und seine jüngere Schwester mit der Mutter nach Brentwood in Essex, wo sie ein Heim für kranke Tiere leitete. Douglas sah seinen inzwischen vergleichsweise wohlhabenden Vater an den Wochenenden, und diese Besuche führten zu Irritationen und Spannungen. Um alles noch komplizierter zu machen, kamen mehrere Stiefgeschwister auf die Welt, als seine Eltern neue Partner heirateten. Adams sagt, er habe das alles zwar in gewisser Weise als normal akzeptiert, aber »die Folge war, daß ich mich ziemlich merkwürdig benahm«. Er selbst hat sich als ein nervöses und etwas seltsames Kind in Erinnerung. Eine Zeitlang hielten ihn seine Lehrer für lernbehindert, aber als er auf die staatlich subventionierte Brentwood Prep School kam, hielt man ihn für extrem intelligent.

Die Schule hat eine beeindruckend bunte Mischung an Nachkriegsschülern aufzuweisen: Der Modeschöpfer Hardy Amies, der abscheuliche Historiker David Irving, der Fernsehmoderator Noel Edmonds, der Innenminister Jack Straw und der Redakteur der Londoner *Times* Peter Strothard waren allesamt vor Adams da, wogegen die Schauspieler Griff Rhys Jones und Keith Allen ein paar Jahre nach ihm kamen. Vier ehemalige Schüler – zwei von der Labour Party und zwei von den Konservativen – sind zur Zeit Mitglieder des Unterhauses. In einer Umgebung, die mit Keith Allens toughem Image heute kaum noch in Einklang zu bringen ist, war es Adams, der dem siebenjährigen Allen bei seinen Klavierübungen zur Seite stand.

Als Adams dreizehn war, heiratete seine Mutter wieder und zog nach Dorset, und Adams, bisher als Externer an der Schule, zog ins Internat ein. Das scheint eine durch und durch angenehme Erfahrung gewesen zu sein. »Wenn ich nachmittags um vier das Schulgebäude verließ, sah ich mir ziemlich sehnsüchtig an, was die Internen gerade taten«, sagt er. »Offenbar amüsierten sie sich prächtig, und wirklich hat auch mir das Internatsleben riesigen Spaß gemacht. Ein Teil von mir mag anscheinend die Vorstellung, ich hätte einen außenseiterhaften, rebellischen Charakter. Genauer gesagt kommt mir eine nette, gemütliche Institution sehr entgegen, an der ich mich ein bißchen reiben kann. Es gibt nichts Schöneres als ein paar Beschränkungen, gegen die du mit Wollust meutern kannst.«

Adams schreibt die Qualität seiner Ausbildung dem Unterricht von ein paar »sehr guten, engagierten, besessenen und charismatischen Leuten« zu. Kürzlich hielt er auf einer Party in London Jack Straw die offensichtliche Abneigung von New Labour gegen die staatlich subventionierte Schule vor – schließlich hätte sie keinem von beiden groß geschadet.

Frank Halford war Lehrer an der Schule und erinnert sich, daß Adams »sehr groß war, auch damals schon, und sehr beliebt. Er schrieb ein Theaterstück zum Schuljahrsabschluß, als im Fernsehen gerade *Doctor Who* startete. Er nannte es ›Doctor Which‹.« Viele Jahre später schrieb Adams dann tatsächlich Drehbücher für *Doctor Who*. Er schildert Halford als einen anregenden Lehrer, der ihm noch immer eine Stütze ist. »Einmal gab er mir für eine Geschichte zehn von zehn möglichen Punkten, was er in seinem langen Schulleben nur dies eine Mal tat. Und noch heute, wenn ich als Schriftsteller eine schwierige Phase durchlebe und denke, ich kriege das nicht mehr hin, dann richte ich mich nicht daran auf, daß ich Bestseller geschrieben oder riesige Vorschüsse erhalten habe, sondern daran, daß Frank Halford mir einmal zehn von zehn möglichen Punkten gegeben hat und daß ich irgendwie grundsätzlich in der Lage sein muß, die Sache zu deichseln.«

Anscheinend besaß Adams von Anfang an eine leichte Hand dafür, seine Texte in Geld zu verwandeln. Ein paar kurze Geschichten, »beinahe von Haiku-Länge«, verkaufte er für zehn Shilling an die Jungenzeitschrift *Eagle*. »Damals konnte man sich für zehn Shilling fast eine Jacht kaufen«, lacht er. Aber sein wahres Interesse galt der Musik. Er lernte Gitarre spielen, indem er Note für Note die komplizierten Zupfvorlagen auf einem frühen Paul-Simon-Album nachspielte. Inzwischen besitzt er eine riesige Sammlung linkshändiger Elektrogitarren, räumt aber ein, er sei »im Herzen eigentlich ein Folkie. Selbst mit Pink Floyd auf der Bühne habe ich nur eine sehr simple Gitarrenfigur aus ›Brain Damage‹ gespielt, die man zupfen konnte.«

Adams wuchs in den sechziger Jahren auf, und die Beatles »pflanzten mir ein Samenkorn in den Kopf, das ihn zum Explodieren brachte. Alle neun Monate kam ein neues Album heraus, das eine welterschütternde Weiterentwicklung von dem darstellte, wo sie vorher gestanden hatten. Wir waren so besessen von ihnen, daß, als ›Penny Lane‹ rauskam und wir es noch nicht im Radio gehört hatten, wir einen Jungen, der es gehört hatte, so lange vermöbelten, bis er uns die Melodie vorsummte. Heute fragen sich Leute, ob Oasis so gut wie die Beatles sind. Ich glaube, sie sind nicht mal so gut wie die Rutles.«

Der andere wichtigste Einfluß war der von Monty Python. Nach dem gängigen britischen Radioulk der fünfziger Jahre beschreibt er es als einen »epiphanischen« Augenblick, als er entdeckte, daß sich intelligente Menschen auf komische Art ausdrücken konnten – »und gleichzeitig sehr, sehr albern waren«.

Der logische nächste Schritt war, auf die Universität in Cambridge zu gehen, »weil ich bei Footlights mitmachen wollte«, sagt er. »Ich wollte eine Kombination aus Autor und Schauspieler wie die Pythons sein. Genauer gesagt wollte ich John Cleese sein, und ich brauchte einige Zeit, bis ich kapierte, daß diese Stelle schon besetzt war.«

An der Universität gab er die Schauspielerei rasch auf – »ich war einfach nicht glaubwürdig« – und begann Sketche zu schreiben, die unverhohlen die Pythons nachahmten. Er erinnert sich an einen Sketch über einen Eisenbahner, der gemaßregelt wird, weil er in der südlichen Region alle Weichen auf Durchfahrt gestellt hat, um ein Kernproblem des Existentialismus unter Beweis zu stellen; und an einen anderen über die Schwierigkeiten, die jährliche Hauptversammlung des Paranoikervereins von Crawley durchzuführen.

Die Kulturbeauftragte Mary Allen, früher beim Arts Council und der Royal Opera, war Adams' Kommilitonin in Cambridge und ist seitdem mit ihm befreundet. Sie trat in seinen Sketchen auf und erinnert sich, daß er »immer auffiel, selbst in einer sehr talentierten Gruppe. Douglas' Texte waren sehr schrullig und eigen. Man mußte zu ihnen passen, und sie mußten zu einem passen. Selbst in kurzen Sketchen schuf er eine total verrückte Welt.«

Adams sagt: »Ich hatte beinahe ein schlechtes Gewissen, weil ich Englisch belegt hatte. Ich meinte, ich müßte was Nützliches und Schwieriges tun. Aber obwohl ich jammerte, genoß ich auch die Gelegenheit, nicht sehr viel zu tun.« Selbst seine Referate steckten voller Witze. »Wenn ich damals gewußt hätte, was ich heute weiß, hätte ich Biologie oder Zoologie studiert. Damals hatte ich keine Ahnung, daß das ein interessantes Thema sein könnte, doch heute halte ich es für das interessanteste Thema auf der Welt.«

Ein anderer Kommilitone war der Anwalt und Fernsehmoderator Clive Anderson. Der Kultusminister Chris Smith war Präsident des Studentenausschusses. Adams schrieb als Fingerübungen kleine Debattenbeiträge, aber ganz und gar nicht aus politischem Interesse: »Ich suchte einfach überall nach Möglichkeiten, Gags unterzubringen. Es ist sehr merkwürdig, wenn man heute all diese Leute in der Öffentlichkeit verstreut sieht. Meine Kommilitonen bekommen allmählich Preise für ihre Lebensleistung verliehen, was einen natürlich ganz schön nervös macht.«

Nach der Universität bekam Adams die Chance, mit einem seiner Helden zusammenzuarbeiten. Das Python-Mitglied Graham Chapman war von einigen Footlights-Sketchen beeindruckt gewesen und hatte Kontakt zu ihm aufgenommen. Als Adams ihn aufsuchte, wurde er zu seiner großen Freude gebeten, bei einem Drehbuch mitzuhelfen, das Chapman noch am gleichen Nachmittag fertigstellen mußte. »Schließlich arbeiteten wir fast ein Jahr miteinander. Hauptsächlich an einer geplanten Fernsehserie, die nie über den Pilotfilm hinauskam.« Zu der Zeit »soff Chapman jeden Tag zwei Flaschen Gin, was natürlich ein bißchen hinderlich ist.« Aber Adams glaubt, daß er enorm begabt war. »Er war von Natur aus Teil eines Teams und hatte die Disziplin anderer Menschen nötig, damit seine Genialität zur Wirkung kam. Seine Intensität brachte etwas in die Mischung ein, was sie total auf den Kopf stellte.«

Nach der Trennung von Chapman kam Adams' Laufbahn kräftig ins Trudeln. Er schrieb auch weiterhin Sketche, konnte sich damit aber nicht über Wasser halten. »Es stellte sich heraus, daß ich gar nicht so wahnsinnig gut war im Schreiben von Sketchen. Ich konnte nie auf Bestellung schreiben, und mit aktuellen Themen kam ich nicht zu Rande. Aber gelegentlich gelang mir völlig unerwartet irgendwas Tolles.«

Geoffrey Perkins, der Chef der Unterhaltungsabteilung beim BBC-Fernsehen, war der Produzent der Hörspielversion von *Anhalter*. Er weiß noch, daß er Adams kennenlernte, als er Regie bei einer Footlights-Show führte. »Er wurde gerade von einem Ensemblemitglied gepiesackt, und danach ließ er sich in einen Sessel fallen. Das nächste Mal traf ich ihn, als er Sketche für die Rundfunksendung *Weekending* zu schreiben versuchte, die damals als die große Spielwiese für Autoren galt. Douglas gehörte zu denen, die ehrenhaft daran scheiterten, mit *Weekending* irgend etwas zu erreichen. Dort wurde großer Wert auf Leute gelegt, die dreißig Sekunden lange Sachen schreiben konnten, aber Douglas war außerstande, einen einzigen Satz zu Papier zu bringen, den man in weniger als dreißig Sekunden vorlesen konnte.«

Als Adams' Schriftstellerträume zerstoben, nahm er eine Reihe bizarrer Jobs an, darunter den als Ausmister von Hühnerställen und als Bodyguard der Herrscherfamilie von Katar. »Die Sicherheitsfirma muß wohl völlig verzweifelt gewesen sein. Ich bekam den Job auf eine Annonce im *Evening Standard* hin.« Eine Zeitlang machte Griff Rhys Jones auf Adams' Empfehlung hin denselben Job. Adams erinnert sich, daß er immer deprimierter wurde, je länger er nächtelang vor Hotelschlafzimmern herumsaß: »Ich dachte ständig, so habe ich mir das nicht vorgestellt.« Weihnachten fuhr er seine Mutter besuchen und blieb dann ein ganzes Jahr bei ihr.

Er erinnert sich an viele Familienkräche darüber, was er eigentlich werden wolle. Zwar schickte er immer noch gelegentlich Sketche für Rundfunksendungen ein, doch sein Selbstvertrauen war, wie er einräumt, schwer angekratzt. Trotz seines späteren Erfolges und Reichtums hat sich dieser Hang zu mangelndem Selbstvertrauen erhalten. »Ich mache schreckliche Phasen durch, in denen mir jedes Selbstvertrauen abgeht«, erklärt er. »Ich glaube einfach nicht, daß ich es schaffe, und kein Beweis des Gegenteils bringt mich dann von dieser Haltung ab. Ich habe mich kurze Zeit einer Therapie unterzogen, aber nach einer Weile wurde mir klar, daß es mir geht wie dem Bauern, der über das Wetter klagt. Man kann das Wetter nicht manipulieren – man muß einfach damit zurechtkommen.« Und hat ihm diese Einstellung geholfen? »Nicht unbedingt«, sagt er achselzuckend.

Der *Hitchhiker* war der letzte Wurf, mit dem er alles auf eine Karte setzte, aber im nachhinein war das Timing absolut richtig. Durch *Star Wars* war Science-fiction in Mode gekommen, und Monty Python hatten zur Folge, daß eine Sketchsendung zwar nicht in Frage kam, es aber genug Spielraum gab, dieselbe komische Ader anzusprechen.

Terry Jones von Monty Python hörte die Bänder vor der Sendung und war, wie er sich erinnert, hingerissen von Adams' »intellektueller Art, an die Dinge heranzugehen, und seinen starken abstrakten Ideen. Man hat das Gefühl, was er schreibt, entstammt einer Kritik am Leben, wie Matthew Arnold gesagt haben könnte. Es hat eine moralische und eine kritische Basis mit einem energischen Verstand dahinter. Auch John Cleese hat beispielsweise einen starken Verstand, aber er ist eher logisch und analytisch. Douglas ist eher kauzig und analytisch.« Dem stimmt Geoffrey Perkins zu, erinnert aber daran, daß hinter dem Projekt keine große Planung stand.

»Douglas machte sich mit einer Riesenmenge Ideen an die Arbeit, hatte aber kaum eine Vorstellung, wie sich die Geschichte entwickeln sollte. Er schrieb an ihr fast wie Dickens, in wöchentlichen Teillieferungen, ohne recht zu wissen, wie sie enden würde.«

Als die Serie 1978 gesendet wurde, hatte er, erzählt Adams, ungefähr neun Monate harte Arbeit reingesteckt und dafür tausend Pfund erhalten. »Es würde, schien es, noch lange dauern, bis ich kostendeckend arbeiten könnte«, und so nahm er einen Produzentenjob bei der BBC an, gab ihn aber sechs Monate später wieder auf, als er feststellte, daß er gleichzeitig an einer zweiten Hörspielserie, dem Roman, der Fernsehserie und Episoden für *Doctor Who* schrieb. Trotz dieses bemerkenswerten Arbeitspensums bastelte er bereits an seinem legendären Ruf, überhaupt nicht zu schreiben. »Ich liebe Abgabetermine«, hat er mal gesagt. »Ich liebe das zischende Geräusch, das sie machen, wenn sie verstreichen.«

Der Erfolg steigerte nur noch seine Fähigkeit, sich Ausflüchte auszudenken. Seine Verlagslektorin, Sue Freestone, kam schnell dahinter, daß er das Schreiben als Performance ansah, und schlug ihr Büro in seinem Eßzimmer auf. »Er hat ständig Publikum nötig, um Sachen loszuwerden, aber manchmal kann das furchtbar ins Auge gehen.

In einem Buch gab es ganz am Anfang eine Szene, in der er was von ein paar Tellern erzählte, auf denen ganz eindeutig jeweils eine Banane lag. Das hatte offensichtlich was zu bedeuten, und ich bat ihn, es mir zu erklären. Aber er foppte sein Publikum gern und sagte, er würde es mir später erzählen. Schließlich kamen wir zum Ende des Buches, und ich fragte ihn noch mal: ›Okay, Douglas, was hat's mit den Bananen auf sich?‹ Er sah mich völlig verständnislos an. Er hatte total vergessen, worum es bei den Bananen ging. Ich frage ihn gelegentlich immer noch mal, ob es ihm wieder eingefallen ist, aber offensichtlich ist es das nicht.«

Der Autor und Produzent John Lloyd ist ein Freund und Mitarbeiter von Adams noch aus Zeiten vor dem *Anhalter*. Er erinnert sich an die »Qualen der Entschlußlosigkeit und Panik«, die Adams beim Schreiben durchlitt. »Wir waren mit drei Freunden auf Korfu im Urlaub, als er ein Buch fertig schrieb, und es endete damit, daß er das ganze Haus in Beschlag nahm. Er hatte ein Zimmer zum Schreiben, ein Zimmer zum Schlafen, ein Zimmer, in dem er sich aufhielt, wenn er nicht schlafen konnte und so weiter. Es kam ihm gar nicht in den Sinn, daß auch andere Leute das Bedürfnis haben könnten, gut zu schlafen. Er geht durchs Leben mit einem Gehirn von der Größe eines Planeten und scheint oft auf einem ganz anderen Stern zu leben. Er ist absolut kein bösartiger Mensch, aber wenn ihn Panik und Schrecken packen und er ein Buch nicht zu Ende bringt, verblaßt alles andere zur Bedeutungslosigkeit.«

Aber wie sehr sich auch die Arbeit in die Länge zog, die Bücher wurden ungeheuer populär. Alle wurden Bestseller, und Adams erhielt von seinem amerikanischen Verlag einen Vorschuß von über 2 Millionen Dollar. Mit John Lloyd schrieb er die komische Parodie eines Wörterbuchs, *The Meaning of Liff* (*Der Sinn des Labenz*), in dem leicht erkennbare Begriffe, wie z.B. das Gefühl, das einen nachmittags um vier ereilt, wenn man meint, nicht genug gearbeitet zu haben, die Namen von Städten erhielten – wobei Farnham die perfekte Bezeichnung für diese leichte Niedergeschlagenheit war. Ende der achtziger Jahre schrieb er zwei Krimiparodien mit Dirk Gently als Hauptperson.

Bei allem leichten Umgang mit dem Humor, sagt Freestone, habe sie berührt, wie tief Adams' Werk manche Leser ergriffen hat. »Um nicht in Gefahr zu geraten, muß man im *Anhalter* nur immer sein Handtuch bei sich haben«, erklärt sie. »Und dann hörte ich von einer Frau, die in einer Klinik im Sterben lag, aber das Gefühl hatte, es ginge alles in Ordnung, weil sie ihr Handtuch bei sich hatte. Sie hatte Douglas' Universum einfach ihrem eigenen Universum einverleibt. Es machte Douglas entsetzlich verlegen, als er davon hörte. Aber für sie war es buchstäblich ein Symbol der Sicherheit, als sie die Reise ins Unbekannte antrat.«

Es gibt ernste Themen in seinen Büchern. Den zweiten Dirk-Gently-Roman kann man ohne weiteres so lesen, als handelte er von Wohnungslosen, Vertriebenen und denen, die sich der Gesellschaft entfremdet haben. »Seine Phantasie reicht viel tiefer als es reine Raffinesse vermag«, sagt Freestone. »Die Gesellschaftskritik liegt normalerweise unter Komik verborgen, aber sie ist da, wenn man sie nur finden will.«

Nachdem er derart magere Zeiten durchgemacht hatte, arbeitete Adams beharrlich bis Mitte der neunziger Jahre, als er ganz bewußt auf die Bremse trat. »Ich war mitten in einem Roman total steckengeblieben, und auch wenn es sich undankbar anhören mag, aber endlose Buchsignierstunden würden mich in fürchterliche Depressionen treiben.«

Er sagt, er halte sich noch immer für einen Drehbuchautor und sei nur aus Versehen Romanschriftsteller geworden. »Es klingt absurd, aber ein bißchen fühlte ich mich betrogen, und es war mir auch, als hätte ich betrogen. Und dann ist da der Geldkreislauf. Man wird reichlich bezahlt und ist nicht glücklich, also was macht man als erstes? Man kauft sich Sachen, die man weder will noch benötigt – für die man aber noch mehr Geld braucht.«

Seine finanziellen Verhältnisse gerieten in den achtziger Jahren in Unordnung, sagt er. Über Einzelheiten möchte er nicht reden, sagt aber, die Folgewirkungen seien beträchtlich gewesen, so daß alle annahmen, er sei viel reicher, als er in Wirklichkeit war. Es ist sogar möglich, die Veränderungen in Adams' Leben zwischen der ersten und der zweiten Hörspielserie nachzuvollziehen. In der ersten gab es jede Menge Witze über Kneipen und daß man keinen Pfennig Geld hat. In der zweiten Serie gab es mehr Witze über teure Restaurants und Steuerberater.

»Ich fühlte mich wie eine Maus im Laufrad«, sagt er. »In dem ganzen Kreislauf kam nie Spaß mit ins Spiel. Wenn man mit ungefähr fünfundzwanzig sein erstes Buch schreibt, besitzt man fünfundzwanzig Jahre Erfahrung, wenngleich überwiegend Jugenderfahrungen. Das zweite Buch erscheint, nachdem man ein weiteres Jahr in Buchhandlungen herumgesessen hat. Ziemlich bald geht einem dann der Sprit aus.«

Seine Reaktion auf den Spritmangel war, es mit einem »kreativen Fruchtwechsel« zu versuchen. Besonders sein Interesse an der Technik erfuhr eine enorme Steigerung, genau wie seine Leidenschaft für Umweltfragen. 1990 schrieb er *Last Chance to See* (*Die Letzten ihrer Art*). »Wie's bei diesen Dingen so ist, war es mein am wenigsten erfolgreiches Buch, aber das, auf das ich noch immer am stolzesten bin.«

Er begann mit dem Buch, als er von einer Zeitschrift nach Madagaskar geschickt wurde, um eine seltene Lemurenart zu finden. Er hielt das für eine ziemlich interessante Sache, die aber zu einer regelrechten Offenbarung wurde. Seine Begeisterung für die Ökologie führte zum Interesse an der Evolution. »Mir war ein Faden in die Hand gegeben worden, und als ich dieser Spur folgte, gingen mir allmählich Probleme auf, die mich schließlich ungeheuer faszinierten.« Inzwischen dirigiert ein Link unten auf seinen E-Mails die Leute zum Dian Fossey Trust, der sich dem Schutz der Gorillas verschrieben hat, und zu Save the Rhino. Adams war außerdem Mitunterzeichner des Great Ape Project, das für eine Veränderung des ethischen Status der großen Menschenaffen eintritt, indem er ihr Recht auf »Leben in Freiheit und ohne Qualen« fordert.

Er war Gründungsmitglied der Gruppe, die die Wohltätigkeitsorganisation Comic Relief ins Leben rief, aber so was wie ein fanatischer Aktivist war er nie. Auf den Partys, die er in seinem Haus in Islington gab, stand Musik verschiedener legendärer Rockstars im Mittelpunkt – Gary Brooker von Procul Harum sang einmal das ganze »A Whiter Shade of Pale« einschließlich aller weggelassener Verse –, und dort tummelten sich die Medienaristokratie und High-Tech-Milliardäre. Etwas weniger orthodox – für einen begeisterten, geradezu gläubigen Atheisten – präsentierte er zu Weihnachten stets die Weihnachtsliedergottesdienste.

»Als Kind war ich aktiver Christ. Ich mochte den Schulchor sehr und weiß noch, daß mich der Weihnachtsliedergottesdienst immer wahnsinnig ergriffen hat.« In sein Pantheon einflußreicher Persönlichkeiten reiht er neben den Beatles und den Pythons Johann Sebastian Bach ein, aber wie paßt das mit seinem glühenden Atheismus zusammen? »Das Leben ist voller Dinge, die einen so oder so bewegen oder beeinflussen«, erklärt er. »Daß ich glaube, Bach wurde verkannt, ändert nichts daran, daß ich die h-Moll-Messe für einen der bedeutendsten Höhepunkte im Schaffen der Menschheit halte. Wenn ich sie höre, rührt sie mich noch immer absolut zu Tränen. Ich finde alles, was mit Religion zusammenhängt, äußerst interessant. Aber es irritiert mich, daß ansonsten intelligente Leute sie so ernst nehmen.«

Zu diesem Festhalten an traditionellen Strukturen, wenn nicht traditionellen Überzeugungen, paßt die Tatsache, daß seine 1994 geborene Tochter Polly vier Nicht-Paten hat. Mary Allen ist eine davon, und sie war es auch, die Adams mit seiner späteren Frau, der Anwältin Jane Belson, bekannt machte. Allen erzählt: »Anfang der achtziger Jahre machte Douglas einige Schreibkrisen durch und rief mich jeden Tag an. Schließlich fragte ich ihn, ob er einsam sei. Es hatte nämlich den Anschein, und wir kamen überein, daß er jemanden brauche, der seine riesige Wohnung mit ihm teile. Jane zog ein.« Nach mehreren Fehlstarts heirateten sie 1991 und wohnten bis zum vergangenen Jahr in Islington. Dann zog die Familie nach Santa Barbara.

Adams sagt, der Umzug sei anstrengender gewesen als erwartet. »Erst kürzlich habe ich erfahren, wie sehr meine Frau gegen den Umzug war.« Heute meint er, er würde jedem empfehlen, »in der Mitte des Lebens einfach die Kurve zu kratzen und woandershin zu ziehen. Man erfindet sein Leben neu und fängt noch mal von vorn an. Das ist belebend.«

Seine Rolle in seiner Internetfirma paßt zu diesem belebenden Gefühl. Er hat die Position eines Chefphantasierers. »Ich habe mich nie in der Rolle eines prophetischen Science-fiction-Autors gesehen, ich wollte nie ein neuer Arthur C. Clarke sein. Der *Anhalter* war ein Erzählprojekt, das all jene Ideen in sich aufnehmen sollte, die das Schwungrad in Gang setzen, aber er erwies sich dann als sehr gute Idee. Aber es ist noch zu früh«, warnt er. »Wir sitzen noch immer in einem Swimmingpool, und da draußen liegt ein ganzer Ozean.«

Andere neue Unternehmungen sind ein Roman – mit bisher acht Jahren Verspätung –, Gespräche über einen Dirk-Gently-Film, die Website H2G2 und ein Internetroman. »Seit eh und je rede ich darüber, daß es elektronische Bücher geben wird und wie wichtig sie sein werden, und urplötzlich veröffentlicht Stephen King eins. Ich komme mir vor wie ein Vollidiot, denn eigentlich hätte ich das machen müssen.«

Das Filmprojekt ist eine »zwanzig Jahre alte Verstopfung«,

und er vergleicht die Entscheidungsprozesse in Hollywood »mit dem Versuch, ein Steak zu grillen, indem man Leute nacheinander ins Zimmer treten und auf das Steak hauchen läßt.« Er ist von dieser offenbar antiken Kunstform erstaunlich begeistert.

»Bei neuen, noch nicht ausgereiften Techniken besteht die Gefahr, über all die Möglichkeiten in Verzückung zu geraten, wie man sie einsetzen kann, aber auf Kosten dessen, was man sagen möchte. Es lohnt daher, in einem Medium zu arbeiten, in dem man nicht all diese Probleme zu lösen hat, weil es ein ausgereiftes Medium ist.«

Doch nach einer so langen Durststrecke merkt er klugerweise an, daß viele dieser neuen Projekte und Ideen auf der Strecke bleiben werden. »Aber ich bin jetzt schon mehrere Jahre aus dem Mainstream des Romaneschreibens ausgeschert, und diese Pause hatte ich wirklich nötig. Ich habe intensiv und kreativ über jede Menge Dinge nachgedacht, die nichts mit Romaneschreiben zu tun haben. Statt an Spritmangel zu leiden, habe ich heute das Gefühl, der Tank ist wieder voll.«

DAS LEBEN AUF EINEN BLICK: *Douglas Noel Adams.*

GEBOREN: *11. März 1952 in Cambridge.*

BILDUNGSGANG: *Schule in Brentwood, Essex; St. John's College in Cambridge.*

HEIRAT: *1991 mit Jane Belson (eine Tochter, Polly, geboren 1994).*

BERUFLICHER WERDEGANG: *1974-78 Funk- und Fernsehautor; 1978 Rundfunkproduzent bei der BBC.*

EINIGE HÖRSPIEL- UND DREHBÜCHER: The Hitchhiker's Guide to the Galaxy, *1978 und 1980 (Rundfunk; deutsch:* Per Anhalter ins All), *1981 (Fernsehen;* deutsch: Per Anhalter durch die Galaxis).

SPIELE: The Hitchhiker's Guide to the Galaxy, *1984;* Bureaucracy, *1987;* Starship Titanic, *1997 (deutsch:* Raumschiff Titanic).

BÜCHER: The Hitchhiker's Guide to the Galaxy, *1979 (deutsch:* Per Anhalter durch die Galaxis); The Restaurant at the End of the Universe, *1980 (deutsch:* Das Restaurant am Ende des Universums); Life, the Universe and Everything, *1982 (deutsch:* Das Leben, das Universum und der ganze Rest); The Meaning of Liff *(zusammen mit John Lloyd), 1983 (deutsch:* Der Sinn des Labenz); So Long, and Thanks for all the Fish, *1984 (deutsch:* Macht's gut, und danke für den Fisch); Dirk Gently's Holistic Detective Agency, *1987 (deutsch:* Der elektrische Mönch – Dirk Gently's Holistische Detektei); The Long Dark Tea-Time of the Soul, *1988 (deutsch:* Der lange dunkle Fünfuhrtee der Seele); Last Chance to See, *1990 (deutsch:* Die Letzten ihrer Art); The Deeper Meaning of Liff *(zusammen mit John Lloyd), 1990 (deutsch:* Der tiefere Sinn des Labenz); Mostly Harmless, *1992 (deutsch:* Einmal Rupert und zurück).

Einleitung

Dies ist ein sehr douglassiger Augenblick für mich. Douglassige Augenblicke beinhalten höchstwahrscheinlich:

- Apple-Macintosh-Computer
- Nicht einzuhaltende Abgabetermine
- Ed Victor, Douglas' Agent
- Gefährdete Tierarten
- Ungeheuer teure Fünfsternehotels

Ich tippe auf einem (Macintosh-)Computer, während ich gegen einen Abgabetermin ankämpfe, den mir Ed Victor aufgezwungen hat. Ob ich nicht bitte mal eben bis zum nächsten Dienstag ein Vorwort zu *Lachs im Zweifel* liefern könne?

Ich befinde mich gerade im luxuriösesten Hotel Perus, dem Miraflores Park Hotel in Lima, und betrachte genüßlich die in Cellophan eingehüllten Obstschalen und den Louis Roederer, während ich mich darauf vorbereite, ins Landesinnere zu reisen, um nach Brillenbären zu suchen, eines der unbekanntesten und bedrohtesten Saugetiere auf dem Planeten.

Da es ein teures Hotel ist, stehen einem in jedem Zimmer Breitband-Internetverbindungen zur Verfügung, und ich habe mir gerade auf meinem Computer einen zweistündigen Film angesehen, in dem sich Steve Jobs, der Chef von Apple, in einer Grundsatzrede an die Macintosh Expo in San Francisco wendet. Der Kaiser von Computer Cool hat gerade den neuen iMac enthüllt, und ich habe Douglas nicht anrufen oder ihm eine E-Mail schicken können, um mit ihm darüber zu reden. Ein neues, revolutionäres Stück sexy und außergewöhnlicher Apple-Hardware ist da, und Douglas bekommt's nicht zu sehen. Er würde niemals mit dem iPod herumspielen oder in iPhoto herumfummeln. Für jeden, der Douglas gekannt hat, und ich schließe hier seine Millionen von Lesern mit ein, ist die Trübsal und Enttäuschung darüber erschreckend offensichtlich. Es ist schrecklich für ihn, weil er »New Stuff« verpaßt hat, und es ist schrecklich für uns, weil der anerkannte Dichter des New Stuff nun nie wieder den New Stuff feiern wird.

Verstehen Sie, ich möchte wissen, was ich davon halten soll. Ich möchte wissen, wie die neuen Geräte aussehen: Klar kann ich meine eigenen Augen und meine eigene Sensibilität dafür einsetzen, aber ich bin an die höheren Einsichten von Douglas gewöhnt. Er hätte das genaue Attribut, die perfekte Metapher, das krönende Gleichnis geliefert. Natürlich nicht bloß zum Thema New Stuff. Er hätte eine Möglichkeit gefunden, das liebenswert sonderbare Verhalten und Wesen von Brillenbären sowohl mit vertrauten menschlichen Erfahrungen als auch abstrakten wissenschaftlichen Gedanken zu verknüpfen. Große Teile der Welt, in der wir uns bewegen, werden heute mit Douglas' Augen gesehen und sind verständlicher geworden. Anders gesagt, das ganze Durcheinander und der absurde Mangel an Klarheit in unserer Welt ist deutlicher geworden. Wir haben nie so recht gewußt, wie widersprüchlich und verrückt das Universum oder wie grotesk und schwachsinnig die Menschheit sein kann, bis Douglas es uns auf seine einzigartig freundliche, paradoxe und ungezwungene Art erklärt hat, die seine Größe ausmacht. Ich bin gerade im Bad gewesen und habe bemerkt, daß die Seife, die dort liegt (in dieses absurderweise nicht zu öffnende runde Stück unzerstörbarer Plastikfolie fest eingesiegelt und von den Hotels zur Bequemlichkeit ihrer Gäste offeriert), gar nicht Seife heißt: Es handelt sich vielmehr um ein Mandelöl-Gesichtswaschstück. Das wäre sofort eine E-Mail an Douglas wert gewesen, und die Antwort-E-Mail, die nun niemals kommen wird, hätte mich eine halbe Stunde lang kichern und in meinem Hotelzimmer herumtanzen lassen.

Alle haben wir in den traurigen Wochen nach seinem erschreckenden und unverdienten Tod vernommen, was für ein großer Humorist Douglas gewesen ist, wie weitgefächert seine Interessen waren und wie breit seine Wirkung. Und dieses Buch hier zeigt, was für ein guter Lehrer er war. So wie Sonnenuntergänge nie wieder die gleichen Farben oder Formen hatten, seit Turner sie betrachtete, so werden ein Lemur und eine Tasse Tee nie wieder dieselben sein, weil Douglas seinen scharfen, spöttischen Blick auf sie gerichtet hat.

Es ist ausgesprochen unfair, um eine Einleitung für ein Buch gebeten zu werden, das eine absolut brillante Einleitung über eben das Thema Einleitungen zu Büchern enthält. Es ist aber noch unfairer, um eine Einleitung zum nachgelassenen Werk eines der großen Humoristen unserer Zeit gebeten zu werden, wenn das Buch, das man einleitet, die beste Einleitung zum nachgelassenen Werk des besten Humoristen aller Zeiten enthält: Douglas' Vorwort zu P.G. Wodehouses *Sunset at Blandings* kann, wie Ed Victor im Trauergottesdienst für Douglas in London dargelegt hat, als erstaunlich präzise Schilderung von Douglas' eigenen Talenten angesehen werden. Woran Douglas natürlich keine Sekunde lang gedacht hat, als er es schrieb.

Douglas war keiner dieser gräßlich bescheidenen Engländer, was wiederum nicht heißen soll, daß er eitel oder großspurig war. Seine Leidenschaft, seine Ideen und Begeisterungen mitzuteilen, konnte einen aber ohne weiteres am Telefon, an einem Eßtisch oder in einem Badezimmer an den Platz bannen, und dann spielten alle anderen Gäste oder Rücksichten keine Rolle mehr. So gesehen, und ich glaube nicht, daß ich jetzt respektlos bin, konnte eine Unterhaltung mit Douglas mano à mano, tête à tête für Menschen erschöpfend und verwirrend sein, die mit seinem leidenschaftlichen Gehüpfe von einem Gedanken zum nächsten nicht Schritt halten konnten. Aber er konnte ebensowenig verwirrend schreiben wie er eine perfekte Pirouette drehen konnte, und glauben Sie mir, nur wenige Menschen hatten weniger Talent, Pirouetten zu drehen, ohne dabei Möbel kaputt zu machen und unschuldigen Zuschauern alle Hoffnung auf körperliche Unversehrtheit zu nehmen, als Douglas Noel Adams.

Er war ein Schriftsteller. Es gibt solche, die hin und wieder schreiben und das gut machen, und es gibt Schriftsteller. Douglas, und es ist zwecklos, hier eine Begründung oder eine minutiöse Analyse zu versuchen, wurde als Schriftsteller geboren, wuchs als einer auf und blieb einer bis zu seinem viel zu frühen Tod. Etwa die letzten zehn Jahre seines Lebens gab er zwar das Romaneschreiben auf, hörte aber keine Sekunde auf, Schriftsteller zu sein, und es ist dieser glückliche Umstand, den *Lachs im Zweifel* feiert. Weder in der Vorbereitung von Vorträgen, der Durchführung gelegentlicher journalistischer Arbeiten noch in Aufsätzen für spezialisierte wissenschaftliche oder technische Publikationen hat ihn jemals seine angeborene Fähigkeit verlassen, ein Wort ans andere zu reihen, um aufzuklären, Fröhlichkeit zu verbreiten, zu irritieren, zu bestätigen, zu informieren oder den Geist des Lesers zu amüsieren. Er bediente sich eines selbstlosen Stils, in dem jeder Kunstgriff und jeder der Schriftstellerei zur Verfügung stehende Trick angewandt wird, wenn sie, und nur wenn sie den Zwecken des Textes dienen. Ich glaube, wenn Sie dieses Buch lesen, wird Sie die offenkundige (und vollkommen irreführende) Einfachheit seines Stils erstaunen. Man hat das Gefühl, er spricht mit einem, beinahe aus dem Stegreif. Doch damit sein schöpferischer Motor reibungslos lief, war wie bei Wodehouse jede Menge Feinabstimmung und Drehen an Muttern und Dichtungsringen erforderlich.

Wie nur wenige andere Künstler (Wodehouse wieder eingeschlossen) hat Douglas die Fähigkeit, dem Zuhörer das Gefühl zu geben, daß er sich an ihn und ganz allein an ihn wendet: Ich denke, das erklärt zum Teil die unerhörte Stärke und Leidenschaftlichkeit seiner ›Fangemeinde‹, wenn ich einen so scheußlichen Ausdruck verwenden darf. Wenn Sie sich Velázques anschauen, Mozart hören, Dickens lesen oder über Billy

Connolly lachen, um vier beliebige Namen herauszupicken (es kostet immer viel Zeit und Nachdenken, um zum Zweck der Beweisführung vier beliebige Namen herauszupicken), dann wird einem stets bewußt, daß sie das, was sie tun, für die ganze Welt tun, und die Ergebnisse sind natürlich großartig. Wenn man sich Blake anschaut, Bach hört, Douglas Adams liest oder eine Sendung von Eddie Izzard sieht, hat man das Gefühl, vielleicht der einzige Mensch auf der ganzen Welt zu sein, der sie richtig versteht. Fast alle anderen bewundern sie natürlich, aber keiner tritt wirklich so mit diesen Leuten in Kontakt wie man selber. Ich stelle das mal so als Theorie hin. Douglas' Werk gleicht nicht der hohen Kunst Bachs oder dem ausdrucksstarken persönlichen Kosmos Blakes, das versteht sich von selbst, aber dennoch halte ich meine Behauptung für begründet. Es ist, wie wenn man sich verliebt. Wenn einem eine besonders tolle Adams-Wendung oder -Formulierung ins Auge fällt und ins Gehirn dringt, möchte man am liebsten dem nächstbesten Fremden auf die Schulter tippen und sie ihm mitteilen. Der Fremde lacht dann vielleicht und scheint Spaß an dem Text zu haben, aber insgeheim klammert man sich an den Gedanken, daß er dessen Gehalt und Qualität nicht ganz so verstanden hat wie man selbst – genauso wie deine Freunde (dem Himmel sei Dank) sich auch nicht in den Menschen verlieben, von dem du ihnen unentwegt was vorschwärmst.

Sie, liebe Leser, stehen kurz davor, die weise, provozierende, menschenfreundliche, groteske und süchtig machende Welt von Douglas Adams zu betreten. Verschlingen Sie sie nicht in einem Stück – wie bei Douglas' geliebten japanischen Speisen ist das, was leicht und einfach verdaulich erscheint, bei weitem subtiler und nahrhafter, als es auf den ersten Blick aussehen mag.

Die Geheimschublade jüngst verstorbener Schriftsteller bleibt oftmals am besten fest verschlossen und verriegelt: in Douglas' Fall, da werden Sie mir sicher zustimmen, hat es sich wirklich gelohnt, die Geheimschublade (oder in seinem Fall die gespeicherten Dateien seiner Festplatte) aufzubrechen. Chris Ogle, Peter Guzzardi, Douglas' Ehefrau Jane und seine Assistentin Sophie Astin haben hervorragende Arbeit geleistet. Eine douglaslose Welt ist sehr viel weniger erfreulich als eine douglasvolle Welt, aber die Luftsprünge von *Lachs im Zweifel* helfen, die ganze Traurigkeit über seinen plötzlichen Weggang ein wenig hinauszuschieben.

STEPHEN FRY
Peru, Januar 2002

Das Leben

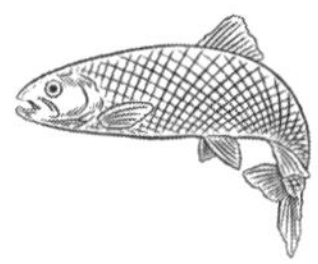

Lieber *Eagle,*

Schweiß tropfte mir über das Gesicht und in den Schoß und machte meine Kleider ganz naß und klebrig. Ich saß da, lief hin und her, guckte. Ich zitterte fürchterlich, während ich so dasaß, auf den kleinen Schlitz blickte und wartete – immerzu wartete. Meine Fingernägel bohrten sich mir ins Fleisch, wenn ich die Hände zu Fäusten ballte. Ich fuhr mir mit dem Arm über das heiße, nasse Gesicht, über das der Schweiß rann. Die Spannung war unerträglich. Ich biß mir auf die Lippe, um das fürchterliche bange Zittern abzustellen. Plötzlich öffnete sich der Schlitz, und die Post fiel rein. Ich packte meinen *Eagle* und riß die Umhüllung auf.

Meine Qual war für diese Woche vorbei!

D. N. ADAMS (12)
Brentwood, Essex, 23. Januar 1965
Eagle and Boys' World Magazine

(Anmerkung des Herausgebers: In den sechziger Jahren war der *Eagle* ein äußerst beliebtes englisches Science-Fiction-Magazin. Dieser Brief ist die erste Veröffentlichung des damals zwölfjährigen Douglas Adams, von der man weiß.)

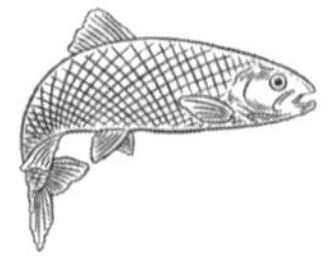

Yesterday: Die Stimmen all unserer gestrigen Tage

Ich erinnere mich nur diffus an meine Schulzeit. Sie verstrich irgendwie im Hintergrund, während ich versuchte, den Beatles zu lauschen.

Als »Can't Buy Me Love« rauskam, war ich zwölf. Während der Frühstückspause stahl ich mich aus der Schule, kaufte mir die Platte und drang in das Zimmer der Hausmutter ein, weil sie einen Plattenspieler hatte. Dann spielte ich den Song, nicht so laut, daß man mich hätte erwischen können, nur laut genug, um mit dem Ohr dicht am Lautsprecher zuhören zu können. Dann spielte ich den Song noch mal fürs andere Ohr. Dann drehte ich die Platte um und machte das gleiche mit »You Can't Do That.« In dem Moment fand mich der Housemaster und ließ mich nachsitzen, genau wie ich es erwartet hatte. Das schien mir ein niedriger Preis für etwas, das, wie mir heute klar ist, Kunst war.

Natürlich wußte ich damals nicht, daß es Kunst war. Ich wußte bloß, daß die Beatles das Aufregendste im Universum waren. Mit dieser Einstellung ließ es sich nicht immer leicht leben. Einerseits mußtest du dich mit den Fans der Rolling Stones rumschlagen, und das war schwierig, weil die mit schmutzigen Tricks kämpften und hartgesottener waren. Und dann mußtest du dich auch noch mit Erwachsenen, Eltern und Lehrern rumschlagen, die meinten, daß du deine Zeit und dein Taschengeld für Schrott verschwendetest, den du eine Woche später wieder vergessen würdest.

Ich verstand nicht recht, warum sie mir das sagten. Ich sang im Schulchor und kannte mich in Harmonie und Kontrapunkt aus, und mir war klar, daß die Beatles was außerordentlich Raffiniertes waren. Mich verblüffte, daß es kein anderer hörte: unglaubliche Harmonien und ein mehrstimmiger Gesang, wie man sie in Popsongs noch nie *gehört* hatte. Die Beatles machten all das offenbar nur zu ihrem eigenen heimlichen Vergnügen, und ich fand es toll, daß man auf solche Weise Spaß haben konnte.

Toll auch, daß ich ihnen immer wieder nicht ganz folgen konnte. Wenn sie ein neues Album rausbrachten, ließ es mich die ersten paar Male beim Hören kalt und ratlos. Danach entwirrte es sich ganz allmählich in meinem Kopf. Ich begriff, daß der Grund für meine Verwirrung darin lag, daß ich etwas hörte, was einfach anders war als alles, was je zuvor irgendwer gespielt hatte. »Another Girl«, »Good Day Sunshine« und das seltsame »Drive My Car.« Diese Songs sind mir heute so vertraut, daß ich mich nur mit großer Willensanstrengung daran erinnern kann, wie fremd sie mir anfangs vorkamen. Die Beatles haben nicht nur Songs geschrieben, sie haben das ganze Genre erfunden, in dem sie arbeiteten.

Ich habe sie nie live erlebt. Schwer zu glauben, ich weiß. Ich war am Leben, als die Beatles auftraten, und habe sie nicht ein einziges Mal zu Gesicht gekriegt. Darüber lasse ich mich ziemlich oft aus. Fahren Sie bloß nicht mit mir nach San Francisco, sonst werde ich Ihnen unermüdlich immer wieder den Candlestick Park zeigen und darüber jammern, daß die Beatles dort 1966 ihr letztes Konzert gegeben haben – kurz bevor mir aufging, daß man auch auf Rockkonzerte gehen kann, wenn man aus Brentwood in Essex kommt.

Ein Schulfreund von mir hatte mal Eintrittskarten zu einem Fernsehstudio, in dem die Show von David Frost aufgezeichnet wurde, aber schließlich sind wir doch nicht hingegangen. Am Abend sah ich die Sendung, und die Beatles waren drin und spielten »Hey Jude.« Danach war ich ungefähr ein Jahr lang krank. An einem anderen Tag, an dem ich zufällig nicht nach London gefahren bin, gaben die Beatles ihr Konzert auf dem Dach an der Savile Row. Ich spreche nicht darüber. Nie.

Nun ja, die Jahre vergingen, und die Beatles auch. Aber Paul McCartney machte immer weiter. Vor ein paar Monaten rief mich der Gitarrist Robbie McIntosh an und sagte: »In ein paar Tagen spielen wir im Mean Fiddler. Hast du Lust zu kommen?«

Das war eine der blödesten Fragen, die mir je gestellt wurde, und ich brauchte ein bißchen Zeit, um mir klar zu werden, was er überhaupt gemeint hatte. Der Mean Fiddler – für alle, die es nicht wissen – ist eine Kneipe in einer reizlosen Gegend im Nordwesten Londons, mit einem Hinterzimmer, in dem Bands auftreten. Etwa zweihundert Leute passen da rein.

Es war das Wort *wir*, das mich vorübergehend verwirrte, weil ich wußte, daß die Band, in der Robbie spielte, Paul McCartneys Band war, und ich mir nicht vorstellen konnte, daß Paul McCartney in Kneipen auftrat. Falls aber Paul McCartney *doch* in Kneipen auftrat, wäre der Gedanke verrückt gewesen, daß ich nicht alles auf den Kopf stellen würde, um hinzugehen. Also ging ich hin.

Vor zweihundert Leuten stand Paul McCartney in einer Kneipe und spielte Songs, die er meines Wissens noch nie in der Öffentlichkeit gespielt hatte. »Here, There and Everywhere« und »Blackbird«, um nur zwei zu nennen. Ich selber hatte »Blackbird« in Kneipen gespielt, verdammt noch mal. Statt mich aufs Abitur vorzubereiten, hatte ich wochenlang die Gitarrenstimme geübt. Es kam mir fast so vor, als würde ich halluzinieren.

Es gab zwei absolut überwältigende Augenblicke. Einer war die letzte Zugabe, eine makellose, krachende Darbietung von – glauben Sie's oder glauben Sie's nicht – »Sgt. Pepper's Lonely Hearts Club Band.« (Noch mal: Das fand in einer Kneipe statt!) Und der andere war einer der phantastischsten Rock'n'-Roll-Songs der Welt – »Can't Buy Me Love« – eben jener, den ich das erste Mal gehört hatte, als ich im Zimmer der Hausmutter mit dem Ohr dicht am Dansette-Plattenspieler hockte.

Es gibt ein beliebtes Spiel, bei dem man gefragt wird: »Wann hättest du am liebsten gelebt und warum?« In der italienischen Renaissance? In Mozarts Wien? In Shakespeares England? Ich persönlich hätte gern zu Zeiten Bachs gelebt. Aber ich habe mit dem Spiel echte Schwierigkeiten, weil das Leben zu jeder anderen Zeit bedeuten würde, die Beatles zu verpassen, und das kann ich mir ehrlich nicht vorstellen. Mozart, Bach und Shakespeare werden uns immer bleiben, aber ich bin mit den Beatles aufgewachsen und mir nicht sicher, ob mich etwas anderes dermaßen beeinflußt hat.

Paul McCartney wird morgen fünfzig. Herzlichen Glückwunsch, Paul. Ich hätte es um nichts in der Welt verpassen mögen.

The Sunday Times
London, 17. Juni 1992

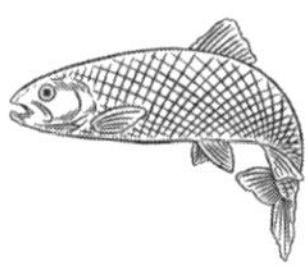

Brentwood School

Ich war zwölf volle Jahre auf der Schule in Brentwood. Im großen und ganzen waren das – mit allen Aufs und Abs – recht gute Jahre: einigermaßen glücklich, ziemlich oft im Grünen, ein bißchen sportlicher, als es mir damals recht war, aber voll gutem (und teilweise sehr exzentrischem) Unterricht. Tatsächlich ist mir erst später ganz allmählich aufgegangen, wie gut ich in Brentwood unterrichtet worden bin – besonders in Englisch und ganz besonders in Physik. (Seltsamerweise.) Aber die ganze zwölfjährige Erfahrung wird für mich von der Erinnerung an ein schreckliches traumatisches Erlebnis überschattet. Ich meine die Hosen-Episode. Die trug sich folgendermaßen zu:

Ich war immer schon grotesk, ja lächerlich groß. Um Ihnen eine Vorstellung zu geben: Wenn wir Schulausflüge zu interessanten und lehrreichen Orten unternahmen, sagte der Klassenlehrer nicht: »Wir treffen uns unter dem Glockenturm« oder »Wir treffen uns unter dem Kriegerdenkmal«, sondern: »Wir treffen uns unter Adams.« Ich war mindestens so sichtbar wie alles andere am Horizont und konnte ganz beliebig umgestellt werden. Als wir in Physik aufgefordert wurden, Galileos Darlegung nachzustellen, daß zwei Körper von unterschiedlichem Gewicht mit der gleichen Geschwindigkeit zu Boden fallen, wurde natürlich mir die Aufgabe übertragen, einen Kricketball und eine Erbse fallen zu lassen. Das war zeitsparender als zu einem Fenster im ersten Stock hinaufzugehen. Immer überragte ich alle. Ganz am Anfang meiner Schuljahre, mit sieben, stellte ich mich einem anderen Neuen (Robert Neary) vor, indem ich von hinten an ihn herantrat, in Experimentierlaune einen Kricketball auf seinen Kopf fallen ließ und sagte: »Hallo, ich heiße Adams, und wie heißt du?« Für Robert Neary war das sicherlich seine schrecklichste traumatische Erinnerung.

Auf der Prep School, wo ich fünf meiner zwölf Schuljahre verbrachte, trugen wir alle kurze Hosen. Graue Shorts mit Jacketts im Sommer, und im Winter melierte Tweedanzüge mit kurzen Hosen. Natürlich gibt es einen sehr guten Grund, kurze Hosen zu tragen, wenn man jung ist, selbst im tiefsten englischen Winter (und die waren damals kälter als heute, stimmt's?). Der Zeitschrift *Wired* zufolge dürfen wir sich selbst reparierende Stoffe nicht vor etwa 2020 erwarten, aber seit wir aus den Wäldern und Sümpfen aufgetaucht sind, in denen wir vor 5 Millionen Jahren gelebt haben, besitzen wir sich selbst reparierende Knie.

Also, Shorts waren vernünftig. Obwohl wir sie alle tragen mußten, wurde das in meinem Fall bald etwas lächerlich. Mich störte dabei weniger, daß ich die anderen Jungen überragte, sondern daß ich auch meine Lehrer überragte. Und das in kurzen Hosen. Einmal bat meine Mutter den Direktor, in meinem Fall eine Ausnahme zu machen und mir das Tragen langer Hosen zu gestatten. Doch Jack Higgs, fair aber unerschütterlich wie immer, lehnte ab: Mir blieben doch nur noch sechs Monate bis zur Main School, wo ich, wie alle anderen auch, lange Hosen tragen würde. Bis dahin müsse ich mich gedulden.

Schließlich verließ ich die Prep School. Und zwei Wochen vor Beginn des Herbstsemesters ging meine Mutter mit mir in den Schulladen, um mir – endlich – eine Schuluniform mit langen Hosen zu kaufen. Aber siehe da, es gab sie in keiner Größe, die lang genug für mich war. Um Ihnen, wenn Sie dies lesen, den ganzen Horror der Situation klarzumachen, wie er mir an jenem Sommertag 1964 langsam bewußt wurde, als ich in dem Schulladen stand, will ich es noch mal wiederholen: Es *gab* keine Schulhosen, die lang genug für mich waren. Man mußte eine Spezialanfertigung herstellen. Das würde sechs Wochen dauern. *Sechs* Wochen. Sechs minus zwei war – so war es uns mühsam und gewissenhaft beigebracht worden – vier. Das hieß, daß ich im kommenden Semester vier Wochen lang der *einzige* Junge in Shorts sein würde. In den folgenden zwei Wochen begann ich, mitten im Straßenverkehr zu spielen, achtlos mit Küchenmessern zu hantieren und bei abfahrenden Zügen nicht von den Gleisen zurückzutreten, aber leider hatte ich einen Schutzengel und mußte die Sache durchstehen: vier Wochen der größten Erniedrigung und Peinlichkeit, die einem Menschen widerfahren können, oder vielmehr jenem für Erniedrigungen und Peinlichkeiten anfälligsten Wesen auf dieser Welt: einem übergroßen Zwölfjährigen. Wir haben alle mal diesen furchtbaren Traum gehabt, in dem wir plötzlich merken, daß wir splitternackt mitten auf der Hauptstraße stehen. Glauben Sie mir: Dies war schlimmer, und es war kein Traum.

Hier verliert die Geschichte etwas an Schwung, weil ich natürlich einen Monat später meine lange Hose bekam und mich wieder zur guten Gesellschaft rechnen durfte. Aber glauben Sie mir, ich habe immer noch die Narben auf meiner Seele, und obwohl ich mich bemühe, wie ein Koloß durch die Welt zu schreiten, Bestseller zu schreiben und ... (na ja, das war's wohl eigentlich auch schon), mache ich diese vier kurzhosigen Wochen im September 1964 dafür verantwortlich, falls ich mal – und ich denke dabei hauptsächlich an Sonntagmorgen im Februar – wie ein entwurzelter, sozial isolierter, trauriger, gebeugter Gefühlskrüppel wirke.

Y

»Why« ist die einzige Frage, die Leute dermaßen beschäftigt, daß ein ganzer Buchstabe des englischen Alphabets danach benannt ist.

Im Alphabet heißt es ja nicht »A B C What? When? How?«, sondern »V W X Why? Z.«

»Why?« oder »Warum?« ist immer die am schwersten zu beantwortende Frage. Man weiß, woran man ist, wenn jemand fragt: »Wie spät ist es?« oder »Wann fand die Schlacht von 1066 statt?« oder »Papa, wie funktionieren diese Anschnallgurte, die stramm werden, wenn du auf die Bremse steigst?« Die Antworten sind einfach und lauten der Reihe nach: »Sieben Uhr fünfunddreißig am Abend«, »Morgens um Viertel nach zehn« und »Frag nicht so dämlich.«

Aber wenn man das Wort »Warum?« hört, weiß man, daß man es mit einer der größten unbeantwortbaren Fragen zu tun hat, wie zum Beispiel: »Warum werden wir geboren?« oder »Warum sterben wir?« und »Warum kriegen wir in der Zeit dazwischen so viel unerwünschte Reklamesendungen?«

Oder aber: »Willst du mit mir schlafen?«

»Warum?«

Es gibt immer nur eine gute Antwort auf die Frage »Warum?«, und vielleicht sollte die auch ins Alphabet. Es gibt genügend Platz dafür. »Warum?« muß nicht das letzte Wort bleiben, es ist ja nicht einmal der letzte Buchstabe. Wie wäre es, wenn das Alphabet nicht mit »V W X Why? Z« endete, sondern mit »V W X Why not?«

Frag nicht so dämlich.

Aus *Hockney's Alphabet*
(Verlag Faber & Faber)

☆

*The Meaning of Liff** begann als Englischaufgabe, die ich in der Schule machen mußte und die John Lloyd und ich 15 Jahre später in ein Spiel verwandelten. Wir saßen mit ein paar Freunden in einem griechischen Restaurant, spielten Scharaden und tranken den ganzen Nachmittag Retsina, bis wir ein Spiel brauchten, bei dem man nicht so viel stehen mußte.

Es ging ganz schlicht um folgendes (und schlicht mußte es sein, denn für komplizierte Regeln war es zu spät am Nachmittag): Einer nannte den Namen einer Stadt, und ein anderer mußte erklären, was das Wort bedeutet. Na ja, man muß wohl dabei gewesen sein ...

Bald kamen wir dahinter, daß es verdammt viele Erfahrungen, Ideen und Situationen gab, die jeder kannte, die aber nie richtig benannt worden waren, weil es einfach keine Bezeichnungen für sie gab. Alle waren von der Sorte: »Kennst du die Situation, in der ...«, oder »Weißt du, wie man sich fühlt, wenn ...«, oder »Ich dachte immer, daß nur ich das habe ...« Nun fehlt nur noch ein Begriff, der das Ding beim Namen nennt.

So ist zum Beispiel das leicht unbehagliche Gefühl, wenn

* *The Meaning of Liff* (deutsch: *Der Sinn des Labenz*) und die Fortsetzung *The Deeper Meaning of Liff* (deutsch: *Der tiefere Sinn des Labenz*) wurden gemeinsam von Douglas Adams und John Lloyd verfaßt.

man sich auf einen Stuhl setzt, der von einem anderen Po angewärmt wurde, genauso real wie das Gefühl, das einen überfällt, wenn sich ein wildgewordener Riesenelefant aus dem Busch auf einen stürzt. Aber bis dato gab es nur einen Namen für das zweite Gefühl. Jetzt hatten beide ihre Bezeichnung weg. Das erste heißt »Shoeburyness«, das zweite natürlich »Angst«.

Wir sammelten mehr und mehr dieser Wörter und Begriffe und merkten allmählich, was für eine willkürliche Auswahl das *Oxford English Dictionary* bietet. Ganze Berge menschlicher Erfahrungen nimmt es gar nicht zur Kenntnis. Wie zum Beispiel das Herumstehen in der Küche, während man sich fragt, warum man da überhaupt reingegangen ist. Das passiert jedem, aber weil es kein Wort dafür gibt – oder gab –, denkt jeder, das passiere nur ihm und deswegen sei er blöder als andere. Es ist beruhigend zu erfahren, daß alle anderen genauso blöde sind und daß es »Woking« heißt, wenn wir in der Küche herumstehen und uns fragen, warum wir da überhaupt reingegangen sind.

Nach und nach wuchsen in John Lloyds Schublade kleine Karteikartenstapel mit diesen Wörtern in die Höhe, und jeder, der davon hörte, steuerte eigene Begriffe dazu bei.

Ans Tageslicht kamen sie zum ersten Mal, als John Lloyd den Kalender *Not 1982* zusammenstellte und ihm etwas fehlte, was er unten auf die Seiten setzen konnte (auch oben und etliche Male in die Mitte). Er räumte die Schublade leer, wählte ein paar der besten neuen Wörter aus und brachte sie unter dem Namen *Oxtail English Dictionary* in dem Buch unter. Rasch stellte sich heraus, daß dies einer der beliebtesten Teile von *Not 1982* war, und der Erfolg der Idee im kleinen legte die Möglichkeit nahe, ein ganzes Buch daraus zu machen – und hier ist es: *The Meaning of Liff* – das Ergebnis eines harten lebenslangen Beobachtens und Protokollierens des menschlichen Verhaltens.

Aus *Pan Promotion News 54*
Oktober 1983

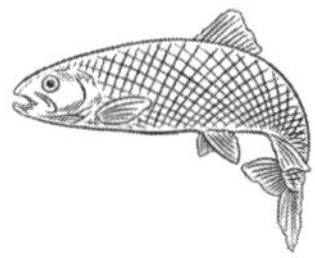

Meine Nase

Meine Mutter hat eine lange Nase, mein Vater hatte eine breite und ich habe eine Mischung aus beidem. Sie ist riesig. Der einzige Mensch, den ich kenne, dessen Nase erheblich größer war als meine, war ein Lehrer an meiner Prep School, der obendrein winzigkleine Augen und kaum ein Kinn hatte und absurd dünn war. Er sah aus wie eine Kreuzung zwischen einem Flamingo und einem altmodischen Ackerbaugerät und bewegte sich bei Gegenwind ziemlich schwankend vorwärts. Außerdem versteckte er sich sehr oft.

Auch ich hätte mich am liebsten versteckt. In meiner Kindheit wurde ich wegen meiner Nase jahrelang gnadenlos gehänselt, bis ich eines Tages zufällig in zwei schrägstehenden Spiegeln mein Profil erblickte und zugeben mußte, daß es tatsächlich ziemlich komisch aussah. Von dem Moment an hörten die Leute auf, mich wegen meiner Nase aufzuziehen und begannen, mich gnadenlos zu hänseln, weil ich Worte wie »tatsächlich« benutzte. Daran hat sich bis heute nichts geändert.

Eine der seltsameren Eigenheiten meiner Nase ist, daß durch sie keine Luft einströmt. Das ist schwer zu verstehen und noch schwerer zu glauben. Das Problem begann vor langer, langer Zeit, als ich als kleiner Junge im Haus meiner Großmutter wohnte. Sie war die örtliche Vertreterin des Tierschutzvereins RSPCA, weshalb das Haus immer voller übel zugerichteter Hunde und Katzen, gelegentlich auch Dachse, Wiesel oder Tauben war.

Einige dieser Tiere wiesen körperliche Schäden auf, andere

psychische, aber auf mich hatten sie die Wirkung, daß sie meiner Konzentrationsfähigkeit ernstlich Schaden zufügten. Weil die Luft von Tierhaaren und Staub strotzte, war meine Nase ständig entzündet und lief, und alle fünfzehn Sekunden mußte ich niesen. Jeder Gedanke, den ich nicht innerhalb von fünfzehn Sekunden sondieren, entwickeln und irgendeiner logischen Schlußfolgerung zuführen konnte, wurde so samt einer Unmenge Schleim gewaltsam aus meinem Kopf ausgestoßen.

Manche Leute sagen, ich hätte die Tendenz, in Bonmots zu denken und zu schreiben, und wenn an dieser Kritik etwas dran ist, dann hat sich diese Angewohnheit ziemlich sicher in der Zeit entwickelt, als ich bei meiner Großmutter wohnte.

Ich entkam dem Haus meiner Großmutter, als ich ins Internat geschickt wurde, wo ich zum ersten Mal in meinem Leben richtig atmen konnte. Diese neue, herrliche Freiheit genoß ich ganze zwei Wochen, bis ich Rugbyspielen lernen mußte. Schon in den ersten fünf Minuten des ersten Spiels, an dem ich teilnahm, schaffte ich es, mir die Nase am eigenen Knie zu brechen, was, obwohl es zweifellos eine außergewöhnliche Leistung war, die gleiche Wirkung auf mich hatte wie in Rider Haggards Romanen die geologischen Umbrüche auf ganze Zivilisationen: Es isolierte mich erfolgreich und dauerhaft von der Außenwelt.

Diverse HNO-Spezialisten haben sich zu verschiedenen Zeiten auf ausgedehnte höhlenkundliche Expeditionen in meine Nasenkanäle begeben, aber die meisten sind ratlos zurückgekommen. Und die, die nicht ratlos zurückkamen, sind gar nicht zurückgekommen und somit heute ein Teil des Problems und weniger der Lösung.

Das einzige, was mich jemals gereizt hat, es mal mit Kokain zu versuchen, war die furchtbare Warnung, daß einem das Zeug die Nasenscheidewand wegfrißt. Wenn ich glauben könnte, daß Kokain tatsächlich einen Weg durch meine Nasenscheidewand findet, würde ich es mir mit Lust eimerweise reinziehen. Soll es doch soviel wegfressen, wie es will. Was mich letztlich davon abgehalten hat, ist die Beobachtung, daß Freunde, die sich Kokain tatsächlich eimerweise reinziehen, noch größere Konzentrationsschwierigkeiten haben als ich.

Ich habe mich also so ziemlich daran gewöhnt, daß meine Nase eher dekorativ als funktionell ist. Genau wie das Hubble-Teleskop stellt sie eine gewaltige Konstruktionsleistung dar, ist aber letztlich zu nichts nutze, außer vielleicht zu ein paar billigen Witzen.

Esquire
Sommer 1991

Das Buch, das mein Leben veränderte

1. Titel: *Der blinde Uhrmacher*
2. Verfasser: *Richard Dawkins*
3. Wann haben Sie es zum ersten Mal gelesen?
   Um die Zeit, als es erschienen ist. Etwa 1990, glaube ich.
4. Warum hat es Sie so berührt?
   Es ist, als stoße man in einem dunklen und stickigen Raum die Türen und Fenster auf. Es wird einem klar, mit was für einem Chaos halbverdauter Ideen wir gewöhnlich leben, vor allem die Geisteswissenschaftler unter uns. Wir verstehen die Evolution »irgendwie«, obwohl wir insgeheim glauben, daß es mit dem Leben möglicherweise mehr auf sich hat als nur das. Einige von uns glauben sogar, daß es »irgendwie so was wie« Gott gibt, der sich um alles kümmert, was ein bißchen unwahrscheinlich klingt. Dawkins sorgt für jede Menge Licht und frische Luft und zeigt,

daß der Aufbau der Evolution von imposanter Klarheit ist, atemberaubend, wenn man sie plötzlich begreift. Und wenn man sie nicht begreift, dann haben wir nicht den geringsten Schimmer davon, wer wir sind und woher wir kommen.

5. Haben Sie das Buch wiedergelesen? Und wenn ja, wie oft?

Ja, ein- oder zweimal. Aber ich schaue auch oft einfach mal rein.

6. Wirkt es dann genauso auf Sie wie bei der ersten Lektüre?

Ja. Die Praktiken der Evolution sind unseren gewöhnlichen intuitiven Auffassungen von der Welt dermaßen entgegengesetzt, daß sich der Schock des Begreifens immer wieder neu einstellt.

7. Empfehlen Sie das Buch, oder handelt es sich um eine ganz private Leidenschaft?

Ich empfehle es jedem und allen.

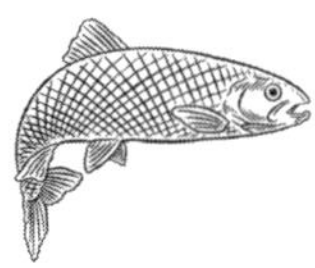

Maggie und Trudie

Ich sollte gleich sagen, daß ich zu keinem Hund feste Beziehungen unterhalte. Ich füttere keinen Hund, biete keinem ein Lager, pflege keinen, suche keinem eine Hundepension für den Fall, daß ich verreist bin, entlause keinen Hund oder sorge plötzlich für die Entfernung eines seiner inneren Organe, wenn es mich stört. Kurz: Ich besitze keinen Hund.

Trotzdem habe ich eine Art heimlicher, unerlaubter Beziehung zu einem Hund, nein, zu zwei Hunden. Folglich glaube ich, daß ich ein wenig Ahnung davon habe, wie es sein muß, ein Herrchen zu sein.

Die zwei Hunde wohnen nicht direkt nebenan. Sie

wohnen nicht einmal in derselben ... ich wollte eigentlich »Straße« sagen und die Auflösung noch ein bißchen hinauszögern, aber rücken wir doch einfach mit der Wahrheit heraus: Die Hunde wohnen in Santa Fe, New Mexico, was ein ganz toller Wohnort für einen Hund ist, nein, wirklich für alle und jeden. Falls Sie Santa Fe, New Mexico, nie besucht oder eine Zeitlang dort zugebracht haben, sage ich Ihnen nur: Sie sind ein richtiger Vollidiot. Ich war selber ein richtiger Vollidiot, bis mich vor etwa einem Jahr eine Reihe von Umständen, die ich jetzt nicht näher erläutern will, bewogen, draußen in der Wüste unmittelbar nördlich von Santa Fe ein Haus zu mieten, um ein Drehbuch zu schreiben. Damit Sie einen Eindruck bekommen, was für ein Ort Santa Fe ist, könnte ich was über die Wüste schwafeln, über die Höhenluft, das Licht, den Silber- und Türkisschmuck, aber am besten ist, ich erwähne bloß ein Verkehrsschild an der Autobahn hinter Albuquerque. Darauf steht in großen Buchstaben GUSTY WINDS, und darunter in kleineren Buchstaben MAY EXIST.

Meinen Nachbarn bin ich nie begegnet. Sie wohnten eine halbe Meile entfernt auf dem nächsten sandigen Hügel, aber sobald ich mich morgens zum Laufen, zum Joggen, zu einem gemütlichen Spaziergang aufmachte, traf ich ihre Hunde, die so spontan und wahnsinnig erfreut waren, mich zu sehen, daß ich mich fragte, ob sie glaubten, wir wären uns in einem früheren Leben begegnet (Shirley MacLaine wohnte nicht weit weg, und die beiden hatten vielleicht alle möglichen komischen Ideen aufgeschnappt, nur weil sie in ihrer Nähe waren).

Sie hießen Maggie und Trudie. Trudie, die besonders verrückt aussah, war ein großer, schwarzer Königspudel. Sie bewegte sich, als sei sie von Walt Disney erfunden worden: in einer Art Gehoppele, das durch ihre großen Schlappohren vorn und den kurzen Stummelschwanz hinten, dessen Ende kunstvoll getrimmt war, noch verstärkt wurde. Ihr Fell bestand aus einer verfilzen Masse schwarzer Löckchen, die noch stärker an Disney erinnerten, weil sie den Eindruck erweckten, als hätte Trudie keine Genitalien. Wie Trudie mir jeden Morgen zu verstehen gab, sie sei außer sich vor Freude, mich zu sehen, bestand in einer Tätigkeit, von der ich immer gemeint hatte, sie hieße »Prinking«, die aber in Wirklichkeit »Stotting« genannt wird. (Mein Irrtum ist mir eben erst bewußt geworden, und ich werde ganze Teile meines Lebens noch einmal vor meinem inneren Auge Revue passieren lassen müssen, um mir über die Verwirrungen klar zu werden, die ich anderen oder mir selbst bereitet habe.) »Stotting« bedeutet, mit allen Vieren gleichzeitig hochzuspringen. Mein Ratschlag: Sterben Sie nicht, bevor Sie nicht einem großen schwarzen Pudel beim Stotting im Schnee zugesehen haben.

Wie Maggie mir jeden Morgen zu verstehen gab, daß sie außer sich vor Freude sei, mich zu sehen, bestand darin, Trudie in den Hals zu beißen. Es war außerdem ihre Art, zu verstehen zu geben, daß sie ganz verrückt danach sei, einen Spaziergang zu machen, es war ihre Art, zu verstehen zu geben, daß sie bereits einen Spaziergang machte und echten Spaß daran hatte, und es war ihre Art, zu verstehen zu geben, daß sie ins Haus gelassen oder aus dem Haus herausgelassen werden wollte. Kurz gesagt, Trudie fortwährend mutwillig in den in den Hals zu beißen, war Maggies Lebensart.

Maggie war ein schöner Hund. Sie war kein Pudel, und die Hunderasse, zu der sie gehörte, lag mir ständig auf der Zunge. Mit Hunderassen kenne ich mich nicht gut aus, aber Maggie gehörte so einer klassischen, zweifelsfreien Rasse an: Ein schlankes, schwarzes und goldbraunes, vage an einen Retriever oder einen großen Beagle erinnerndes Tier. Wie heißen die bloß? Labrador? Spaniel? Jämthund? Samojede? Ich habe meinen Freund Michael, den Filmproduzenten, gefragt, sobald ich ihn gut genug zu kennen glaubte, um zuzugeben, daß ich die Hunderasse, der Maggie angehörte, nicht genau benennen könne, auch wenn es mir eigentlich klar sein müßte.

»Maggie«, antwortete er mit seinem schleppenden, ernsten, texanischen Tonfall, »ist ein Bastard.«

Und so machten wir drei uns jeden Morgen auf den Weg: ich, der riesige englische Schriftsteller, Trudie, der Pudel, und

Maggie, der Bastard. Ich lief-joggte-spazierte den breiten Sandweg entlang, der durch die ausgetrockneten roten Dünen führte, Trudie hüpfte mit schlackernden Ohren munter herum, mal hierhin, mal dahin, und Maggie wirbelte fröhlich mit und biß Trudie vergnügt in den Hals. Trudie ging sehr gutmütig und geduldig damit um, aber dann und wann hatte sie es plötzlich gewaltig satt. Dann vollführte sie eine abrupte Drehung in der Luft, landete direkt vor Maggie fest auf den Pfoten und warf ihr einen äußerst scharfen Blick zu, worauf Maggie sich plötzlich hinsetzte und sanft an ihrer rechten Hinterpfote zu knabbern begann, als wäre ihr Trudie ohnehin langweilig geworden.

Dann stürzten beide wieder los und rannten und rollten und kullerten sich jagend und beißend durch die Dünen, das strubbelige Gras und Gebüsch und hielten dann und wann plötzlich und unerwartet inne, als wären ihnen beiden zur gleichen Zeit die Tricks ausgegangen. Beide starrten dann eine Weile peinlich berührt ins Nichts, bis das Ganze wieder von vorn losging.

Und welche Rolle spielte ich dabei? Tja, eigentlich gar keine. Die beiden ignorierten mich während der vollen zwanzig oder dreißig Minuten. Was natürlich vollkommen okay war, ich hatte nichts dagegen. Aber trotzdem verwirrte es mich, weil sie jeden Morgen kläfften und an Türen und Fenstern kratzten, bis ich aufstand und sie spazieren führte. Wenn irgend etwas das tägliche Ritual unterband, sei es, daß ich in die Stadt fahren mußte, eine Verabredung hatte oder nach England flog, fühlte sich die beiden vollkommen elend und wußten einfach nichts mit sich anzufangen. Obwohl sie mich stets völlig ignorierten, wenn wir unsere Spaziergänge machten, konnten sie einfach nicht ohne mich spazieren gehen. Das zeugte von einem ausgeprägten Hang zum Philosophischen bei diesen Hunden, die nicht meine waren, weil sie herausgefunden hatten, daß ich anwesend sein mußte, damit sie mich richtig ignorieren konnten. Man kann nicht jemanden ignorieren, der nicht da ist, denn das wäre dann kein »ignorieren«.

Weitere Dimensionen ihres Denkens offenbarten sich, als mir Michaels Freundin Victoria erzählte, daß sie einmal, als sie mich besuchen kam, versucht hatte, Maggie und Trudie einen Ball hinzuwerfen, damit sie hinterherjagten. Die Hunde hätten einfach dagesessen und unbeweglich zugesehen, wie der Ball in die Höhe stieg, herunterfiel und schließlich über den Boden rollend liegen blieb. Victoria sagte, sie habe von den beiden Hunden die Botschaft erhalten: »So was machen wir nicht. Wir vertreiben uns die Zeit mit Schriftstellern.«

Was stimmte. Sie trieben sich jeden Tag von früh bis spät mit mir herum. Aber genau wie Schriftsteller mögen Hunde, die sich mit Schriftstellern herumtreiben, die eigentliche Schreibarbeit nicht. Und so strichen sie den ganzen Tag um mich herum, stupsten mich in einem fort beim Tippen an die Ellenbogen, legten mir die Schnauzen auf den Schoß und blickten traurig zu mir hoch in der Hoffnung, ich würde ein Einsehen haben und einen Spaziergang machen, damit sie mich dann wieder richtig ignorieren könnten.

Und abends dann trotteten sie zurück zu ihrem richtigen Zuhause, um gefüttert, mit Wasser versorgt und schlafen gelegt zu werden. Das schien mir eine gute Aufgabenteilung zu sein, weil ich das ganze Vergnügen ihrer Gesellschaft genoß, das beträchtlich war, ohne irgendeine Verantwortung für sie zu übernehmen. Und das blieb auch eine gute Aufgabenteilung bis zu dem Tag, als Maggie früh am Morgen aufkreuzte, bereit und erpicht darauf, mich ganz allein zu ignorieren. Keine Trudie. Trudie war nicht bei ihr. Ich war entsetzt. Ich hatte keine Ahnung, was mit Trudie passiert war, und auch keine Möglichkeit, es herauszufinden, weil sie mir nicht gehörte. War sie von einem Lastwagen überfahren worden? Lag sie irgendwo blutend am Straßenrand? Maggie wirkte nervös und beunruhigt. Sie weiß sicher, wo Trudie ist, dachte ich, und was mit ihr los ist. Am besten folgte ich ihr, wie bei *Lassie*. Ich zog meine Wanderschuhe an und eilte nach draußen. Wir liefen kilometerweit, durchstreiften die Wüste auf der Suche nach Trudie, machten die größten Umwege. Irgendwann wurde mir klar, daß Maggie gar nicht nach Trudie suchte, sie ignorierte mich lediglich – eine Strategie, die ich noch weiter komplizierte, indem ich die ganze Zeit versuchte, ihr zu folgen, anstatt meinen normalen Spaziergang zu machen. Also kehrte ich nach einiger Zeit nach Hause zurück, und Maggie saß mir zu Füßen und ließ den Kopf hängen. Es gab nichts, was ich hätte tun können, niemanden, den ich hätte anrufen können, weil Trudie eben nicht mein Hund war. Ich konnte nur wie ein Herrchen dasitzen und mir Sorgen machen. Ich hatte keine Lust zu essen. Nachdem Maggie am Abend nach Hause geschlichen war, schlief ich schlecht.

Morgens waren sie dann wieder da. Beide. Aber etwas Schreckliches war passiert. Trudie war beim Friseur gewesen. Ihr Fell war fast durchweg auf etwa zwei Millimeter gekürzt, nur ein paar Zierbüschel an Kopf, Ohren und Schwanz waren stehengeblieben. Ich war empört. Sie sah grotesk aus. Wir machten unseren Spaziergang und es war mir, ehrlich gesagt, peinlich. Wenn sie mein Hund gewesen wäre, hätte sie nicht so ausgesehen.

Ein paar Tage später mußte ich zurück nach England. Ich versuchte es den Hunden zu erklären, um sie darauf vorzubereiten, aber sie weigerten sich, die Sache zur Kenntnis zu nehmen. Am Morgen meiner Abreise sahen sie, wie ich meine Koffer hinten in den Geländewagen legte, und hielten Abstand, zeigten aber enormes Interesse an einem anderen Hund. Ignorierten mich völlig. Ich flog mit einem seltsamen Gefühl nach Hause.

Sechs Wochen später kam ich zurück, um an einer zweiten Fassung zu arbeiten. Ich konnte ja nicht einfach irgendwo vorbeischauen und die Hunde abholen. Ich mußte also hinter dem Haus herumlaufen, fürchterlich auffällig aussehen und alle möglichen hohen Töne von mir geben, die Hunde bemerkten. Und plötzlich begriffen sie die Botschaft und kamen durch die schneebedeckte Wüste angerast, um mich zu begrüßen (es war mittlerweile Mitte Januar). Kaum angekommen, sprangen sie in heller Aufregung unentwegt gegen die Wände, aber schließlich konnten wir nur noch zu einem frischen, gesunden Ignorier-Spaziergang im Schnee aufbrechen. Trudie machte ihr Stotting, Maggie biß ihr in den Hals, und so gingen wir weiter. Und drei Wochen später reiste ich wieder ab. Irgendwann in diesem Jahr werde ich sie wieder besuchen, aber mir ist klar, daß ich für sie nur »Der andere Mensch« bin. Früher oder später werde ich mich an einen eigenen Hund binden müssen.

Animal Passions
(Alan Coren, Hg.; Robson Books, September 1994)

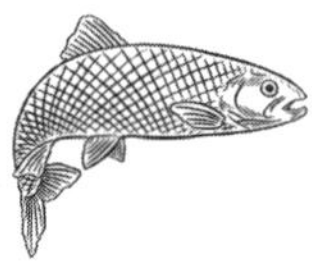

Vorschriften

In der alten Sowjetunion hieß es, alles, was nicht verboten ist, sei zwingend vorgeschrieben. Der Trick bestand darin, sich daran zu erinnern, was was war. Im Westen halten wir uns immer viel darauf zugute, daß wir die Dinge mit einem etwas gelasseneren gesunden Menschenverstand betrachten, und vergessen dabei, daß gesunder Menschenverstand oft genauso willkürlich ist. Vorschriften muß man kennen. Besonders, wenn man reist.

Vor ein paar Jahren – na ja, ich kann es Ihnen genau sagen, es war Anfang 1994 – hatte ich eine kleine Auseinandersetzung mit der Polizei. Ich fuhr mit meiner Frau, die im sechsten Monat schwanger war, auf der Westautobahn nach London hinein und überholte dabei auf der Innenfahrbahn. Unter den gegebenen Umständen war das keine wilde, rücksichtlose Fahrerei, ehrlich, ich paßte mich nur dem Verkehrsfluß an; trotzdem wurde ich plötzlich von einem Polizeiwagen zur Seite gewunken. Die Polizisten gaben mir Zeichen, ihnen von der Autobahn zu folgen und – erstaunlicherweise – *mitten in der Ausfahrt in einer Kurve* hinter ihrem Wagen zu halten, damit wir alle aussteigen und über mein abscheuliches Vergehen ein Schwätzchen halten könnten. Ich war fassungslos. PKWs, Lastwagen und, schlimmer noch, weiße Lieferwagen rasten die Ausfahrt runter, und keiner der Fahrer, da bin ich mir sicher, erwartete, daß zwei Wagen genau dort *parkten*. Jeder von denen hätte gegen das Auto prallen können, in dem meine schwangere Frau saß. Die Lage war beängstigend und verrückt. Das sagte ich auch dem Polizeibeamten, der, wie es Polizisten oft tun, einen anderen Standpunkt vertrat.

Sein Standpunkt war, daß das Überholen auf einer Innenfahrbahn an sich schon gefährlich sei. Und warum? Weil das Gesetz es so will. Dagegen war das Parken in einer unübersichtlichen Kurve mitten auf einer Autobahnausfahrt nicht gefährlich, weil ich Polizeianweisungen gefolgt war, was die Sache rechtlich einwandfrei und daher (dieser Argumentation zu folgen, war etwas knifflig) sicher machte.

Mein Standpunkt war, daß ich zwar einsähe, (ganz ungefährlich) ein Manöver gemacht zu haben, das gemäß englischen Gesetzen illegal sei, daß aber die gegenwärtige Situation, das Parken in einer unübersichtlichen Kurve mitten im dichten Verkehr, den geltenden physikalischen Gesetzen des Universums zufolge lebensgefährlich sei.

Der Polizist vertrat daraufhin den Standpunkt, daß ich mich nicht im Universum, sondern in England befände, was man mir auch vorher schon mal gesagt hatte. Ich gab den Versuch auf, die Diskussion für mich zu entscheiden, und erklärte mich mit allem einverstanden, bloß um schnell dort wegzukommen.

Übrigens hatte ich nur deshalb allzu lässig auf der Innenfahrbahn überholt, weil ich völlig ans Autofahren in den USA gewöhnt bin, wo alle von ihrem verfassungsmäßigen Recht Gebrauch machen, ganz nach Belieben auf jeder verdammten Fahrspur zu fahren. Nach amerikanischem Recht ist das Überholen auf der Innenfahrbahn (so die Verkehrslage es zuläßt) vollkommen legal, vollkommen normal und darum vollkommen ungefährlich.

Aber ich erzähle Ihnen jetzt, was nicht ungefährlich ist.

Ich war mal in San Francisco und stellte mein Auto in der einzigen Parklücke weit und breit ab, die sich aber zufällig auf der anderen Straßenseite befand. Das Gesetz schritt sofort ein.

Ob ich mir bewußt sei, wie gefährlich das Manöver war, das ich gerade ausgeführt hatte? Ich sah dem Gesetz ein wenig verständnislos ins Auge. Was hatte ich falsch gemacht?

Ich hätte, sagte das Gesetz, entgegen der Verkehrsrichtung geparkt.

Verdutzt blickte ich die Straße rauf und runter. Welches Verkehrs denn, fragte ich.

Des Verkehrs, der da wäre, sagte das Gesetz, wenn es Verkehr gäbe.

Das war selbst für meine Begriffe ein bißchen zu metaphysisch, und so erklärte ich ziemlich lahm, daß wir in England einfach überall dort parken könnten, wo wir eine Parklücke fänden, und nicht so furchtbar pedantisch darauf achteten, auf welcher Straßenseite sie sich befinde. Der Mann sah mich entgeistert an, als könnte ich von Glück reden, lebend aus einem Land dermaßen wilder und verrückter Parker herausgekommen zu sein, und gab mir prompt einen Strafzettel. Zweifellos hätte er mich am liebsten ausgewiesen, bevor meine subversiven Ideen Chaos und Anarchie auf den Straßen ausbrechen ließen, wo man normalerweise mit nichts Bedrohlicherem als ein paar simplen Sturmgewehren fertig werden mußte. Die, wie wir wissen, in den USA völlig legal sind und ohne die das Land von wilden Hirschrudeln, herrschsüchtigen Regierungsbeamten und gesetzlosen britischen Teeimporteuren überrannt werden würde.

Mein verstorbener Freund Graham Chapman, ein in seinen besten Zeiten äußerst eigenwilliger Fahrer, nutzte die beiderseitige Unkenntnis britischer und amerikanischer Fahrweisen aus, indem er immer einen kalifornischen und einen britischen Führerschein bei sich hatte. Wenn er in Amerika angehalten wurde, zog er seinen britischen Führerschein raus, und umgekehrt. Er erwähnte auch immer, daß er gerade auf dem Weg zum Flughafen sei, um das Land zu verlassen, eine, wie er feststellte, dermaßen willkommene Information, daß die Polizei ihn stets mit einem Seufzer der Erleichterung weiterwinkte.

Aber obgleich es zwischen Europäern und Amerikanern häufig Mißverständnisse gibt, haben Jahrzehnte einer gemeinsamen Film- und Fernsehkultur zumindest dazu beigetragen, daß wir uns aneinander gewöhnen. Außerhalb dieser Grenzen kann man sich auf gar nichts verlassen. In China zum Beispiel wurde der Dichter James Fenton einmal angehalten, weil er Licht an seinem Fahrrad hatte. »Was wäre«, fragte der Polizist streng, »wenn alle das machten?«

Aber das extremste Beispiel von etwas, das in einem Land absolut verboten und in einem anderen ganz normal ist, kann ich selber fast nicht glauben, obwohl meine Kusine schwört, daß es wahr ist. Sie hat mehrere Jahre in Tokio gelebt und erzählt von einem Rechtsfall, in dem ein Fahrer, der angeklagt war, auf den Bürgersteig und in ein Schaufenster gerast zu sein und zwei Fußgänger getötet zu haben, als mildernden Umstand anführen durfte, er sei zur Tatzeit stockbesoffen gewesen.

Welche Vorschriften muß man also kennen, wenn man von einem Land in ein anderes zieht? Was ist im einen Land zwingend vorgeschrieben und im anderen verboten? Der gesunde Menschenverstand sagt es uns nicht. Wir müssen es uns selber gegenseitig sagen.

The Independent on Sunday
Januar 2000

Einleitende Bemerkungen: Procol Harum im Barbican Center

Meine Damen und Herren,

wer mich kennt, weiß, welche enorme Freude es für mich bedeutet, heute abend hier zu sein und Ihnen diese Band vorzustellen. Schon seit dreißig Jahren bin ich ein sehr großer Fan von Gary Brooker und Procol Harum, als sie plötzlich die Welt damit überraschten, daß sie buchstäblich aus dem Nichts mit einem der größten Hits auftauchten, der je von irgendeinem Menschen unter welchen Umständen auch immer produziert worden ist. Dann überraschten sie die Welt noch mehr, als sich herausstellte, daß sie aus Southend und nicht, wie jeder annahm, aus Detroit kamen. Und dann überraschten sie die Welt noch mehr, als sie es einfach nicht schafften, der Single innerhalb von vier Monaten ein Album folgen lassen, ganz einfach, weil sie es noch nicht komponiert hatten. Und dann ließen sie – ein Coup noch nie dagewesener Marketingcleverness und Phantasie – »A Whiter Shade of Pale« auf dem Album einfach weg. Überhaupt machten sie nie irgend etwas unkompliziert, was jeder weiß, der mal versucht hat, den Akkorden von »A Rum Tale« zu folgen.

Außerdem übten sie einen ganz, ganz besonderen Einfluß auf mein Leben aus. Und zwar mit einem Song, den vermutlich einige von Ihnen hier kennen, nämlich »Grand Hotel«. Wenn ich schreibe, habe ich gern Musik im Hintergrund, und in dem speziellen Fall hatte ich »Grand Hotel« auf dem Plattenteller. Der Song hat mich schon immer interessiert: Während Keith Reids Text von irgendeinem schönen Hotel handelt – dem Silber, den Kronleuchtern und dergleichen –, gibt es mitten im Lied diesen gewaltigen Orchestereinsatz, der aus dem Nichts kommt und keinen speziellen Grund zu haben scheint. Ich habe mich immer gefragt, was es mit diesem Riesengetöse im Hintergrund wohl auf sich hat. Und irgendwann dachte ich: »Es klingt, als finde da eine Art Varietévorstellung statt. Etwas Riesiges und Ungewöhnliches, tja, wie das Ende des Universums.« Daher kam also die Idee für »Das Restaurant am Ende des Universums« – von »Grand Hotel«.

Aber genug von mir. Wir haben einen großartigen Abend vor uns. Die Band Procul Harum ist wirklich einzigartig. Und es freut mich, daß sich das London Symphony Orchestra heute abend zu ihnen gesellt. Ich möchte also mit Ihnen willkommen heißen: das London Symphony Orchestra, den Chameleon Arts Chorus, Procol Harum, als Dirigenten den wunderbaren Nicholas Dodd und den Gentleman-Gelehrten-Musiker und, wie ich glaube, inzwischen auch Konteradmiral – Gary Brooker. Vielen Dank.

Aus dem Konzert von Procol Harum
und dem London Symphony Orchestra
am 9. Februar 1996

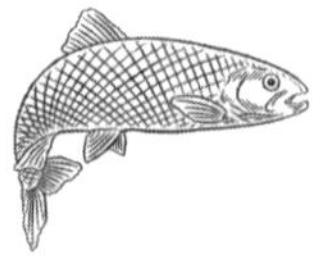

Katermittel

Was wollen wir uns alle am nächsten Samstag vornehmen? Keine Vorsätze zum neuen Jahr, wenn wir halbwegs bei Verstand sind. Die scheitern alle so peinlich früh im neuen Jahr, daß wohl kaum jemand von uns den Wunsch hat, das Gefühl der Vergeblichkeit dadurch zu tilgen, daß sie Millenniumsvorsätze fassen und damit, relativ gesprochen, tausendmal früher als üblich scheitern.

In der Tat – wenn ich kurz abschweifen darf (und falls Sie nicht wollen, daß ich abschweife, dürften Sie bald feststellen, daß Sie die falsche Kolumne lesen) – stellt sich heraus, daß es vielleicht einen anderen sehr guten Grund gibt, warum wir mit unseren Neujahrsvorsätzen scheitern, als bloß die auf der Hand liegende, erbärmliche Willensschwäche. Nämlich folgenden: Wir können uns an die Vorsätze überhaupt nicht erinnern. Schlicht und einfach. Und falls wir sie tatsächlich aufgeschrieben haben, dann fällt uns wahrscheinlich nicht ein, wo wir den Zettel hingelegt haben. Komischerweise, so hört man immer wieder, taucht dieser Zettel manchmal genau ein Jahr später wieder auf, wenn man nach was sucht, worauf man die vergeblichen Versuche fürs nächste Jahr notieren könnte, das Leben in eine gewisse Form zu bringen. Das ist, wie sich herausstellt, kein Zufall.

Übrigens: Bin ich eigentlich der einzige, der den Ausdruck »es stellt sich heraus« so unglaublich nützlich findet? Er erlaubt es, schnelle, präzise und maßgebliche Verbindungen zwischen ansonsten willkürlichen und zusammenhanglosen Behauptungen herzustellen, ohne daß man sich die Mühe machen muß zu erklären, auf welche Quelle oder Instanz man sich beruft. Das ist großartig und viel besser als seine Vorläufer wie zum Beispiel »Ich habe irgendwo gelesen, daß ...« oder das feige »Man sagt, daß ...«, weil es nicht bloß suggeriert, daß, welche fragwürdigen Gerüchte man auch verbreitet, sie auf brandneuen, bahnbrechenden wissenschaftlichen Erkenntnissen beruhen, sondern auch, daß es sich um Erkenntnisse handelt, an denen man selbst unmittelbar beteiligt war. Und das, wie gesagt, ohne jede *echte* Legitimierung. Egal... wo war ich stehen geblieben?

Es scheint, daß Alkohol auf das Gehirn eine Wirkung ausübt. Na gut, das wissen wir natürlich, und die es noch nicht wissen, werden es bald herausfinden. Aber diese Wirkung erfolgt in Abstufungen, und genau da liegt das Problem. Das Gehirn ordnet (wie sich herausstellt) seine Erinnerungen in einer Art Hologramm an. Um ein Bild wiederzufinden, muß man die exakt gleichen Umstände wiederherstellen, in denen es aufgenommen wurde. Beim Hologramm ist es die Beleuchtung, beim Gehirn ist es oder ist es möglicherweise (wie sich herausstellt) die Alkoholmenge, die in ihm herumschwappt. Dinge, die einem zustoßen oder die man unter Alkoholeinfluß – ja, schrecklich – sagt oder tut, lassen sich erst wieder in Erinnerung rufen, wenn man erneut unter dem Einfluß der exakt gleichen Menge Alkohol steht. Diese Erinnerungen sind für den normalen, nüchternen Verstand überhaupt nicht greifbar. Woraus folgt, daß man nach einem mehr als feuchtfröhlichen Abend der einzige sein kann, der sich nicht an die brunzdumme Bemerkung erinnern kann, die man gegenüber jemandem gemacht hat, dessen Gefühle einem sehr oder auch nur ein bißchen am Herzen liegen. Erst Wochen, Monate oder, im Falle von Silvester, genau ein Jahr später kehrt das Ereignis mit einem Übelkeit erregenden Wumm ins Gedächtnis zurück und es wird einem plötzlich klar, warum einem die Leute so lange aus dem Weg gegangen sind oder einen mit glasigem Blick angestarrt haben. Das führt dann häufig dazu, daß man mit lauter Stimme »O Gott« vor sich hinsagt und nach einem Schnaps greift, der einen auf die nächste Stufe der Besoffenheit hebt, wo auf das Vergnügen natürlich weitere Schrecken warten.

Gleiches gilt auch für das Nüchternwerden. Es gibt Erinnerungen, die sich nur wiederherstellen lassen, wenn man genau das gleiche Austrocknungsstadium wiedererlangt, in dem die ursprünglichen Vorkommnisse eingetreten sind. Daher das Problem mit den guten Vorsätzen zum neuen Jahr, das darin besteht, daß man sich nie genau an die Vorsätze erinnert, die man gefaßt hat, oder auch nur, wo man sie hingeschrieben hat – bis zum genau gleichen Augenblick ein Jahr später, wenn man auf schreckliche Weise daran erinnert wird, daß man sich unmöglich länger als etwa sieben Minuten daran halten konnte.

Worin besteht nun die Lösung dieses schrecklichen, ewig ungelösten Problems? Nun, in strenger Selbstdisziplin natürlich. Das klösterliche Einhalten einer Diät aus gedünstetem Gemüse, klarem Wasser, langen Spaziergängen, regelmäßigem Sport, frühem Ins-Bett-gehen, frühem Aufstehen und wahrscheinlich irgendwelchen ätherischen Ölen oder so ähnlich. Aber im Ernst: Was wir am Neujahrstag am meisten brauchen und an dessen Herstellung wir uns verzweifelt zu erinnern versuchen werden, ist ein gutes Katermittel, und zwar eines, das ohne den Sprung in den zugefrorenen Serpentine-See auskommt. Das Problem ist, daß wir uns nie an das Mittel erinnern können, wenn wir es brauchen, und nicht einmal wissen, wo wir es finden. Und wir erinnern uns deshalb nicht daran, wenn wir es brauchen, weil wir davon gehört haben, als wir es gar nicht brauchten, was aus den oben dargelegten Gründen überhaupt nichts nützt. Übelkeit erregende Bilder von Eidottern und Tabascosoße schwappen einem durchs Gehirn, aber man befindet sich nicht in einem geeigneten Zustand, um seine Gedanken zu ordnen. Gerade darum ist es dringend geboten, daß wir sie jetzt ordnen, solange noch Zeit ist. Dies ist also ein Ruf nach guten, wirksamen Mitteln zur Wiederauffrischung des Gehirns am Neujahrstag, ohne sich einer Schädeloperation unterziehen zu müssen. Daher: Mittel gegen Kater bitte an www.h2g2.com.

Und mögen die nächsten tausend Jahre für Sie und Ihre Nachkommen erfolgreich sein.

The Independent on Sunday
Dezember 1999

Meine Lieblingsdrinks

Ich liebe Whisky in jeder Form. Ich mag es, wie er in der Flasche aussieht, diese volle goldene Farbe. Ich mag die im Regal angeordneten Etiketten, – die Bilder von Schottenröcken, Claymore-Schwertern und leicht unscharfen Schafen. Ich mag das Gefühl, daß es sich um einen Drink handelt, in dem – im Gegensatz zum Beispiel zum Wodka aus Warrington – Kultur und Geschichte des Ortes versammelt sind, an dem er destilliert wird. Besonders mag ich das rauchige, torfige Aroma der Single Malts. Das einzige, was ich an Whisky wirklich nicht mag, ist, daß mich nach dem kleinsten Schluck von dem Zeug sofort ein beißender Schmerz von der Rückseite meines linken Augapfels bis in die Spitze meines rechten Ellbogens durchfährt und daß ich plötzlich ganz merkwürdig gehe, mit Menschen zusammenstoße und die Möbel anknurre. Deshalb habe ich gelernt, mich anderen Drinks zu widmen.

Margaritas mag ich sehr gern, aber sie bringen mich dazu, daß ich ganz alberne Dinge kaufe. Immer wenn ich mir ein paar Margaritas genehmigt habe, wache ich morgens mit dem Angstgefühl auf, was ich wohl diesmal unten vorfinden werde. Das Schlimmste waren einmal ein zwei Meter langer Bleistift und ein über einen halben Meter breiter Radiergummi, die ich mir nach einem leichtfertigen Besäufnis in New York nach England hatte schicken lassen. Das Verwirrende daran war, daß sie erst einige Wochen nach mir ankamen und ich sie eines Morgens unten vorfand, nachdem ich zu meiner allabendlichen Pizza am Vortag nur ein Glas Chianti getrunken hatte.

Deshalb trinke ich jetzt nur noch Stolichnaya Wodka-Martinis, wenn ich in New York bin, weil sie so smart und kultiviert und newyorky sind, aber auch, was viel entscheidender ist, weil ich danach außerstande bin, was Dummes anzustellen oder überhaupt irgendwas anzustellen, auch wenn ich mich gelegentlich unter ihrer Wirkung sehr kenntnisreich über Quantenchromodynamik und Schweinezucht unterhalte.

Ich mag Bloody Marys, trinke sie aber nur auf Flughäfen. Dafür habe ich keine Erklärung. Es kommt mir nie in den Sinn, unter normalen Umständen eine Bloody Mary zu trinken, aber kaum bin ich in einer Flughafen-Lounge, strebe ich zu Stoli und Tomatensaft wie die Ratte vom sinkenden Schiff und komme einige Stunden später mit pochendem Jetlag am Zielflughafen an.

Zuhause trinke ich alles, was im Kühlschrank rumliegt, was in der Regel sehr wenig ist. Mein Kühlschrank hat eine sonderbare Eigenschaft: Man stellt eine Flasche guten Champagner rein, und wenn man sie aufmachen will, findet man statt dessen eine Flasche üblen billigen Weißwein. Ich bin immer noch nicht dahintergekommen, wie das passiert, aber meistens tröste ich mich mit einem Glas des langweiligsten Getränks der Welt – des einzigen, das ich ohne jede üble Nebenwirkung trinken kann: Gin Tonic.

The Independent on Sunday
Dezember 1990

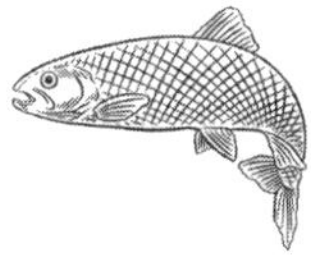

Vorwort zu den *Radio Scripts*

Ich habe Spaß an diesen kleinen Plaudereien vorne in Büchern. Dies ist in Wahrheit glatt gelogen. In Wirklichkeit geschieht folgendes: Du mühst dich beharrlich, ein Buch zu Ende zu bringen oder wenigstens anzufangen, dessen Ablieferung du schon vor sieben Monaten versprochen hast, und allmählich trudeln Faxe ein, in denen angefragt wird, ob du nicht vielleicht noch ein klitzekleines Vorwort zu einem Buch schreiben könntest, unter das du, wie du dich deutlich erinnerst, bereits etwa 1981 »Ende« geschrieben hast. Dafür brauchst du, verspricht das Fax, keine zwei Minuten. Verdammt richtig, du brauchst keine zwei Minuten. Du brauchst vielmehr dreizehn Stunden und verpaßt schon wieder eine Dinnerparty, und deine Frau spricht nicht mehr mit dir, und das Buch verzögert sich dermaßen, daß du ganze Campingferien in den Pyrenäen ausfallen lassen mußt, und deine Frau spricht nicht mehr mit dir, vor allem weil die Campingferien deine Idee waren, nicht ihre, und sie bloß dir zuliebe mitfahren wollte, und jetzt muß sie alleine hin, wo du doch ganz genau weißt, daß sie Camping nicht ausstehen kann. (Ich übrigens auch. Den Teil habe ich mir bloß ausgedacht.)

Und dann kommen noch mehr Faxe, in denen noch mehr Vorworte angefordert werden, diesmal für Sammelbände von Büchern, für die ich jeweils bereits Vorworte geschrieben habe. Nach einer Weile stelle ich fest, daß ich bereits so viele Vorworte geschrieben habe, daß sie jemand sammelt und in ein Buch packt und mich bittet, ein Vorwort dazu zu schreiben. Und so verpasse ich schon wieder eine Dinnerparty, außerdem eine Tauchexpedition zu den Azoren, und ich finde heraus, daß meine Frau nicht mehr mit mir spricht, weil sie inzwischen mit einem anderen verheiratet ist. (Auch dies habe ich, soweit ich weiß, erfunden.)

Früher, als ich noch auf Partys gehen konnte, oder anders ausgedrückt, in den Zeiten, als ich erst einige wenige Bücher geschrieben hatte und das ganze Geschäft mit den Vorworten noch keine Vollzeitbeschäftigung war, habe ich, wenn ich sah, daß sich zwei Freunde von mir noch nicht kannten, eine Menge Zeit gespart, indem ich einfach zu ihnen sagte: »Das ist Peter, das ist Paula, warum stellt ihr euch nicht gegenseitig vor?« Das hat zumeist ganz fabelhaft geklappt, und ehe man sich's versah, waren Peter und Paula ein glückliches Paar, das gemeinsam zu Skiferien in den Französischen Alpen aufbrach, und zwar mit meiner Frau und ihrem zweiten Mann.

Also. Lieber Leser. Dies ist die Jubiläums-Wiederauflage der Radiotexte von *Per Anhalter durch die Galaxis*. Warum stellt ihr euch nicht gegenseitig vor?

Mir hat diese kleine Plauderei Spaß gemacht.

Vorwort zu *The Original Hitchhiker Scripts*
Ausgabe zum zehnten Jahrestag.
(Harmony Books, Mai 1995)

☆

Wie soll ein angehender Schriftsteller es anstellen, Autor zu werden?

Machen Sie sich zuallererst klar, daß es sehr schwierig ist und daß Schreiben eine quälende, einsame und, wenn man nicht sehr viel Glück hat, obendrein noch schlecht bezahlte Tätigkeit ist. Man sollte es also wirklich, wirklich, wirklich unbedingt tun wollen. Und dann muß man auch noch etwas schreiben. Wenn man nicht darauf aus ist, ausschließlich Romane zu verfassen, rate ich dazu, als Autor beim Rundfunk anzufangen, der noch immer ein Medium ist, in das man *rela-*

tiv leicht reinkommt, weil man dort so schlecht bezahlt wird. Aber es ist ein tolles Medium für Schriftsteller, weil es so stark auf die Einbildungskraft angewiesen ist.

In diesem Jahrhundert Unerledigtes

Nur noch wenige Tage. Ich glaube, es ist wichtig, daß man ein Jahrhundert, und schon gar ein Jahrtausend nicht verläßt, ohne hinter sich aufzuräumen, und es gibt zweifellos noch Unerledigtes aufzuarbeiten. Ich schlage vor, daß die Internetgemeinde versucht, diese unerledigten Dinge zu benennen und mal zu sehen, ob wir sie nicht gemeinsam wegklotzen, damit wir alle zusammen die Neujahrsfeiern in dem Gefühl genießen können, das Jahrhundert gut beendet zu haben.

Doch zuerst ein Wort an die Pedanten.

Ja, ich weiß, daß Sie alle glauben, das neue Jahrtausend beginnt erst ein Jahr später, und damit gehen Sie einem ganz schön auf die Nerven. So erpicht sind Sie, dem Rest der Welt mit dem Finger zu drohen, daß Sie den Sinn des Ganzen komplett übersehen. ES KOMMT NÄMLICH ÜBERHAUPT NICHT DRAUF AN! Es ist einfach nur ein Vorwand, um zu sagen: »Wow! Kuck dir das an! Weg sind sie!«, wenn alle Zahlen wechseln.

Welche andere Bedeutung kann es denn *sonst* haben? Zehn (wie auch jedes Vielfache davon) ist eine beliebige Zahl. Der 1. Januar ist ein beliebiges Datum. Und wenn Sie etwa glauben, die Geburt Jesu Christi sei ein bedeutsamer Zeitpunkt, so können wir nur mit aller Bestimmtheit entgegnen, daß sie nicht im Jahr 1 nach Christus stattgefunden hat. Oder im Jahr 0 nach Christus, wenn das Jahr davor wirklich so genannt wurde (was nicht der Fall war, wie wir alle wissen, weil die Pedanten unentwegt darauf herumreiten).

Außerdem sagen uns die Historiker (eine *viel* interessantere Clique als die Pedanten), daß in der Zwischenzeit so oft am Kalender herumgefummelt wurde, daß das Ganze doppelt bedeutungslos ist.

Überlegen Sie sich folgendes: Erst vor relativ kurzer Zeit haben wir unser Zeit- und Datumssystem mit Hilfe von Atomuhren und ähnlichem genau definiert und standardisiert. Und am 1. Januar 2000 (wenn man den Pessimisten glauben soll) werden alle unsere Computersysteme verrückt spielen und uns in die Steinzeit zurückkatapultieren (oder auch nicht, was wahrscheinlicher ist). Offenbar ist also die Mitternacht des 31. Dezembers der einzige solide und verläßliche Bezugspunkt, den wir in dem ganzen beklagenswerten Durcheinander haben, und deswegen sollten wir das schon ein klein wenig feiern. Und statt zu sagen, daß wir uns im Ende des Jahrtausends (oder des zweiten Jahrtausends) geirrt haben, sollten wir lieber sagen, daß unsere Vorfahren sich im *Anfang* geirrt und wir dieses Chaos jetzt in Ordnung gebracht haben, bevor wir mit unserem eigenen neuen Chaos beginnen. Ist das Ganze nicht überhaupt scheißegal? Es ist doch bloß der Vorwand für eine Party.

Aber zunächst zu den unerledigten Dingen.

Ein besonders kniffliges Stück Unerledigtes, das ging mir neulich beim Singen mit meiner fünfjährigen Tochter auf, ist der Text von »Do-Re-Mi« aus *The Sound of Music (Meine Lieder – meine Träume)*. Ich würde es nicht unbedingt als globale Krise bezeichnen, aber es schafft mich doch jedesmal, wenn ich es höre, dabei *sollte es doch nicht so schwer sein, eine Lösung zu finden*.

Aber es ist schwer.

Hier ist das Problem: Jede Textzeile des Liedes bezieht sich auf den Namen einer Note aus der Dur-Tonleiter, und erklärt ihn: »*Do* (doe), a deer, a female deer; *Re* (ray), a drop of golden sun«, usw. So weit, so gut. »*Mi* (me), a name I call myself; *Fa* (far), a long, long way to run.« Okay. Nicht unbedingt Keats, finde ich, aber es ist eine absolut brauchbare Idee und sie funktioniert durchgehend. Und nun biegen wir in die Zielgerade ein. »*So* (sew) a needle pulling thread.« Ja, gut. »*La,* a note to follow *so* ...« Wie bitte? Entschuldigung? »*La,* a note to follow *so* ...« Was ist das denn für eine lahme erbärmliche Textzeile?

Nun, es liegt auf der Hand, was für eine Textzeile das ist. Es ist ein Platzhalter. Einen Platzhalter setzt der Autor ein, wenn ihm die richtige Zeile oder Idee im Moment nicht einfällt, er aber trotzdem irgendwas hinschreiben will, um es später zu ändern. Deswegen stelle ich mir vor, daß Oscar Hammerstein einfach dieses »a note to follow *so*« reingepackt hat, um am nächsten Morgen noch mal einen Blick drauf zu werfen.

Doch als er es sich am nächsten Morgen ansah, kam ihm auch keine bessere Idee. Oder am übernächsten Morgen. Komm schon, wird er sich gesagt haben, es ist doch ganz einfach. Oder etwa nicht? »*La* ... ein Dingsbums, Dingsbums ... was?«

Man kann sich bedrohlich näherrückende Proben vorstellen. Aufnahmetermine. Vielleicht würde er es noch am Drehtag ändern. Vielleicht hätte jemand aus dem Ensemble die Antwort parat. Aber nein. Niemand schafft es. Und nach und nach wurde so der lahme Platzhalter für eine Textzeile fest eingebaut und ist jetzt ganz offiziell Bestandteil des Liedes, des Films, und so weiter.

Was soll daran so schwierig sein? Wie wäre es mit diesem Vorschlag: »*La,* a ..., a ...« – na ja, mir fällt im Augenblick auch nichts ein, aber ich denke, wenn die ganze Welt sich gemeinsam anstrengt, kriegen wir das schon hin. Und ich finde, wir sollten das Jahrhundert nicht zu Ende gehen lassen, solange ein so wichtiges populäres Lied peinlicherweise unvollendet geblieben ist.

Was sonst noch? Tja, was fällt *Ihnen* noch ein? Welches sind die Dinge, die wir uns zuliebe in den nächsten paar Monaten noch in Ordnung bringen sollten, bevor die Ziffern umschalten und wir uns alle mit einer Garnitur brandneuer, blitzblanker Einundzwanzigstes-Jahrhundert-Probleme rumschlagen müssen? Der Hunger in der Welt? Lord Lucan? Jimmy Hoffa? Wohin mit den alten Achtspur-Kassetten, so daß niemand im 21. Jahrhundert je wieder eine davon zu Gesicht kriegen muß? Vorschläge und Lösungen bitte an www.h2g2.com.

The Independent on Sunday
November 1999

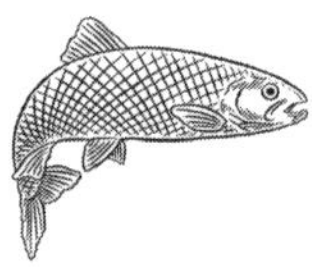

Das Dreamteam

TRAUM-FILMBESETZUNG: Sean Connery als Gott, John Cleese als Erzengel Gabriel und Goldie Hawn als Mutter Teresas jüngere Schwester Trudie. Mit einem Gastauftritt von Bob Hoskins als Detective Inspector Phil Makepiece.

TRAUM-ROCKBAND: Meine absolute Traum-Rockband gibt es nicht mehr, weil ihr Rhythmusgitarrist erschossen wurde. Aber ihren Bassisten würde ich nehmen, weil er ohne Frage der beste ist. Es gibt bestimmt noch andere brillante Spieler, aber was schiere Musikalität, Einfallsreichtum und Drive angeht, gibt es keinen besseren als McCartney. Singen würde er gemeinsam mit Gary Brooker, der die tollste Soulstimme im britischen Rock hat und ein irrsinnig guter Pianist ist. Zwei Leadgitarristen (an der Rhythmusgitarre könnten sie sich abwechseln): Dave Gilmour, den ich immer schon zusammen mit Gary Brooker hören wollte, weil sie beide ein

Faible für Dramatik und betörende Melodien haben; und Robbie McIntosh, der sowohl ein toller Bluesrocker ist, als auch phantastisch Akustikgitarre spielt. Drummer: Steve Gadd (erinnern Sie sich noch an »50 Ways«?). Und wenn man schon mal so eine große Band beisammen hat, muß man eigentlich auch Maestro Ray Cooper als Schlagzeuger dabeihaben, obwohl es auch sehr verlockend wäre, die unglaubliche Schlagzeugerin aus Van Morrisons Band zu engagieren, deren Namen ich vergessen habe. Streicher? Blechbläser? Royal Philharmonic? Eine Jazzband aus New Orleans? Dazu braucht man nur Paul »Wix« Wickens, den Synthie-Zauberer. Und einen riesigen Lkw.

TRAUM-GELIEBTE: Die Dagenham Girl Pipers. Bei allem Respekt und aller Liebe zu meiner Frau: Wie liebevoll und zärtlich deine Frau auch sein mag, manches kann einem nur eine große Dudelsack-Kapelle schenken.

TRAUM-PROJEKT: Wenn mir unbegrenzte finanzielle Mittel zur Verfügung stünden, würde ich gern ein großes Forschungsprojekt finanzieren, das sich mit dem Ursprung der Menschheit und dem Übergang vom Affen zum Menschen beschäftigt. Seit ein paar Jahren fasziniert mich die Wasseraffentheorie, die Vorstellung, daß sich unsere Vorfahren eine Zeitlang halb auf dem Land und halb im Wasser bewegt haben. Ich habe oft gehört, daß man sich über diese Idee lustig gemacht, aber noch nie, daß man sie überzeugend widerlegt hat, und ich würde gern die Wahrheit wissen, egal wie sie ausfallen mag.

ALTERNATIVE TRAUMKARRIERE: Zoologe, Rockmusiker, Systemsoftware-Designer.

TRAUMFERIEN: Sporttauchen in Australien, draußen hinter dem Great Barrier Reef in dem wunderbaren klaren Wasser der Korallensee – Cod Hole, Haifischtauchen, Wracktauchen. Dann nach Westaustralien, um mit riesigen Walhaien zu tauchen, und schließlich zur Shark Bay, um mit Delphinen zu tauchen. Auf dem Rückweg würde ich kurz zu einem Abendessen in Hongkong Station machen.

TRAUMHAUS: Irgendwas Großes und Verwinkeltes irgendwo am Strand, wahrscheinlich in Far North Queensland, mit viel Natur rundherum und Breitband-Internetverbindungen zum Rest der Welt. Dazu ein Boot und einen kleinen Pickup-Truck.

TRAUM-CUISINE: Wenn ich mich für die Küche eines Landes entscheiden und nur die für den Rest meines Lebens essen müßte, würde ich mich für die japanische entscheiden.

TRAUM-TAGESAUFLUG: Den habe ich schon hinter mir. Es war 1968 – ein Freund und ich haben für einen Tag die Schule geschwänzt, sind nach London gefahren und haben uns nachmittags auf Breitwand *2001* angesehen und abends Simon and Garfunkel live in der Albert Hall erlebt.

The Observer
10. März 1995

☆

Woher nehmen Sie die Ideen für Ihre Bücher?

Ich sage mir einfach, daß ich erst eine Tasse Kaffee kriege, wenn mir was eingefallen ist.

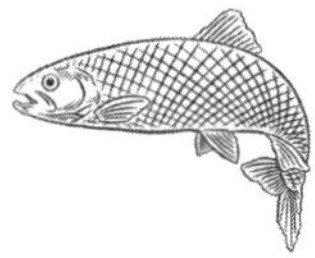

Vorwort zu Comic Books *Nr. 1*

Oft werde ich gefragt, woher ich meine Ideen beziehe, manchmal siebenundachtzigmal am Tag. Die Frage stellt ein bekanntes Risiko für Schriftsteller dar, und die richtige Reaktion darauf ist, erstmal tief durchzuatmen, das Herzklopfen unter Kontrolle zu bringen, sich friedliche, beruhigende Bilder von Vogelgezwitscher und Butterblumen auf Frühlingswiesen vorzustellen und dann versuchsweise zu sagen: »Tja, es ist wirklich sehr interessant, daß Sie das fragen…«, bevor man zusammenbricht und hemmungslos loswimmert.

In Wirklichkeit weiß ich nicht, woher meine Ideen kommen, oder auch nur, wo ich nach ihnen suchen sollte. Kein Schriftsteller weiß das. Das stimmt allerdings nicht ganz. Wer ein Buch über die Paarungsgewohnheiten von Schweinen schriebe, würde schon ein paar ganz gute Ideen aufschnappen, wenn er in einem Plastikregenmantel auf einem Bauernhof rumhängt, aber wenn man Romane schreiben will, dann besteht die einzige Lösung darin, Unmengen Kaffee in sich reinzuschütten und sich einen Schreibtisch zu kaufen, der nicht gleich zusammenbricht, wenn man verzweifelt den Kopf dagegen donnert.

Ich übertreibe natürlich. Das ist mein Beruf. Es gibt ein paar verrückte Ideen, von denen ich noch genau weiß, woher sie kamen. Zumindest glaube ich es; vielleicht denke ich es mir aber auch nur aus. Auch das ist mein Job. Wenn ich was Umfangreiches schreiben muß, höre ich mir oft dasselbe Musikstück immer wieder an. Natürlich nicht, während ich schreibe, denn dabei muß es vergleichsweise ruhig sein, sondern während ich mir noch eine Tasse Kaffee mache oder mir einen Toast schmiere oder meine Brille putze oder versuche, neuen Toner für den Drucker zu finden, oder auf meine Gitarre neue Saiten aufziehe oder die Kaffeetassen abräume oder mich aufs Klo zurückziehe und dasitze und nachdenke – mit anderen Worten: fast den ganzen Tag über. Daher kommt es, daß viele meiner Ideen Songs entstammen. Na ja, zumindest eine oder zwei. Um absolut genau zu sein, entstammt nur eine einzige Idee einem Song, aber ich bleibe bei der Gewohnheit, falls sie mal wieder funktioniert, was sie nicht tun wird, aber egal.

So, jetzt wissen Sie, wie's gemacht wird. Einfach, nicht wahr?

Aus The *Hitchhiker's Guide to the Galaxy*
(collected edition)
DC Comics, Mai 1997

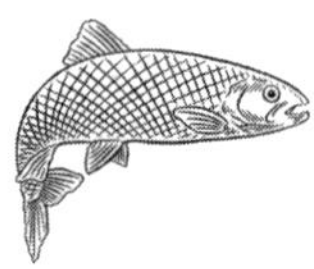

Interview mit Virgin.net

Wenn es jemanden gibt, der ein bißchen was übers Reisen wissen sollte, dann muß es der Typ sein, der im Restaurant am Ende des Universums Hamburger und Fritten gegessen hat. Wir haben den Schriftsteller Douglas Adams in seinem neuen Haus in den USA aufgestöbert, in die er vor kurzem für die Dreharbeiten an dem Film *Per Anhalter durch die Galaxis* gezogen ist.

Welches war Ihr schönstes Ferienerlebnis als Kind?

Die Ferien meiner Kindheit waren immer relativ bescheiden – der Höhepunkt waren zwei Wochen auf der Isle of Wight, als ich sechs war. Ich erinnere mich, daß ich etwas gefangen habe, was ich für eine Scholle hielt, obwohl es nur so groß wie eine Briefmarke war und gleich einging, als ich es als Haustier zu halten versuchte.

Sind Sie seit Ihrer Kindheit mal wieder dort gewesen?

Ich war noch einmal auf der Isle of Wight. Ich wohnte in einem Hotel, in dem die Abendunterhaltung darin bestand, die Lichter im Restaurant auszuknipsen und einer Dachsfamilie beim Spielen auf der Wiese zuzuschauen.

Wo haben Sie zum ersten Mal ohne Ihre Eltern Ferien gemacht?

Ich bin per Anhalter durch Europa gereist, als ich achtzehn war.

Was haben Sie da gemacht?

Ich fuhr nach Österreich, Italien, Jugoslawien und in die Türkei, übernachtete in Jugendherbergen und auf Campingplätzen und besserte meinen Speiseplan mit der Teilnahme an kostenlosen Brauereibesichtigungen auf. Istanbul war besonders wunderbar, aber zum Schluß hatte ich eine furchtbare Lebensmittelvergiftung und mußte mit der Bahn nach England zurück, wo ich im Gang direkt neben dem Klo schlief. Ach, das waren noch Zeiten …

Sind Sie seitdem noch mal dort gewesen?

Ich war noch einmal in Istanbul. Ich kam gerade aus Australien und beschloß spontan, auf dem Rückflug einen Zwischenstop in Istanbul einzulegen. Aber daß ich mir ein Taxi vom Flughafen nahm und in einem guten Hotel wohnte, statt mich auf der Ladefläche eines Lkws mitnehmen zu lassen und im Hinterzimmer einer billigen Pension zu nächtigen, hat dem Ganzen irgendwie seinen Zauber genommen. Ich bin ein paar Tage da rumgelaufen, habe versucht, den Teppichhändlern aus dem Weg zu gehen und es dann aufgegeben.

Welches ist der entlegenste oder verrückteste Ort, an dem Sie je gelandet sind?

Die Osterinsel ist natürlich der entlegenste Flecken der Welt, berühmt dafür, daß er weiter von allem entfernt ist als jeder andere Ort. Deshalb war es ja so eigenartig, daß ich ganz zufällig und nur für etwa eine Stunde dort gelandet bin. Ich habe dabei eine sehr wichtige Lektion gelernt, nämlich: Sieh dir dein Ticket ganz genau an.

Wann waren Sie da und warum?

Ich flog von Santiago nach Sydney und war ein bißchen müde, weil ich die letzten zwei Wochen nach Pelzrobben gesucht hatte, und der genaue Flugplan wurde mir erst klar, als der Pilot sagte, wir würden gleich einen einstündigen Zwischenstop auf der Osterinsel einlegen.

Es gab da eine kleine Minibusflotte am Flughafen, die uns zur nächstgelegenen Statue kutschierte, damit wir sie uns kurz ansehen konnten, während das Flugzeug aufgetankt wurde. Das war furchtbar frustrierend, denn wenn ich mir am Vortag mein Ticket genau angesehen hätte, hätte ich es ohne weiteres ändern lassen und ein paar Tage bleiben können.

Welches ist Ihre Lieblingsstadt? Und was fasziniert Sie am meisten an ihr?

In meiner Phantasie ist es Florenz, aber nur wegen der Erinnerungen daran, wie ich als Student dorthin gereist bin und mich tagelang an Sonne, billigem Wein und Kunst berauscht habe. Nach Reisen in jüngerer Zeit haben Verkehrsstaus und Smog diese Erinnerungen überlagert.

Heute würde ich wohl sagen, daß meine Lieblingsstadt nur eine eher kleine Stadt ist – Santa Fe in New Mexico. Ich mag die Hochwüstenluft, die Margaritas und Guacamole, die silbernen Gürtelschnallen und das Gefühl, daß die Leute am Nebentisch im Café wahrscheinlich Nobelpreisträger sind.

Wann sind Sie zum letzten Mal per Anhalter gereist?

Vor etwa zehn Jahren, auf der Insel Rodrigues im Indischen Ozean. Trampen war die einzige Möglichkeit, sich auf der Insel fortzubewegen. Es gab keine öffentlichen Verkehrsmittel, aber ein paar Leute hatten Land Rover; man mußte nur darauf hoffen, daß sie vorbeikamen. Gegen Abend befand ich mich plötzlich in einem Wald, ich hatte kurze Hosen an und mein Moskitospray vergessen. Es war die qualvollste Nacht meines Lebens.

Was war Ihr Lieblingsort, als Sie für Ihr Buch Die Letzten ihrer Art *unterwegs waren?*

Madagaskar – aber das war eigentlich nur eine Art Vorspiel zu *Die Letzten ihrer Art*. Mir gefielen der Wald und die Lemuren und die Herzlichkeit der Menschen.

Was halten Sie für das interessanteste Bauwerk in der Galaxis?

Den Staudamm, der in den Drei Schluchten des Jangtse errichtet wird. Allerdings wäre »unverständlichste« wahrscheinlich das richtigere Wort. Staudämme leisten fast nie, was sie eigentlich leisten sollten, sondern richten vielmehr unglaubliche Schäden an. Und trotzdem bauen wir immer wieder welche, und ich frage mich, warum. Ich bin überzeugt, wenn wir nur weit genug in der Geschichte der Menschheit zurückgehen, stoßen wir irgendwo auf ein paar Bibergene. Das ist die einzig einleuchtende Erklärung.

Waren Sie jemals dort?

Ich bin seit dem Baubeginn nicht mehr am Jangtse gewesen. Ich will das Ding einfach nicht sehen.

Und die interessanteste organische Struktur?

Ein gigantischer, 2000 Meilen langer Fisch, der um den Jupiter kreist – nach einem verläßlichen Bericht in den *Weekly World News*. Das Foto war sehr überzeugend, und ich bin überrascht, daß angesehenere Zeitschriften wie *New Scientist* oder selbst *The Sun* nicht noch mehr Details nachgereicht haben. Man sollte uns alles erzählen.

Wenn Sie einen Ort nennen sollten, der »aussieht, als wäre er eben aus dem Weltall gestürzt«, was fällt Ihnen da ein?

Fjordland auf der Südinsel von Neuseeland. Ein unglaublicher Mischmasch aus Bergen, Wasserfällen, Seen und Eis – die seltsamste Gegend, die ich wohl je gesehen habe.

Wenn Sie in diesem Moment irgendwohin ins Universum reisen könnten, wohin würden Sie fahren? Wie würden Sie dorthin reisen? Und wen und was würden Sie mitnehmen?

Ich glaube, zu dem Mond Europa, einem der sechzehn Trabanten des Jupiters. Er ist eines der rätselhaftesten Gebilde im Sonnensystem, sehr beliebt bei Science-fiction-Autoren, weil er einer der wenigen Flecken ist, wo eventuell wie auch immer geartetes Leben möglich sein könnte. Und er zeigt gewisse Merkwürdigkeiten in seinem Aufbau, die wilde Spekulationen genährt haben, daß er künstlich sein könnte. Außerdem müßte man in Nächten, in denen die Umlaufbahnen stimmen, einen tollen Blick auf den Fisch haben.

Das Gespräch führte Claire Smith
Virgin.net, Ltd., 22. September 1999

Auf den Rochen reiten

Jedes Land gleicht einem bestimmten Menschentyp. Amerika ist wie ein streitlustiger Halbwüchsiger, Kanada wie eine intelligente Fünfunddreißigjährige. Australien ist wie Jack Nicholson. Es geht auf dich zu und lacht dir sehr laut, äußerst bedrohlich und gewinnend ins Gesicht. Eigentlich ist Australien weniger ein Land als eine dünne Schicht halbirrsinniger Zivilisation, die sich rings um eine riesige, unwirtliche Wildnis voller Hitze, Staub und hüpfender Wesen angesiedelt hat.

Sagt man Australiern, daß man ihr Land mag, werden die meisten einen sarkastischen Lacher ausstoßen und sagen: »Tja, es ist halt das letzte Land, das noch übrig ist, nicht?«. Das ist einer dieser beängstigenden Sprüche, die Australier so von sich geben. Man weiß nie *ganz* genau, was sie meinen, aber es macht einem Angst, falls sie recht haben sollten.

Allein schon zu wissen, daß dieses Land auf der anderen Seite der Erde auf der Lauer liegt, wo wir es nicht sehen können, ist seltsam beunruhigend, und ich suche ständig nach Vorwänden, hinzufahren, bloß um es im Auge zu behalten. Außerdem mag ich es zufällig sehr gern. Zwar habe ich den größten Teil noch nicht einmal gesehen, aber eine Gegend gibt es, die ich schon lange wiedersehen wollte, weil ich dort auf frustrierende Weise etwas nicht erledigt hatte.

Und vor nur wenigen Wochen fand ich plötzlich den Vorwand, nach dem ich suchte.

Ich war gerade in England. Ich wußte, daß ich in England war, weil ich im Regen unter einer nassen Wolldecke auf einem durchweichten Feld saß und irgendeinem Scheißorchester zuhörte, das in einer Art rotem Zelt Hits aus amerikanischen Filmen spielte. Würde man *irgendwo sonst auf dieser Welt* so etwas machen? Irgendwo? Würde man es in Italien machen? In Feuerland? Auf Baffin Island? Nein. Selbst in Japan, wo es zum nationalen Zeitvertreib gehört, sich die eigenen Gedärme mit Hilfe eines Messers aus dem Leib zu reißen, würde man sich beherrschen.

Zwischen Regenschauern und Trompeten kam ich mit einem sympathischen Typ ins Gespräch, der, wie sich herausstellte, der direkte Nachbar meiner Schwester oben in Warwickshire war – eben da, wo sich das durchweichte Feld befand. Er hieß Martin Pemberton und war Erfinder und Designer. Unter anderem, sagte er, habe er verschiedene sehr wichtige U-Bahn-Bauteile, ein wunderbares neues Modell eines denkenden Toasters sowie einen Sub Bug erfunden oder entworfen.

Was, fragte ich höflich, ist ein Sub Bug?

Ein Sub Bug, antwortete er, ist so was wie ein von Düsen angetriebenes Unterwasser-Buggy. Ein bißchen wie die vordere Häfte eines Delphins. Man hält sich hinten fest, und es zieht einen in Tiefen von bis zu neun Metern durchs Meer. Erinnern Sie sich noch an dieses Ding in dem Film *Thunderball*? Ein bißchen so in der Art. Ideal zur Erkundung von Korallenriffen.

Ich bin mir nicht sicher, ob er das genau so gesagt hat. Vielleicht hat er auch von »azurblauem Meer« oder »glasklaren Tiefen« gesprochen. Wahrscheinlich nicht, aber das sah ich vor meinem inneren Auge, als ich im strömenden Regen herumsaß und zusah, wie ein einsamer entflohener Regenschirm an der Bühne vorbeihüpfte.

So ein Ding müßte ich mal ausprobieren. Das teilte ich Martin mit. Vielleicht habe ich ihn dabei zu Boden gerungen und mich auf seine Luftröhre gekniet. Um ehrlich zu sein, war alles etwas verschwommen, jedenfalls sagte er, mit dem größten Vergnügen würde er mich so ein Ding ausprobieren lassen. Die Frage war nur, wo. *Ausprobieren* könnte ich es überall, selbst im örtlichen Freibad. Nein. Ich mußte irgendwie erreichen, daß ich es in Australien ausprobieren konnte, am Großen Barriereriff. Jetzt brauchte ich mir nur noch einen Dreh auszudenken, wie ich irgendeine bedauernswerte Zeitschrift dazu bringen könnte, mir den Trip zu bezahlen, damit ich das Ding ausprobieren konnte, denn, glauben Sie mir, nur so kann man reisen.

Und dann fiel mir die Sache wieder ein, die ich unerledigt in Australien zurückgelassen hatte.

Es gibt da am südlichen Ende des Riffs eine der Whitsunday-Inseln, die ich vor zehn Jahren mal kurz besucht hatte. Es war eine ziemlich schreckliche Insel namens Hayman Island. Das heißt, die Insel selbst war wunderschön, im Gegensatz zu der Ferienanlage, die man darauf errichtet hatte, und ich war dort aus Versehen und erschöpft am Ende einer Lesereise gelandet. Ich fand es entsetzlich. In dem Prospekt wimmelte es von Wörtern wie »international«, »superb« und »exquisit«, was bedeutete, daß dort Fahrstuhlmusik aus den Palmen rieselte und jede Nacht Kostümfeste stattfanden. Tagsüber saß ich an einem Tisch am Pool, füllte mich langsam mit Tequila Sunrises ab und hörte den Gesprächen an den Nachbartischen zu, die sich hauptsächlich um Verkehrsunfälle mit Schwerlasttransportern drehten. Am Abend zog ich mich dann angesäuselt auf mein Zimmer zurück, um dem Anblick durchgeknallter, besoffener Australier zu entgehen, die in Grasröcken, Cowboyhüten oder was auch immer das Thema des Abends war, durch die Nacht kariolten, während ich mir auf dem Hotelvideo Mad-Max-Filme ansah. Auch darin kamen viele Verkehrsunfälle vor, und in einigen waren Schwerlasttransporter verwickelt. Ich fand nicht einmal was zum Lesen. Im Hotelladen gab es nur zwei anständige Bücher, und die hatte ich beide selber geschrieben.

Irgendwann mal unterhielt ich mich am Strand mit einem australischen Paar. »Hallo, ich bin Douglas«, sagte ich, »geht euch diese Musikberieselung nicht auch auf den Wecker?« Nein, sagten sie, ehrlich gesagt nicht. Sie fänden sie sehr nett und international und exquisit. Sie lebten auf einer Schaffarm etwa 850 Meilen westlich von Brisbane, wo sie die ganze Zeit nichts anderes hörten, sagten sie, als nichts. Ich sagte, das müsse doch sehr schön sein, und sie sagten, es werde nach einer Weile ganz schön langweilig, und ein bißchen leichte Musikberieselung sei für sie wie Balsam. Sie weigerten sich auch, meiner Behauptung zuzustimmen, es sei, als würde einem den ganzen Tag lang Frühstücksfleisch in die Ohren gestopft, und nach einer Weile versiegte die Unterhaltung.

Ich schaffte es, von Hayman Island zu entkommen, und landete auf einem Tauchboot auf dem Hook Reef, wo ich die beste Woche meines Lebens verbrachte, die Korallen erkundete und mit einer ungeheuren Vielzahl von Fischen, Delphinen, Haien und sogar einem Zwergwal, tauchte.

Erst nach meiner Abreise von Hayman Island hörte ich, was ich Phantastisches verpaßt hatte.

Auf der anderen Seite der Insel gab es eine versteckte Bucht namens Manta Ray Bay, die, wie Sie sich vielleicht denken können, voller Mantarochen war: riesige, anmutige fliegende Unterwasserteppiche, eines der schönsten Tiere der Welt. Der Mann, der mir davon erzählte, sagte, sie seien so friedliche und gutmütige Geschöpfe, daß sie sogar Menschen unter Wasser auf ihren Rücken reiten ließen.

Und das hatte ich verpaßt. Ich ärgerte mich zehn Jahre lang darüber.

In der Zwischenzeit hatte ich auch gehört, Hayman Island sei inzwischen nicht mehr wiederzuerkennen. Die Insel war von der australischen Fluggesellschaft Ansett gekauft worden, die -zig Millionen Dollar darauf verwandt hatte, die Musikberieselung aus den Palmen zu entfernen und die Ferienanlage in etwas zu verwandeln, das nicht nur international, superb und exquisit und so weiter war, sondern auch atemberaubend teuer und, nach allem, was man so hörte, tatsächlich ziemlich empfehlenswert.

Aha, dachte ich, das ist der Dreh: Ich würde einen Artikel darüber schreiben, wie ich einen Sub Bug nach Hayman Island geschafft, einen freundlichen Mantarochen gefunden und dann mit beiden erfolgreich einen Testritt unternommen hätte.

Nun würde das jeder normale, vernünftige Mensch vielleicht für eine vollkommen idiotische Idee halten, und tatsächlich haben das auch viele gesagt. Trotzdem, hier ist der Artikel: Eine vergleichende Testfahrt zwischen einem propellergetriebenen blaugelben Ein-Mann-Unterwasser-Sub-Bug und einem riesigen Mantarochen.

Hat es geklappt?

Raten Sie mal.

Das geradezu albern Unrealistische an der Idee wurde mir schlagartig klar, als wir zusahen, wie die riesige, vierzig Kilo schwere Silberkiste mit dem Sub Bug über das Vorfeld des Flughafens von Hamilton Island gerollt wurde. Es war, so wurde mir klar, etwas total anderes, Leuten in England zu erzählen, ich wollte nach Australien fahren, um eine vergleichende Testfahrt zwischen einem Sub Bug und einem Mantarochen durchzuführen, und Leuten in Australien zu erzählen, ich sei dorthin gekommen, um eine vergleichende Testfahrt und so weiter. Ich kam mir plötzlich wie ein ausgesprochen idiotischer Brite vor, den jeder hassen und verachten, auf den man mit Fingern zeigen und über den man kichern und sich lustig machen würde.

Jane, meine Frau, erklärte mir seelenruhig, wenn ich einen Jetlag hätte, würde ich jedesmal vollkommen paranoid, und riet mir, einfach einen Drink zu nehmen und mich abzuregen.

Hamilton Island sieht wie ein ziemlich gutes Beispiel dafür aus, was man mit einer wunderschönen subtropischen Insel am Rand eines der großartigsten Naturwunder nicht machen sollte, nämlich sie mit abscheulicher Hochhaus-Schrottarchitektur zuzubetonieren und Bier, T-Shirts und Ansichtskarten zu verkaufen, auf denen man sieht, wie schön die Insel einmal war, bevor all die Ansichtskartenläden aufmachten. Aber wir würden ja nur ein paar Minuten dort bleiben. An der Mole gleich neben dem kleinen Flughafen wartete die *Sun Goddess* auf uns, eines dieser bezaubernden schimmernden weißen Boote, auf denen James Bond offenbar immer übermäßig viel Zeit verbrachte, obwohl er eigentlich bloß ein Regierungsbeamter war. Das Boot war gekommen, um die Gäste abzuholen, die nach Hayman Island wollten, und es war das erste Indiz, wie sehr sich die Insel verändert hatte.

Wir wurden freundlich an Bord geleitet. Ein Bediensteter reichte uns Champagner, während ein anderer an den gläsernen Schiebetüren Wache stand, die ins klimatisierte Innere führten.

Er hatte die Aufgabe, die Türen für uns aufzuschieben. Er erklärte, das sei notwendig geworden, weil sich die Türen leider nicht mehr automatisch öffneten, wenn man auf sie zuginge, und manche ihrer japanischen Besucher stünden oft minutenlang davor und würden immer nervöser und panischer, bis jemand die Türen per Hand öffnete.

Die Fahrt dauerte etwa eine Stunde, mühelos glitten wir unter einer leuchtenden Sonne über das dunkle, glänzende Meer. In der Ferne zogen kleinere grün überwucherte Inseln an uns vorüber. Ich sah zu, wie sich die lange Heckwelle hinter uns wieder mit dem Meer vermischte, nippte an meinem Champagner und dachte an eine alte Brücke in Sturminster Newton in der britischen Grafschaft Dorset. An ihr hängt noch immer ein altes gußeisernes Schild, das jeden, der die Zerstörung oder Verunstaltung der Brücke im Sinn haben sollte, davor warnt, daß dies mit seiner Deportation bestraft würde. Nach Australien. Also, Sturminster Newton ist ein nettes Städtchen, aber ich wundere mich doch, daß die Brücke noch steht.

Jane, die Reiseführer viel besser zu lesen versteht als ich (ich gucke immer erst auf der Heimreise hinein, um zu sehen, was ich alles verpaßt habe, was oft ein ziemlicher Schock ist), entdeckte etwas Wunderbares in dem Buch, das sie gerade las. Ob ich wisse, fragte sie, daß man Brisbane ursprünglich als Strafkolonie für Sträflinge gegründet habe, die erneut straffällig wurden, *nachdem sie in Australien angekommen waren*?

Ich verbrachte eine gute halbe Stunde damit, genüßlich

über diese Information nachzudenken. Da hockten wir Briten, arme, graue, durchnäßte Kreaturen unter unserem grauen nordischen Himmel, der tropfte wie ein miefiges Geschirrhandtuch, und schickten diejenigen, die wir am härtesten bestrafen wollten, nach Australien, damit sie sich in den strahlenden Sonnenschein der Küste des Tasmanischen Meeres an der Südspitze des Großen Barrierenriffs setzen und vielleicht auch ein bißchen surfen konnten. Kein Wunder, daß die Australier ein ganz spezielles Lächeln haben, das sie sich ausschließlich für uns Briten aufheben.

Vom Meer aus wirkt Hayman Island verlassen, wie nichts weiter als ein großer, grüner Hügel, umgeben von hellen Stränden inmitten eines dunkelblauen Meeres. Erst wenn man ganz nahe herankommt, erkennt man das sich zwischen die Palmen duckende, breite flache Hotel. Man kann es von fast keiner Stelle aus richtig gut sehen, weil es praktisch zugedeckt ist von so was wie gigantischen wilden Topfpflanzen. Es windet und schlängelt sich durch das Grün: Säulen, Springbrunnen, schattige Plätze, Sonnenterrassen, diskrete kleine Läden, die mörderisch teure kleine Dinge mit Designer-Etiketten verkaufen, die man vorsichtig abtrennen muß, und indiskret riesige Swimmingpools.

Es war einfach sagenhaft. Wir waren sofort völlig hin und weg. Es war genau die Sorte Ferienort, dessentwegen ich vor zwanzig Jahren jeden verachtet hätte, der hingefahren wäre. Aber das Großartige daran, daß man älter wird und Gratisferien spendiert kriegt, ist unter anderem, daß man endlich genau das tun darf, weswegen man früher andere Leute verachtet hat: auf einer Sonnenterasse rumzusitzen und eine Sonnenbrille zu tragen, die ungefähr so viel kostet wie ein einjähriges Universitätsstipendium, sich beim Zimmerservice groteske Leckereien zu bestellen, sich verwöhnen und von oben bis unten bedienen zu lassen von – natürlich, das ist ein sehr wichtiges und wesentliches Element von dem, was auf Hayman Island mit einem passiert – Angestellten, die nicht bloß »kein Problem« sagen, wenn man sich bei ihnen dafür bedankt, daß sie einem Champagner nachgegossen haben, sondern »*Gar* kein Problem.« Sie möchten wirklich und wahrhaftig, daß du, du ganz besonders, nicht bloß irgendein alter, fetter Trottel mit Sonnenhut, sondern du *persönlich* spürst, daß es in dieser besten aller möglichen Welten, in die du gereist bist, nichts gibt, worum du dich in *irgendeiner* Weise kümmern müßtest. Wirklich. Ehrlich. Wir verachten dich nicht einmal. *Wirklich* nicht. *Gar* kein Problem.

Wenn es nur stimmte. Ich mußte mich natürlich um meinen Sub Bug kümmern. Dieses riesiggroße Ding, das ich zehnmal weiter geschleppt hatte als Moses die Kinder Israels, nur um zu sehen, wie es als Transportmittel unter Wasser gegen einen Mantarochen abschnitt. In seiner riesigen silberfarbenen Kiste war es unauffällig vom Boot geschafft und diskret im Tauchcenter untergebracht worden, wo niemand es sehen oder Mutmaßungen über seinen Zweck anstellen konnte.

In unserem Zimmer klingelte das Telefon. Das Zimmer war übrigens äußerst angenehm. Ich bin mir sicher, daß Sie unbedingt wissen wollen, wie das Zimmer aussah, weil wir dort ja auf Ihre Kosten wohnten. Es war nicht riesig, aber sehr gemütlich und sonnig und geschmackvoll in kalifornischen Pastelltönen dekoriert. Der Balkon mit Meerblick war unser Lieblingsplatz, denn da gab es eine Markise, die automatisch ausfuhr, wenn man einen Schalter betätigte. Der Schalter hatte zwei Stufen. Entweder stellte man ihn auf AUTO, dann fuhr die Markise von selbst heraus, wenn die Sonne rauskam, oder man stellte ihn auf MANUEL [*sic*!], dann, so nahmen wir an, käme ein kleiner, unqualifizierter spanischer Kellner, der das für uns erledigen würde. Was wir wahnsinnig komisch fanden. Wir lachten und lachten und lachten und tranken noch ein Glas Champagner und dann lachten wir noch ein bißchen, und dann klingelte das Telefon.

»Wir haben Ihren Sub Bug«, sagte eine Stimme.

»Ach ja«, sagte ich. »Ja, den äh Sub Bug. Vielen Dank. Ja, ist das okay?«

»Kein Problem«, sagte die Stimme, »gar kein Problem.«

»Aha. Prima.«

»Also wenn Sie wollen, kommen Sie doch morgen früh einfach zum Tauchcenter runter. Wir können uns das Ding genau ansehen, schauen, wie es funktioniert, überlegen, was Sie brauchen, eine kleine Spritztour damit machen, ganz wie Sie möchten. Wir tun alles, was in unserer Macht steht, um Ihnen zu helfen.«

»Oh. Danke. Vielen Dank.«

»Gar kein Problem.«

Die Stimme war sehr freundlich und beruhigend. Mein vom Jetlag herstammender Verfolgungswahn begann sich ein wenig zu legen. Wir gingen zum Essen.

Im Ort gab es vier Restaurants, und wir entschieden uns für das orientalische Fischrestaurant. In Australien scheint Seafood hauptsächlich aus Barramundas, also Australischen Lungenfischen, Morton Bay Bugs und allem anderen zu bestehen.

»Morton Bay Bugs«, sagte unsere lächelnde chinesische Kellnerin, »sind wie Hummer, aber nur so groß.« Sie streckte uns ihre beiden Zeigefinger in einem Abstand von etwa acht Zentimetern entgegen. »Wir schlagen ihnen die Köpfe ein. Ist sehr gut. Sie werden mögen.«

Mochten wir aber nicht so gern. Das Restaurant war sehr elegant in japanischem Stil schwarzweiss dekoriert, aber das Essen sah besser aus als es schmeckte, und wir wurden mit Fahrstuhlmusik berieselt. Für einen Moment hatte ich das Gefühl, der Geist des alten primitiven Hayman Island schleiche durch sein zauberhaft geschmackvolles neues Domizil. Die anderen Restaurants waren polynesisch, italienisch und – besonders hoch gelobt – das La Fontaine, ein französisches Restaurant, das wir uns für den letzten unserer vier Abende aufheben wollten, obwohl wir starke Zweifel hatten. Ich mag lokale Küche sehr gern, es sei denn, ich bin in Wales, und die Vorstellung von nach hierher importierter französischer Haute Cuisine fand ich nicht gerade vertrauenerweckend. Ich wollte aber nicht voreingenommen sein, weil zufällig eines der besten Essen, die ich je gegessen habe, gedünstete

Krebse und Chateaubriand vom Zebu, im Süden Madagaskars von einem in Frankreich ausgebildeten Koch zubereitet worden war. Allerdings hatten die Franzosen Madagaskar fünfundsiebzig Jahre lang unterjocht und ein reiches Erbe an kulinarischen Künsten und abscheulicher Bürokratie hinterlassen. Wir beschlossen, an diesem Abend zumindest noch einen Blick auf das La Fontaine zu werfen. Während wir uns heranpirschten, schritten wir über riesige Flächen wunderschöner Teppiche, vorbei an Konzertflügeln, Kronleuchtern und falschen Louis-XVI-Möbeln. Ich kramte in meinem Kopf nach einer Erinnerung, die ich möglicherweise an irgendeinen abtrünnigen französischen Hof des 18. Jahrhunderts haben könnte, der sich, wenn auch nur kurz, am Großen Barriereriff etabliert haben könnte. Ich fragte Jane, die Historikerin ist, und sie versicherte mir, ich sei völlig übergeschnappt, und so gingen wir schlafen.

Am nächsten Morgen wurden wir pünktlich um halb acht geweckt, genau wie an jedem folgenden Morgen, und zwar von einer Möwe, die auf unserer Balkonbrüstung hockte und uns ihren regelmäßigen frühmorgendlichen Weckschrei vorführte. Nach dem Frühstück fuhren wir zum etwa eine halbe Meile vom Hotel entfernten Tauchcenter und lernten Ian Green kennen.

Dieser Ian hatte mich am Abend zuvor angerufen. Er war für das komplette Tauchprogramm auf Hayman verantwortlich, und man kann sich kaum einen hilfsbereiteren und freundlicheren Menschen vorstellen. Wir packten den Sub Bug aus und sahen ihn uns genau an, während er glitzernd in der Sonne stand.

Er ist, wie bereits erwähnt, wie die vordere Hälfte eines Delphins gebaut. Sein Rumpf ist blau, und vorne hat er kleine gelbe Steuerflossen, auf jeder Seite eine, mit denen man den Sub Bug um ein paar Grad drehen und aufwärts oder abwärts lenken kann. Hinten befinden sich zwei große Griffe, an denen man sich festhält, während der Sub Bug einen durch das Wasser zieht. In Reichweite der Daumen gibt es Knöpfe, die das Ding starten und das Auftauchen und Abtauchen regulieren. Im Inneren des Sub Bug befindet sich ein Druckluftzylinder – ein ganz normaler Tauchzylinder –, der die Energie liefert, mit der die beiden Propeller angetrieben werden, die den Bug vorwärts bewegen; durch einen biegsamen Schlauch befördert er aber auch Luft zu einem frei beweglichen Regler. Der Regler ist das Ding, das man sich in den Mund steckt und das einem beim Tauchen Luft zuführt. Der Witz dabei ist, daß man nur eine Tauchmaske und Schwimmflossen braucht; man muß keine Druckluftflasche auf dem Rücken tragen, weil man seine Atemluft direkt vom Sub Bug bezieht. Der Bug ist so konstruiert, daß man eine maximale Tauchtiefe einstellen kann, die er nicht überschreitet. Das absolute Maximum liegt in jedem Fall bei dreißig Fuß, also etwa zehn Metern.

Ian hatte von Martin Pemberton jede Menge Faxe zur Montage des Apparats bekommen und war sich seiner Sache ziemlich sicher.

»Gar kein Problem«, sagte er und fragte mich, was ich vorhätte.

Ich sagte, vielleicht wär's eine gute Idee, das Ding erst mal im seichten Wasser auszuprobieren, bevor ich es dann raus ins Tiefe nähme.

»Kein Problem«, sagte er.

Ich sagte, wir könnten den Bug ja dann auf die reguläre Tauchexpedition mitnehmen, die am nächsten Morgen von der Insel aus starten sollte.

»Kein Problem«, sagte er.

»Ich werde also etwas Zeit drauf verwenden, das Ding auszuprobieren, mich dran zu gewöhnen und es ums Riff herum auf Herz und Nieren zu prüfen.«

»Kein Problem«, sagte er.

»Und dann, äh«, sagte ich, »möchte ich für einen Artikel, den ich schreiben muß und bei dem es um eine Art vergleichende Testfahrt geht, noch mal das gleiche an einem Mantarochen ausprobieren.«

»Keine Chance«, sagte Ian. »*Gar* keine Chance.«

Das hätte ich vermutlich vorhersehen können.

Oder vielleicht war's ja auch gut so, daß ich's nicht vorhergesehen hatte. Hätte ich's nämlich vorhergesehen, dann hätte ich nicht dagestanden, zur Hälfte in einem Neopren-Anzug, den Blick auf das glitzernde Tasmanische Meer gerichtet, und gedacht: »Verdammt!« Ich hätte in meinem Büro in Islington rumgesessen und mich gefragt, ob ich schon genug »gearbeitet« habe, um endlich nach draußen zu gehen und mir ein Brötchen zu holen.

Die Sachlage war ganz einfach. Als jemand, der über zwei Jahre lang an Ökoprojekten gearbeitet hatte, hätte mir von vornherein klar sein müssen, daß man die Tiere nicht stören darf. Vor zehn Jahren, als ich zum ersten Mal davon gehört hatte, wäre es vielleicht in Ordnung gewesen, den Versuch zu machen, auf einem Mantarochen zu reiten, aber jetzt doch nicht mehr. Auf keinen Fall. Man rührt das Riff nicht an. Man nimmt nichts mit. Keine Muscheln, keine Korallen. Man rührt die Fische nicht an, außer ein paar, die man füttern darf. Und man macht natürlich nicht den dusseligen Versuch, auf einem Mantarochen zu reiten.

»Kaum eine Chance, daß Sie es auch nur schaffen, in die Nähe eines Mantarochens zu kommen«, sagte Ian. »Es sind sehr scheue Tiere. Vermutlich ist es ein paar Leuten früher mal gelungen, auf einem Rochen zu reiten, ich könnte mir aber vorstellen, daß es sehr schwierig ist. Doch heute können wir das einfach nicht mehr zulassen.«

»Nein«, sagte ich ziemlich beschämt. »Ich verstehe das, glauben Sie mir. Ich habe das wahrscheinlich nicht richtig durchdacht.«

»Aber wir können losziehen und mit dem Sub ein bißchen Spaß haben«, sagte Ian. »Kein Problem. Wir können auch ein paar Fotos machen. Sie haben da ja eine Wahnsinnskamera.«

Wir kommen nun zu einem weiteren ziemlich peinlichen Teil der Story, über den ich bis jetzt geschwiegen habe. Einige sehr nette Leute bei Nikon in England hatten mir für den Trip aus der attraktivsten, begehrenswertesten und sagenhaftesten Kamerakollektion der Welt eine brandneue Nikonos AF SR Unterwasser-Autofokus-Kamera geliehen, die ungefähr 15.000 englische Pfund wert war. Einfach großartige, brillante Technik. Wirklich. Wenn Sie ein Unterwasserfoto machen wollen, ist sie einfach perfekt. Ein wirklich erstaunliches Arbeitsgerät. Warum ich mich so ausführlich darüber auslasse? Nun ja, ich verbringe viel Zeit am Computer, und weil ich die Arbeit an einem Macintosh gewohnt bin, hab ich kaum mal Lust, Gebrauchsanweisungen zu lesen, und deswegen – ich hatte einfach keine Lust, die Gebrauchsanweisung für diese Kamera zu lesen.

Das ging mir auf, als ich die Filme zurückbekam.

Bitte – ich will wirklich nicht mehr dazu sagen, außer: herzlichen Dank, Nikon. Es ist wirklich eine tolle Kamera, und ich hoffe sehr, daß ihr sie mir eines Tages wieder leiht. Ich werde die Kamera in diesem Artikel jetzt nicht mehr erwähnen.

Mit einem kleinen Dingi fuhren wir in etwa zehn Minuten zu einer winzigen unbewohnten Insel. Dort schipperten Ian und ich ungefähr eine Stunde fröhlich mit dem Bug herum. Wir hatten mit ein paar Problemen zu kämpfen – ein Sandkorn in einem Ventil und dergleichen. Wir fanden heraus, daß der Sub Bug im seichten Wasser nicht allzu gut funktionierte, wo er gegen die Strömung ankämpfen mußte. Na ja, wir würden mit ihm morgen ins Tiefere gehen. Jane lag in der Sonne am Strand und las ein Buch. Nach einer Weile stiegen wir wieder in den Dingi und fuhren zurück nach Hayman. All das ist vielleicht keine Riesenstory, aber der Grund, warum ich das Ganze erzähle, ist, daß ich es in sehr lebhafter Erinnerung habe, und meinem Gefühl nach liegt einer der Nachteile von Orten wie beispielsweise Islington darin, daß es in ihrer Nähe keine leicht erreichbaren winzigen Inseln gibt, um die man einen Nachmittag lang mit dem Sub Bug herumschippern kann. Wirklich nur so ein kleiner wehmütiger Gedanke. Bei uns gibt's ja nicht mal irgendwelche anständigen Brücken, die man verunstalten könnte.

Am folgenden Morgen saßen wir zu etwa zehnt in dem Tauchboot. Das Hotel ist so weitläufig und verschachtelt, daß man nicht sehr viele andere Gäste zu sehen bekommt, und ich bemerkte interessiert, wie viele davon Japaner waren. Nicht bloß Japaner, sondern Japaner, die Händchen hielten und einander tief in die Augen sahen. Hayman, so fanden wir heraus, war ein beliebtes Ziel für japanische Flitterwöchner.

Der Sub Bug stand auf dem Heck des Bootes, und ich saß da und sah ihn mir an, während wir die einstündige Tour zum Riff hinaus machten. Kaum eine der Inseln des Barrierriffs liegt tatsächlich direkt auf dem Riff, Herron Island mal ausgenommen. Man muß ein Boot dorthin nehmen. Ich war sehr aufgeregt. Abgesehen von ein paar Tauchübungen, die ich in Swimmingpools gemacht hatte, war dieses hier meine erste richtige Tauchfahrt seit Jahren. Ich bin ein begeisterter Taucher, einer von denen, die der Traum vom Fliegen schon seit langem berauscht, und Tauchen ist das, was dem Fliegen wohl am nächsten kommt. Und für jemanden, der eins-sechsundneunzig mißt und weniger grazil ist als, um einfach nur einen Namen zu nennen, die Prinzessin von Wales, ist das Gefühl der Schwerelosigkeit pure Ekstase. Außerdem kotze ich gewöhnlich auf dem Rückweg, was den Appetit hervorragend anregt.

Wir erreichten das Riff, ankerten, zogen unsere Neoprenanzüge an und machten uns tauchbereit. Bei Ebbe ragt das Riff gewöhnlich aus dem Wasser heraus. Man kann sogar darauf herumlaufen, wegen der Zerstörung, die das anrichten kann, wird allerdings inzwischen davon abgeraten. Aber auch bei Flut ist das Riff-Tauchen kein Tieftauchsport. Das meiste, was es zu sehen gibt, befindet sich in den oberen dreißig Fuß Wassertiefe, und es gibt selten einen Grund, tiefer als sechzig Fuß zu tauchen. Die größte Tiefe, auf die ein Tauchsportler hinuntergehen kann, liegt bei neunzig Fuß, zirka dreißig Metern, aber das ist eigentlich nicht sehr sinnvoll. In solchen Tiefen kriegt man eher nackten Fels als Korallen zu sehen, und da unten verbraucht man – nach dem Boyle-Mariotte-Gesetz – seinen Sauerstoff viel schneller. Außerdem muß man danach viel längere Zeit an der Oberfläche verbringen, um nicht die Dekompressionskrankheit zu kriegen. Aber der Sub Bug hält einen auf einer sicheren maximalen Tiefe von dreißig Fuß.

Ich wollte erst mal ganz normal tauchen, um die Lage zu sondieren. Jeweils zu zweit schnallten wir uns die Masken und Regler vors Gesicht, machten den »großen Schritt« vom Tauchdeck am Heck des Bootes, und ließen uns in einem Luftblasenstrudel ins Wasser fallen. Ein ankerndes Tauchboot erregt immer die Aufmerksamkeit vieler dort lebender Fische, die gewöhnlich zu recht erwarten, daß sie gefüttert werden. Wenn man Glück hat, kriegt man Maori-Lippfische zu sehen, außergewöhnliche blaßolivgrüne Kreaturen von der Größe eines Samsonite-Koffers. Sie haben große vorstehende Mäuler und sehr schwere vorstehende Stirnen, aber sie haben den Namen *Maori* bekommen, das wird einem jeder Australier entschuldigend versichern, wegen der wie aufgemalt aussehenden Markierungen auf der Stirn. Australier sind keine Rassisten mehr.

Es tummelten sich ein paar Lippfische um das Boot, und ich beging den Fehler, mich zwischen zwei von ihnen und ein paar Brotstücke zu schieben, die jemand vom Boot ins Wasser geworfen hatte. Die Tiere schossen munter an mir vorbei, um an das Futter zu gelangen.

In dem riesigen Bereich aus Wasser und Licht unter dem Boot ließ ich mich auf das Riff hinabsinken und trieb eine Weile um den Rumpf herum, weil ich mich wieder ans Leben unter Wasser gewöhnen wollte, dann kletterte ich zurück ins Boot, um die Sauerstofflasche loszuwerden und mir den Sub Bug zu holen. Ian und ich hievten ihn gemeinsam ins Wasser. Ich ging hinter dem Ding in Stellung und startete es. Das Seltsame am Tauchen ist unter anderem, daß Anzug und Ausrüstung an Land so schwer, lästig und unhandlich erscheinen – was Anfänger oft ängstigt –, aber sobald man unter die Wasseroberfläche geht, schwebt plötzlich alles glatt und mühelos, und der Trick besteht darin, sich möglichst wenig anzustrengen, um Sauerstoff zu sparen. Tauchen ist fast per definitionem der Sport, der Aerobic am wenigsten gleicht. Man wird davon nicht fit.

Zuerst war ich enttäuscht, daß der Sub Bug mich nicht schneller vorwärts bewegte als ich schwimmen konnte. Ganz sacht begaben wir uns nach unten, aber sobald ich mich daran gewöhnt hatte, wie gemächlich unter Wasser alles geschieht, genoß ich die langen, langsamen, ballettartigen Kurven, die er einen durchs Wasser ziehen ließ, und ich machte mich ganz lang, statt mit den Armen an der Seite oder auf der Brust in der Normalposition zu schwimmen. Den Konturen des Riffs zu folgen wurde so etwas wie Skifahren in Ultrazeitlupe – ein beinahe zen-artiges Gefühl. Es machte mir bald richtig Spaß, allerdings hatte ich nach fünfzehn Minuten Herumexperimentieren allmählich das Gefühl, daß ich das Repertoire des Sub Bug erschöpft hatte, und freute mich darauf, wieder aus eigener Kraft zu schwimmen. Vermutlich eignet sich das Gerät am besten für Leute, die mal tauchen wollen, aber keine Lust haben, sich mit dem ganzen Drumherum abzugeben und den Gebrauch von Taucherwesten und so weiter zu erlernen.

Ich kehrte zum Boot zurück, und wir zogen das Ding wieder aus dem Wasser. Tja, ich war also mit dem Sub Bug gefahren. Aber beim Mittagessen war ich besorgt, weil meine absurden vergleichenden Testfahrtpläne total ins Wasser gefallen waren, und ich sprach mit Ian und Jane darüber.

»Ich glaube, wir müssen uns den Testfahrtvergleich sozusagen virtuell vorstellen«, sagte ich. »Und wir müssen ein paar Wertungspunkte vergeben. Der Sub Bug verdient natürlich einige Punkte dafür, daß er bis zu einem gewissen Grad transportabel ist. Man kann ihn auf einen Flug mitnehmen, was man mit einem Manta nicht machen würde, jedenfalls mit keinem, den man gerne hat, und ich denke, daß wir wahrscheinlich alle im Prinzip Mantarochen wirklich gern haben, stimmt's? Der Manta wird um einiges schneller und beweglicher sein, und man muß nicht alle zwanzig Minuten die Flasche auswechseln. Aber die dicksten Pluspunkte kriegt der Sub Bug dafür, daß man ihn tatsächlich fahren kann. Ich denke, dafür verdient er ein großes Lob, wenn man ihn als Beförderungsmittel ansieht. Aber laßt uns das Ganze auch mal von der anderen Seite betrachten. Warum man einen Mantarochen nicht reiten darf, dafür gibt es einen triftigen ökologischen Grund, und in fast jedem ökologischen Kriterium siegt der Manta spielend. Genaugenommen ist es doch so, daß jede Form von Transportmittel, die man überhaupt *nicht benutzen kann*, von großem ökologischem Vorteil wäre, meint ihr nicht auch?«

Ian nickte verständnisvoll.

»Darf ich jetzt bitte mein Buch weiterlesen?« sagte Jane.

Zum Nachmittagstauchgang, sagte Ian, wolle er mich vom Boot weg in eine andere Richtung führen. Ich fragte ihn, warum, aber er guckte nur ausdruckslos. Ich folgte ihm ins Wasser, und wir schwammen langsam hinüber zu einem anderen Teil des Riffs. Als wir dort ankamen, lag die flache Oberseite des Riffs etwa vier Fuß unter Wasser, und das Sonnenlicht spielte zart auf den außergewöhnlichen Formen und Farben der Sternkorallen, Hornkorallen, der Seefarne und Seeanemonen. Was unter Wasser ist, wirkt oft wie eine wilde Parodie auf das, was man über Wasser sieht. Ich erinnere mich noch, was ich dachte, als ich vor Jahren zum ersten Mal am Barrierriff tauchte, nämlich daß alles genau wie das Zeugs aussieht, das Leute in den fünfziger Jahren auf ihren Kaminsimsen stehen hatten. Ich brauchte einige Zeit, um mich von dem Gedanken freizumachen, daß das Riff furchtbar kitschig sei.

Die Namen vieler Fische habe ich nie gelernt. Ich pauke sie mir immer auf dem Boot ein und vergesse sie eine Woche später. Aber der atemberaubenden Vielfalt der Formen und Bewegungen zuzusehen, verzaubert mich stundenlang – oder täte es, wenn der Sauerstoff so lange reichte. Wäre ich kein Atheist, müßte ich wohl Katholik sein, denn wenn es nicht die Kräfte der natürlichen Auslese waren, die den Fischen ihre Formen und Farben verliehen, dann war es bestimmt ein Italiener.

Langsam bewegte ich mich im seichten Wasser vorwärts.

Ein paar Meter vor mir fiel das Riff allmählich in ein breites Tal ab. Der Talboden war breit, dunkel und flach. Ian lenkte meine Aufmerksamkeit darauf. Ich wußte nicht, warum. Es schien dort lediglich an interessanten Korallen zu mangeln. Und dann hob sich, während ich noch hinschaute, der komplette schwarze Talboden langsam in die Höhe und schwebte gemächlich von uns weg. Während er sich bewegte, kräuselten sich seine Ränder leicht, und ich sah, daß seine Unterseite schneeweiß war. Ich war wie vom Donner gerührt, als ich merkte, daß ich einen zweieinhalb Meter breiten Riesenmanta vor mir hatte.

Mit einer mächtigen, schwungvollen Drehung verzog er sich ins tiefere Wasser. Er schien sich atemberaubend langsam zu bewegen, und ich versuchte verzweifelt, mit ihm Schritt zu halten. Ich tauchte seitlich vom Riff ab, um ihm zu folgen. Ian gab mir mit Zeichen zu verstehen, ich solle das Tier nicht beunruhigen, sondern mich nur langsam bewegen. Ich hatte bald begriffen, daß seine Größe täuschte und das Tier sich viel schneller bewegte, als es mir vorkam. Wieder umkurvte der Rochen die Konturen des Riffs, und allmählich konnte ich seine Form klarer erkennen. Er hatte in etwa die Form einer Raute. Sein Schwanz ist kürzer als der des Stachelrochens. Am Allermerkwürdigsten ist sein Kopf. An der Stelle, wo man ihn erwartet, sieht es fast so aus, als hätte ihn jemand abgebissen. Von den zwei nach vorn gerichteten Spitzen – den äußersten Rändern des »Bisses«, wenn Sie mir folgen können – gehen zwei nach unten geknickte Hörner ab. Und auf jedem dieser Hörner sitzt ein großes schwarzes Auge.

Während er sich schimmernd, behutsam und mit seinen gigantischen Flügeln schlagend durchs Wasser bewegte, hatte ich das Gefühl, das schönste und unirdischste Geschöpf zu beobachten, das ich in meinem ganzen Leben gesehen hatte. Manche Leute behaupten, sie sähen aus wie lebende Tarnkappenbomber, aber das ist ein schlimmer Vergleich für ein so majestätisches, elegantes und gutmütiges Lebewesen.

Ich folgte dem Rochen, während er um das Riff herumschwamm. Ich konnte ihm weder schnell noch gut folgen, aber er beschrieb so weite, ausladende Kurven, daß ich nur relativ kurze Strecken um das Riff schwimmen mußte, um ihn nicht aus den Augen zu verlieren. Zwei-, ja dreimal kreiste er um das Riff, und dann verschwand er schließlich, und ich dachte, ich hätte ihn für immer verloren. Ich hielt an und schaute mich um. Nein. Er war zweifellos weg. Ich war traurig, doch auch voller Freude über das, was ich staunend gesehen hatte. Dann bemerkte ich, wie sich am Rand meines Blickfelds ein Schatten über den Meeresgrund bewegte. Ich blickte nach oben, völlig unvorbereitet auf das, was ich dann sah.

Über mir segelte der Riesenmanta über den Grat des Riffs hinweg, nur hatte er dieses Mal noch zwei weitere Tiere im Gefolge. In perfekter Harmonie der Linien, wie auf unsichtbaren Achterbahngleisen, sausten die drei riesigen Kreaturen auf und davon, bis sie sich schließlich in der dunkelnden Ferne des Wassers verloren.

Abends, als wir den Sub Bug wieder in seine große silberne Kiste packten, war ich sehr still. Ich dankte Ian dafür, daß er die Mantarochen aufgespürt hatte. Ich sagte, ich verstünde, warum man nicht auf ihnen reiten dürfe.

»Ach, kein Problem, Kumpel«, sagte Ian. »Gar kein Problem.«

– 1992

☆

Wer sind Ihre Lieblingsautoren?

Charles Dickens, Jane Austen, Kurt Vonnegut, P.G. Wodehouse, Ruth Rendell.

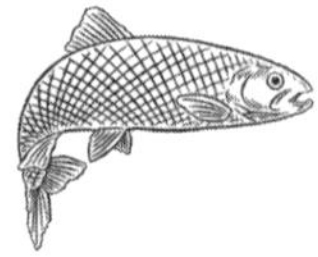

Sunset at Blandings
(Vollmond über Blandings Castle)

Dies ist das letzte – und unvollendete – Buch von P.G. Wodehouse. Es ist nicht bloß unvollendet, weil es für diejenigen unter uns, die diesen Mann und sein Werk lieben, so plötzlich und herzzerreißend mittendrin abbricht, sondern auch weil, was noch wichtiger ist, der Text bis dahin unfertig ist. Wodehouse hat sich in seinen ersten Fassungen immer nur auf die grundlegenden Komponenten der Geschichte konzentriert – die Handlungsstruktur, die Charaktere und ihre Auftritte und Abgänge, die Berge, die sie besteigen, und die Felsen, von denen sie herunterstürzen. Erst beim nächsten Schritt – dem unerbittlichen Revidieren, Verfeinern und Polieren – machte Wodehouse seine Texte zu den sprachlichen Wunderwerken, die wir kennen und lieben. Wenn er ein Buch schrieb, pflegte er die Seiten in geschwungenen Wellenmustern an die Wände seines Arbeitszimmers zu heften. Die Seiten, die er für gelungen hielt, pinnte er ganz oben an die Wand, die Seiten, die noch umgearbeitet werden mußten, weiter unten. Sein Ziel war, das ganze Manuskript auf das Niveau der Bilderleiste zu heben, ehe er es abschickte. Wahrscheinlich sind große Teile von *Sunset at Blandings* noch hinter den Stuhllehnen versteckt gewesen. Es war noch in Arbeit, ein »work in progress«. Viele Sätze darin sind bloße Platzhalter für das, was später beim Revidieren kommen sollte: die brillanten Bilder und Ideen, durch die die Seiten an den Wänden rasch nach oben geklettert wären.

Findet man denn trotzdem deutliche Belege für Wodehouses großartiges Genie? Tja, ehrlich gesagt, nein. Und das nicht nur, weil es sich um ein unvollendetes Werk handelt, sondern auch, weil er zu der Zeit der Niederschrift bereits das war, was man nur als dreiundneunzigjährig bezeichnen kann. In diesem Alter, denke ich, hat man Anspruch darauf, seine besten Werke bereits geschrieben zu haben. In gewisser Weise war Wodehouse ein Opfer seiner außergewöhnlichen Langlebigkeit (er wurde im Todesjahr Darwins geboren und schrieb noch lange, nachdem sich die Beatles getrennt hatten) und mußte am Ende den Pierre Menard zum eigenen Cervantes spielen. (Das werde ich Ihnen jetzt nicht weiter erklären. Wenn Sie nicht wissen, wovon ich rede, sollten Sie Jorge Luis Borges' Kurzgeschichte »Pierre Menard, Autor des Quijote« lesen. Sie ist nur sechs Seiten lang, und vielleicht wollen Sie mir anschließend eine Postkarte schicken als Dank dafür, daß ich Sie darauf hingewiesen habe.) Aber um der Vollständigkeit willen sollten Sie auch *Sunset at Blandings* lesen, und um dieses Gefühls willen, das sich gerade durch die Unfertigkeit des Buches einstellt, nämlich plötzlich und unverhofft einem Meister direkt bei der Arbeit über die Schulter zu schauen – ganz so, als sähe man, wie Farbtöpfe und Gerüste in die Sixtinische Kappelle hinein- und wieder herausgetragen werden.

Ein Meister? Ein großes Genie? O ja. Eine der größten Freuden der englischen Sprache liegt darin, daß einer ihrer größten Vertreter, einer aus der absoluten Spitzenklasse, ein Witzbold war. Allerdings sollte das vielleicht nicht *die* große Überraschung sein. Wer sonst zählt noch dazu? Jane Austen natürlich, Dickens und Chaucer. Der einzige, der ums Verrecken nicht mit Witz gesegnet war, ist Shakespeare.

Na, kommen Sie, lassen Sie uns einen Moment mal offen und furchtlos sein. Es gibt nichts Schlimmeres, als einer bestimmten Sorte englischer Schauspieler dabei zuzusehen, wie sie dem Affen Zucker geben, zum Beispiel als Dogberry in *Viel Lärm um Nichts*. Erbärmlich. Wir breiten sogar den Mantel des Vergessens über die ganze verkniffene Angelegenheit, indem wir die komischen Stilmittel, die Shakespeare dabei anwendet, als Malapropismus bezeichnen – nach Sheridans Mrs. Malaprop, die in *Die Nebenbuhler* genau das gleiche tut, nur komisch. Es bringt auch nichts, darauf hinzuweisen, Shakespeare habe im sechzehnten Jahrhundert gelebt. Was ändert das? Chaucer hatte keine Schwierigkeiten, schon im vierzehnten Jahrhundert wahnsinnig komisch zu sein, als es um die Rechtschreibung noch schlimmer bestellt war.

Vielleicht weil es unser größtes literarisches Genie nicht geschafft hat, komisch zu sein, haben wir beschlossen, daß Komik nicht viel wert ist. Womit wir Wodehouse (dem das wahrscheinlich ganz egal war) unrecht tun, weil sein ganzes Genie in der Komik bestand, einer Komik, die so sublim war, daß sie die schiere Poesie in den Schatten stellte. Die Präzision, mit der er mit jedem Aspekt im Wesen eines Wortes gleichzeitig spielt – Bedeutung, Tonfall, Rhythmus, der ganzen Skala seiner idiomatischen Assoziationen und Nebenbedeutungen –, hätte auch Keats genüßlich pfeifen lassen. Keats wäre stolz gewesen, wenn er »das Lächeln verschwand aus seinem Gesicht wie ein Atemhauch von einer Rasierklinge« oder über Honoria Glossops Lachen geschrieben hätte, es klang wie »Kavallerie auf einer Blechbrücke.« Und wo wir gerade dabei sind: Shakespeare, der schrieb: »Daß einer lächeln kann und immer lächeln und doch ein Schurke sein«, wäre mindestens genauso beeindruckt gewesen von: »So mancher mag ehrbar aussehen und kann sich doch nach Belieben hinter einer Wendeltreppe verstecken.«

Wodehouse schreibt reine Wortmusik. Dabei ist es vollkommen egal, daß er sich auf endlose Variationen über das Thema Schweineentführungen, hochmütige Butler und absurde Hochstapeleien beschränkt. Wodehouse ist der größte *Musiker* der englischen Sprache, und Musiker tun nun mal den ganzen Tag nichts anderes, als Variationen über bekanntes Material auszutüfteln. Die Frage, worum es dabei geht, erscheint mir herrlich belanglos. Bei Schönheit muß es nicht um etwas gehen. Worum geht's bei einer Vase? Wovon handelt ein Sonnenuntergang oder eine Blume? Und wovon handelt schließlich Mozarts Klavierkonzert Nr.23? Es heißt, jede

Kunst neige zum Wesen der Musik hin, und Musik *handelt* von nichts – es sei denn, es ist keine sehr gute Musik. Filmmusik handelt von etwas. »The Dam Busters' March« handelt von etwas. Eine Fuge von Bach hingegen ist nichts als reine Form, Schönheit und Ausgelassenheit, und ich bin mir nicht sicher, ob es in Sachen Kunst und Errungenschaften der Menschheit sehr vieles gibt, was eine Bach-Fuge übertrifft. Vielleicht die Theorie der Quantenelektrodynamik des Lichts. Oder vielleicht Wodehouses Kurzgeschichte *Uncle Fred Flits By*, keine Ahnung.

Evelyn Waugh, glaube ich, hat Wodehouses Welt mit dem Paradies vor dem Sündenfall verglichen, und es stimmt: Plum – wenn ich ihn so nennen darf – ist es in *Sunset at Blandings* gelungen, ein völlig unschuldiges und gutartiges Paradies zu erschaffen und zu bewahren, eine Aufgabe, an der, wie wir uns erinnern werden, Milton grandios gescheitert ist, vermutlich weil er sich zu sehr bemüht hat. Wie Milton sucht auch Wodehouse außerhalb seines Paradieses nach den Metaphern, die es seinen Lesern real erscheinen lassen. Aber während sich Milton, was ziemlich verwirrend ist, seine Bilder aus der Welt der antiken Götter und Helden holt (ganz wie ein Fernsehautor, der sich bei seinen Anspielungen nur auf andere Fernsehsendungen bezieht), bleibt Wodehouse ebenso lebendig wie real. »Sie stand da und betrachtete den Geldschrank, sanft bebend wie ein walisischer Käsetoast, der gleich den Höhepunkt seiner Backtemperatur erreichen wird.« »Der Schnurrbart des Grafen hob und senkte sich wie Seetang bei Ebbe.« Wenn es um Metaphern geht (na schön, Vergleiche, wenn Sie drauf bestehen), legt man sich mit dem Meister nicht an. Natürlich hat er sich nie die Aufgabe aufgehalst, Gottes Wege vor den Menschen zu rechtfertigen, sondern allein, die Menschen für jeweils ein paar Stunden auf unauslöschliche Weise glücklich zu machen.

Ist Wodehouse besser als Milton? Tja, das ist natürlich ein absurder Vergleich, aber ich weiß, wen von beiden ich mit auf die einsame Insel nehmen würde, und das nicht nur wegen seiner Gesellschaft, sondern auch wegen seiner Kunst.

Wir Wodehouse-Fans verständigen uns gern telefonisch über neue Entdeckungen. Aber wir erweisen dem großen Mann vielleicht einen Bärendienst, wenn wir in der Öffentlichkeit mit unseren Lieblingszitaten protzen, wie z.B.: »Eis bildete sich auf den oberen Hängen des Butlers« oder »… wie so viele bedeutende Amerikaner hatte er jung geheiratet und immer wieder geheiratet, indem er von Blondine zu Blondine hüpfte wie die Gemse, die in den Alpen von Klippe zu Klippe springt« oder (ich kann halt nicht anders) mein augenblickliches Lieblingszitat: »Er fuhr mit einer Art schuldbewußtem Sprung herum, wie ein Adagio-Tänzer, den man beim Panschen der Katzenmilch ertappt hat«, weil sie, so absolut wunderbar sie auch sind, ganz auf sich gestellt ein bißchen wie ausgestopfte Fische auf einem Kaminsims wirken. Man muß sie in Aktion sehen, um ihre Wirkung ganz zu erfassen. Freddie Threepwoods Satz (in *Sunset at Blandings*): »Ich habe hier in diesem Sack ein paar simple Ratten« enthält, so isoliert betrachtet, kaum einen Hinweis darauf, daß es sich, im Kontext gelesen, um einen der großartigsten Höhepunkte in der gesamten englischen Literatur handelt.

Shakespeare? Milton? Keats? Wie kann ich nur den Autor von *Pearls, Girls and Monty Bodkin* und von *Pigs Have Wings* im gleichen Atemzug wie diese Männer nennen? Er ist doch überhaupt nicht ernsthaft.

Er muß auch gar nicht ernsthaft sein. Er steht hoch darüber. Er wohnt in der Stratosphäre dessen, wozu menschlicher Geist imstande ist, hoch über Tragödien und angestrengten Grübeleien, wo man auch Bach, Mozart, Einstein, Feynman und Louis Armstrong finden wird, im Reich reinen schöpferischen Übermuts.

Aus dem Vorwort zu *Sunset at Blandings*
(Penguin Books)

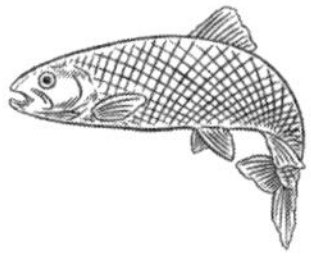

Tee

Der eine oder andere Amerikaner wollte von mir wissen, warum die Engländer Tee so schätzen, den er für kein besonders gutes Getränk hält. Um das zu verstehen, muß man ihn richtig zubereiten.

Es gibt ein sehr einfaches Verfahren, Tee herzustellen, und das geht so: Um das richtige Teearoma zu erhalten, muß das Wasser kochEND (nicht GEKocht) sein, wenn es sich auf die Teeblätter ergießt. Ist das Wasser bloß heiß, schmeckt der Tee fade. Deshalb pflegen wir Engländer all diese komischen Rituale, wie zum Beispiel, daß wir zu Anfang die Teekanne anwärmen (damit das kochende Wasser nicht zu schnell abkühlt, wenn es in die Kanne gegossen wird). Und daher ist die amerikanische Angewohnheit, eine Teetasse, einen Teebeutel und einen Topf heißes Wasser an den Tisch zu bringen, die allerbeste Methode, eine dünne, blasse, wässerige Tasse Tee herzustellen, die kein Mensch, der noch ganz bei Trost ist, trinken möchte. Die Amerikaner wundern sich darüber, daß die Engländer so viel Aufhebens um den Tee machen, weil die meisten Amerikaner NOCH NIE EINE GUTE TASSE TEE GETRUNKEN HABEN. Deshalb verstehen sie das nicht. Die volle Wahrheit übrigens ist, daß die meisten Engländer auch nicht mehr wissen, wie man Tee macht, und die meisten Leute trinken statt dessen billigen Pulverkaffee, was jammerschade ist und den Amerikanern den Eindruck vermittelt, daß die Engländer sich grundsätzlich mit heißen Aufputschmitteln überhaupt nicht auskennen.

Der beste Ratschlag, den ich einem gerade in England angekommenen Amerikaner geben kann, ist daher folgender: Sie gehen zu Marks & Spencer und kaufen sich ein Päckchen Earl Grey. Dann gehen Sie dorthin zurück, wo Sie wohnen, und setzen den Wasserkessel auf. Während er zum Kochen kommt, öffnen Sie das versiegelte Päckchen und schnuppern. Vorsichtig – Ihnen könnte ein bißchen schwindelig werden, aber das ist wirklich ganz legal. Sobald das Wasser kocht, gießen Sie davon ein wenig in die Kanne, schwenken sie kurz und kippen sie wieder aus. Legen Sie zwei (oder drei, je nach Größe der Kanne) Teebeutel in die Kanne. (Wenn ich Sie wirklich auf den Pfad der Tugend führen wollte, würde ich Ihnen empfehlen, anstelle der Beutel lose Teeblätter zu verwenden, aber wir wollen hier nichts überstürzen.) Bringen Sie den Kessel erneut zum Kochen und gießen Sie dann das kochende Wasser möglichst schnell in die Kanne. Lassen Sie den Tee zwei oder drei Minuten ziehen und gießen Sie ihn dann in eine Tasse. Manche Leute werden Ihnen raten, Sie sollten dem Earl Grey keine Milch zugeben, sondern lediglich eine Scheibe Zitrone. Das ist Quatsch. Ich mag ihn mit Milch. Wenn Sie meinen, daß Sie ihn gern mit Milch trinken, dann geben Sie wahrscheinlich am besten etwas Milch in die Tasse, ehe Sie den Tee eingießen.* Wenn Sie Milch in eine heiße Tasse Tee gießen, bekommt sie einen Hitzeschock. Wenn Sie meinen, Sie trinken ihn lieber mit einer Scheibe Zitrone, dann, tja, nehmen Sie halt eine Scheibe Zitrone dazu.

Trinken Sie ihn. Nach wenigen Augenblicken wird Ihnen aufgehen, daß das Land, in das Sie gereist sind, vielleicht doch nicht gar so seltsam und verrückt ist.

12. Mai 1999

* Gesellschaftlich ist das inkorrekt. Gesellschaftlich korrekt ist es, erst den Tee und danach die Milch einzugießen. Gesellschaftliche Korrektheit hat traditionell absolut nichts mit Vernunft, Logik oder Physik zu tun. Vielmehr gilt es in England im allgemeinen als gesellschaftlich inkorrekt, etwas zu wissen oder über Dinge nachzudenken. Man sollte sich das bei einem Besuch ins Gedächtnis zurückrufen.

Die Rhino-Klettertour

In mächtigen Schwaden steigt die Äquatorhitze vom Asphalt an mir hoch. In Kenia herrscht die kurze Regenzeit, aber die Sonne hat die morgendliche Feuchtigkeit in Minutenschnelle weggesengt. Ich bin mit Sonnenblocker eingecremt, die Straße vor mir verliert sich im fernen Hitzedunst, und meine Beine fühlen sich gut an. Vor und hinter mir verteilen sich noch andere Wanderer entlang der Straße, einige schreiten forsch aus, andere scheinen nur zu schlendern, tatsächlich aber bewegen sich alle im gleichen Tempo vorwärts. Einer von ihnen trägt ein großes, graues, skulpturartiges Gebilde aus bemaltem, über einen Metallrahmen gespanntem Plastikstoff. Ein großes Horn wippt an dessen Vorderseite. Das Ding ist eine groteske, aber merkwürdig schöne Karikatur eines Nashorns, das sich mit raschen, geschäftigen Schritten dahinbewegt. Die Sonne knallt auf uns nieder. Schiefe überladene Lastwagen bahnen sich ihren Weg gefährlich nahe an uns vorbei. Die Fahrer grölen und grinsen über unser Rhinozeros. Wenn wir, was oft geschieht, an Lkws vorbeikommen, die zweifellos gerade eben umgekippt am Straßenrand liegen, fragen wir uns, ob das irgendwie mit uns zu tun hat.

Die anderen Wanderer sind nun schon seit mehreren Tagen unterwegs, von der Küste nahe Mombasa über die große Fernstraße zur Lkw-Raststätte in Voi, dem hiesigen Mittelpunkt des Universums. Ich habe mich ihnen gestern abend hier angeschlossen, nachdem ich im Landrover aus Nairobi herbeigerumpelt war, und zwar zusammen mit meiner Schwester Jane, die irgendwelche Arbeiten für Save the Rhino International durchführt, zu dessen Unterstützung wir alle hier sind. Von hier aus werden wir weiter der Straße folgen, deren Asphalt sich nach und nach in Richtung tansanischer Grenze verliert.

Jenseits der Grenze liegt der Kilimandscharo, der höchste Berg der Welt. Den Gipfel des Kilimandscharo will die Expedition besteigen – eine kleine Gruppe Engländer, die jeden Tag in der Mittagssonne meilenweit laufen und sich beim Tragen eines großen Nashorn-Kostüms abwechseln. Die »mad dogs« haben längst das Handtuch geworfen.*

Was soll das ganze Gequatsche, denken Sie jetzt sicher, vom »höchsten Berg der Welt«? Sicherlich verdient der Everest in dieser Kategorie zumindest eine lobende Erwähnung? Nun ja, das hängt vollkommen vom Standpunkt des Betrachters ab. Klar, der Everest hat solide 8848 m über dem Meeresspiegel, was irgendwie schon beeindruckend ist. Aber wenn man den Everest besteigen wollte, würde man wahrscheinlich, wenn man sich einem verläßlichen Führer anschließt, irgendwo im Himalaya anfangen. Und dieses Irgendwo im Himalaya liegt eh schon verdammt hoch, und so ist, wenn man manchen Leuten glauben kann, das letzte Stückchen bis zum eigentlichen Gipfel des Everest nur noch ein gepflegter Spaziergang. Damit das Ganze auch heutzutage noch interessant bleibt, muß man es ohne Sauerstoff oder in Unterhosen oder so ähnlich machen.

Der Kilimandscharo dagegen ist nicht Teil eines ausgedehnten Gebirges wie der Everest. Es hat lange gedauert, bis man rausgefunden hat, welcher Gipfel des Himalayas tatsächlich der höchste ist, und meines Wissens fand man die Lösung schließlich an einem Schreibtisch in London. Beim Kilimandscharo gibt es kein solches Problem. Der Berg ist vulkanisch und steht ganz für sich allein, umgeben nur von ein paar läppischen Hügeln. Wenn man den Killy endlich erblickt, nachdem man ihn zwischen Nebelwolken am Horizont gesucht

* D. A. spielt an auf »mad dogs and Englishmen go out in the midday sun« aus einem Song von Noël Coward (A. d. Ü.)

hat, gefriert einem jäh das Blut. »Oh«, sagt man schließlich, »du meinst, *über* den Wolken.« Dein ganzer Kopf dreht sich nach oben. »Oh, mein Gott ...« Vom Fuß bis zum Gipfel gemessen ist er der höchste Berg der Welt. Und es ist unter Garantie verdammt schwierig, in einem Rhino-Kostüm hinaufzukraxeln. Von dieser hirnverbrannten Idee hatten mir Monate zuvor zum ersten Mal David Stirling und Johnny Roberts erzählt, die Gründer von Save the Rhino International, und mir war zunächst mal nicht klar, daß sie es ernst meinten. Eine Weile schwärmten sie davon, daß sie eine ganze Garnitur Nashorn-Kostüme erstanden hätten, die Ralph Steadman für eine Oper entworfen hatte, und daß sie genau das Richtige seien, um darin den Kilimandscharo zu besteigen. Um mich zu beruhigen, fügte David hinzu, die Kostüme seien auch schon beim New Yorker Marathon benutzt worden. »Das wird enormes Aufsehen erregen«, sagten sie, »glaub uns. Echt.«

Wie recht er hatte, wurde mir klar, als wir uns an diesem Tag unserem ersten Dorf näherten, und vielleicht ist es jetzt an der Zeit, Sinn und Zweck der ganzen Expedition zu erläutern. Es ging nämlich gar nicht darum, Gelder unmittelbar zum Schutz der Nashörner aufzutreiben. Die einst in den Ebenen Ostafrikas weit verbreiteten Rhinos sind inzwischen schrecklich selten geworden, aber in Kenia werden sie so gut geschützt wie kaum irgendwo in Afrika. Richard Leakeys Kenya Wildlife Service besteht aus achttausend gut ausgebildeten, gut ausgerüsteten, gut bewaffneten, hochmotivierten Soldaten und stellt eine mächtige Truppe dar. Zu mächtig, wie einige seiner Gegner meinen. Offiziell ist Wilderei in Kenia »kein Problem mehr«. Aber Naturschutz entwickelt sich ständig weiter, und uns wurde nach und nach klar, daß die Einstellung, einfach nach Afrika zu latschen und den Einheimischen zu sagen, sie dürften ihrer Natur und Umwelt nicht das antun, was wir unserer angetan haben, und daß wir darauf achten werden, zumindest gewisse Korrekturen erfordert.

Die Menschen, die um die großen Nationalparks herum leben, haben ein hartes Los. Sie sind arm und unterernährt, ihre Ländereien werden von den Parks begrenzt, und wenn gelegentlich ein Löwe oder Elefant ausbricht, haben sie darunter zu leiden. Streitigkeiten über den Erhalt der Artenvielfalt unseres Planeten werden demjenigen ein wenig abstrakt erscheinen, der gerade die Ernte, mit der er seine Familie ernähren muß, oder, schlimmer noch, ein Familienmitglied verloren hat. Langfristig kann der Naturschutz nicht von Außenstehenden an den Bedürfnissen der Einheimischen vorbei durchgesetzt werden. Wenn jemand sich zukünftig um Natur und Umwelt kümmert, müssen es letztlich die Leute vor Ort sein – und irgend jemand muß sich wiederum um diese Leute kümmern.

Unsere Route führte an den großen Nationalparks von Tsavo-Ost und Tsavo-West vorbei und manchmal auch mitten hindurch, und es waren die in diesen Gebieten wohnenden Menschen, die wir aufsuchten, um sie zu unterstützen. Die 100.000 englischen Pfund, die wir mit unserer Wanderung einzunehmen hofften, sollten dem Bau von Schulräumen, der Ausstattung von Büchereien und anderen gemeinnützigen Projekten zugute kommen. Wir wollten die Leute ermutigen einzusehen, daß die Umwelt nicht nur Probleme mit sich bringt, sondern für sie auch von Vorteil sein kann.

Als wir uns also an diesem Tag unserem ersten Dorf näherten, ging das Nashorn mit Todd Jones in seinem Innern voran. Alle Wanderer wechselten sich ab und trugen das Kostüm jeweils eine Stunde lang, und daran, wie es sich bewegte, erkannte man bald, wer gerade drin steckte. Wenn das Nashorn bummelte, war es Giles. Giles war ein ehemaliger Gordonstoun-Schüler, der Hugh Grant ähnlich sah und die letzten paar Jahre damit verbracht hatte, mit dem eigenen Fallschirm ganz gemächlich durch Afrika zu trampen. Sein Trick war, mit diesem Fallschirm auf Flugplätzen aufzukreuzen, jemanden zu finden, der so etwa in die gewünschte Richtung flog, sich mitnehmen zu lassen und, wenn ihm danach war, einfach aus dem Flugzeug zu springen. Angeblich war seine Freundin ein Supermodel, die alle paar Monate rausfand, wo er gerade war, dort hinflog und ihn dann (das vermute ich) baden und sich aufs Hotelzimmer bringen ließ.

Wenn das Rhino munter dahinschlenderte, dann steckte Tom in dem Kostüm. Tom war ein hochgewachsener, wie von Wodehouse erdachter Mann mit dem genau falschen Teint für Afrika. Er hatte die liebenswürdige Art eines Landadeligen, und als ich ihn fragte, wo er wohne, antwortete er recht vage: »Shropshire.«

Wenn das Rhinozeros geschäftig dahineilte, steckte Todd drin. Todd war kein verrückter Engländer, sondern kam aus Wales. Er zeichnete für die Nashorn-Kostüme verantwortlich, hatte sie auch ursprünglich in der Opernproduktion getragen, für die sie entworfen wurden und in der er schwergewichtige Sopranistinnen auf seinem Rücken herumschleppen mußte. Er erzählte mir, ursprünglich habe er Tierarzt werden wollen, sei dann aber beim Beruf des Tierdarstellers gelandet. Jedesmal, wenn man in einem Film, einer Fernsehshow oder einem Werbespot jemanden sieht, der als Tier verkleidet ist, dann ist es wahrscheinlich Todd. »Ich bin in *The Lion, the Witch and the Wardrobe* aufgetreten«, erzählte er mir. »Rate mal, welcher von den dreien ich war.« Eines Abends zeigte er mir Familienfotos. Es gab da ein wunderschönes Bild von seiner Frau, ein anderes von seiner kleinen Tochter, ein süßes Foto von seinem gerade geborenen Sohn und dann noch eines von sich selbst. Darauf war Todd sehr überzeugend als hellblauer Zentaur zu sehen.

Während Todd/Rhino dahineilte, tauchten plötzlich vor uns auf der Straße riesige Kinderscharen auf, rannten auf uns zu und sangen, tanzten und skandierten: »Rhino! Rhino! Rhino!« Rasch wurden wir eingekreist und die letzten paar hundert Meter zum Dorfplatz geleitet, wo ein Empfang für uns vorbereitet war. Das ganze Dorf hatte sich versammelt, um uns mit großer Begeisterung zu begrüßen. Wir setzten uns, in der Hitze schwer atmend, und begossen uns aus Flaschen mit Wasser, während die Kinder des Dorfes uns eine Vorstellung mit Tänzen und Chorgesang boten, die offen gestanden erstaunlich war. Wenn ich Kinder sage, meine ich nicht nur Siebenjährige, sondern auch Siebzehnjährige. Komisch, daß wir kein passendes Wort mehr haben, mit dem der ganze Bereich abgedeckt wird. »Halbwüchsige«? Herablassend. »Kids«? Nein. »Jugendliche«? Klingt, als wären sie gerade in einen Supermarkt eingebrochen und hätten was geklaut. Kinder also. Die Kinder hatten sich ein Lied über Nashörner ausgedacht, das sie uns vorsangen. Im Hintergrund hatte Giles unauffällig Todd als Rhinozeros abgewechselt und schloß sich nach einer Weile dem Tanzen, Hüpfen und Sich-wiegen an und rannte und spielte mit den Kindern herum, bevor er sich schließlich hinter einen Baum verdrückte, um schnell eine zu rauchen. Danach ließen wir, etwas weniger begeistert, etliche Reden örtlicher Würdenträger über uns ergehen, die zu diesem Zweck erschienen waren. Wo immer wir auftauchten, waren örtliche Würdenträger erpicht darauf, sich mit uns gemeinsam zu zeigen.

Allmählich begann mir der ganz Sinn und Zweck des Rhino-Kostüms zu dämmern. Schon seit Monaten hatte sich das Dorf auf die Ankunft des Rhinos und des Rhino-Klettertrupps gefreut und darauf vorbereitet. Es war das größte Ereignis des Jahres, ein Karneval, ein Fest, ein Feiertag. An den Besuch des Nashorns würden sich die Dorfbewohner, und insbesondere die Kinder, noch jahrelang erinnern, an den Besuch einer Gruppe komischer Engländer mit Hüten dagegen nicht.

Dann führte man uns zur Dorfschule. Wie fast das ganze Dorf war sie aus Schlackensteinen gebaut und nur zur Hälfte fertig. Die Türen und Fenster waren leere Löcher, und das Mobiliar bestand lediglich aus ein paar klapprigen Bänken und Tapeziertischen, auf denen Dutzende von Bildern der örtlichen Tier- und Pflanzenwelt auslagen, die die Kinder gezeichnet hatten und die wir bewerten und mit Preisen belohnen sollten. Die Preise bestanden aus Rhino-Klettertour-Baseballmützen, und egal, wer einen Preis gewann, wir mußten dafür sorgen, daß wirklich alle Bewohner des Dorfes eine abkriegten. Und sobald wir unsere Sponsorengelder bekommen haben, werden wir ihr Schulgebäude fertigbauen lassen.

Als wir schließlich aufbrachen, folgten uns die Kinder tanzend noch ein paar Meilen, lachten und sangen improvisierte

Lieder, die einer von ihnen anstimmte und dann von den anderen rasch aufgegriffen und mitgesungen wurden.

Diese Sätze klingen merkwürdig überholt, oder? Es hört sich alles so naiv und sentimental an, wenn man von lachenden, tanzenden und singenden Kindern erzählt, wo wir doch alle ganz genau wissen, daß einen Kinder im wirklichen Leben nur anknurren und Drogen nehmen. Doch diese Kinder/ Kids/Jugendlichen und alle, denen wir auf unserer Reise begegnet sind, waren auf eine Weise fröhlich, die uns Europäer beinahe beschämt.

Nun verlassen uns die letzten Kinder eins nach dem anderen. Unser Proviant-Landrover fährt langsam vorbei und verteilt Colas und Fantas. Jim, unser Fotograf, sitzt auf der Heckklappe und macht Fotos von uns mit seiner EOS 1, auf die ich scharf bin, seit ich sie zum ersten Mal gesehen habe. Keis, unser holländischer Videokameramann, hievt sich seinen leichten Sony-Camcorder auf die Schulter und macht einen Schwenk die Reihe der Wanderer entlang. Ich frage mich, ob man irgendwo in Europa hundert Kinder finden könnte, die so tanzen und singen.

Am nächsten Tag habe ich meinen ersten Auftritt im Rhino-Kostüm. Ich bin viel zu groß dafür, und meine Beine ragen unten grotesk heraus, so daß ich aussehe wie eine riesige Garnele in Backteig. Im Kostüminneren überwältigen einen beinahe die Hitze und der Gestank nach ranzigem Schweiß und alten Desinfektionsmitteln, bis man den Bogen allmählich raus hat. Todd läuft neben mir her und verwickelt mich entschlossen in Gespräche. Nach einer Weile begreife ich, daß er mich überwacht, um sicherzustellen, daß ich nicht ohnmächtig werde. Todd ist ein lieber Kerl, und ich mag ihn sehr. Er kümmert sich sehr um andere Menschen, aber noch mehr um sein geliebtes Rhino-Kostüm.

Ich bleibe einen Moment stehen, um mir Wasser ins und übers Gesicht zu schütten, und erhasche im Fenster des Landrover ganz flüchtig einen Blick auf mich. Ich sehe unvorstellbar blöd aus, und mir wird klar, daß diese Benefiz-Wanderungen eigentlich ziemlich merkwürdig sind. Immer werden sie zu guten Zwecken unternommen: Krebsforschung, Hungerhilfe, Erhaltung der Umwelt und so weiter, aber letztlich scheint es darauf hinauszulaufen: »Okay, ihr versucht, Gelder für diese ausgesprochen lohnende Sache zusammenzubringen, und ich verstehe, daß das eine wichtige und schwierige Sache ist, daß das Leben vieler oder sogar ganzer Arten auf dem Spiel stehen und wirklich dringend etwas unternommen werden muß. Aber, tja … keine Ahnung … Wißt ihr was? Macht doch einfach was ganz Sinnloses und Blödes, was vielleicht sogar ein bißchen gefährlich ist, *dann* gebe ich euch Geld.«

Ich bin nur eine Woche mitgewandert. Ich kam nicht so weit, den Kilimandscharo zu besteigen, aber ich habe ihn zu sehen bekommen. Ich war sehr traurig, daß ich es nicht geschafft habe hinaufzusteigen, nachdem ich ihn aber gesehen habe, muß ich sagen, daß ich nicht sehr, *sehr* traurig war. Ich habe ganz kurz ein Nashorn gesehen, eines der Tausende, die früher diese Gegend bevölkert haben, und ich fragte mich, ob es überhaupt begriff, daß mit seiner Welt nichts mehr in Ordnung ist. Menschen gibt es seit etwa einer Million Jahren auf diesem Planeten, und wir haben in dieser Zeit allen möglichen Bedrohungen gegen unser Überleben standgehalten: Hunger, Pest, Krieg, Aids. Nashörner gibt es schon seit 40 Millionen Jahren, und nur eine einzige Bedrohung hat sie fast zum Aussterben gebracht: der Mensch. Wir sind nicht die einzige Gattung, die in der Welt Zerstörungen angerichtet hat, und man muß uns zugute halten, daß wir die einzigen sind, denen die Konsequenzen ihres Verhaltens klargeworden sind und die versuchen, etwas dagegen zu unternehmen. Trotzdem, überlege ich, während ich das Kostüm wieder in eine bequeme Wanderposition zurückschiebe und über das wippende Plastikhorn vor meiner Nase schiele, gehen wir dabei ganz schön seltsam zu Werke.

Esquire
März 1995

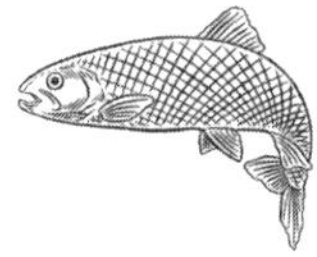

Nur für Kinder

Den Unterschied zwischen »Friday« (Freitag) und einem »fried egg« (gebratenem Ei) mußt du unbedingt kennen. Es ist ein ganz einfacher, aber wichtiger Unterschied. Der Freitag kommt am Ende der Woche, während das »fried egg« von einem Huhn kommt. Wie bei den meisten Dingen, ist es natürlich nicht ganz so einfach. Das gebratene Ei ist erst dann wirklich ein gebratenes Ei, wenn es in eine Bratpfanne gehauen und gebraten worden ist. Das würdest du mit einem Freitag natürlich nicht tun, aber du könntest es sehr wohl *an* einem Freitag tun. Du kannst Eier auch an einem Donnerstag braten, wenn du das willst, oder auf einem Herd. Ganz schön kompliziert ist das, aber schon irgendwie einleuchtend, wenn du eine Weile darüber nachdenkst.

Es ist auch gut, wenn du den Unterschied zwischen »lizard« (Eidechse) und »blizzard« (Schneesturm) kennst. Der ist ziemlich einfach. Obwohl die beiden Sachen auf englisch sehr ähnlich klingen, findet man sie in so unterschiedlichen Teilen der Welt, daß es sehr leicht fällt, sie zu unterscheiden. Wenn du irgendwo nördlich vom Polarkreis bist, siehst du dort wahrscheinlich einen »blizzard«, wenn du dagegen in einem heißen, trockenen Land wie Madagaskar oder Mexiko bist, wird es sich wohl eher um einen »lizard« handeln.

Dieses Tier hier ist ein Lemur. Es gibt viele verschiedene Arten von Lemuren, und fast alle leben in Madagaskar. Madagaskar ist eine Insel – eine sehr große Insel: viel, viel größer als deine Mütze, aber nicht so groß wie der Mond.

Der Mond ist viel größer als er aussieht. Das solltest du dir merken, denn dann kannst du, wenn du das nächste Mal den Mond betrachtest, mit tiefer, rätselhafter Stimme sagen: »Der Mond ist viel größer als er aussieht«, und die Leute wissen dann, daß du ein kluges Kind bist, das lange darüber nachgedacht hat.

Diese besondere Lemurenart heißt Katta oder Katzenmaki. Niemand weiß, warum sie so heißt, und ganze Generationen von Wissenschaftlern haben sich darüber den Kopf zerbrochen. Aber eines Tages wird ein sehr kluger Mensch wahrscheinlich herausfinden, warum das Tier Katta oder Katzenmaki heißt. Wenn dieser Mensch ganz *wahnsinnig* klug ist, wird er es nur sehr guten Freunden erzählen, *heimlich*, denn sonst weiß es bald jeder, und dann weiß keiner mehr, wie klug der Mensch wirklich war, der es als erster gewußt hat.

Noch zwei Sachen gibt es, von denen du den Unterschied kennen solltest: »road« (Straße) und »woad« (Färberwaid). Das erste ist das, worauf du in einem Auto oder mit dem Fahrrad fährst. Das zweite ist eine Art blaue Körperbemalung, die die Engländer vor Tausenden von Jahren anstelle von Kleidern getragen haben. Normalerweise lassen sich die beiden Dinge ganz leicht unterscheiden, aber wenn dir die richtige Aussprache des *R* wirklich schwer fällt, kann das zu furchtbaren Verwechslungen führen: Stell dir bloß mal vor, wie du versuchst, mit dem Fahrrad auf einem kleinen blauen Farbklecks herumzufahren, oder du müßtest eine ganze Straße umgraben, nur damit du was anzuziehen hast, wenn du unbedingt den Abend mit ein paar Druiden verbringen wolltest.

Druiden haben vor Tausenden von Jahren gelebt. Sie trugen lange weiße Gewänder und hatten eine sehr klare Meinung darüber, was für eine tolle Sache die Sonne doch ist. Weißt du, was eine Meinung ist? Ich denke mir, daß jemand in deiner Familie wahrscheinlich eine hat, du könntest also denjenigen bitten, dir was darüber zu erzählen. Leute nach ihrer Meinung zu fragen ist ein sehr geeignetes Mittel, sich Freunde zu machen. Ihnen deine Meinung zu sagen, funktioniert auch, aber nicht immer ganz so gut.

Heutzutage wissen die meisten Leute, was für eine tolle Sache die Sonne ist, deshalb gibt es nicht mehr so viele Druiden, aber ein paar sind noch da für den Fall, daß wir es gelegentlich mal vergessen. Wenn du jemanden siehst, der ein langes, weißes Gewand trägt und viel über die Sonne redet, könntest du einen Druiden vor dir haben. Wenn sich auch noch herausstellt, daß er ungefähr zweitausend Jahre alt ist, ist das ein sicheres Zeichen.

Wenn aber diese Person, die du gefunden hast, einen etwas kürzeren weißen Mantel trägt, der vorne Knöpfe hat, dann kann es sein, daß es sich um keinen Druiden, sondern um einen Astronomen handelt. Wenn er Astronom ist, dann könntest du ihn unter anderem fragen, wie weit entfernt die Sonne ist. Die Antwort wird dich wahrscheinlich ganz schön überraschen. Wenn nicht, dann richte ihm von mir aus, daß er es nicht sehr gut erklärt hat. Nachdem er dir gesagt hat, wie weit die Sonne weg ist, frag ihn doch mal, wie weit entfernt einige Sterne sind. Das wird dich *wirklich* überraschen. Wenn du allein keinen Astronomen finden kannst, dann bitte doch deine Eltern, daß sie dir einen suchen. Sie tragen nicht alle weiße Mäntel, was einer der Gründe ist, weshalb sie manchmal schwer zu finden sind. Manche tragen Jeans oder sogar Anzüge.

Wenn wir sagen, etwas ist »startling« (erstaunlich), meinen wir, daß es uns ganz schön überrascht. Wenn wir sagen, etwas ist ein »starling« (Star), meinen wir damit, daß es sich um eine Art »migratory bird« (Zugvogel) handelt. »Bird« (Vogel) ist ein Wort, das wir recht oft benutzen, deswegen läßt es sich auch so leicht aussprechen. Die meisten Wörter, die wir oft benutzen, wie zum Beispiel »house« (Haus) oder »car« (Auto) oder »tree« (Baum), sind leicht auszusprechen. »Migratory« dagegen ist ein Wort, das wir nicht annähernd so oft benutzen, und wenn du es sagst, kommt es dir manchmal so vor, als wären deine Zähne mit Sahnebonbons zusammengeklebt. Wenn die Vögel »migratories« heißen würden und nicht »Vögel«, würden wir wahrscheinlich nicht so oft über sie reden. Wir würden sagen: »Schau mal, ein Hund!« oder

»Da läuft eine Katze!« Aber wenn ein »migratory« vorbeikäme, würden wir wahrscheinlich sagen: »Gibt's nicht bald Tee?« und den Vogel nicht mal erwähnen, auch wenn er noch so hübsch aussieht.

Aber »migratory« bedeutet nicht, daß etwas mit Sahnebonbons zusammengeklebt ist, so sehr es auch danach klingt. Es bedeutet, daß etwas einen Teil des Jahres in dem einen Land verbringt und einen anderen Teil des Jahres in einem anderen Land.

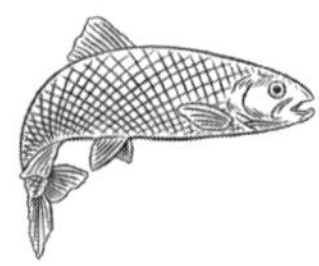

Brandenburgisches Konzert Nr. 5

Egal, bis zu welchen Grenzen wir bei neuen Entdeckungen und Erkenntnissen vorstoßen, anscheinend finden wir Bachs Spuren dort immer schon vor. Wenn wir Bilder der seltsamen mathematischen Schreckgestalten sehen, die im Herzen der Natur auf der Lauer liegen – fraktale Landschaften, die sich endlos ausbreitenden Paisley-Wirbel des Mandelbrot-Set, die Fibonacci-Zahlenreihen, die das Muster beschreiben, das Blätter am Stengel einer Pflanze bilden, die »seltsamen Attraktoren«, die im Herzen des Chaos pochen –, immer kommen einem die schwindelerregenden, komplizierten Bachschen Spiralen in den Sinn.

Manche Menschen behaupten, Bachs mathematische Komplexität mache seine Musik emotionslos. Ich finde, das Gegenteil trifft zu. Wenn ich dem Wechselspiel der Stimmen in einem Stück Bachscher Polyphonie lausche, packt jeder einzelne musikalische Strang ein anderes Gefühl in meinem

Innern und setzt sie gleichzeitig auf miteinander verschlungene Achterbahnen des Gefühls. Eine Stimme singt vielleicht still vor sich hin, eine zweite wütet munter drauflos, eine dritte schluchzt in der Ecke und eine vierte tanzt. Streit bricht aus, Gelächter, Zorn. Der Frieden wird wiederhergestellt. Die Stimmen können noch so verschieden sein, dennoch gehören sie untrennbar zusammen. Das ist emotional so komplex wie eine Familie.

Und heute, wo wir entdecken, daß jeder individuelle Geist aus einer Familie unterschiedlicher Teile besteht, die alle getrennt operieren, aber sich verbinden, um die flüchtigen Lichtblitze hervorzubringen, die wir Bewußtsein nennen, sieht es wieder einmal ganz so aus, als wäre Bach schon vor uns da gewesen.

Wenn man das 5. Brandenburgische Konzert hört, braucht man keinen Musikwissenschaftler, um zu begreifen, daß hier etwas Neues und Unerhörtes geschieht. Noch zweihundertfünfundsiebzig Jahre nach seiner Entstehung vernimmt man die unverwechselbare, pulsierende Energie eines Meisters auf der Höhe seines Könnens, der mit absolutem Selbstbewußtsein etwas Wildes und Gewagtes tut. Als Bach das Konzert komponierte, sah er das Cembalo statt der Bratsche für sich vor, die er gewöhnlich in Ensembles spielte. Es war eine glückliche, produktive Zeit in seinem Leben, als er sich endlich von einigen guten Musikern umgeben sah. Das Cembalo spielte traditionell eine untergeordnete Rolle in dieser Art Ensemble, aber nicht in diesem Fall. Bach legte los.

Schon beim ersten Satz hört man, wie etwas Seltsames, Neues und Gewaltiges aus sich heraus entsteht. Vielleicht ist es aber auch eine riesige Maschine oder sogar ein gewaltiges Roß, das auf eine herkulische Aufgabe vorbereitet wird, umgeben von (unwillkürlich schmeißt man Metaphern wild durcheinander, wenn Sprache mit Musik Schritt halten will) einer ganzen Flotille von Helfern, die um es herumwirbeln. Man hört es Schritt gehen, Trab, dann und wann in einen leichten Galopp verfallen, bei dem es ein wenig munterer zugeht, und schließlich absolviert es ein Proberennen, bei dem es von seinen Helfern angefeuert wird, heulend und mit angehaltenem Atem. Noch einmal rafft es sich auf, dreht noch eine schnelle Runde … und dann verstummen die anderen Instrumente. Es steht ganz frei und allein da, scharrt im Boden, atmet tief ein, sammelt seine Kräfte, trabt weiter …

Und dann kommt es richtig in Fahrt – rennt … rast … fliegt … klettert … kraxelt … drängt … keucht … windet sich … zappelt … stampft auf den Boden … stampft … stampft … stürzt plötzlich los, rennt mit letzter Kraft weiter und kommt endlich, mit einem letzten unerwarteten Schritt nach oben im Baß, ins Ziel und ist frei – das Hauptmotiv kehrt im Triumph zurück, und es ist alles vorbei, sieht man von den Tränen und Tänzen (d.h. dem zweiten und dritten Satz) ab.

Daß die Brandenburgischen Konzerte uns so vertraut sind, sollte uns nicht für ihre Großartigkeit blind machen. Für mich steht fest, daß Bach das größte Genie war, das jemals unter uns gelebt hat, und die Brandenburgischen Konzerte hat er geschrieben, als er glücklich war.

Penguin Classics, Band 27:
Bach – Die Brandenburgischen Konzerte Nr. 5 und 6,
Violinkonzert A-moll
(English Chamber Orchestra,
Dirigent: Benjamin Britten)

Das Universum

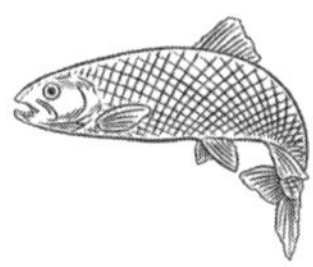

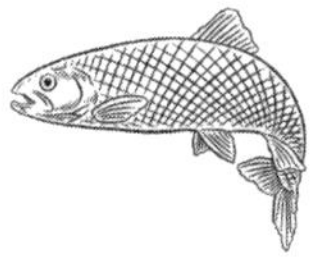

Frank der Wandale

Der Macintosh kam vor fünf Jahren auf den Markt, und wohl fast genauso lange habe ich die Handwerker im Haus. Neulich hat mich jemand gefragt, was sie eigentlich machen, und ich sagte, ich versuchte gerade, den Mut aufzubringen, sie das selber zu fragen.

Das Ganze ist ziemlich kompliziert, weil einer von ihnen ein Elektriker namens Frank der Wandale ist. Das heißt, seine Freunde (falls er welche hat, die nicht im Krankenhaus liegen) nennen ihn Frank, und ich nenne ihn Frank den Wandalen, weil er jedesmal, wenn er an irgendein Kabel ranmuß, sich den Weg dorthin durch alles freihackt, was ihm in die Quere kommt – Putz, Balken, Wasserleitungen, Telefonkabel, Möbel, ja sogar Kabel, die er selber bei früheren Überfällen gelegt hat. Er ist, wird mir versichert, als Elektriker sehr gut, aber ich glaube, daß er als Mensch möglicherweise nicht sehr gut ist. Doch ich schweife ab von dem, was ich eigentlich sagen wollte, und jetzt habe ich so ziemlich den Faden verloren, weil Frank gerade den Strom abgestellt hat, seit ich das letzte Mal gespeichert habe. Also, wo war ich stehen geblieben? Genau.

Als ich das Haus kaufte, war es praktisch eine Totalruine. Nicht ganz so kaputt, wie es nach einem von Franks Besuchen ist, aber immerhin, es war praktisch eine leere Hülse, in die Wände, Fußböden, Wasserleitungen und so weiter erst eingebaut werden mußten. Wenn Wände gebaut werden müssen, kommt ein erfahrener (jedenfalls hat man mir das gesagt – bin mir da selber nicht ganz sicher, aber im Prinzip ein erfahrener) Maurer ins Haus und baut sie. Wenn ich Fußböden, Treppen, Schränke und so weiter brauche, kommt ein Tischler vorbei, pfeift ein fröhliches Tischlerliedchen und macht sich an die Arbeit. Dann kommt ein Klempner vorbei und macht das gleiche. Dann kommt Frank der Wandale vorbei, um ein paar Kabel zu ziehen, und natürlich müssen anschließend der Tischler, der Klempner und so weiter wiederkommen und umfangreiche Reparaturen durchführen. Aber ich werde das Thema Frank fallen lassen müssen, weil er nichts mit dem Vergleich zu tun hat, den ich jetzt peu à peu und elegant ziehen werde. Es ist nur so, daß Frank mich zur Zeit ziemlich quält, und es fällt mir schwer, nicht nervös und unruhig zu sein, solange er im Haus ist. Also vergessen Sie Frank. Sie haben's gut. Sie können das.

Also, es geht um folgendes. Das Haus ist hier. Das Haus zu bauen ist Sinn und Zweck der ganzen Übung. Wenn ich irgendwas gemacht haben möchte, greife ich zum Telefon (vorausgesetzt, Frank hat nicht das Kabel gekappt, um an einen Lichtschalter zu gelangen), und jemand kommt her und macht es.

Wenn ich ein paar Wandschränke eingebaut haben will, muß ich nicht folgendes tun: Ich muß das Haus nicht komplett zerlegen und nach Birmingham schicken, wo der Tischler wohnt, es dort wieder so zusammenbauen, daß der Tischler versteht, worum es geht, dann den Tischler dran arbeiten lassen, es dann wieder zerlegen, zurück nach Islington schicken und wieder zusammensetzen lassen, damit es als ein Haus funktioniert, in dem ich wohnen kann.

Warum muß ich also genau das mit meinem Computer tun? Ich will es anders ausdrücken, damit es verständlich wird. Warum muß ich, wenn ich in dem einen Word Processor an einem Dokument arbeite, dann aber an dem Dokument ganz was anderes machen will, das Dokument praktisch auseinandernehmen und in einen zweiten Word Processor rüberschicken, der eine Eigenschaft besitzt, die der erste nicht hat. (Warum benutze ich da nicht bloß den zweiten WP? Nun, weil ihm natürlich andere Eigenschaften fehlen, die der erste wiederum hat.) Oder warum muß ich, wenn ich ein Foto einfügen will, in ein ganz anderes Programm gehen und dort das Foto bearbeiten, um dann nach einem geisttötenden Palaver zu entdecken, daß der Word Processor, den ich benutze, aus irgendeinem Grund nicht weiß, wie er mit Grafiken in diesem bestimmten Format umgehen soll? Oder er behauptet, er kann es, wird dann aber schwarz und knatschig oder macht einfach peng, wenn ich ihn mal wirklich darum bitte. Am Ende muß ich all die verschiedenen Teile in PageMaker einfügen, das dann aus irgendwelchen Gründen einen Druckerstreik einlegt. Ich weiß, daß das Ganze durch MultiFinder etwas einfacher geworden ist, aber das bedeutet im Grunde nur, Birmingham ein bißchen erreichbarer zu machen, wenn Sie mir folgen können.

Ich will nichts über PICT-Dateien wissen. Ich will auch nichts über TIFF-Dateien wissen. (Wirklich nicht. Davon kriege ich Zustände.) Ich möchte mich nicht darum kümmern müssen, in welchem Dateityp MacWrite II meine Arbeit speichern soll, damit Nisus sie lesen und mit einem seiner endlosen Makros noch mal drübergehen kann. Ich bin ein Mac-Benutzer, verdammt noch mal. Das soll doch angeblich ganz einfach sein.

Der Mac begann als eine herrlich einfache und elegante Idee (Gib ihm so wenig Speicherkapazität, daß er sowieso nichts auf die Reihe kriegen kann), und es ist an der Zeit, daß die gleiche Einfachheit auch bei dem sehr viel stärkeren und komplexeren System Anwendung findet, das der Mac inzwischen ist.

Ich möchte einfach nur folgendes tun können:

1. Den Computer einschalten.
2. Arbeiten
3. Ein bißchen Spaß haben, vorausgesetzt, ich habe genug von 2 erledigt, was selten vorkommt, aber das ist ein anderes Thema.

Wenn ich »arbeiten« sage, meine ich, daß ich auf dem Bildschirm Schreibmaschine schreiben, und wenn ich Lust habe, eine Zeichnung einzufügen, auf dem Bildschirm zeichnen kann. Oder ich bringe etwas aus meinem Scanner auf den Bildschirm, oder ich schicke irgendwem etwas von meinem Bildschirm. Oder ich lasse meinen Mac die Melodie spielen, die ich gerade mit einem Synthesizer auf den Bildschirm geschrieben habe. Oder, tja, die Liste ist natürlich endlos. Wenn ich ein bestimmtes Tool brauche, mit dessen Hilfe ich etwas Kompliziertes ausführen kann, dann fordere ich es einfach an. Und mit einfach meine ich einfach. Nie sollte ich etwas weglegen müssen, an dem ich gerade arbeite, wenn ich es nicht wirklich abgeschlossen habe (kann man vergessen, sagen meine Verleger), oder etwas ganz anderes tun möchte.

Ich rede hier vom Tod der »Anwendungs«-Programme. Ich meine damit nicht bloß den Moment, wenn sie »unerwartet« den Dienst aufkündigen, ich denke, es ist Zeit, sie einfach abzuschaffen. Und mir die Tools zu beschaffen, die ich brauche, sollte so einfach sein, wie einen Button in HyperCard einzufügen.

Ah! HyperCard!

Ich weiß, das klingt altmodisch, weil viele Leute der Meinung sind, HyperCard sei einfach nicht stark genug, um damit nützliche Arbeit zu leisten. Es ist letztlich der erste Versuch einer noch in den Kinderschuhen steckenden Idee. Die Liste der Dinge, die man damit nicht machen kann, ist fast so lang wie die Liste der Makros in Nisus. (Was ist das alles für Zeugs? Wenn ich nur das Makro-Menü runterklappe, flackern in ganz Nord-London die Lampen.) Aber die Idee ist sensationell gut, und ich würde mich sehr freuen, wenn so etwas zum gesamten Arbeitsumfeld des Mac würde. Sie brauchen die Rechenkapazitäten von Excel? Fügen Sie sie ein. Sie brauchen Animationen? Fügen Sie Director ein. Sie mögen nicht, wie Director arbeitet? (Sie müssen verrückt sein. Es ist phantastisch.) Fügen Sie Teile von anderen Animations-Tools ein, die Sie irgendwo finden und die Ihnen gefallen.

Oder schreiben Sie das Programm um.

Wenn es, wie es sich gehört, im objektorientierten Code geschrieben ist, sollte das so einfach sein, wie HyperTalk zu schreiben. (In Ordnung. Sie können HyperTalk nicht schreiben. Es sollte einfacher sein, als HyperTalk zu schreiben. Zeigen Sie einfach auf die Dinge, die Sie mögen, und klicken Sie sie an.) Wir sollten uns nicht von Anwendungsprogrammdesignern tyrannisieren lassen, die keine Ahnung davon haben, wie wirkliche Menschen ihre wirkliche Arbeit verrichten. Wir sollten einfach die Dinge nehmen und einfügen können, die uns gefallen.

Ich habe mich ein bißchen über Elektriker ausgelassen. Jetzt würde ich gerne etwas über Schränke sagen. Einen ganz bestimmten Schrank. Er steht in einer Ecke meines Arbeitszimmers, und ich traue mich nicht hinein, weil ich weiß, daß ich, wenn ich hineingehe, nicht vor dem Ende des Nachmittags wieder herauskomme, und zwar als trauriger und verbitterter Mensch, der mit einem wimmelnden, schwarzen Schlangenungeheuer gekämpft und verloren hat. Das wimmelnde, schwarze Schlangenungeheuer ist ein drei Fuß hoher Kabelhaufen, der mich verhöhnt und verfolgt. Er verhöhnt mich, weil er weiß, ganz gleich, welches Kabel ich in einem bestimmten Moment suche, um ein bestimmtes geheimnisvolles Gerät mit einem anderen geheimnisvollen Gerät zu verbinden, es ist nirgendwo in seinen verschlungenen Eingeweiden zu finden, und er verfolgt mich, weil ich weiß, daß er recht hat.

Ich hasse Kabel. Sie hassen mich ebenfalls, weil sie wissen, daß ich eines Tages einfach so weit bin, daß ich diesen Schrank mit einem Flammenwerfer betreten und sie mir alle vom Hals schaffen werde. Bis dahin sind sie fest entschlossen, auch den letzten Rest frustriertes Elend aus mir rauszuholen. Wir brauchen diese Drecksdinger nicht. Wir sollten diese Drecksdinger nicht benötigen.

Nehmen Sie beispielsweise meine gegenwärtige Lage. Um mich vor Frank dem Wandalen zu schützen, habe ich diesen Artikel auf meinen Mac-Laptop überspielt (ich weiß, ich weiß, Sie hassen mich jetzt. Hören Sie zu. Irgendwann werden wir alle einen haben. Sie werden mit dem Preis schon runtergehen, haben Sie Vertrauen zu mir. Oder haben Sie vielmehr kein Vertrauen zu mir, sondern zu Apple. Ja, ja, ich verstehe Sie ja. Dürfte ich jetzt bitte auf das zurückkommen, was ich eigentlich sagen wollte?), und ich habe ihn als zusätzliche Vorsichtsmaßnahme in das Haus eines Freundes gebracht, das von allem elektrisch völlig unabhängig ist, woran Frank sich zu schaffen machen könnte.

Sobald ich mit dem fertigen Artikel nach Hause komme, kann ich ihn entweder auf eine Diskette kopieren, vorausgesetzt, ich finde eine unter den Bergen halbfertiger Kapitel auf meinem Schreibtisch, die ich sodann in meinen großen Mac schiebe und den Text ausdrucke (wiederum vorausgesetzt, daß Frank sich mit seiner Kettensäge nicht an meinem AppleTalk-Netzwerk vergriffen hat). Oder ich kann versuchen, mich mit dem Ungeheuer im Schrank herumzuschlagen, bis ich irgendwo in seinen Eingeweiden einen anderen AppleTalk-Verbindungsstecker finde. Oder ich kann unter meinem Schreibtisch herumkriechen, AppleTalk aus dem IIx ausstöpseln und mit dem Laptop verbinden. Oder … Sie verstehen schon, das Ganze ist grotesk. Dickens mußte nicht unter seinem Schreibtisch herumkriechen, um Stecker einzustöpseln. Man braucht sich nur die meterbreite Dickenssche Produktion im Bücherregal anzusehen, um zu wissen, daß er nie Stecker umstöpseln mußte.

Ich will nichts weiter, als einen Text von meinem Laptop auszudrucken. (Armes Kerlchen!) Aber das ist natürlich nicht alles. Ich will auch mein Adreßbuch und meine Tagebucheinträge zwischen meinem Portable und meinem IIx hin- und herschieben können. Und alle meine momentan nur halbfertigen Kapitel. Und alles andere, woran ich herumbastele und was der Grund dafür ist, daß meine halbfertigen Kapitel nur halb fertig sind. Anders ausgedrückt: Ich will meinen Laptop auf dem Bildschirm meines IIx erscheinen sehen. Ich will mich nicht mehr mit Schrankungeheuern herumschlagen und mich jedesmal, wenn dies geschehen soll, mit TOPS herumschlagen müssen. Ich verrate Ihnen jetzt, was ich als einziges noch tun müssen möchte, damit der Inhalt meines Laptops auf dem Bildschirm meines IIx erscheint.

Ich möchte ihn bloß noch ins selbe Zimmer tragen müssen.

Zack. Da isser ja. Auf dem Bildschirm.

Das ist Infrarot-Geschwätz? Oder vielleicht Mikrowellen-Gefasel? Mir soll's egal sein, genauso egal wie die PICTs und TIFFs und RTFs und SYLKs und all die anderen Akronyme, die einem lediglich wissen lassen: »Wir haben es mit einem komplizierten Problem zu tun, und hier ist die komplizierte Antwort darauf.«

Eines möchte ich klarstellen. Ich liebe meinen Macintosh über alles, vielmehr die ganze Familie meiner wer weiß wie vielen Macintoshes, die ich mir im Lauf der Jahre leichtsinnigerweise angeschafft habe. Ich liebe ihn, seit ich ihn 1983 zum ersten Mal in den Büros von Infocom in Boston gesehen habe. Was mich daran nach all der Zeit immer noch fasziniert und verzaubert, ist die seinem Entwurf zugrundeliegende Idee, nämlich: »Es gibt kein Problem, das so kompliziert ist, daß man dafür keine einfache Lösung finden kann, wenn man es bloß richtig anstellt.« Anders formuliert: »Die Zukunft des Computers ist schlicht seine Einfachheit.« Meine beiden Hauptwünsche für die neunziger Jahre sind also, daß sich die Macintosh-Entwickler wieder auf diese Zukunft besinnen, und daß Frank der Wandale aus meinem Haus verschwindet.

Aus der Zeitschrift *MacUser*, 1989

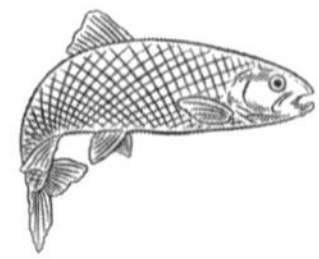

Baut es, und wir kaufen es

Ich weiß noch, wie ich das erste Mal einen Personalcomputer gesehen habe. Das war bei Lasky's an der Tottenham Court Road, und er hieß Commmodore PET. Er war ein ziemlich großes pyramidenförmiges Ding, an dem oben ein Bildschirm saß, der ungefähr so groß wie eine Tafel Schokolade war. Fasziniert strich ich eine Weile drum herum. Aber es hatte keinen Zweck. Ich konnte mir beim besten Willen nicht vorstellen, wie ein Computer für das Leben und die Arbeit eines Schriftstellers von Nutzen sein sollte. Dennoch verspürte ich die ersten winzigsten Vorahnungen eines Gefühls, das dem Begriff »verfügbares Einkommen« auf Dauer eine völlig neue Bedeutung geben sollte.

Ich konnte mir nicht vorstellen, welchen Nutzen ein Computer für mich haben sollte, weil ich nur eine sehr begrenzte Vorstellung davon hatte, was ein Computer wirklich war – und so ging es uns allen. Ich hielt ihn für eine Art komplizierte Rechenmaschine. Und genauso sind »Personal«-Computer (ein irreführender Begriff, der auf fast jedes Gerät angewandt wird, das wir bisher zu sehen bekommen haben) eine Zeitlang entwickelt worden: als Superrechenmaschinen mit einer langen Liste weiterer Eigenschaften.

Später, als sich unsere Fähigkeit, mit diesen Apparaten Zahlen zu bearbeiten, immer weiter entwickelte, fragten wir uns, was geschehen würde, wenn wir die Zahlen durch etwas anderes ersetzen würden, zum Beispiel durch die Buchstaben des Alphabets.

Volltreffer! Ein außerordentlicher, weltbewegender Durchbruch. Uns wurde klar, daß es allzu kurzsichtig gewesen war, den Apparat nur für eine Rechenmaschine zu halten. Er war etwas viel Aufregenderes. Eine Schreibmaschine!

Also machten wir uns daran, ihn als eine Superschreibmaschine weiterzuentwickeln. Mit einer langen und immer unverständlicheren Liste weiterer Eigenschaften. Die Benutzer von Microsoft Word werden wissen, was ich meine.

Der nächste Durchbruch erfolgte, als wir begannen, diese Zahlen, die inzwischen in diesen Apparaten mit einer irren Geschwindigkeit herumflitzten, zu den Bildelementen eines Grafikdisplays zu machen. Zu Pixels.

Aha, dachten wir. Dieser Apparat ist sogar noch viel aufregender als eine Schreibmaschine. Er ist ein Fernseher! Mit einer Schreibmaschine davor!

Und nun haben wir das World Wide Web (der einzige mir bekannte Begriff, für den man, wenn man seine englische Abkürzung – doubleya, doubleya, doubleya – ausspricht, dreimal so lange braucht, wie für das, was sie abkürzt), wieder ein aufregendes, neues Modell. Es ist ein Prospekt! Ein riesiger singender, tanzender, hüpfender, piepsender, irrlichternder Prospekt.

Natürlich ist der Computer nichts von alledem. All das war uns schon früher aus der realen Welt bekannt, und wir haben es im Computer nachgebildet, damit wir das verdammte Ding benutzen können.

Das sollte uns was Interessantes sagen.

Der Computer ist eigentlich eine Nachbildungsmaschine.

Sobald wir das begreifen, sollte uns klar werden, daß wir darin alles nachbilden können. Nicht bloß Sachen, die wir in der realen Welt zu tun gewohnt sind, sondern auch solche, die zu tun uns die reale Welt hindert.

Woran aber hindert uns ein Prospekt?

Tja, zuallererst hat er die Aufgabe, Leute zu überreden, das zu kaufen, was man zu verkaufen hat, und zwar so raffiniert und verführerisch wie möglich, wobei man den Leuten nur das mitteilt, was man sie wissen lassen will. Von einem Prospekt kann man keine Auskunft verlangen. Genau so sind auch die meisten Websites von Unternehmen. Nehmen wir zum Beispiel BMW. Deren Website ist großartig und rasant und beantwortet Ihnen keine Fragen. Sie gibt keine Auskunft darüber, welche Erfahrungen andere Leute als BMW-Besitzer gemacht haben, was für Mängel ein bestimmtes Modell haben könnte oder nicht, wie zuverlässig die Autos sind, wie teuer ihr Unterhalt ist, wie sie auf Nässe reagieren oder ähnliches. Mit anderen Worten: Was man wirklich wissen möchte, erfährt man nicht. Man kann dem Unternehmen eine E-Mail schicken, aber Ihre Frage und die Antwort des Unternehmens – oder die Antworten anderer Leute – erscheinen nicht auf der Website. Natürlich gibt es jede Menge Websites, auf denen Leute genau diese Art Informationen verbreiten, und sie sind mit nur ein paar Klicks zu erreichen, aber darüber werden Sie auf der BMW-Site kein Wort finden. Wenn Sie also echte, ernsthafte Informationen über BMWs haben wollen, dann ist www.bmw.com der letzte Ort, wo Sie sie finden. Es ist nur ein Prospekt!

Das gleiche gilt für British Airways. Die Website erzählt Ihnen alles, was Sie über British Airways-Flüge wissen wollen, aber nicht, wer sonst noch auf diesen Routen fliegt. Wenn Sie also wissen wollen, welche Angebote zur Wahl stehen, gehen Sie halt auf eine der unzähligen anderen Sites, die Ihnen diese Antworten geben. Das ist schlecht für die Leute von British Airways, weil sie nie herausfinden werden, wonach Sie eigentlich gesucht haben und wie sich das Angebot von British Airways gegenüber dem der Konkurrenz behauptet. Und weil diese Informationen sehr wichtig sind, muß British Airways haufenweise Leute mit Klemmbrettern losschicken, um solche Informationen zu erhalten, und das obwohl Leute mit Klemmbrettern immer angelogen werden.

Die einzigen, die das bis jetzt ganz hervorragend begriffen haben, sind die Leute von Amazon. Man geht auf ihre Website, weil sie von Informationen anderer User strotzt. Je mehr Informationen es gibt, desto mehr Leute gehen auf die Site, und je mehr Leute hingehen, desto mehr Informationen gibt es und desto mehr Bücher verkauft Amazon. Natürlich hat das Unternehmen keine Angst vor offen geführten Diskussionen, weil es im Gegensatz zu BMW nicht für die Produkte verantwortlich ist, die es verkauft. BMW und British Airways werden noch viel Zeit und langen Atem brauchen, bis ihnen endlich aufgeht, daß sie der Gemeinschaft *angehören*, an die sie verkaufen.

Aber selbst Amazon hat das nur zum Teil begriffen. Wie Läden in der realen Welt kann Amazon nur die Verkäufe erfassen, die es wirklich tätigt. Wie aber steht es um die Verkäufe, die Amazon nicht tätigt und von denen es nicht weiß und auch nicht weiß, daß sie nicht getätigt wurden, eben weil sie nicht getätigt wurden? Neulich ging ich auf die Website von Amazon, weil ich Zeffirellis Film *Romeo und Julia* aus dem Jahr 1968 auf DVD bestellen wollte. Wie sich herausstellt, gibt es ihn nicht. Ich konnte ihn auf VHS kaufen, aber auf VHS wollte ich ihn nicht. Also war die ganze Transaktion für die Katz. Nirgendwo konnte ich angeben, daß ich vorbeigekommen sei, um etwas zu kaufen, es das Gewünschte aber nicht gegeben habe. Ich konnte bloß unter den Produkten wählen (oder eben nicht wählen), die zufällig vorhanden waren, ich konnte nicht mitteilen, was ich eigentlich *haben* wollte. Also habe ich an Amazon einen Brief geschrieben, und siehe da, jetzt geht's. Da sind sie sehr clever. Jetzt kann Amazon die Filmstudios informieren, für welche Produkte tatsächlich *Nachfrage* besteht. Auf einen anderen – nicht ganz selbstlosen – Vorschlag von mir hin wird Amazon auch eine Umfrage darüber starten, welche Bücher die Leute am liebsten verfilmt sehen würden. Das sind Informationen, die früher niemand einholen konnte.

Aber gehen wir noch einen Schritt weiter. Wie oft haben Sie einen Prospekt oder einen Katalog durchgeblättert und gedacht: »Ich wünschte, jemand schriebe mal ein Buch über …«, oder: »Wenn doch bloß mal jemand ein Fahrrad bauen würde mit einer …«, oder: »Warum stellt niemand einen Schraubenzieher her, der …«, oder: »Warum gibt es das nicht in Blau?« Ein Prospekt kann Ihnen darauf keine Antwort geben, aber das Internet kann es.

Was also hätten Sie gerne, wenn bloß jemand so vernünftig wäre, es herzustellen? Vorschläge bitte an www.h2g2.com.

The Independent on Sunday
November 1999

☆

Ich habe ein paar Regeln aufgestellt, die unsere Reaktionen auf technische Neuerungen beschreiben:

1. Alles, was es schon gibt, wenn du auf die Welt kommst, ist normal und üblich und gehört zum selbstverständlichen Funktionieren der Welt dazu.
2. Alles, was zwischen deinem 15. und 35. Lebensjahr erfunden wird, ist neu, aufregend und revolutionär und kann dir vielleicht zu einer beruflichen Laufbahn verhelfen.
3. Alles, was nach deinem 35. Lebensjahr erfunden wird, richtet sich gegen die natürliche Ordnung der Dinge.

Interview mit American Atheists

AMERICAN ATHEISTS: Mr. Adams, Sie sind als »radikaler Atheist« bezeichnet worden. Trifft das zu?
DOUGLAS ADAMS: Ja. Den Begriff »radikal« benutze ich wohl etwas salopp, nur als Bekräftigung. Wenn man sich als »Atheist« bezeichnet, fragen manche: »Meinst du damit nicht ›Agnostiker‹?« Dann muß ich erwidern, daß ich tatsächlich

Atheist meine. Ich glaube wirklich nicht, daß es einen Gott gibt – vielmehr, ich bin überzeugt, daß es keinen Gott gibt (das ist ein kleiner Unterschied). Ich finde nicht den geringsten Beweis dafür, daß es einen gibt. Da ist es einfacher zu sagen, daß ich radikaler Atheist bin, nur um zu zeigen, daß ich es wirklich ernst meine, sehr viel darüber nachgedacht habe, und daß es sich um eine Meinung handelt, die mir wichtig ist. Es ist komisch, wie viele Leute ehrlich überrascht sind, wenn sie hören, daß ein Standpunkt so nachdrücklich vertreten wird. In England sind wir offenbar von einem vagen Wischiwaschi-Anglikanismus zu einem vagen Wischiwaschi-Agnostizismus übergegangen... und beides zeugt meiner Ansicht nach von dem Wunsch, nicht allzu viel darüber nachdenken zu müssen.

Die Leute sagen dann oft: »Aber es ist doch sicherlich besser, für alle Fälle Agnostiker zu bleiben.« Das zeugt meiner Meinung nach von einem solchen Maß an Dummheit und Konfusion, daß ich normalerweise dem Gespräch lieber ausweiche, als mich darauf einzulassen. (Sollte sich herausstellen, daß ich die ganze Zeit unrecht gehabt habe und daß es tatsächlich einen Gott gibt, und sollte sich des weiteren herausstellen, daß ihn diese legalistische, heimlich Däumchen drückende, clintonhafte Haarspalterei beeindruckt, dann würde ich ihn wohl sowieso nicht anbeten wollen.)

Andere Leute werden fragen, wie ich behaupten kann, so etwas zu wissen. Ob denn der *Glaube-daß-es-keinen-Gott-gibt* nicht genauso irrational, arrogant und so weiter sei wie der *Glaube-daß-es-einen-Gott-gibt*. Was ich aus mehreren Gründen verneine. Erstens *glaube* ich nicht, daß es keinen Gott gibt. Ich weiß nicht, was Glauben damit zu tun hat. Ich glaube meiner vierjährigen Tochter oder ich glaube ihr nicht, wenn sie mir versichert, sie hätte die Schweinerei auf dem Fußboden nicht gemacht. Ich glaube an Gerechtigkeit und Redlichkeit (obwohl ich nicht genau weiß, wie wir sie erreichen können, außer es trotz geringer Erfolgsaussichten immer wieder zu versuchen). Ich glaube auch, daß sich England der Europäischen Währungsunion anschließen sollte. Ich bin nicht mal annähernd Ökonom genug, um die Frage offensiv mit jemandem zu diskutieren, der einer ist, aber das wenige, was ich wirklich weiß – bestärkt durch einen kräftigen Schuß Instinkt –, deutet für mich nachdrücklich darauf hin, daß dies der richtige Weg ist. Ich könnte ohne weiteres falsch liegen, das weiß ich. Alle diese Beispiele scheinen mir legitime Anwendungen des Wortes *glauben* zu sein. Als Panzer zum Schutz irrationaler Theorien vor legitimen Fragen aber hat das Wort, denke ich, jede Menge Unsinn zu verantworten. Also: ich *glaube* nicht, daß es keinen Gott gibt. Ich bin vielmehr *überzeugt*, daß es keinen Gott gibt, was eine völlig andere Einstellung ist. Die führt mich zu meinem zweiten Grund.

Ich teile die augenblicklich modische Ansicht nicht, daß jede Auffassung automatisch genausoviel Respekt verdient wie jede gleichgeartete und entgegengesetzte Auffassung. Meine Auffassung ist, daß der Mond aus Fels besteht. Wenn aber jemand zu mir sagt: »Aber du bist doch gar nicht dort gewesen, oder? Du hast ihn nicht mit eigenen Augen gesehen, darum ist meine Auffassung genauso unanfechtbar, daß der Mond aus norwegischem Biberkäse besteht«, dann ist mir das nicht einmal eine Antwort wert. Es gibt so etwas wie eine Beweislast, und im Falle Gottes, wie auch im Fall der Frage, woraus der Mond besteht, hat sie sich radikal verschoben. Früher war Gott die beste Erklärung, die wir kriegen konnten, aber inzwischen haben wir viel bessere. Gott ist keine Erklärung mehr für alles, sondern bedarf inzwischen selbst einer ungeheueren Menge Erklärungen. Folglich ist meiner Meinung nach die Überzeugung, daß es keinen Gott gibt, nicht genauso irrational oder arrogant wie der Glaube, daß es einen gibt. Ich finde nicht, daß diese Frage überhaupt Unparteilichkeit verlangt.

AMERICAN ATHEISTS: Wie lange sind Sie schon nichtgläubig, und wie sind Sie dazu gekommen?

DOUGLAS ADAMS: Also, die Geschichte ist ziemlich kitschig. Als Jugendlicher war ich überzeugter Christ. Das war mir sozusagen in die Wiege gelegt. Ich habe sogar für die Schulkapelle gearbeitet. Eines Tages dann, als ich etwa achtzehn war, ging ich die Straße entlang, hörte einen Straßenprediger und hielt pflichtbewußt an, um zuzuhören. Während ich ihm zuhörte, wurde mir klar, daß er kompletten Unsinn redete und daß ich besser ein wenig darüber nachdenken sollte.

Das habe ich jetzt etwas salopp ausgedrückt. Wenn ich sage, mir wurde klar, daß er Unsinn redete, meine ich folgendes: In all den Jahren, die ich damit zugebracht hatte, Geschichte, Physik, Latein und Mathematik zu lernen, hatte ich auch (und zwar mühsam) etwas über die Grundsätze von Rhetorik, Beweisführung, Logik und so weiter gelernt. Und so hatten wir gerade erst gelernt, wie man die verschiedenen Arten logischer Trugschlüsse erkennt, und mir wurde plötzlich klar, daß diese Grundsätze auf religiöse Fragen offenbar einfach nicht angewandt wurden. Im Religionsunterricht wurde von uns verlangt, Argumenten respektvoll zuzuhören, die, wenn sie zur Stützung einer Auffassung vorgebracht worden wären, warum beispielsweise die Korngesetze seinerzeit aufgehoben wurden, als albern und kindisch und – in Sachen Logik und vorliegender Beweise – als schlichtweg falsch verlacht worden wären. Wie war das möglich?

Auch wenn das Verstehen historischer Ereignisse, von Ursache und Wirkung eine Frage der Interpretation und diese Interpretation wiederum in mancherlei Hinsicht eine Frage des persönlichen Standpunkts ist, werden diese Meinungen und Interpretationen in einem erbarmungslosen Kreuzfeuer von Argument und Gegenargument bis zum Gehtnichtmehr überprüft, und diejenigen, die standhalten, werden dann von der nächsten Historikergeneration anhand von Fakten und Logik einer erneuten Überprüfung unterworfen – und so weiter. *Nicht alle Standpunkte sind gleich.* Einige sind sehr viel robuster, raffinierter und werden durch Logik und Argumente besser gestützt als andere.

So war ich also bereits vertraut mit dem Standpunkt (den ich leider auch akzeptierte), daß man die Logik der Physik nicht auf die Religion anwenden dürfe und daß diese beiden Disziplinen mit verschiedenen Formen von »Wahrheit« zu tun hätten. (Heute halte ich das für Quatsch, will aber nicht abschweifen …) Mich verblüffte jedoch die Erkenntnis, daß die Argumente zugunsten religiöser Ideen neben den Argumenten in einer so auf Interpretation und feste Standpunkte fixierten Disziplin wie Geschichte so schwächlich und albern waren. Sie waren so kindisch, daß es schon peinlich war. Nie wurden sie offen in Frage gestellt, wie es auf ausnahmslos jedem anderen Gebiet intellektueller Betätigung allgemein akzeptierter Usus ist. Und warum nicht? Weil sie dem nicht standhalten würden. Und so wurde ich Agnostiker. Und ich grübelte und grübelte und grübelte. Aber ich hatte nicht genügend Stoff, um weiterzugrübeln, und kam so zu keiner Lösung. Ich hatte größte Zweifel daran, daß ein Gott existierte, wußte aber einfach nicht genug, um ein anderes gut funktionierendes Erklärungsmodell für, ähem, das Leben, das Universum und den ganzen Rest an seine Stelle zu setzen. Trotzdem blieb ich am Ball und las und grübelte weiter. Irgendwann, etwa mit Anfang dreißig, stieß ich zufällig auf die Evolutionsbiologie, vor allem in Gestalt von Richard Dawkins' Büchern *The Selfish Gene* (Das egoistische Gen) und später *The Blind Watchmaker (Der blinde Uhrmacher)*, und plötzlich (ich glaube, nach der zweiten Lektüre von *The Selfish Gene*) fügte sich eines ins andere. Es war ein ganz erstaunlich einfaches Konzept, aber es ließ ganz unverkrampft Raum für die unendliche und verwirrende Komplexität des Lebens. Neben der Ehrfurcht, die das in mir auslöste, erschien die Ehrfurcht, über die Leute hinsichtlich religiöser Erfahrungen reden, ehrlich gesagt, albern. Ich würde die Ehrfurcht des Verstehens jederzeit über die Ehrfurcht der Ignoranz stellen.

AMERICAN ATHEISTS: Sie spielen in Ihrer Rede an Ihre Fans auf Ihren Atheismus an (»… was eine der wenigen Gelegenheiten war, wo ich wirklich an Gott glaubte«). Ist Ihr Atheismus Ihren Fans, Freunden und Kollegen im allgemeinen bekannt? Gibt es unter Ihren Freunden und Kollegen viele Atheisten?

DOUGLAS ADAMS: Die Frage verwirrt mich ein bißchen, und ich denke, es hat etwas mit einem kulturellen Unterschied zu tun. In England regt sich niemand auf, wenn jemand Atheist ist. Es entsteht lediglich ein leichtes Unbehagen, wenn Leute lautstark einen bestimmten Standpunkt vertreten, wo vielleicht eine distanzierte Wischiwaschi-Haltung für angemessener gehalten wird – daher zieht man Agnostizismus dem Atheismus vor. Ich glaube, der Schritt vom Agnostizismus zum Atheismus erfordert eine viel größere intellektuelle Anstrengung, als sie die meisten Menschen zu leisten bereit sind. Aber das ist wirkliche kein großes Thema. Ich kenne und treffe hin und wieder etliche Naturwissenschaftler, und in diesen Kreisen ist Atheismus die Regel. Ich nehme an, die meisten meiner anderen Bekannten sind Agnostiker, und ziemlich viele sind Atheisten. Müßte ich mich unter meinen Freunden, der Familie und Kollegen nach Menschen umschauen, die glauben, daß es einen Gott gibt, dann würde ich wahrscheinlich unter den älteren und (um ganz ehrlich zu sein) weniger gebildeten Leuten suchen. Es gibt eine oder zwei Ausnahmen. (Fast hätte ich jetzt aus Gewohnheit »rühmliche Ausnahmen« gesagt, aber so sehe ich das eigentlich nicht.)

AMERICAN ATHEISTS: Wie oft haben Fans, Freunde oder Kollegen versucht, sie vom Atheismus zu »erretten«?

DOUGLAS ADAMS: Kein einziges Mal. Diese Art von religiösem Fundamentalismus haben wir in England einfach nicht. Na ja, das ist vielleicht nicht ganz die Wahrheit. Aber (und das klingt jetzt schrecklich arrogant) ich habe wohl kaum Kontakt zu solchen Leuten, so wie ich auch selten mit Leuten Kontakt habe, die sich tagsüber im Fernsehen Seifenopern ansehen oder den *National Enquirer* lesen. Und wie reagiert man normalerweise? Ich würde mich einfach nicht drum kümmern.

AMERICAN ATHEISTS: Haben Sie wegen Ihres Atheismus irgendwelche Schwierigkeiten in Ihrem Berufsleben gehabt (Fanatismus gegen Atheisten), und wie sind Sie damit umgegangen? Wie oft passiert Ihnen das?

DOUGLAS ADAMS: Nicht im geringsten. Ich kann mir das überhaupt nicht vorstellen.

AMERICAN ATHEISTS: Es gibt in Ihren Büchern einige scherzhafte Anspielungen auf Gott und die Religion (»... zweitausend Jahre, nachdem irgendein Typ an einen Baum genagelt wurde«). Wie hat der Atheismus Ihre Texte beeinflußt? Wo (in welchen Figuren und Situationen) spiegeln sich Ihre persönlichen religiösen Einstellungen am genauesten wider?

DOUGLAS ADAMS: Religion fasziniert mich. (Was etwas ganz anderes ist, als daran zu glauben.) Sie hat einen so unermeßlich großen Einfluß auf die Menschheit ausgeübt. Was ist Religion? Wofür steht sie? Warum haben wir sie erfunden? Wie hält sie sich am Leben? Was wird aus ihr werden? Ich mag es, an ihr herumzustochern und herumzustupsen. All die Jahre habe ich so viel über sie nachgedacht, daß die Faszination zwangsläufig in meine Texte übergehen mußte.

AMERICAN ATHEISTS: Welche Botschaft haben Sie für die Atheisten unter Ihren Fans?

DOUGLAS ADAMS: Hallo! Wie geht es euch?

Aus *The American Atheist* 37, No. 1
(Das Gespräch führte DAVID SILVERMAN)

☆

Worin besteht der Vorteil, mit Ihren Fans per E-Mail zu korrespondieren?

Es geht schneller, ist einfacher und man muß nicht so viel lecken.

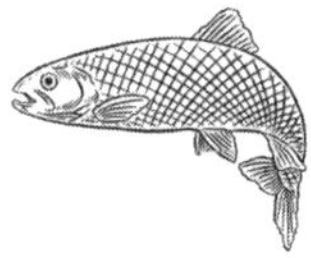

Voraussagen

Die Zukunft vorherzusagen ist ein Idiotenspiel. Aber es ist zunehmend ein Spiel, das wir alle betreiben müssen, weil sich die Welt so rasch verändert und wir irgendeine Vorstellung davon benötigen, wie die Zukunft wohl aussehen wird, weil wir darin werden leben müssen, wahrscheinlich schon nächste Woche.

Seltsamerweise erweist sich die Sparte, die der maßgebliche Auslöser dieser unglaublichen Tempoveränderung ist – die Computerindustrie – als eher schlecht im Voraussagen der Zukunft. Insbesondere zwei Dinge hat sie nicht vorhergesehen: zum einen das Aufkommen des Internets, das in erstaunlich kurzer Zeit zum Herzstück der gesamten Branche geworden ist; zum anderen die Tatsache, daß das Jahrhundert zu Ende gehen würde.

Wie also können wir auch nur hoffen zu erraten, was kommen wird, während wir am Rand eines neuen Jahrtausends stehen und an der glänzenden Felswand der Veränderungen vor uns hinaufstarren wie Kubricks schnatternde Affen vor dem großen schwarzen Monolithen. Molekularcomputer, Quantencomputer – was getrauen wir uns, darüber zu sagen? Wir haben uns bei der Eisenbahn geirrt, wir haben uns bei den Flugzeugen geirrt, wir haben uns beim Radio geirrt, wir haben uns beim Telefon geirrt, wir haben uns bei … tja, um eine umfangreiche Liste von all den Dingen zu erhalten, bei denen wir uns geirrt haben, lohnt es sich, ein Buch mit dem Titel *The Experts Speak* von Christopher Cerf und Victor Navasky wieder hervorzukramen.

Es ist ein Handbuch voller in der Vergangenheit gemachter definitiver Prognosen, die sich als wunderbar falsch herausgestellt haben, oft mit sofortiger Wirkung. Sie kennen solche Irrtümer. So verkündete Irving Fisher, ein Professor der Nationalökonomie an der Yale University, am 17. Oktober 1929, daß »die Aktienkurse ein offenbar dauerhaft hohes Niveau erreicht haben.« Und dann gab es den Decca-Chef, der 1962 über die Beatles sagte: »Wir mögen ihren Sound nicht. Gitarrenbands sind auf dem absteigenden Ast.« Und so weiter. Ach ja, hier ist noch ein Beispiel: »Bill Clinton wird jedem Republikaner unterliegen, der auf der Rednertribüne nicht herumsabbert«, schrieb das *Wall Street Journal* 1995. Es ist ein sehr dickes Buch, in dem man beglückt stundenlang auf dem Klo herumblättern kann.

Das Komische ist, daß wir im Prophezeien nicht besser werden. Wir lächeln nachsichtig, wenn wir hören, daß Lord Kelvin 1897 gesagt hat: »Das Radio hat keine Zukunft.« Aber überraschender ist, daß Ken Olsen, der Präsident der Digital Equipment Corporation, noch 1977 behauptet hat: »Es gibt für eine Privatperson keinen Grund, zu Hause einen Computer zu haben.« Selbst Bill Gates, der es sich zum erklärten Ziel gemacht hat, Olsen auf der ganzen Linie zu widerlegen, hat bekanntlich gesagt, er könne sich nicht vorstellen, daß jemand mehr als 640k Speicherkapazität in seinem Computer benötigt. Versuchen Sie mal, Word mit auch nur dem Zwanzigfachen laufen zu lassen.

Es wäre interessant, ein ständiges Tagebuch über Prognosen zu führen und mal zu sehen, ob man die absoluten Knaller schon erkennen kann, wenn sie noch vorwitzige, kleine Knospen sind. Ein Beispiel, das mir neulich aufgefallen ist, ist eine Äußerung, die ein gewisser Wayne Leuck, Vizepräsident der technischen Abteilung der amerikanischen Telefongesellschaft USWest im Februar gemacht hat. Er sprach sich gegen die Anwendung von schnurlosen Hochgeschwindigkeits-Datenverbindungen aus und sagte: »Natürlich könnte man sie im Auto bei sechzig Meilen pro Stunden benutzen, aber ich glaube nicht, daß das allzu viele Leute tun werden.« Abwarten. Diese Behauptung wird Mr. Leuck noch schlaflose Nächte bereiten. Satellitennavigation. Kabelloses Internet. Sobald wir anfangen, geografische Ortsbestimmungsdaten in allgemeine Informationsquellen einzuspeisen, werden wir ein weiteres explosives Wachstum bei Internetanwendungen auslösen.

Zumindest... sage *ich* das voraus. Ich könnte mich natürlich auch schrecklich irren. In seinem exzellenten Buch *The Clock of the Long Now* schlägt Stewart Brand vor, die Prognosen und Argumente der Menschheit in einer zehntausend Jahre umfassenden Bibliothek aufzubewahren, aber es wäre auch interessant, einfach nur zu sehen, wie sich die Dinge auf kurze Sicht weiterentwickeln. Am Anfang jedes Jahres sind die Medien voller Prognosen darüber, was im Verlauf des folgenden Jahres alles passieren wird. Zwei Tage später sind sie natürlich bereits vergessen, und wir haben nie Gelegenheit, sie zu überprüfen. Ich würde daher meine Leser gern dazu einladen, ihre eigenen Prognosen – oder auch andere, auf die sie in Zeitungen stoßen – darüber abzugeben, was in den nächsten fünf Jahren passieren wird und wann. Werden Menschen zum Mars fliegen? Werden wir in Irland und im Nahen Osten Frieden bekommen? Wird die E-Commerce-Blase platzen?

Wir werden diese Prognosen ins Internet stellen, wo sie die ganze Zeit bleiben, damit wir sie mit dem vergleichen können, was wirklich passiert. Die Zukunft vorherzusagen ist ein Idiotenspiel, aber jedes Spiel wird besser, wenn man die Treffer notiert.

The Independent on Sunday
November 1999

☆

Es ist eine neue Generation intelligenterer Bürostühle im Anrollen, die sich dadurch auszeichnen, daß sie ohne Knöpfe und Hebel auskommen. All die Stütz- und Federmechanismen, von denen wir so viel gehört haben, sind noch da, aber sie passen sich automatisch Ihrer Körperhaltung und Ihren Bewegungen an, ohne daß man ihnen sagt, wie sie das machen müssen. Na schön, ich will Ihnen mal eine Prognose geben: Wenn wir Software bekommen, die so funktioniert, wird die Welt sicher besser und glücklicher sein.

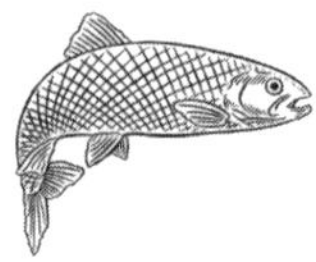

Die kleine Wundermaschine

Meine Lieblingsgeschichte ist, daß Branwell Brontë, der Bruder von Emily und Charlotte, an einem Kaminsims lehnend stehend gestorben ist, um zu beweisen, daß so was machbar ist.

Das stimmt natürlich nicht ganz. Meine *absolute* Lieblingsgeschichte handelt davon, daß junge Faultiere so ungeschickt sind, daß sie statt nach Ästen oft nach ihren eigenen Armen und Beinen greifen und dann vom Baum fallen. Dies hat jedoch nichts mit dem zu tun, was mich gerade beschäftigt, weil es mit Faultieren zu tun hat, wohingegen die Geschichte über Branwell Brontë sich um Schriftsteller dreht und darum, daß man sich wie eine Leiche auf Urlaub fühlt und irgend etwas tut, nur um zu beweisen, daß es machbar ist. All das hängt so sehr mit meiner aktuellen Situation zusammen, daß es mir, ehrlich gesagt, unheimlich ist.

Ich bin Schriftsteller, und ich fühle mich wie eine Leiche auf Urlaub. So würde es auch Ihnen gehen, wenn Sie gerade zu irgendeiner unchristlichen Morgenstunde nach Grand Rapids, Michigan, geflogen wären, nur um festzustellen, daß Sie die nächsten drei Stunden nicht in Ihr Hotelzimmer kommen. Dabei ist es schon schlimm genug, überhaupt nach Grand Rapids, Michigan, zu fliegen. Sollten Sie in Grand Rapids zu Hause sein, bitte ich Sie, meine Bemerkung für einen Witz zu halten. Allen anderen wird schon klar werden, daß es kein Witz ist.

Da ich nirgendwo sonst hingehen kann, stehe ich an einen Kaminsims gelehnt. Na schön, an so was Ähnliches wie einen Kaminsims. Eigentlich weiß ich gar nicht, was es ist. Es ist aus Messing und irgendeinem Plastikzeug und wurde wahrscheinlich vom Architekten nach einem bösen Besäufnis in der Stadt angeschleppt. Das erinnert mich an eine weitere Lieblingsgeschichte: Es gibt eine mächtige Delle in der Strecke der Transsibirischen Eisenbahn, denn als der Zar (ich weiß nicht, welcher Zar, weil ich nicht zu Hause in meinem Arbeitszimmer bin, sondern an etwas entsetzlich Häßlichem in Michigan lehne, und es gibt hier keine Bücher) den Bau der Eisenbahnstrecke befahl, zog er auf der Landkarte mit dem Lineal einen Strich. Das Lineal hatte eine Delle.

Ich schreibe diesen Artikel, während ich an dem Mißgriff irgendeines namenlosen Architekten lehne, und schreibe nicht auf meinem Mac. Ich würde es ja gerne tun, aber meinem PowerBook ist gerade mal wieder die Power ausgegangen (komischer Gedanke, das Ding ausgerechnet nach seinem einzigen nennenswerten Makel zu benennen; in dieser Hinsicht ähnelt es Grönland). Ich habe das Stromkabel mit, kann es aber nirgendwo einstöpseln. Obwohl das Stromkabel klugerweise mit einem Universal-Netzteil ausgerüstet ist, hat es keinen Universalstecker, vielmehr einen großen, klobigen, britischen Dreipolstecker, der gleich eingebaut ist, so daß man absolut dumm dasteht, wenn man vergißt, vor dem Abflug in Heathrow einen Adapter zu kaufen. Außerhalb von Großbritannien kriegt man nirgends einen Adapter für britische Stecker. Das weiß ich. Ich habe das mal versucht, als ich mit meinem alten Mac Portable ein ähnliches Problem hatte. (Ich werde jetzt keine Mac-Portable-Witze erzählen. Apple hat fürs erste selbst schon für genug davon gesorgt. Verdammt! Ich hab doch gesagt, ich wollte keine erzählen.) Schließlich mußte ich ein amerikanisches Kabel kaufen. Oder sagen wir lieber, ich mußte versuchen, eines zu kaufen. Ging aber nicht. Das gab es nämlich nur zusammen mit einem neuen Mac Portable. Zehn Tage lang schleppte ich einen toten Mac Portable mit mir rum und aß gelegentlich meine Sandwiches darauf, weil der Portable ein bißchen leichter ist als ein Klapptisch. (Verdammt, schon wieder einer.)

Mit meinem PowerBook habe ich allerdings nicht das gleiche Problem. Ich bin ja nicht völlig blöd. Diesmal habe ich einen Adapter mitgenommen. Aber ein bißchen blöd bin ich doch, weil der Adapter in meinem Koffer ist, den ich gerade beim Hotelpagen abgegeben habe, während ich drei Stunden darauf warte, daß mein Hotelzimmer hergerichtet wird.

Was tue ich also? Mit der Hand schreiben? Das soll wohl ein Witz sein. Nach zehn Jahren am Computer kann ich überhaupt nicht mehr mit der Hand schreiben. Ich weiß, ich sollte es können: Mit der Hand schreiben ist angeblich so was wie das Benutzen von Stäbchen: Hat man's mal begriffen, vergißt man es eigentlich nie mehr. Das Problem ist bloß, daß ich mit Stäbchen viel mehr Erfahrung habe als mit Kugelschreibern, also nein, ich werde nicht mit der Hand schreiben. Ich werde auch nicht in eines dieser schauderhaften kleinen Diktaphone reden, die erbarmungslos immer weiter aufzeichnen, während man verzweifelt überlegt, was man sagen könnte. Nur wenn man das Ding ausschaltet, kann man das Gehirn wieder einschalten.

Nein. Ich sitze irgendwo in einem Sessel und schreibe dies auf einem neuen Palmtop-Computer namens Psion Series 3a. Ich habe ihn mir im Duty-Free-Shop in Heathrow gekauft, bloß so aus Jux und Tollerei, und muß sagen, das Ding ist gut. Es funktioniert.

Darf ich noch kurz was über Duty-Free-Shops sagen, ehe ich weiter über den Psion rede? Es geht nicht darum, daß im Duty-Free-Shop Dinge billiger sind. Das sind sie. Ein ganz klein wenig. Man spart wirklich ein ganz klein wenig Geld, wenn man da einkauft. Natürlich kann man später eine sehr beträchtliche Summe an Strafe draufzahlen, wenn man vergessen hat, daß man alles, was man zollfrei eingekauft hat, beim Zoll deklarieren muß, wenn man wieder nach Hause kommt. Richtig zollfrei ist das Zeug nur, wenn man vorhat, den Rest seines Lebens in einem Flugzeug zu verbringen. Was passiert also, wenn man im Duty-Free-Shop irgendwas ein bißchen billiger einkauft, als es im Kaufhaus wäre? Es bedeutet, daß ein Großteil des Geldes, das man an Zoll spart, in die Kassen der Duty-Free-Shops wandert, statt daß man damit das Staatliche Gesundheitssystem (und Trident Atom-U-Boote) finanziert. Warum also habe ich mir einen Psion im Duty-Free-Shop gekauft? Weil ich ein Vollidiot bin, darum.

Egal. Neueste Information: Man hat ein Zimmer für mich aufgetrieben. Ich habe meinen Adapter ausgepackt. Mein PowerBook lädt. Ich benutze es aber noch nicht, weil ich im Moment in der Badewanne liege. Deshalb benutze ich noch immer den Psion. Ich habe noch nie etwas in der Badewanne geschrieben. Papier wird feucht und wellig, Kugelschreiber schreiben nicht, wenn sie auf dem Kopf stehen, Schreibmaschinen tun auf dem Bauch weh, und wenn man bereit ist, ein PowerBook in der Badewanne zu benutzen, ist es vermutlich nicht das eigene PowerBook.

Tatsache also ist, das Ding funktioniert. Man kann auf einem Palmtop-Computer tatsächlich schreiben, was mir vorher nicht klar war. Ich hatte es mal auf einem Sharp Wizard versucht, bin aber gescheitert, weil die Tastatur alphabetisch angeordnet war, was einfach hoffnungslos ist. Das Prinzip der alphabetischen Anordnung der Tastatur beruht auf einem Mißverständnis. Dahinter steckt wohl folgende Überlegung: Nicht jeder kennt *qwertz* (ein komisches Gefühl, *qwertz* als Wort zu tippen; versuchen Sie es mal, und Sie werden merken, was ich meine), aber jeder kennt das Alphabet. Das ist richtig, aber belanglos. Man kennt das Alphabet als eindimensionale Reihe, nicht aber als zweidimensionale Anordnung, so daß man auch hier nach Buchstaben suchen und stochern muß. Warum also nicht *qwertz* benutzen und denen, die es gewohnt sind, den Vorteil lassen?

Ich habe auch den größeren Sharp Wizard, den 8200, ausprobiert, der eine *qwertz*-Tastatur hat, aber keinen Zeilenumbruch. Können Sie sich so was vorstellen? Heutzutage hat selbst Etch-a-Sketch Zeilenumbruch.

Das andere Problem bei allen Palmtops ist natürlich, daß die Tastatur zu klein für die Finger ist. Das Problem ist vertrackt und unlösbar. Wenn das Gerät so klein ist, daß es in die Jackentasche paßt, ist es zu klein zum Tippen. Aber, ich habe die Lösung gefunden. Verzeihen Sie bitte, wenn Sie's schon lange wissen, vielleicht bin ich der letzte Mensch auf der Welt, der's herausgefunden hat. Wie auch immer, die Lösung ist: Man nimmt den Palmtop in beide Hände und tippt mit den Daumen. Im Ernst. Es funktioniert. Am Anfang kommt es einem ein wenig umständlich vor, und die Hände tun etwas weh, weil man ungewohnte Muskeln bewegt, aber man gewöhnt sich überraschend schnell daran. Jetzt habe ich schon tausend Wörter hinter mir.

Das wirft allerdings ein paar interessante Fragen auf. (Na schön, ich finde sie interessant. Sie können denken, was Sie wollen.) Wie sieht es mit dieser Eingabe-Chose aus? Klar bin ich vor Aufregung genauso aus dem Häuschen wie alle anderen darüber, daß es Voice Input und Pen Input geben soll, aber Sie wissen und ich weiß und jeder andere, der mal mit Caere Typist oder was ähnlichem rumgespielt hat, wird wissen, daß so was in der Praxis selten so reibungslos funktioniert wie in der Theorie, jedenfalls noch nicht. Ein Großteil der Zeit, die man damit verbringt, sich mit Technik herumzuschlagen, die noch nicht richtig funktioniert, lohnt für Endverbraucher nicht die Mühe, mag es uns Freaks auch noch so viel Spaß bereiten. Die Tage, wo man einfach sagt: »Öffne die Kapselluke Nummer Zwei, Hal« und darauf vertrauen kann, daß Hal begreift, daß man in der Nähe des Jupiters abgesetzt werden will, sind noch weit entfernt. Und vermutlich wird es auch noch lange dauern, bis ich einen Artikel wie diesen einfach diktieren kann und das Ergebnis vielleicht nicht unbedingt exakt, so doch wenigstens zu entziffern sein wird. Jeder kennt den alten Sketch, in dem die Sekretärin absolut alles mitschreibt, was der Chef sagt, also auch: »Schreiben Sie das jetzt nicht mit« oder »Streichen Sie den letzten Satz.« Ich denke, es wird noch jede Menge Ärger à la dämliche Sekretärin durchzustehen sein, bis wir's so hinkriegen, daß es reibungslos funktioniert. Was Pen-Input-Geräte angeht – na ja, wie oben bereits gesagt, haben zehn Jahre am Computer meine Handschrift so verdorben, daß ich sie nicht mal mehr selber lesen kann, ich weiß also wirklich nicht, welche Chance da ein Computer hat. Habe ich jetzt Lust, die darin verborgene Ironie aufzuzeigen? Nein.

Wir haben also zur Zeit nichts besseres als die Tastatureingabe, und die Tastatureingabe bedeutet für den Augenblick *qwertz*. Aber *qwertz* war, wie wir wissen, ursprünglich dazu da, allzu schnelle Stenotypistinnen zu bremsen, damit die Tasten nicht blockierten. Das System ist vorsätzlich ineffizient. Aber alle Versuche sind gescheitert, es durch etwas Effizienteres wie die Dvorak-Tastatur zu ersetzen. Die Leute sind mit *qwertz* vertraut, und es gibt keinen dringenden Grund zum Wechsel. Dvorak und andere mögen besser sein, aber *qwertz* war, zumindest bis jetzt, vollkommen ausreichend. »Warum reparieren, wenn's nicht kaputt ist« ist und bleibt eine sehr vernünftige Maxime, auch wenn ich sie mein ganzes Leben lang geflissentlich ignoriert habe.

Ich glaube aber, daß wir endlich an einem Punkt angelangt sein könnten, wo es einen starken Anreiz gibt, die Tastatur neu zu erfinden. Palmtop-Computer sind zur Zeit *das* Thema. Apple, Microsoft und wie sie alle heißen legen sich inzwischen bei persönlichen digitalen Assistenten (PDAs) und dergleichen mächtig ins Zeug, und nachdem ich jetzt Psion Series 3a ein paar Stunden benutzt habe, geht es mir genauso. Tolle Technik ist das, und das ist erst der Anfang jenes entscheidenden Augenblicks, wo aus einem unterhaltsamen neuen Spielzeug etwas wird, mit dem man in der Badewanne arbeiten kann. Wir alle wissen seit Jahren, daß *qwertz* nicht gut ist. Ich glaube, wir haben jetzt den wichtigen Moment erreicht, wo es nicht mehr gut genug ist. (Ja, das hier ist richtige Werbung!) Ich hoffe, daß die Systementwickler sich durch das Scheitern der Dvorak-Tastatur nicht haben entmutigen lassen. Ich hoffe, sie schauen sich genau an, wie die Leute ihre Palmtops in den Händen halten, wohin sich Finger ganz natürlich bewegen, und wie die ganze Idee, wie eine Tastatur funktioniert, neu durchdacht werden kann. Mir wäre es sehr lieb, wenn meine Daumengelenke jetzt nicht steif wären und weh täten. Ich habe gezeigt, daß es machbar ist, aber wie Branwell Brontë erwarte ich nicht, daß ich morgen den gleichen Trick noch mal vorführe.

☆

Uns fällt auf, was nicht funktioniert. Was funktioniert, fällt uns nicht auf. Uns fallen Computer auf, Pennies fallen uns nicht auf. Uns fallen E-Book-Leser auf, Bücher fallen uns nicht auf.

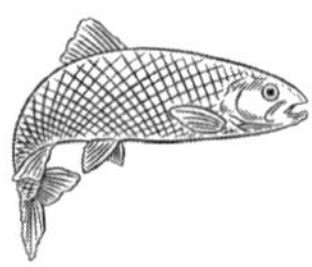

Kleine Bammeldinger

Es ist Zeit, denke ich, den kleinen Bammeldingern den Krieg zu erklären. Heute morgen kamen mit der Post schon wieder welche an. Ich hatte mir bei einem amerikanischen Versandhaus ein neues CD-ROM-Laufwerk bestellt, und weil ich in diesem seltsamen, fernen Land namens »Foreign«, Ausland, wohne, aber auch weil ich wie eine Taube oft auf Reisen bin, legte ich bei der Bestellung großen Wert darauf zu erfahren, ob ein internationales Netzteil dazugehört.

Ein internationales Netzteil ist das Gerät, dem es egal ist, in welchem Land man ist oder ob man überhaupt weiß, in welchem Land man ist (ein größeres Problem, als Sie vielleicht vermuten) – man stöpselt seinen Mac einfach ein, und er macht den Rest von allein. Dieses Prinzip nennt man Plug and Play. Oder zumindest Microsoft nennt es so, weil die es noch nicht haben. Wir in der Mac-Welt haben es schon so lange, daß wir nicht mal auf die Idee gekommen sind, ihm einen Namen zu geben. Heute haben auch viele Peripheriegeräte internationale Netzteile – aber nicht alle. Deshalb hatte ich gefragt.

»Ja, gehört dazu«, sagte Scott, der Verkäufer.

»Sind Sie sicher, daß es ein internationales Netzteil hat?«

»Ja«, wiederholte Scott, »es hat ein internationales Netzteil.«

»Absolut sicher?«

»Ja.«

Heute morgen kam es an. Als erstes fiel mir auf, daß es kein internationales Netzteil hatte. Statt dessen hatte es ein kleines Bammelding. Ich habe ganze Zimmer voller kleiner Bammeldinger und will keine mehr. Von der Hälfte der kleinen Bammeldinger, die ich habe, weiß ich nicht mal, zu welchem Dingsbums sie passen. Wichtiger ist, daß ich von der Hälfte der Dingsbumse, die ich besitze, nicht weiß, wo ihr kleines Bammelding abgeblieben ist. Das ärgerlichste daran ist, daß irre viel der kleinen Bammeldinger, auch das, das heute morgen angekommen ist, kleine Bammeldinger sind, die mit 120 Volt Wechselstrom laufen – der amerikanischen Spannung, was heißt, daß ich sie hier in »Foreign« (Ländercode FN) nicht benutzen kann, aber aufheben muß für den Fall, daß ich jemals mit dem Dingsbums, in das sie passen – vorausgesetzt ich weiß, welches Dingsbums es ist, in das sie passen –, in die USA reise.

Wovon zum Teufel, werden Sie fragen, quatsche ich da überhaupt?

Die kleinen Bammeldinger, um die es mir geht (und sie sind keineswegs die einzige Sorte kleiner Bammeldinger, mit denen die Welt der Mikroelektronik verpestet ist), sind die externen Stromadapter, die von Laptops und Palmtops, von externen Laufwerken und Kassettenrecordern, von Anrufbeantwortern, Aktivlautsprechern und anderen unglaublich notwendigen Dingsbumsen benötigt werden, um die Wechselstromspannung von 120 oder 240 Volt auf 6 Volt Gleichstrom runterzuschalten. Oder auf 4,5 oder 9 oder 12 Volt Gleichstrom. Bei 500 Milliampère. Oder 300 oder 1200 Milliampère. Ihre Stecker haben Plusspitzen und Minusmuffen, es sei denn, sie gehören zu dem Typ, der Minusspitzen und Plusmuffen hat. Wenn man alle diese verschiedenen Möglichkeiten miteinander multipliziert, landet man bei einer ziemlich bedeutenden Industrie, die es meines Wissens darauf abgesehen hat, meine Schränke mit kleinen Bammeldingern zu füllen, von denen ich ohne Dingsbums-Gedächtnistraining kein einziges eindeutig identifizieren kann. Am besten findet man ein kleines Bammelding, das tatsächlich zu einem Dingsbums paßt, das ich gerade benutzen möchte, indem man ein neues kauft, und zwar zu einem Preis, der einem wahrhaftig den Atem verschlagen kann.

Aber warum ist das so? Nun ja, die eine mögliche Theorie lautet, daß so, wie Xerox eigentlich in erster Linie Tonerkartuschen verkauft, Sony eigentlich nichts anders tut, als kleine Bammelding-Netzteile zu produzieren.

Ein anderer denkbarer Grund ist, daß es reine dumpfe Idiotie ist. Das kann's doch aber unmöglich sein, oder? Oder etwa doch? Schwer vorstellbar, daß einige der gewaltigsten Gehirne auf diesem Planeten, angetrieben von einigen der leckersten Pizzas, die man für Geld kaufen kann, nicht irgendwann mal gedacht haben: »Wäre es nicht einfacher, wenn wir uns auf eine einzige Norm für Gleichstrom-Netzteile einigen würden?« Zugegeben, ich bin kein Elektroingenieur und verlange vielleicht das Unmögliche. Möglicherweise arbeitet ein bestimmtes optisches Laufwerk oder ein CD-Walkman nur unter der unerläßlichen Bedingung, daß das Gerät 600 Milliampère statt 500 Milliampère aufnimmt oder seinen Minuspol an der Spitze statt in der Muffe hat und daß es, wenn eine leichte Abweichung auftritt, entweder in Geheul ausbricht oder sich selbst in seinem eigenen Saft totschmort. Aber ich habe den starken Verdacht, wenn man einen Elektroingenieur ein paar Tage lang in einen Raum sperrte und mit Salamigeruch reizte, würde ihm wahrscheinlich eine Möglichkeit einfallen, jedes Dingsbums (vielleicht sogar das neue Dingsbums Pro, über das ich so tolle Sachen gehört habe), das er gerade entwickelt, mit einem Standard-Gleichstromnetzteil zum Laufen zu bringen.

Tatsächlich existiert bereits eine Art behelfsmäßiger Standard, aber der ist eher seltsam. Kaum jemand raucht heutzutage wirklich noch in seinem Auto, und aus dem Loch im Armaturenbrett, das früher mal den Zigarettenanzünder enthielt, kommt heute wohl eher der Strom, mit dem ein Mobiltelefon, ein CD-Player, ein Fax oder, wenn man einem neueren und äußerst unglaubhaften Fernseh-Werbespot glauben mag, ein Dingsbums betrieben wird, das der Herstellung von Instantkaffee dient. Weil die Anschlußbuchse ursprünglich einem anderen Zweck diente, sitzt sie für das, was wir jetzt mit ihr vorhaben, in der falschen Größe an der falschen Stelle, und so ist es vielleicht an der Zeit, sie ganz allmählich ihrer neuen Aufgabe anzupassen.

Das Wichtige, was uns dieses Beispiel zufällig-glücklicher Frühanpassung liefert, ist ein möglicher Gleichstromstandard. Ein beliebiger natürlich, aber vielleicht sollten wir einfach dankbar sein, daß er von einem Automechaniker eines schönen Nachmittags entwickelt wurde und nicht von einem Ausschuß für Computer-Industrienormen im Laufe ganzer Generationen. Behaltet die gleiche Spannung bei und entwickelt einen neuen, kleinen Stecker, und schon habt ihr einen neuen Standard.

Sein unmittelbarer Vorteil wäre, daß man nur noch einen einzigen Gleichstromadapter benötigen würde! Stellen Sie sich das mal vor! Na schön, nicht bloß einen, Sie bräuchten vielleicht ein Dutzend, aber es wären alle genau die gleichen! Kaufen Sie einfach gleich 'ne ganze Kiste! Sie wären dann nur noch ein Gebrauchsgegenstand wie, ähm, na ja, ich wollte gerade sagen: Glühbirnen, aber Glühbirnen gibt es in vielen verschiedenen Stärken und Fassungen. Das Phantastische an einem Gleichstromstandard ist, daß er viel besser als Glühbirnen wäre.

Es fielen nicht nur endlose Konfusionen und Unbequemlichkeiten weg, sondern ein neuer Standard würde zu allen möglichen weiteren Neuerungen führen. Zu Steckdosen an günstig gelegenen Stellen im Auto. Zu Gleichstromsteckdosen in Häusern und Büros und, äußerst wichtig, an den Armlehnen von Flugzeugsesseln …

Ich muß gestehen, daß ich, so sehr ich mein PowerBook liebe, das inzwischen 97,8 Prozent dessen erledigt, wofür ich früher die schwerfälligen alten Desktop-Dinosaurier benutzt habe, es im Flugzeug nicht mehr aufklappe. Schon klar, ich weiß, es gibt alle möglichen Stromverbrauchsstrategien, die man anwenden kann, um das Leben der Batterie zu verlängern – Dimm-Modus, RAM-Disketten, Processor-Schongang und so weiter –, aber der entscheidende Punkt ist, daß ich keine Lust habe. Wenn ich mich ärgern möchte, genügt es mir schon, bloß die Bordzeitschrift zu lesen. Gäbe es jedoch eine Gleichstromsteckdose in meiner Armlehne, könnte ich wirklich ein wenig arbeiten oder zumindest ein bißchen herumspielen. Ich weiß, die Fluggesellschaften werden wahrscheinlich sagen: »Ja, aber wenn wir das machen, fallen unsere Flugzeuge vom Himmel«, aber das sagen sie immer. Ich weiß, daß ihre Flugzeuge manchmal tatsächlich vom Himmel fallen, aber, und darauf kommt es an, nicht annähernd so oft, wie es die Fluggesellschaften behaupten. Ich zumindest wäre bereit, dieses Risiko einzugehen. Im großen Kampf gegen kleine Bammeldinger ist, denke ich, kein Opfer groß genug.

MacUser, September 1996

☆

Wir schlagen uns mit Technik herum, obwohl wir eigentlich nichts weiter haben wollen als funktionierende Sachen. Woran erkennen wir etwas, das noch Technik ist? Ein guter Fingerzeig: Wenn ein Handbuch dabei ist.

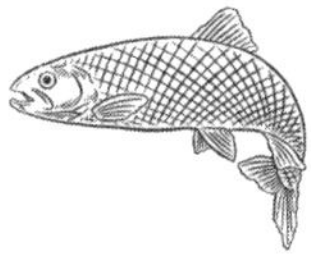

Was haben wir zu verlieren?

Einige der revolutionärsten neuen Ideen beruhen darauf, daß jemand was Altes entdeckt, das weggelassen werden kann, statt sich was Neues einfallen zu lassen, das man hinzufügen könnte. Der Sony Walkman zum Beispiel hat zum Kassettenrekorder nichts Wesentliches hinzugefügt, sondern einfach Verstärker und Lautsprecher weggelassen und so eine ganz neue Art Musik zu hören geschaffen und eine ganze neue Industrie. Sony läßt bei der neuen Handycam raffinierterweise die Zoomfunktion weg, weil ein Zoom nur Geld kostet, die Kamera unnötig dick und jedes Amateurvideo, das jemals gedreht wurde, ungenießbar macht. (Sony könnte, wenn es diesen Gedanken weiterverfolgte, ein Videogerät auf den Markt bringen, das bloß aufzeichnen kann, und Videounternehmen könnten sogar Spielfilme herausbringen, die im schnellen Vorlauf *aufgezeichnet* worden sind.) Der RISC-Chip beruht auf der brillanten, das Leben verschönernden Idee, sich nur um die leichten Dinge zu kümmern und alles Schwierige anderen zu überlassen. (Ich weiß, es ist etwas komplizierter, aber eine verdammt attraktive Idee, das müssen Sie zugeben.) Ein gut gemixter Martini dry funktioniert nach dem brillanten, das Leben verschönernden Prinzip, den Martini wegzulassen.

Einschneidende Verbesserungen erzielt man auch, wenn man bemerkt, daß man einen Teil des *Problems* weglassen kann. Algebra zum Beispiel (und damit die gesamte Computerprogrammierung) resultiert aus der Erkenntnis, daß man die vielen unordentlichen, eigensinnigen Zahlen weglassen kann. Und dann wäre da noch die neue, verbesserte britische

Telefonauskunft. Vor ein paar Jahren hat sich da etwas radikal verändert: Wenn man 192 anrief, bekam man tatsächlich eine höfliche, hilfreiche Auskunft, und zwar üblicherweise – und das war der Fingerzeig – mit schottischem Akzent. Der ganze Betrieb war zusammengepackt und nach Aberdeen verfrachtet worden, wo es jede Menge höfliche, hilfreiche Leute gab, die man nicht dafür entschädigen mußte, daß sie in London wohnten. Irgendein kluger Kopf bei British Telecom hatte erkannt, daß der Ort unwichtig war – das Problem der Entfernung konnte man einfach aus dem Modell streichen (ein Gedanke, den sie bei ihren Preisstrukturen noch nachvollziehen müssen.) Mit ein paar Extrakabeln hätte man die britische Telefonauskunft anscheinend auch nach St. Helena oder auf die Falklandinseln verlegen und damit ganz neue Beschäftigungsperspektiven für Gegenden schaffen können, die sich bis jetzt auf Tätigkeiten beschränken, die sich um Schafe drehen. Die Falklandinseln könnten, wenn sie schon mal dabei sind, anbieten, die argentinische Telefonauskunft gleich mit zu übernehmen, woran die Außenministerien beider Länder ganz schön was zu knabbern hätten.

Fast alles, was mit dem Internet zu tun hat, erfordert, das ausfindig zu machen, was man aus dem Problem weglassen kann, und der Ort – oder die Entfernung – ist eines von ihnen. Im Internet herumzuspazieren, ist wie das Leben in einer anderen Welt, wo jede Tür in Wirklichkeit eines dieser Science-fiction-Geräte ist, die einen in einen völlig anderen Teil der Welt führen, wenn man hindurchgeht. Nein, es ist nicht *wie* dieses Leben, es *ist* dieses Leben. Alle Auswirkungen dessen zu berechnen, ist genauso schwer wie es für die frühen Filmemacher war, zu berechnen, welche Auswirkungen es hätte, die Kamera zu *bewegen*. Was wird sonst noch aus dem Modell gestrichen?

Ich bin in den letzten Jahren immer wieder von nervösen Verlegern, Rundfunkleuten, Journalisten oder Filmemachern mit der Frage bedrängt worden, wie sich Computer meiner Ansicht nach auf ihre jeweiligen Berufszweige auswirken werden. Die meisten von ihnen hofften lange auf eine Antwort, die sich in etwa mit »nicht sehr gravierend« zusammenfassen läßt. (»Leute mögen den *Geruch* von Büchern, sie mögen Popcorn, sie sehen gern Sendungen zur selben Zeit wie ihre Nachbarn, sie möchten viele Artikel zumindest *besitzen*, die sie nicht unbedingt lesen wollen«, und so weiter.) Aber die Frage ist schwierig zu beantworten, weil sie auf einer falschen Überlegung beruht. Das ist, als versuchte man, den Flüssen Amazonas, Mississippi, Kongo und Nil zu erklären, wie sich das Herannahen des Atlantischen Ozeans auf sie auswirken wird. Zuerst einmal muß man begreifen, daß Flußgesetze nicht länger Gültigkeit haben.

Überlegen wir doch mal, was passieren könnte, wenn die Zeitschriftenbranche nicht länger ein auf sich allein gestellter Fluß ist, sondern nur noch eine Strömung im digitalen Ozean. Die ersten Zeitschriften erscheinen bereits im Internet, aber da es sich nur um eine Anzahl miteinander verbundener Seiten in einem Meer miteinander verbundener Seiten handelt, sind die Grenzen zwischen »Zeitschrift« und »Nicht-Zeitschrift«, oder auch zwischen »Zeitschrift A« und »Zeitschrift B« aus der Sicht des Internetflaneurs eher vage. Sobald wir die Idee anständig gebundener und verkaufter Stapel von zu Hochglanzpapier verarbeitetem Holzbrei aus dem Modell eliminieren, was bleibt uns da noch? Etwas Sinnvolles?

Aus der Sicht der Leser ist eine Web-Zeitschrift mehr oder weniger genau so sinnvoll wie eine Papierzeitschrift: Sie stellt eine Konzentration des Stoffes dar, an dem sie interessiert sind, und das in einer Form, die leicht zu finden ist, mit dem zusätzlichen Vorteil, daß sie einfach nahtlos auf alle möglichen verwandten Materialien verweisen kann, was einer Papierzeitschrift nicht gelingt. So weit schön und gut.

Aber wie steht es um die Zeitschriftenverleger? Was haben sie dann noch zu verkaufen? Was werden sie tun, wenn sie keine Hochglanzpapierstapel mehr haben, für deren Erwerb die Leute haufenweise Scheinchen rüberschieben? Tja, das hängt davon ab, welche Art Geschäft sie wirklich betreiben. Viele Leute machen ganz und gar nicht das, was man von ihnen denkt. Xerox, zum Beispiel, macht sein Geld mit dem

Verkauf von Tonerpatronen. Ihr ganzes Herumgepfusche an der Entwicklung von High-Tech-Kopier- und Druckgeräten ist nur dazu da, um einen Markt für Tonerpatronen zu schaffen, auf dem sie ihre Profite machen. Fernsehanstalten machen ihr Geschäft nicht damit, daß sie ihre Zuschauer mit Fernsehprogrammen versorgen, sondern damit, daß sie ihre Werbekunden mit Zuschauern versorgen. (Deshalb befindet sich die BBC in so einem schizophrenen Zustand – sie ist in Wahrheit in einem ganz anderen Geschäft tätig als ihre Konkurrenten.) Und Zeitschriften geht es ganz ähnlich: Jeder tatsächliche Verkauf über den Tresen des Zeitungshändlers ist zum Teil der Versuch, die absurd hohen Kosten für die Herstellung des verdammten Dinges wieder reinzukriegen, er ist aber auch, viel wichtiger, ein sehr solider Bezugspunkt: Die Gesamtleserschaft stellt die Größe des Publikums dar, das der Verleger seinen Werbekunden zuführen kann.

Für mich indessen ist Werbung in Zeitschriften ein großes Problem. Ja, ich hasse sie. Sie begräbt den Text unter sich, der gewöhnlich zu einem trüben grauen Rinnsal reduziert wird, das sich mühsam seinen Weg durch riesige, grellbunte reklametafelartige Seiten bahnt, die lautstark die Aufmerksamkeit auf irgendwelchen Kram lenken sollen, den man nicht haben will; und wenn man eine Zeitschrift kauft, muß man sie erst einmal über einem Abfallkorb ausschütteln, um all die Coupons, Beutelchen, Päckchen, CDs und kostenlosen Labradorwelpen loszuwerden, die sie dick und sperrig machen wie Omas Sammelalbum. Aber wenn man sich wirklich für ein Produkt interessiert, findet man darüber keine Informationen, weil die sich im Heft vom Vormonat befanden, das man inzwischen weggeschmissen hat. Ich habe mir letzten Monat eine neue Kamera gekauft, dazu stapelweise Kamera-Zeitschriften, nur um Anzeigen und Kritiken über die Modelle zu finden, die mich interessierten. Ich ärgere mich über 99 Prozent der Werbung, die ich sehe, aber gelegentlich brauche ich sie auch, um wirklich etwas zu *kaufen*. Da besteht ein ziemliches Mißverhältnis – irgendwas sollte wirklich aus dem Modell eliminiert werden.

Wenn man in einem Online-Magazin herumstöbert (Hot-

Wired zum Beispiel kommt mir spontan in den Sinn), findet man hier und da ein paar diskrete Sponsorenlogos, die man, *wenn man will*, anklicken kann. Die eigentliche Werbung bekommt man nur zu sehen, wenn man wirklich Interesse hat, und diese Werbung führt einen dann direkt zu soliden und hilfreichen Produktinformationen. Natürlich ist es für die Werbekunden viel wertvoller, wenn sie *einen* interessierten potentiellen Kunden erreichen, als wenn sie neunundneunzig anderen auf die Nerven gehen. Darüber hinaus erhalten die Inserenten erstaunlich präzise Rückmeldungen. Sie erfahren genau, wie viele Personen sich dafür entschieden haben, ihre Werbung anzusehen und wie lange, mit dem Ergebnis, daß unwillkommene Werbung für etwas, das niemanden interessiert, bald verschwindet, während Werbung, die Aufmerksamkeit auf sich zieht, wahrscheinlich Erfolg hat. Die Werbekunden zahlen der Zeitschrift Geld dafür, daß sie Links zu ihren Anzeigen auf beliebte Seiten der Zeitschrift setzen dürfen, und … na ja, Sie sehen ja, wie gut das klappt. Das ist, sagen Leute mit ernsthaft gerunzelten Stirnen, verblüffend effektiv. Was also aus dem Problem herausfällt, ist die Idee, daß Werbung unbedingt irritierend und aufdringlich sein muß.

Das ist nur ein Modell dafür, wie Online-Zeitschriften funktionieren, und es kostet den Leser natürlich absolut gar nichts. Aber es gibt noch ein anderes Modell, das wahrscheinlich sofort in die Tat umgesetzt wird, sobald man im Internet virtuelles Bargeld benutzen kann, wozu gehört, daß Leser minimale Beträge dafür zahlen, daß sie beliebte Internetseiten lesen können. Und zwar viel weniger als man zum Beispiel regelmäßig für normale Zeitungen und Zeitschriften ausgeben würde, weil man nicht für all die Bäume zahlen muß, die zu Papierbrei verarbeitet werden, die Lieferwagen, die betankt werden, und die Marketingleute, die Ihnen weismachen wollen, wie toll sie sind. Nein. Das Geld des Lesers geht direkt an den Autor und ein Teil davon an den Verbreiter der Internetseite, und all das Holz bleibt im Wald, das Öl im Boden, und all die Marketingleute bleiben dem Groucho Club fern und machen anständigen Leuten den Weg frei zur Bar.

Warum geht nicht das gesamte Geld an den Autor, höre ich Sie (und mich selber) fragen. Tja, vielleicht geschieht das eines Tages, wenn der Autor geschickt genug ist, seine Worte einfach in den digitalen Ozean zu werfen, in der Hoffnung, daß irgend jemand auf der Welt auf sie aufmerksam wird. Aber wie in jedem Ozean gibt es im digitalen Strömungen, Strudel und Richtungen, und Verleger werden rasch die Aufgabe übernehmen, gutes Material ausfindig zu machen und es in die Strömungen zu leiten, durch die von sich aus die Leser auf der Suche nach Lesestoff flanieren, was mehr oder weniger das gleiche ist, was sie auch jetzt schon tun. Der Unterschied wird in der Reaktionsgeschwindigkeit des Marktes liegen, mit der diese Strömungen sich verschieben oder kräftiger werden, und darin, wie Macht und Kontrolle auf diejenigen übergehen, die wirklich etwas Nützliches beizutragen haben, statt bloß ans Essen zu denken.

Was wir aus dem Modell entfernen, ist letztlich nur ein Haufen totes Holz.

Wired Nr. 1, britische Ausgabe, 1995.

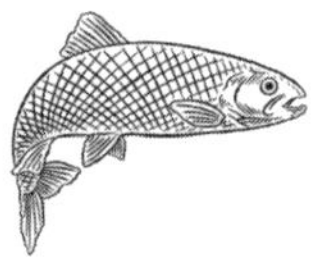

Zeitreise

Zeitreise? Ich glaube, es gibt Leute, die regelmäßig aus der Zukunft zurückkommen und Tag für Tag in unser Leben eingreifen. Um uns herum wimmelt es von Beweisen dafür. Damit meine ich zum Beispiel, daß wir jedesmal, wenn wir der Versicherung einen Schaden melden, feststellen müssen, daß irgendwie ausgerechnet der Schaden, den wir melden, mittlerweile rätselhafterweise durch unsere Police nicht gedeckt ist.

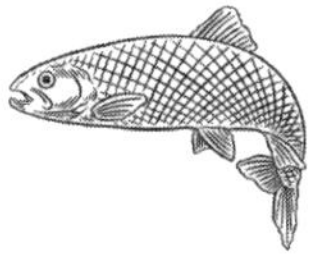

Wendehals

Oft werde ich gefragt, ob ich nicht ein bißchen was von einem Wendehals habe. Vor zwanzig Jahren (Hilfe!) bin ich mit *Per Anhalter durch die Galaxis* berühmt geworden, worin ich mich über Wissenschaft und Technik lustig machte: depressive Roboter, unkooperative Fahrstühle, Türen mit grotesk überkandidelten Benutzeroberflächen (warum kann man sie nicht einfach per Hand aufschieben?) und so weiter. Inzwischen bin ich offenbar zu einem Hauptbefürworter von Technik geworden, wie aus meiner neuesten Serie auf Radio 4, *The Hitchhiker's Guide to the Future,* ersichtlich ist. (Ich wünschte mir übrigens, wir hätten einen anderen Titel gewählt, aber manche Ereignisse haben ihre eigene Dynamik.)

Dazu zweierlei:

Erstens frage ich mich, ob es heute nicht zu viele Comedys gibt. Als Kind habe ich mich immer mit einem alten Radio vom Trödel unter der Bettdecke verkrochen und gebannt Sendungen wie *Beyond Our Ken, Hancock, The Navy Lark,* ja sogar *Clitheroe Kid* und allem gelauscht, was mich zum Lachen brachte. Das war wie ein Schauer mit Regenbogen in der Wüste. Dann gab es *I'm Sorry I'll Read That Again* und bereits wenige Jahre danach die volle Ekstase mit *Monty Python*. Bei *Monthy Python* traf mich wie ein Blitz – und es ist mir völlig schnuppe, ob es in »Pseud's Corner« landet –, daß

Comedy ein Medium war, in dem hochintelligente Leute Dinge zur Sprache bringen konnten, die sich einfach nicht anders sagen ließen. Von dort aus, wo ich damals lebte, in meinem Internat im tiefsten Essex, erschien es mir wie ein aufregendes Leuchtfeuer. Komisch, daß die Pythons zur selben Zeit auftauchten, als jene anderen mächtigen Zündsätze meiner jugendlichen Phantasie, die Beatles, verglimmten. Es war, als würde ein Stab weitergereicht. Ich glaube, George Harrison hat mal was Ähnliches gesagt.

Aber heutzutage ist jeder ein Komiker, selbst die Mädels vom Wetterdienst und die Fernsehansager. Wir lachen über alles. Aber nicht mehr intelligent, nicht auf einen Schreck aus heiterem Himmel, auf jähe Verblüffung oder eine unvermutete Erkenntnis hin, sondern erbarmungslos und töricht. Keine Regenschauer in der Wüste mehr, sondern überall nur Matsch und Nieselregen, gelegentlich von den Blitzlichtern der Paparazzi beleuchtet.

Schöpferische Erregung hat sich woandershin verflüchtigt – in die Wissenschaft und Technik: in neue Sichtweisen, neue Erkenntnisse über das Universum, ständige neue Erkenntnisse darüber, wie das Leben funktioniert, wie wir denken, wie wir wahrnehmen, wie wir kommunizieren. Und damit wäre ich bei meinem zweiten Punkt.

Wo wir vor dreißig Jahren noch Rockbands gegründet haben, rufen wir nun Start-Ups ins Leben und probieren neue Möglichkeiten aus, miteinander zu kommunizieren und mit den Informationen herumzuspielen, die wir austauschen. Und wenn eine Idee fehlschlägt, tritt gleich eine andere, bessere an ihre Stelle, und dann noch eine und noch eine, in so rascher Abfolge wie Rockalben in den sechziger Jahren.

Es gibt immer einen Moment, in dem eine Liebe zu erlöschen beginnt, sei es die Liebe zu einem Menschen, einer Idee oder einer guten Sache, selbst wenn es etwas ist, was einem erst Jahre nach dem Geschehen wieder einfällt: eine Winzigkeit, ein ungeschicktes Wort, ein falscher Ton, die zur Folge haben, daß nichts mehr so ist wie vorher. In meinem Fall war das der Moment, als ich hörte, wie ein Komiker die folgende Beobachtung machte: »Diese Wissenschaftler, hä? Die sind ja so blöd. Ihr kennt doch diese Black box, diesen Flugschreiber, den sie in die Flugzeuge einbauen? Und ihr wißt, daß der angeblich unzerstörbar ist? Er ist das einzige Teil, das nie kaputtgeht. *Warum machen sie dann nicht die Flugzeuge aus demselben Zeug?*«

Das Publikum brüllte vor Lachen darüber, wie blöd doch Wissenschaftler sind, zu doof zum Milchholen, aber mir war nicht wohl bei der Sache. War ich nur ein Pedant, weil ich fand, daß der Witz nicht richtig funktionierte, weil Flugschreiber aus Titanium sind, und wenn man Flugzeuge aus Titanium statt aus Aluminium machen würde, sie viel zu schwer wären, um überhaupt vom Boden hochzukommen? Ich fing an, den Witz zu zerbröseln. Angenommen, Eric Morecambe hätte ihn erzählt. Wäre er dann komisch gewesen? Na ja, nicht so richtig, denn das Publikum hätte erkennen müssen, daß Eric sich absichtlich dumm stellt – mit anderen Worten: es hätte den Gewichtsunterschied zwischen Titanium und Aluminium als ein Stück Allgemeinwissen kennen müssen. Wie immer man den Witz auch analysierte (wenn Sie das für zwanghaft halten, dann sollten Sie versuchen, damit zu leben), er beruhte nun mal darauf, daß Erzähler und Publikum selbstgefällig über jemanden lachten, *der mehr wußte als sie*. Das hat mir damals einen Schauer über den Rücken gejagt, und das tut's noch heute. Ich fühlte mich von der Comedy genauso verraten, wie ich mich heute bei Gangsta Rap von der Rockmusik verraten fühle. Ich begann mich auch zu fragen, wie viele der Witze, die ich selber machte, einfach nur, tja, ignorant waren.

Mein Interesse an den Naturwissenschaften wurde eines Tages um das Jahr 1985 geweckt, als ich durch einen Wald auf Madagaskar wanderte. Mein Begleiter war der Zoologe Mark Carwardine (mit dem ich später an dem Buch *Die Letzten ihrer Art* zusammenarbeitete), und ich fragte ihn: »Also, nun sag mir doch mal, was am Regenwald so besonders ist, daß er uns so sehr am Herzen liegen sollte?«

Und er erzählte es mir. Dauerte etwa zwei Minuten. Er erklärte mir den Unterschied zwischen Wald in gemäßigten Zonen und Regenwald und wie es dazu kam, daß letzterer eine so verwirrende Artenvielfalt hervorgebracht hat, gleichzeitig aber so schrecklich anfällig ist. Ich verstummte erst mal eine Zeitlang, als mir klar wurde, daß eine winzigkleine neue Erkenntnis meinen Blick auf die Welt verändert hatte. Mir war soeben ein Faden in die Hand gegeben worden, dem ich in den verwickelten Knäuel einer verwirrend komplexen Welt nachgehen konnte. In den nächsten paar Jahren schlang ich hungrig alles in mich hinein, was ich über die Evolutionstheorie in die Finger kriegen konnte, und begriff, daß mich nichts von dem, was ich darüber in der Schule gelernt hatte, auf deren enorme Bedeutung vorbereitet hatte, die mir jetzt so nach und nach klar wurde. Mit der Evolution ist es so: Wenn sie einem nicht das Hirn total umkrempelt, hat man sie nicht kapiert.

Dann stellte ich zu meiner Überraschung fest, daß sie mit meinem wachsenden Interesse an Computern zusammenfiel. An meiner Begeisterung war nichts besonders tiefgründig – ich spiele einfach unverschämt gern mit Technik herum. Was diese beiden Interessen verbindet, ist die der Intuition entgegengesetzte Erkenntnis, daß komplexe Resultate sich oft aus einfachen, häufig wiederholten Fragen ergeben. Wie sich das abspielt, läßt sich ganz einfach am Computer erkennen. Egal, welche komplizierten Ergebnisse ein Computer hervorbringt – die Simulation von Turbulenzen, Wirtschaftsprozessen oder der Art und Weise, wie sich das Licht im Auge eines imaginären Dinosauriers spiegelt –, alles geht aus einfachen Codereihen hervor, die damit anfangen, daß eins und eins zusammengezählt, das Ergebnis überprüft und dann der Vorgang wiederholt wird. Daß wir zusehen können, welche Komplexität aus dieser primitiven Einfachheit entsteht, ist eines der großen Wunder unserer Zeit – noch größer, als Menschen auf dem Mond zu sehen.

Viel schwieriger ist es, diesen Prozeß in der Evolution des Lebens zu beobachten. Die zeitliche Ausdehnung ist so riesig und unsere Perspektive so sehr davon beeinträchtigt, daß wir uns selbst beobachten, aber die Erfindung des Computers hat uns zum ersten Mal ein echtes Gefühl dafür gegeben, wie das Ganze funktioniert – genauso, wie uns die Erfindung der hydraulischen Pumpe einen Einblick in die Funktion des Herzens und in den Blutkreislauf gewährt hat.

Deshalb ist es auch unmöglich, die Naturwissenschaften von der Technik zu trennen: sie befruchten und stimulieren einander. Deswegen ist die neueste Software für die Übertragung einer MP3-Sound-Datei von einem Computer auf einen anderen über Kontinente hinweg, wenn man ins Innere ihrer Eingeweide und auf die Infrastruktur blickt, die sie ermöglicht hat und zu deren Bestandteil sie wiederum wird, auf ihre Weise ganz genauso interessant wie die Art und Weise, in der sich eine Zelle vervielfältigt, wie im Gehirn eine Idee entsteht oder wie ein Käfer tief im Dschungel des Amazonas seine Beute verdaut. Das alles gehört zu demselben, allem zugrunde liegenden Prozeß, von dem auch wir wiederum ein Teil sind, von daher rühren unsere schöpferischen Kräfte, und ich werde es jederzeit mit Freuden Komikern, dem Fernsehen und dem Fußball vorziehen.

Oktober 2000

☆

Stellt man jemanden vor einen Interviewer mit einem Klemmbrett, wird er garantiert lügen. Ein Freund von mir hatte mal die Aufgabe, fürs Internet einen Fragebogen auszuarbeiten, den die Leute ausfüllen sollten. Er erzählte, sie hätten außerordentlich ermutigende Auskünfte über den Zustand der Welt erhalten. Hätten Sie zum Beispiel gewußt, daß fast 90 Prozent der Bevölkerung Chefs ihrer eigenen Unternehmen sind und mehr als eine Million Dollar pro Jahr verdienen?

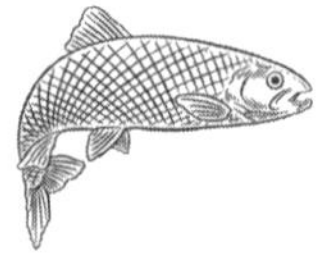

Gibt es einen künstlichen Gott?

Ursprünglich war diese Sache hier als Diskussion angekündigt worden, nur weil ich ein bißchen Angst davor hatte, hierher zu kommen. Ich glaubte, keine Zeit zu haben, mich darauf vorzubereiten, außerdem fragte ich mich, was ich als Laie in einem Saal voller Koryphäen wohl zu sagen haben würde. Und deswegen dachte ich, ich würde mich mit einer Diskussion begnügen. Aber nachdem ich nun ein paar Tage hier bin, weiß ich, daß Sie alle auch nur Menschen sind! Diese Tage sprudeln über vor Ideen, und mir kamen selbst so viele beim Reden und beim Zuhören, daß ich beschloß, mich vor Sie hinzustellen und ein Gespräch samt Diskussion mit mir selbst zu führen. Ich werde eine Weile reden und hoffe, genügend zu provozieren und Meinungen herauszufordern, daß am Ende wie verrückt die Stühle fliegen.

Bevor ich versuche, Ihnen mein Anliegen zu unterbreiten, möchte ich Sie warnen, daß der rote Faden vielleicht dann und wann etwas verloren geht, weil eine Menge sich auf das bezieht, was wir heute gerade erst gehört haben; wenn ich also gelegentlich mal abschweife … Ich habe heute irgendwann jemandem erzählt, daß ich eine vierjährige Tochter habe; als sie zwei, drei Wochen alt war, habe ich sehr, sehr interessiert ihr Gesicht beobachtet und plötzlich etwas festgestellt, das früher niemandem aufgefallen wäre: Sie machte einen Neustart, ein »rebooting«.

Außerdem möchte ich noch etwas erwähnen, was an sich völlig bedeutungslos ist, worauf ich aber sehr stolz bin – ich wurde 1952 in Cambridge geboren, und meine Initialen sind DNA.

Der Gegenstand, zu dem ich heute Abend eine Einführung geben will, das Thema der Diskussion, die wir jetzt gleich irgendwie nicht haben werden, klingt ein klein wenig spaßig (das überrascht Sie vielleicht, aber wir werden sehen, wo uns das hinbringt) – »Gibt es einen künstlichen Gott?« Ich bin mir sicher, daß die meisten Leute hier im Saal derselben Ansicht sind, aber selbst als ausgesprochener Atheist kann man nicht leugnen, daß die Rolle eines Gottes viele, viele Jahrhunderte lang einen ungeheuer starken Einfluß auf die Geschichte der Menschheit genommen hat. Es ist sehr interessant herauszufinden, woher das kam und was es in der modernen naturwissenschaftlichen Welt, in der wir manchmal verzweifelt zu leben hoffen, eigentlich bedeutet.

Ich habe heute schon einmal darüber nachgedacht, als nämlich Larry Yaeger über das Thema »Was ist Leben?« sprach und am Ende etwas erwähnte, was ich nicht wußte, nämlich ein Spezialgebiet der Entzifferung von Handschriften. Dabei ging mir folgender seltsamer Gedanke durch den Kopf: Daß der Versuch festzustellen, was Leben ist und was nicht und wo die Grenze liegt, in einem interessanten Verhältnis dazu steht, wie Handschriften entziffert werden. Wenn wir uns einem bestimmten Gebilde gegenübersehen, sei es nun etwas Schimmel aus dem Kühlschrank oder sonst was, dann wissen wir instinktiv, ob es sich um etwas Lebendes handelt oder nicht. Doch es genau zu definieren, erweist sich als wahnsinnig schwierig. Ich weiß noch, daß ich mal vor langer Zeit für einen Vortrag eine Definition des Begriffs Leben brauchte. In der Annahme, es gebe eine einfache Definition, sah ich mich im Internet um und war erstaunt, wie unterschiedlich die Definitionen waren und wie enorm detailliert jede einzelne sein mußte, um »dieses« einzuschließen, »jenes« aber nicht. Wenn man darüber nachdenkt, ist eine Gruppe, die eine Fruchtfliege, Richard Dawkins und das Great Barrier Reef umfaßt, eine nur schwer miteinander vergleichbare Ansammlung von Objekten. Wenn wir herausfinden möchten, nach welchen Regeln wir suchen, und eine Regel finden wollen, die ganz offensichtlich wahr ist, so erweist sich das als ausgesprochen schwierig.

Vergleichen Sie das damit, wie man erkennt, ob etwas ein A oder B oder C ist. Der Prozeß ist recht ähnlich, aber auch völlig anders, man könnte nämlich von etwas sagen, man sei sich »nicht ganz sicher, ob es als Leben gilt oder nicht, es steht irgendwo kurz davor, oder? Möglicherweise ist es ein sehr niederes Beispiel für das, was man Leben nennen könnte, es ist vielleicht gerade so eben am Leben, vielleicht aber auch nicht.« Oder man könnte über ein Beispiel digitalen Lebens sagen: »Kann man das lebendig nennen?« Ist es etwas, um jemanden von vorhin zu zitieren, das plitsch macht, wenn man drauftritt? Denken Sie an die kontroverse GAIA-Hypothese; man fragt: »Ist der Planet lebendig?« »Ist die Ökosphäre lebendig oder nicht?« Letztlich hängt es davon ab, wie man so etwas definiert.

Vergleichen Sie das mit der Entzifferung von Handschriften. Letztlich will man sagen: »Ist das ein A oder ist es ein B?« Leute schreiben As und Bs sehr unterschiedlich: verschnörkelt, schlampig oder wie auch immer. Da hat es keinen Zweck zu sagen: »Na ja, es ist irgendwie A-artig, aber ein bißchen ist auch B drin«, weil man mit so was das Wort »Apfel« nicht schreiben kann. Es ist entweder ein A oder ein B. Wie entscheidet man sich? Wenn man Handschriften entziffert, versucht man nicht die relativen Grade von A-heit oder B-heit eines Buchstabens zu bestimmen, sondern die Absicht des Menschen, der ihn geschrieben hat. Am Ende wird es sonnenklar: Ist es ein A oder B? Ah! Es ist ein A, weil der Schreiber oder die Schreiberin das Wort »Apfel« geschrieben hat, und zweifellos bedeutet es das. Was aber Leben ist, kann man mangels eines absichtsvoll handelnden Schöpfers letztlich nicht sagen, da es schlicht und einfach davon abhängt, welche Definitionen man in die Gesamtdefinition aufnimmt. Ohne einen Gott ist das Leben nur eine Frage des Standpunkts.

Ich möchte auf ein paar andere Punkte eingehen, die heute angesprochen wurden. Larry hat mich (erneut) beeindruckt, als er über Tautologien sprach, denn es gibt da ein Argument, das mich mal verwirrt hat und auf das ich keine Antwort fand, weil ich durch den Einwand so verdattert war und nicht ganz schlau daraus wurde. Jemand hatte zu mir gesagt: »Ja, aber die ganze Evolutionstheorie fußt doch auf einer Tautologie: Was überlebt, das überlebt.« Dieser Satz sei tautologisch und daher bedeutungslos. Ich dachte eine Weile darüber nach und schließlich kam mir der Gedanke, daß eine Tautologie etwas ist, das nichts bedeutet; nicht nur, daß keine Informationen in sie eingegangen ist, sondern auch, daß sie folgenlos bleibt. Wir sind also vielleicht zufällig auf die endgültige Antwort gestoßen: Es ist das Einzige, die einzige Kraft, und wohl auch die stärkste Kraft, die wir kennen, die keine weitere Leistung erfordert, keine weitere Unterstützung von anderswo, die sich aus sich selbst erklärt und daher tautologisch ist, aber dennoch eine enorme Wirkung entfaltet. Es ist schwer, irgend etwas Entsprechendes zu finden, und ich habe es deswegen an den Anfang eines meiner Bücher gestellt. Ich habe es auf das reduziert, was ich für das Allerwesentlichste hielt, das dem sehr ähnlich ist, was vorhin geäußert wurde, und folgendermaßen lautete: »*Alles, was passiert, passiert; alles, was, indem es passiert, dazu führt, daß etwas anderes passiert, führt dazu, daß etwas anderes passiert; und alles, was, indem es passiert, dazu führt, daß es selbst noch mal passiert, passiert noch mal.*« Übrigens braucht man die letzten zwei Sätze gar nicht, weil sie sich aus dem ersten ergeben, der sich von selbst versteht und keiner weiteren Erläuterung bedarf; alles andere ergibt sich daraus. Meiner Meinung nach haben wir es hier mit einer grundlegenden, endgültigen und unbestreitbaren Wahrheit zu tun. Das hat der Typ erkannt, der sie zur Tautologie erklärte. Ja, es ist eine Tautologie, aber insofern eine einzigartige, als sie keine zusätzliche Information erfordert, aber eine unendliche Menge Informationen aus sich hervorbringt. Ich denke also, daß es sich hier wohl um die Hauptursache von allem im Universum handelt. Eine gewagte Behauptung, aber mir scheint, ich spreche zu einem wohlwollenden Publikum.

Woher kommt die Gottesidee? Nun, wir haben wohl zu schrecklich vielen Dingen eine sehr schräge Einstellung, aber versuchen wir doch mal herauszubekommen, woher unsere Einstellung kommt. Denken Sie sich den Menschen der Frühzeit. Der Frühzeitmensch ist, wie alles andere auch, ein entwickeltes Wesen, und er befindet sich in einer Welt, über die er allmählich ein bißchen die Kontrolle übernimmt. Er ist Werkzeugmacher geworden, ein Veränderer seiner Umwelt mit Hilfe dieser Werkzeuge, die er hergestellt hat, und wenn er Werkzeuge herstellt, dann will er mit deren Hilfe Veränderungen an seiner Umwelt vornehmen. Um ein Beispiel dafür zu geben, wie sich der Mensch im Vergleich zu anderen Tieren verhält, werfen Sie einen Blick auf die Artenbildung, die, wie wir wissen, am ehesten dann stattfindet, wenn eine kleine Gruppe von Tieren durch irgendeine geologische Umwälzung, durch Überbevölkerung, Mangel oder was auch immer vom Rest der Herde getrennt wird und sich in einer neuen Umgebung wiederfindet, in der vielleicht andere Bedingungen herrschen. Nehmen wir ein ganz einfaches Beispiel: Vielleicht findet sich eine Gruppe von Tieren plötzlich in einer Gegend wieder, in der das Klima um einiges kälter ist. Wir wissen, daß im Laufe von ein paar Generationen die Gene, die ein dickeres Fell begünstigen, dominant werden, und wir dann feststellen, daß die Tiere inzwischen tatsächlich ein dickeres Fell haben. Der Frühmensch, der Werkzeuge herstellt, muß das nicht: Er kann ein außerordentlich breites Spektrum von Lebensräumen auf der Erde, von der Tundra bis zur Wüste Gobi, bewohnen – er schafft es ja sogar, in New York zu überleben, Herrgott noch mal –, was daran liegt, daß er, in einer neuen Umgebung angekommen, nicht mehrere Generationen abwarten muß; wenn er in einer kälteren Umgebung landet und ein Tier sieht, das die erwähnten, ein dickeres Fell begünstigenden Gene besitzt, sagt er sich: »Das hole ich mir von ihm.« Werkzeuge haben uns dazu befähigt, zweckbestimmt zu denken, Dinge herzustellen und Dinge zu tun, um eine Welt zu gestalten, die besser zu uns paßt. Stellen Sie sich nun einen Frühzeitmenschen vor, der sich nach einem Tag fröhlicher

Werkzeugarbeit in seiner Umwelt umsieht. Er schaut sich um und sieht eine Welt, die ihm wahnsinnig gut gefällt: Hinter ihm liegen Berge mit Höhlen darin – Berge sind toll, weil man sich in den Höhlen verstecken kann und nicht im Regen herumlaufen muß, und die Bären kriegen einen nicht; vor ihm liegt der Wald – darin gibt's Nüsse und Beeren und andere Leckereien; ein Bach fließt vorbei, gefüllt mit Wasser – köstlich zu trinken, man kann die Boote darin zum Schwimmen bringen und überhaupt alles mögliche damit anstellen. Und da ist ja auch Vetter Ug, der hat gerade ein Mammut gefangen – Mammuts sind toll, man kann sie essen, man kann ihre Felle tragen, man kann aus ihren Knochen Waffen herstellen, um andere Mammuts zu fangen. Echt, diese Welt ist *großartig,* sie ist phantastisch. Aber unser Mensch hat einen Augenblick Zeit nachzudenken, und er denkt sich: »Also, das ist wirklich eine interessante Welt, in der ich lebe«, und dann stellt er sich eine sehr tückische Frage, eine Frage, die völlig bedeutungslos und trügerisch ist, sich aber nur aufgrund des Wesens seiner Persönlichkeit stellt, der Persönlichkeit, zu der er sich entwickelt hat und die erfolgreich ist, weil er so denkt. Der Mensch als Macher betrachtet seine Welt und sagt: »Wer hat das alles gemacht?« Wer hat das gemacht? – Sie merken, warum das eine tückische Frage ist. Der Frühzeitmensch denkt: »Weil es nur ein Lebewesen gibt, das ich kenne, das Dinge herstellt, muß derjenige, egal wer es ist, der all dies gemacht hat, viel größer, viel mächtiger und zwangsläufig unsichtbar sein; einer wie ich, und weil ich meist der Starke bin, der alles macht, ist er wahrscheinlich ein Mann.« So sind wir zur Gottesidee gelangt. Weil wir aber, wenn wir Dinge herstellen, auch vorhaben, etwas mit ihnen anzustellen, fragt sich der Mensch der Frühzeit: »Wenn er es gemacht hat, *wozu* hat er es gemacht?« Und jetzt schlägt die Falle zu, denn der Frühzeitmensch denkt: »Diese Welt paßt sehr gut zu mir. Es gibt all diese Dinge, die mir helfen, mich ernähren und auf mich aufpassen; ja, diese Welt ist wie für mich geschaffen«, und er kommt zur unausweichlichen Schlußfolgerung, daß, wer auch immer die Welt gemacht hat, sie für ihn geschaffen hat.

Das ist etwa so, als wachte eine Pfütze eines Morgens auf und denkt: »Das ist eine interessante Welt, in der ich mich befinde – ein interessantes *Loch*, in dem ich liege – paßt doch ganz prima zu mir, oder? Ja, es paßt so ungeheuer gut zu mir, daß es eigens für mich geschaffen worden sein muß.« Das ist eine so packende Idee, daß die Pfütze, als die Sonne am Himmel höher steigt und die Luft sich erhitzt und sie immer kleiner und kleiner wird, sich immer noch verzweifelt an die Vorstellung klammert, daß alles schließlich wieder ins Lot kommen wird, weil diese Welt für sie *erdacht*, für sie *erschaffen* wurde; und so kommt für sie der Moment ziemlich überraschend, in dem sie verschwindet. Ich glaube, vor etwas in der Art müßten auch wir auf der Hut sein. Wir alle wissen, daß das Universum irgendwann enden wird, und zu einem anderen Zeitpunkt, ein gutes Stück früher, trotzdem nicht akut drohend, wird die Sonne explodieren. Wir glauben, noch genügend Zeit zu haben, um uns darum zu kümmern, aber diese Einstellung ist sehr gefährlich. Denken Sie nur daran, was am 1. Januar 2000 angeblich alles passieren soll – tun wir nicht so, als wären wir nicht gewarnt worden, daß das Jahrhundert zu Ende geht! Wenn wir, langfristig gesehen, überleben wollen, müssen wir wohl aus einer viel umfassenderen Perspektive darüber nachdenken, wer wir sind und was wir hier machen.

Es gibt einige Seltsamkeiten an der Perspektive, aus der heraus wir die Welt betrachten. Die Tatsache, daß wir am Grund eines Gravitationsschachts, auf der Oberfläche eines von einer Gashülle umgebenen Planeten leben, der sich um einen 90 Millionen Meilen entfernten atomaren Feuerball dreht, und das für normal halten, deutet zweifellos darauf hin, wie schräg unsere Perspektive manchmal ist, aber wir haben in unserer Geistesgeschichte manches getan, um einige unserer Irrtümer ganz allmählich zu korrigieren. Komischerweise hat einiges davon mit Sand zu tun. Sprechen wir also über die vier Sandzeitalter.

Aus Sand machen wir Glas, aus Glas machen wir Linsen und aus Linsen stellen wir Teleskope her. Als die großen frühen Astronomen, Kopernikus, Galileo und andere, ihre Teleskope gen Himmel richteten und entdeckten, daß das Universum erstaunlich anders war, als wir es erwarteten, und als sich erwies, daß die Erde plötzlich keineswegs der größte Teil des Universums war, um den nur ein paar helle Lichter kreisen – und es dauerte unendlich lange, bis man das einigermaßen begriffen hatte –, sondern daß sie nur ein winzigkleines Pünktchen ist, das sich um einen kleinen atomaren Feuerball dreht, der selbst wiederum nur einer unter Millionen und Abermillionen ist, die diese spezielle Galaxis bilden, und daß unsere Galaxis nur eine von Millionen oder Milliarden von Galaxen ist, aus denen das Universum besteht, und daß wir uns also auch auf die Möglichkeit einstellen müssen, daß es Milliarden von Universen gibt... das erforderte denn doch eine leichte Korrektur der Perspektive, daß das Universum uns gehört.

Ich mag diese Idee von den vielen Universen, und – darüber habe ich heute schon mit jemandem gesprochen – es gibt ein Buch, das mir außerordentlich gut gefallen hat, von einem gewissen David Deutsch, der ein Vertreter dieser Theorie ist. Das Buch hat den Titel *The Fabric of Reality (Die Physik der Welterkenntnis)*, und darin erläutert er die Idee einer quantenmechanischen Betrachtung des Universums als Multiversum. Diese Idee leitet sich von der berühmten Wellen/Partikel-Dichotomie über das Verhalten des Lichts ab – daß man es nicht als Welle messen kann, wenn es sich als Welle verhält, und nicht als Partikel, wenn es sich als Partikel verhält. Wie ist das möglich? David Deutsch legt dar, daß, wenn man sich unser Universum nur als eine Schicht vorstellt, zu deren beiden Seiten sich eine unendliche Vielzahl von Universen ausdehnt, damit das Problem nicht nur gelöst ist, sondern das Problem ganz einfach verschwindet. Genauso, so erwartet man, verhält sich Licht unter diesen Umständen. Die Quantenmechanik erhebt den Anspruch, auf der Vorstellung zu beruhen, daß sich das Universum so verhält, als gebe es eine Vielzahl von Universen, aber das zu glauben, fällt uns ziemlich schwer.

Was uns direkt zurück zu Galileo und dem Vatikan führt. Denn der Vatikan hat Galileo gesagt: »Wir bezweifeln nicht deine Erkenntnisse, wir bezweifeln nur die Erklärungen, die du für sie findest. Es ist ja schön und gut, wenn du sagst, daß die Planeten so etwas tun, wenn sie kreisen, und daß es so ist, als wären wir ein Planet, und daß diese Planeten alle um die Sonne kreisen; es ist in Ordnung zu sagen, es sei so, *als geschähe es*, aber du darfst nicht behaupten, daß es *tatsächlich so ist*, weil wir ein absolutes Monopol auf die universale Wahrheit besitzen. Außerdem übersteigt es unsere persönliche Vorstellungskraft.« Genauso übersteigt wohl dieser Gedanke, daß es viele Universen gibt, gegenwärtig unsere Vorstellungskraft, aber möglicherweise ist es einfach nur eine weitere Beschwernis, mit der wir uns arrangieren müssen, so wie wir uns in der Vergangenheit mit jeder Menge anderer arrangieren mußten.

Als nächstes ergibt sich aus dieser Sicht des Universums, daß es fast gänzlich aus nichts besteht... eine ziemlich besorgniserregende Vorstellung. Wohin man auch sieht, da ist nichts, von ein paar winzigkleinen Pünktchen aus Fels oder Licht abgesehen. Dennoch leiten wir nach und nach aus der Beobachtung der Art und Weise, wie sich diese winzigkleinen Pünktchen in dem riesigen Nichts verhalten, bestimmte Prinzipien, bestimmte Gesetze ab, das Gesetz der Schwerkraft und so weiter. Das war also, wenn Sie wollen, der makroskopische Blick auf das Universum, der sich aus dem ersten Sandzeitalter ergab.

Das nächste Sandzeitalter ist das mikroskopische. Wir haben Glaslinsen in Mikroskope eingesetzt und mit dem mikroskopischen Blick aufs Universum begonnen. Und allmählich begriffen wir, daß sich die festgefügte Welt, in der wir leben, sobald wir uns auf die subatomare Ebene begeben, ebenfalls und ebenso besorgniserregend aus fast nichts besteht, und falls wir doch etwas finden, stellt sich heraus, daß es eigentlich doch nichts ist, sondern nur die Wahrscheinlichkeit besteht, daß da vielleicht etwas sein könnte.

So oder so ist dieses Universum höchst irreführend. Wohin

wir auch schauen, es wirkt äußerst alarmierend und äußerst verwirrend auf unser Selbstverständnis – große, kräftige, körperliche Wesen, die in einem Universum leben, das fast nur für uns existiert –, und daß dies einfach nicht der Fall ist. An dieser Stelle leiten wir daraus immer noch alle möglichen grundlegenden Prinzipien ab, wir erkennen, wie die Schwerkraft funktioniert, wie starke und schwache atomare Kräfte wirken, wir erkennen die Beschaffenheit der Materie, die Beschaffenheit von Partikeln und so weiter, aber obwohl wir diese Prinzipien erkannt haben, fällt uns die genaue Bestimmung, wie das alles funktioniert, immer noch ziemlich schwer, weil die entsprechende Mathematik wirklich recht vertrackt ist. Und so stellen wir uns gerne vor, das Ganze arbeite fast wie ein Räderwerk, weil unsere Mathematik dazu am besten taugt. Ich möchte Newton überhaupt nicht herabsetzen, schließlich hat er wohl als erster erkannt, daß Prinzipien am Werk waren, die sich von allem unterschieden, was wir in unserer Umwelt sahen. Sein erstes Newtonsches Axiom, das Trägheitsgesetz – daß etwas solange in seiner Ruhe oder Bewegung verharrt, bis irgendeine andere Kraft darauf einwirkt – hatte keiner von uns, die wir in einem Gravitationsschacht, in einer Gashülle leben, je zu Gesicht bekommen, weil alles, was wir bewegen, wieder anhält. Nur durch sehr, sehr gründliches Hinsehen, Beobachten, Messen und die Ableitung der Prinzipien, die dem zugrunde lagen, was wir alle sahen, stieß er auf die Prinzipien, die uns heute allen vertraut sind und die wir als Newtonsche Axiome oder Grundgesetze der Mechanik anerkennen. Dennoch operiert diese Sicht aufs Universum, von unserem modernen Standpunkt aus betrachtet, noch mit einem Räderwerk, ist also eine mechanistische. Wie gesagt, das soll überhaupt nicht herabsetzend klingen, weil Newtons Leistungen, wie wir alle wissen, absolut kolossal waren, aber so ganz leuchtet es uns trotzdem nicht ein.

Nun gibt es jede Menge Wesen, die wir ebenfalls wahrnehmen, ebenso wie Partikel, Kräfte, Tische, Stühle, Felsen und so weiter, die für die Naturwissenschaften fast unsichtbar sind, *fast unsichtbar,* weil die Naturwissenschaften dazu fast nichts zu sagen haben. Ich rede hier von Hunden, Katzen, Kühen und allen anderen. Wir Lebewesen stehen sehr weit außerhalb von allem, was die Naturwissenschaften sagen können, fast erkennen wir uns selbst nicht als Objekte, zu denen sich die Naturwissenschaften erwartungsgemäß äußern könnten.

Ich kann mir vorstellen, wie Newton Platz nahm, seine Axiome entwickelte und ausrechnete, wie das Universum funktioniert, und um ihn schlich eine Katze herum. Wir hatten keine Ahnung, wie Katzen funktionieren, weil wir seit Newton nach dem ganz simplen Prinzip vorgegangen waren, daß, um zu sehen, wie Dinge funktionieren, wir sie zerlegen mußten. Wenn man eine Katze auseinandernehmen will, um zu sehen, wie sie funktioniert, hat man als erstes eine nicht funktionierende Katze in den Händen. Das Leben ist dermaßen komplex, daß es fast außerhalb unseres Vorstellungsvermögens liegt; es liegt so weit außerhalb von allem, was wir begreifen können, daß wir es uns einfach als eine andere Art Objekt, eine andere Art Materie vorstellen; »Leben« hatte etwas Geheimnisvolles an sich, war gottgegeben – und eine andere Erklärung hatten wir nicht. Die Bombe platzte dann 1859, als Darwin sein Buch *The Origin of Species* (*Über die Entstehung der Arten*) veröffentlichte. Wir brauchten lange, bis wir uns wirklich darauf einließen und es allmählich verstanden, weil es uns nicht nur unglaublich und für uns durch und durch entwürdigend vorkam, sondern es versetzte unserem Denksystem einen weiteren Schock, als wir feststellen mußten, daß wir nicht nur nicht der Mittelpunkt des Universums sind und keineswegs aus etwas bestehen, sondern auch daß wir aus einer Art Schleim entstanden und erst über den Affen dorthin gelangt sind, wo wir uns heute befinden. Das liest sich einfach nicht gut. Außerdem haben wir keine Möglichkeit, das alles passieren zu sehen. In gewisser Weise war Darwin wie Newton, auch er hat als erster Prinzipien wirken sehen, die, von der Alltagswelt aus betrachtet, in der er lebte, alles andere als naheliegend waren. Wir mußten schon sehr gründlich nachdenken, um das zu verstehen, was um uns herum passiert, und wir hatten keine klaren, naheliegenden, alltäglichen Beispiele für die Evolution, auf die wir verweisen konnten. Selbst heute ist es noch immer ein ziemlich vertracktes Problem, wenn man jemanden, der nicht an dies ganze Evolutionszeugs glaubt, mittels eines Beispiels davon überzeugen möchte... anhand von Alltagsbeobachtungen sind sie schwer zu finden.

Damit kommen wir zum dritten Sandzeitalter. In diesem dritten Zeitalter entdecken wir, daß noch etwas anderes aus Sand gemacht werden kann – Silizium. Wir stellen den Siliziumchip her – und plötzlich eröffnet sich uns kein Universum elementarer Partikel und elementarer Kräfte, sondern ein Universum der Dinge, die in dem Bild noch fehlten, das uns Auskunft über ihr Wirken gibt; der Siliziumchip zeigte uns den *Prozeß*. Der Siliziumchip setzt uns in die Lage, mathematische Prozesse ungeheuer schnell abzuwickeln, um die, wie sich herausstellt, sehr, sehr einfachen Prozesse zu simulieren, die in ihrer Einfachheit dem Leben ähneln; Iteration, Schleifen, Verästelungen, die Feedbackschleife, auf der alles beruht, was man in einem Computer tut, und alles, was in der Evolution geschieht... das heißt, die Outputstufe der einen Generation wird zur Inputstufe der nächsten. Plötzlich besitzen wir ein funktionierendes Modell – nicht sofort, weil die ersten Maschinen schrecklich langsam und schwerfällig sind –, aber nach und nach entwickeln wir ein funktionierendes Modell von dem, was wir vorher nur erraten oder deduzieren konnten... und man mußte schon ein ziemlich scharfsinniger und klarer Denker sein, um auch nur zu ahnen, daß es dazu kommen würde, wo es doch alles andere als naheliegend und geradezu kontra-intuitiv war, besonders für eine so stolze Spezies wie uns.

Der Computer stellt ein drittes Zeitalter des richtigen Durchblicks dar, weil er uns plötzlich erkennen läßt, wie das Leben funktioniert. Das ist ein außerordentlich wichtiger Punkt, weil nun offenkundig wird, daß das Leben, daß alle Formen von Komplexität nicht abwärts fließen, sondern aufwärts, und daß es eine ganze Grammatik gibt, mit der jeder vertraut ist, der Computer benutzen kann, was bedeutet, daß die Evolution nichts Seltsames mehr ist, weil jeder, der sich mal angesehen hat, wie ein Computerprogramm funktioniert, weiß, daß sehr, sehr einfache, sich wiederholende Codeteile, deren einzelne Zeilen extrem unkompliziert sind, in einem Computer ungeheuer komplexe Phänomene zur Folge haben. Ich denke hier ebenso an ein Textverarbeitungsprogramm wie an Tierra oder Creatures.

Ich weiß noch, wie ich vor vielen, vielen Jahren das erste Mal ein Programmierungshandbuch las. Um 1983 war ich zum ersten Mal einem Computer begegnet, wollte ein bißchen mehr darüber wissen und beschloß, etwas über das Programmieren zu lernen. Ich kaufte ein Computerhandbuch und las die ersten zwei oder drei Kapitel, wofür ich etwa eine Woche brauchte. Am Schluß hieß es: »Herzlichen Glückwunsch, Sie haben nun den Buchstaben *a* auf dem Bildschirm geschrieben!« Und ich dachte: »Na, da muß ich wohl was mißverstanden haben, weil es so eine Mordsarbeit war, um das zuwege zu bringen. Was muß ich wohl tun, um den Buchstaben *b* zu schreiben?« Der Prozeß des Programmierens, die Schnelligkeit und die Mittel, durch die enorm einfache Dinge zu enorm komplexen Ergebnissen führen, gehörte damals nicht zu meiner geistigen Grammatik. Inzwischen schon – und es gehört immer öfter zu unser aller geistigen Grammatiken, weil wir dran gewöhnt sind, wie Computer funktionieren.

Evolution ist also plötzlich nicht mehr das große Problem, das man nicht erfassen kann. Es ist eher wie in folgendem Szenario: An einem Dienstag wird ein Mensch auf einer Straße in London bei einer kriminellen Tätigkeit beobachtet. Zwei Kriminalbeamte werden auf den Fall angesetzt und versuchen herauszufinden, was geschehen ist. Einer der beiden ist ein Kriminalbeamter des zwanzigsten Jahrhunderts, der andere stammt, kraft der Wunder von Science-fiction, aus dem neunzehnten. Das Problem ist folgendes: Die Person, die am Dienstag in London auf der Straße gesehen und identifiziert wurde, wurde am selben Dienstag von jemand anderem, einem ebenfalls zuverlässigen Zeugen, in Santa Fe auf der Straße gesehen. Wie war das möglich? Der Kriminalbeamte des 19. Jahrhunderts konnte sich das nicht anders als mit Zauberei erklären. Nun kann der Kriminalbeamte des 20. Jahrhunderts vielleicht nicht sagen: »Er hat einen British Airways-Flug hierhin und einen United-Flug dorthin genommen« – vielleicht kann er nicht genau ermitteln, wie es der Mann gemacht hat oder auf welcher Route er gereist ist, aber das ist kein Problem. Es stört ihn nicht; er sagt einfach: »Er ist dorthin geflogen. Ich weiß nicht, mit welchem Flugzeug, und das rauszukriegen könnte etwas knifflig sein, aber ein Rätsel ist es eigentlich nicht.« Wir sind an die Vorstellung zu fliegen gewöhnt. Wir wissen nicht, ob der Täter Flug BA 178, UA 270 oder welchen auch immer genommen hat, aber wir wissen in etwa, wie es vor sich gegangen ist. Ich schätze, so wie wir mit der Rolle des Computers immer vertrauter werden und damit, wie der Computer den Prozeß simuliert, in dem ungeheuer simple Elemente ungeheuer komplexe Ergebnisse hervorbringen, uns auch die Vorstellung vom Leben als einem sich fortlaufend weiter entfaltenden Phänomen immer verständlicher wird. Vielleicht werden wir nie ganz genau erfahren, welche Schritte das Leben in den ganz frühen Stadien des Planeten gemacht hat, aber ein Rätsel ist es nicht.

Und so gelangen wir – obgleich diese Frage schon 1859 den ersten Schock auslöste, hat erst das Aufkommen des Computers wirklich alle Zweifel beseitigt – zu der Frage: »Gibt es wirklich ein Universum, das nicht von oben nach unten, sondern von unten nach oben geplant ist? Kann sich Komplexität aus niedrigen Stufen des Einfachen entwickeln?« Daß man die Idee von Gott als Schöpfer für eine ausreichende Erklärung der Komplexität ansah, die wir um uns herum erleben, fand ich immer schon absurd, weil damit einfach nicht erklärt wird, woher Gott kam. Wenn wir uns einen Designer vorstellen, heißt das, daß er etwas entwirft, und wenn alles, was er entwirft oder dessen Entwurf er veranlaßt, eine Stufe einfacher ist, als er selbst, dann muß man die Frage stellen:

»Was steht eine Stufe über dem Designer?« Es gibt ein eigentümliches Modell des Universums, in dem es bis ganz unten nur Schildkröten gibt, aber hier haben wir es bis ganz oben nur mit Göttern zu tun. Es ist wirklich keine sehr gute Antwort – aber die umgekehrte, auf der unglaublich überzeugenden Tautologie beruhenden Lösung, daß »alles, was geschieht, geschieht«, gibt zweifellos eine sehr einfache und überzeugende Antwort, die keiner weiteren Erklärung bedarf.

Aber jetzt kommt das Interessante. Ich sagte, ich wollte die Frage stellen, ob es einen künstlichen Gott gibt, und nun möchte ich die Frage ansprechen, warum die Gottesidee so zwingend ist. Ich habe ja schon erklärt, woher diese Art von Illusion meiner Meinung nach kommt, nämlich von einem Fehler in unserer Perspektive, weil wir nicht berücksichtigen, daß wir entwickelte Wesen sind, die sich an eine besondere Landschaft, an eine besondere Umgebung angepaßt haben und besondere Fähigkeiten und Meinungen über die Welt besitzen, die uns dazu befähigt haben, zu überleben und es zu etwas zu bringen. Aber offenbar gibt es da eine noch überzeugendere Idee als diese, und die möchte ich Ihnen jetzt vorstellen; sie besagt, daß der Platz an der Spitze der Pyramide, von der aus, wie wir früher annahmen, alles nach unten fließt, vielleicht doch nicht unbesetzt ist, nur weil wir sagen, daß die Fließrichtung nicht so verläuft.

Lassen Sie mich das erklären. Wir haben in der Welt, in der wir leben, alle möglichen Dinge geschaffen; wir haben unsere Welt in jeder Hinsicht verändert. Das ist vollkommen klar. Wir haben den Saal gebaut, in dem wir jetzt sitzen, und wir haben alle möglichen komplexen Dinge gebaut, beispielsweise Computer und so weiter, aber wir haben auch alle möglichen fiktiven Gebilde geschaffen, die ungeheuer wirkungsvoll sind. Sagen wir deswegen: »Das ist eine schlechte Idee, sie ist töricht – wir sollten uns ihrer einfach entledigen?« Nun, hier ist noch so ein fiktives Gebilde: Geld. Geld ist eine total fiktive, aber in unserer Welt sehr einflußreiche Konstruktion. Wir alle haben Brieftaschen, in denen Geldscheine stecken, aber was können diese Scheine machen? Man kann sie nicht züchten, man kann sie nicht braten, nicht in ihnen wohnen, man kann absolut nichts mit ihnen anfangen, was irgendwie nützlich wäre, außer sie gegeneinander zu tauschen – und sobald wir sie gegeneinander tauschen, passieren alle möglichen maßgeblichen Dinge, denn sie sind eine Fiktion, die wir alle gutgeheißen haben. Wir halten es nicht für falsch oder richtig, gut oder schlecht, aber Tatsache ist, wenn das Geld verschwände, würde unser gesamtes kooperatives System zusammenbrechen; aber falls wir alle verschwänden, würde auch das Geld sich einfach in nichts auflösen. Geld hat ohne uns keine Bedeutung; es ist etwas, das wir geschaffen haben und das einen mächtigen, gestaltenden Einfluß auf die Welt ausübt, weil wir alle es billigen.

Es wäre schön, wenn jemand eine Entwicklungsgeschichte der Religion schreiben würde, denn wie sie sich entwickelt hat, weist meiner Meinung nach alle Merkmale evolutionärer Strategien auf. Denken Sie an den Rüstungswettlauf, der zwischen ein oder zwei Tierarten herrscht, die sich denselben Lebensraum teilen – zum Beispiel an den Kampf zwischen der Amazonas-Seekuh und einer bestimmten Schilfart, von der sie sich ernährt. Je mehr Schilf die Seekuh frißt, desto mehr Kieselgur bildet das Schilf in seinen Zellen, um die Zähne der Seekuh anzugreifen, und je mehr Kieselgur das Schilf enthält, desto stärker und größer werden die Zähne der Seekuh. Die eine Partei unternimmt etwas, und die andere hält dagegen. Wie wir aus der gesamten Evolution und Geschichte wissen, treiben Rüstungswettläufe die Evolution gewaltig an, und in der Welt der Ideen kann man Ähnliches beobachten.

Nun ist die Erfindung wissenschaftlicher Methoden und der Naturwissenschaften, da sind wir uns sicher alle einig, die durchschlagendste intellektuelle Idee, die es gibt, die wichtigste Grundlage für das Denken und Untersuchen und Verstehen und Bezweifeln der Welt um uns herum, und sie beruht auf der Prämisse, daß jede Idee existiert, um angegriffen zu werden, und wenn sie dem Angriff standhält, dann besteht sie fort, um erneut angegriffen zu werden, und wenn sie dem Angriff nicht mehr standhält, verschwindet sie. Offenbar funktioniert Religion nicht so; in ihrem Kern gibt es gewisse Ideen, die wir heilig oder göttlich oder wie auch immer nennen. An diese Vorstellung haben wir uns so gewöhnt, ob wir sie nun gutheißen oder nicht, daß es einem irgendwie seltsam vorkommt, darüber nachzudenken, was sie eigentlich bedeutet, weil sie im Grunde folgendes besagt: »Wir haben hier eine Idee oder Vorstellung, über die man nichts Abträgliches äußern darf; das darf man einfach nicht. Warum nicht? Darum!« Wenn jemand eine Partei wählt, mit der man nicht einverstanden ist, darf man so viel darüber streiten, wie man will; jeder wird ein Argument für oder wider haben, aber keiner ist deswegen gekränkt. Wenn jemand meint, die Steuern sollten erhöht oder gesenkt werden, dann steht es einem frei, sich darüber zu streiten; wenn aber andererseits jemand sagt: »Ich darf am Samstag kein Licht anknipsen«, dann sagt man: »Gut, ich respektiere das.« Noch während ich das sage, denke ich komischerweise: »Ob es hier wohl einen orthodoxen Juden gibt, der sich verletzt fühlt, weil ich das gerade gesagt habe?« Aber ich hätte nicht gedacht: »Vielleicht gibt's hier einen Linken oder einen Rechten oder jemanden, der diese oder jene wirtschaftliche Meinung vertritt«, als ich vorhin über andere Fragen sprach. Da denke ich bloß: »Na schön, wir sind unterschiedlicher Meinung.« Aber sobald ich etwas sage, was sich auf die (ich lehne mich jetzt mal aus dem Fenster und sage: *irrationalen*) Überzeugungen anderer Leute bezieht, werden wir alle schrecklich fürsorglich und schrecklich beschützend und sagen: »Nein, das greifen wir nicht an; es ist zwar eine irrationale Überzeugung, aber nein, wir respektieren sie.«

Das erinnert ein wenig – denkt man an die Evolution der Tiere zurück – an ein Tier, das um sich herum einen gewaltigen Schutzpanzer gebildet hat, wie beispielsweise die Schildkröte: Das ist eine großartige Überlebensstrategie, weil nichts hindurchgeht; oder vielleicht an einen giftigen Fisch, dem sich nichts nähert und der gut gedeiht, weil er sich alle Angriffe vom Leibe hält. Wenn wir im Falle von Ideen denken: »Diese Idee ist durch ihre Heiligkeit oder Göttlichkeit geschützt«, was bedeutet das dann? Warum sollte es ganz legitim sein, die Labour Party oder die Konservativen, die Republikaner oder die Demokraten, dieses Wirtschaftsmodell, aber nicht jenes zu unterstützen, Macintosh anstelle von Windows, aber man darf keine Meinung darüber haben, wie das Universum entstanden ist und wer es erschaffen hat, weil das heilig ist? Was heißt das denn? Warum schotten wir das ab, wenn nicht aus dem einfachen Grund, daß wir es so gewohnt sind? Es gibt überhaupt keinen anderen Grund, es hat sich einfach so eingebürgert; und hat sich so etwas einmal im allgemeinen Bewußtsein verankert, hat es ein gewaltiges Beharrungsvermögen. Wir sind es also gewöhnt, religiöse Ideen nicht anzugreifen, aber es ist sehr interessant, was für einen Aufstand Richard Dawkins entfacht, wenn er es doch tut! Alle werden furchtbar aufgeregt, weil man so etwas nicht sagen darf. Rational betrachtet, gibt es aber keinen Grund, warum diese Dinge nicht genauso offen diskutiert werden sollten wie alle anderen, es sei denn, wir hätten irgendwie untereinander vereinbart, es nicht zu tun.

Es gibt ein sehr interessantes Buch – ich weiß nicht, ob es jemand hier gelesen hat – mit dem Titel *Man on Earth*, von einem Anthropologen namens John Reader, der früher mal in Cambridge gelehrt hat. Darin beschreibt er, wie ... nein, ich werde jetzt ein wenig ausholen und Ihnen etwas über das ganze Buch erzählen. Es handelt sich um eine Reihe von Untersuchungen über verschiedene Kulturen der Erde, die sich unter etwas isolierten Bedingungen entwickelt haben, auf Inseln oder in einem Gebirgstal oder sonstwo, wir haben es also bis zu einem gewissen Grad mit Retortenfällen zu tun. Somit erkennt man genau, wie sich Umwelt und unmittelbare Lebensumstände auf die Entstehung dieser Kulturen ausgewirkt haben. Es sind faszinierende Studien. Die eine, an die ich gerade denke, behandelt Kultur und Wirtschaft auf der kleinen, dicht besiedelten Insel Bali, die vom Reisanbau lebt. Reis ist eine unglaublich ergiebige Feldfrucht, man kann ungeheure

Mengen auf relativ kleinen Flächen erzeugen, aber der Anbau ist sehr arbeitsintensiv und erfordert jede Menge sehr präzise aufeinander abgestimmter Zusammenarbeit zwischen den Inselbewohnern, vor allem wenn eine sehr große Bevölkerung auf einer kleinen Insel die Ernte einbringt. Forscher, die untersuchen, wie der Reisanbau auf Bali funktioniert, bemerken verwundert, daß er stark religiös geprägt ist. In der balinesischen Gesellschaft durchdringt Religion sämtliche Lebensbereiche, und jeder einzelne Mensch dieser Kultur ist ganz genau darauf festgelegt, wer er ist, welchen Status er besitzt und welche Rolle er im Leben spielt. Alles wird durch die Kirche definiert; es gibt ganz besondere Kalender und eine Reihe ganz besonderer Sitten und Rituale, die genau festgelegt sind, und seltsamerweise sind die Leute bei ihrer Reisernte umwerfend gut und ausgesprochen produktiv. In den siebziger Jahren kamen Leute dorthin und stellten fest, daß die Reisernte durch den Tempelkalender geregelt war. Was ihnen vollkommen unsinnig erschien, und so sagten sie: »Hört auf damit, wir können euch helfen, eure Reisernte noch viel, viel produktiver zu machen, als es euch zur Zeit – wenn auch sehr erfolgreich – gelingt. Setzt diese Pestizide ein und richtet euch nach diesem Kalender, tut dies und tut jenes.« Das taten die Leute, und zwei oder drei Jahre ging die Reisproduktion enorm in die Höhe, aber das ganze Gleichgewicht zwischen Bauer, Ernte und Schädlingen lief völlig aus dem Ruder. Sehr schnell nahm die Reisernte wieder ab, und die Balinesen sagten: »Scheiß drauf, wir kehren zum Tempelkalender zurück!« Sie stellten den alten Zustand wieder her, und alles funktionierte wieder absolut perfekt. Es ist schön und gut zu behaupten, daß es dumm sei, die Reisernte an etwas so Irrationalem und Bedeutungslosem wie einer Religion auszurichten … man sollte das doch logischer zustande bringen. Genauso gut könnten die Balinesen zu uns sagen: »Eure Kultur und eure Gesellschaft funktionieren auf der Basis von Geld, und Geld ist eine Fiktion, warum schafft ihr es da nicht ab und arbeitet alle miteinander?« Wir wissen, daß das nicht funktionieren wird!

Es ist also durchaus sinnvoll, daß wir Meta-Systeme über uns errichten, um den Raum auszufüllen, den wir vorher mit einem Wesen bevölkerten, das angeblich der zielstrebige Designer, der Schöpfer war (auch wenn es ihn nicht gibt), denn wenn wir – damit meine ich nicht uns in diesem Raum, sondern uns als Spezies – uns einen Schöpfer ausdenken und erschaffen und uns dann so verhalten, als gebe es ihn *wirklich*, dann geschieht alles Mögliche, was ansonsten nicht geschehen würde.

Lassen Sie mich erläutern, was ich meine. Das alles ist sehr spekulativ; ich wage mich hier ein bißchen aufs Glatteis, weil es um etwas geht, wovon ich nicht die geringste Ahnung habe. Betrachten Sie es also mehr als ein Gedankenexperiment und weniger als wirklichen Erklärungsversuch. Ich möchte über Feng Shui sprechen, worüber ich nur sehr wenig weiß, aber das Thema ist in letzter Zeit in aller Munde, wenn es darum geht, wie ein Haus geplant, gebaut, seine Lage bestimmt und es dann ausgestattet werden sollte etc. Anscheinend müssen wir uns vorstellen, das Haus wird von Drachen bewohnt, und darüber nachdenken, wie ein Drache sich darin bewegen würde. Und wenn der Drache in dem Haus nicht glücklich wäre, muß man hier ein Goldfischglas hinstellen oder dort ein Fenster anbringen. Das klingt nach komplettem und totalem Unsinn, weil alles, bei dem Drachen eine Rolle spielen, Unsinn zu sein hat – es gibt keine Drachen, und deswegen ist jede Theorie Unsinn, die darauf gründet. Was denken sich diese Verrückten, wenn sie sich vorstellen, Drachen könnten einem dabei helfen, wie man sein Haus baut? Trotzdem kann ich mir vorstellen, daß, läßt man mal kurz die tatsächlich dafür vorgebrachte Erklärung außer acht, hier doch vielleicht etwas Interessantes vor sich geht, nämlich folgendes: Wir alle wissen von Häusern, in denen wir gelebt, gearbeitet oder Zeit verbracht haben, daß es sich in einigen gemütlicher, erfreulicher und angenehmer lebt als in anderen. Früher hatten wir keine richtigen Möglichkeiten, das zu messen, aber in diesem Jahrhundert hat es furchtbar viele Architekten gegeben, die zu wissen glaubten, wie man's macht, und so kam diese schreckliche Idee vom Haus als Wohnmaschine auf, Mies van der Rohe und andere errichteten Glaszylinder und andere seltsam geformten Gebilde, die dieser oder jener Theorie entsprachen. Das ist alles sorgfältig konstruiert, trotzdem lebt es sich nicht sehr angenehm darin. Eine Menge Theorie ist da hineingeflossen, aber wenn man sich mit einem Architekten zusammensetzt (ich bin bestimmt nicht der einzige, der diesen Streß durchgemacht hat) und bespricht, wie ein Zimmer aussehen sollte, versucht man, alle möglichen Aspekte zu berücksichtigen, Beleuchtung, Winkel, wie Menschen sich bewegen und leben – und haufenweise andere Aspekte, von denen man nichts weiß, bleiben unberücksichtigt. Man hat keine Ahnung, welchen Stellenwert man dem einen Aspekt gegenüber einem anderen beimessen soll; man versucht sehr gewissenhaft, etwas zu ergründen, obwohl man doch eigentlich so gut wie keinen Schimmer hat, aber da gibt es diese und jene Theorie, diese Baupraxis und jene Architektenpraxis... man weiß wirklich nicht, was damit anfangen. Vergleichen Sie das mit jemandem, der Ihnen einen Kricketball zuwirft. Sie können dasitzen, zuschauen und sagen: »Der Ball kommt in einem Winkel von 17 Grad angeflogen«, machen sich daran, es schriftlich auszuarbeiten, ein paar Berechnungen anzustellen und so weiter, und ungefähr eine Woche, nachdem der Ball an Ihnen vorbeigesaust ist, haben Sie vielleicht herausgekriegt, wo der Ball hinfliegt und wie Sie ihn fangen können. Auf der anderen Seite können Sie auch einfach die Hand ausstrecken und den Ball hineinfallen lassen, weil wir kurz unterhalb der Bewußtseinsschwelle alle möglichen Fähigkeiten besitzen, die alle möglichen komplexen Berechnungen der verschiedensten komplexen Phänomene anstellen können, was uns zu sagen befähigt: »Oh, schau mal, da kommt ein Ball angeflogen; fang ihn!«

Ich will damit sagen, daß Feng Shui und eine Menge anderer Dinge sich genau auf dieses Problem beziehen. Es gibt die verschiedensten Tätigkeiten, von denen wir zwar wissen, *wie* wir sie tun, aber nicht unbedingt, *was* wir dabei tun; wir tun sie einfach. Zurück zu der Frage, wie man herauskriegt, wie ein Zimmer oder ein Haus geplant werden sollte, und statt uns der Strapaze auszusetzen, den Versuch zu machen, die Winkel zu berechnen oder sich zu überlegen, welche echten architektonischen Prinzipien man sich aus dem herauspickt, was möglicherweise nur modischer Architekturschnickschnack ist, fragen wir uns einfach: »Wie würde ein Drache darin wohnen?« Wir sind es gewohnt, uns in organische Wesen hineinzuversetzen; ein solches Wesen mag aus einer enormen Komplexität vieler verschiedener Variablen bestehen, zu denen wir keinen Zugang haben, aber zumindest wissen wir, *wie* organische Wesen leben. Wir haben zwar noch nie einen Drachen gesehen, haben aber alle eine gewisse Vorstellung davon, wie ein Drache aussieht, und können deswegen sagen: »Also, wenn ein Drache hier durchliefe, würde er an dieser Stelle steckenbleiben und da drüben ein bißchen sauer werden, weil er jenes nicht sehen konnte, und er würde mit dem Schwanz wedeln und diese Vase da umstoßen.« Man muß bloß rausfinden, wie man den Drachen glücklich macht, und siehe da, plötzlich hat man ein Haus, das sich auch für andere organische Wesen eignet, wie zum Beispiel für uns.

Damit will ich folgendes sagen: Wir werden naturwissenschaftlich immer versierter, sollten aber nicht vergessen, daß die Fiktionen, mit denen wir früher unsere Welt bevölkert haben, eine Funktion haben könnten, die zu begreifen und deren wesentliche Bestandteile zu erhalten sich lohnt, statt das Kind mit dem Bade auszuschütten; denn selbst wenn wir zunächst die Gründe nicht akzeptieren, die für ihre Existenz angeführt werden, kann es sehr gut sein, daß es für ihre Existenz – oder die vergleichbarer Fiktionen – triftige praktische Gründe gibt. Ich vermute, je tiefer wir uns auf das Gebiet des digitalen oder künstlichen Lebens begeben, desto mehr unerwartete Fähigkeiten werden wir aus dem entstehen sehen, was um uns herum geschieht, und dabei handelt es sich um eine genaue Parallele zu den Objekten, die wir um uns herum erschaffen, um unser Leben zu erfüllen und zu formen und uns zu ermöglichen, miteinander zu arbeiten und zu leben. Daher behaupte ich, daß es zwar keinen *real existierenden*

Gott, aber einen *künstlichen* Gott gibt, und das sollten wir am besten im Auge behalten. Das also war meine These, und jetzt steht es Ihnen frei, mit Stühlen zu werfen.

Frage: Was ist das vierte Sandzeitalter?

Lassen Sie uns einen Moment innehalten und darüber reden, wie wir kommunizieren. Traditionell haben wir viele verschiedene Möglichkeiten der Kommunikation. Eine ist das Gespräch unter vier Augen – wir reden miteinander, führen eine Unterhaltung. Eine andere ist die Kommunikation von einem zu vielen, was ich gerade mache, oder jemand könnte aufstehen und ein Lied singen oder verkünden, wir müßten in den Krieg ziehen. Dann haben wir die Kommunikation von vielen zu einem; davon haben wir eine ziemlich zusammengestoppelte, klapprige, eigentlich nicht richtig funktionierende Version, die wir Demokratie nennen. Aber in einer primitiveren Gesellschaftsform würde ich aufstehen und sagen: »Okay, wir ziehen in den Krieg«, und jemand schreit vielleicht zurück: »Nein, tun wir nicht!« – und dann haben wir in dem anschließend ausbrechenden Streit die Kommunikation zwischen vielen und vielen.

In diesem (und im vorigen) Jahrhundert haben wir das Unter-vier-Augen-Gespräch am Telefon entwickelt, das vermutlich allen vertraut ist. Wir haben die Kommunikation von einem zu vielen – o Mann, davon gibt's wirklich eine Menge – im Rundfunk, Verlagswesen, Journalismus und so weiter. Aus allen Richtungen werden wir mit Informationen überschwemmt, und es ist überhaupt nicht absehbar, wo sie hingehen. Seltsam, aber wir müssen in unserer Geschichte nicht weit zurückgehen bis zu dem Punkt, wo alle Informationen, die uns erreichten, uns auch betrafen; egal was geschah, jede Nachricht, sei es über etwas, das tatsächlich uns widerfuhr oder im Nachbarhaus, im Nachbardorf, innerhalb unserer Grenzen oder unseres Horizonts passierte, es ereignete sich in unserer Welt, und wenn wir darauf reagierten, reagierte die Welt zurück. Alles war für uns wichtig, und wenn zum Beispiel jemand einen schrecklichen Unfall hatte, konnten wir alle bei ihm auftauchen und wirklich helfen. Aufgrund der Überfülle an Kommunikation von einem zu vielen, die wir heutzutage haben, können wir, wenn ein Flugzeug in Indien abstürzt, zwar furchtbar betroffen sein, aber unsere Betroffenheit hat keine Wirkung. Wir können gar nicht mehr unterscheiden zwischen einem schrecklichen Unfall, der irgend jemandem weit weg oder jemandem gleich um die Ecke zugestoßen ist. Eigentlich können wir zwischen ihnen nicht mehr richtig unterscheiden, und deswegen geraten wir über etwas furchtbar aus der Fassung, was irgendeinem Schauspieler in einer Vorabendserie aus Hollywood passiert ist, während es uns weniger trifft, wenn es der eigenen Schwester zustößt. Inzwischen sind wir alle verbogen und beziehungslos, und es ist keine Überraschung, daß wir uns sehr gestreßt und entfremdet vorkommen, weil die Welt auf uns einwirkt, ohne daß wir eine Wirkung auf die Welt hinterlassen. Dann ist da noch die Kommunikation vieler zu einem; die gibt es, aber noch nicht sehr gut und noch nicht sehr oft. Im Grunde sind unsere demokratischen Systeme ein Modell dafür, und obwohl sie noch nicht sehr gut sind, werden sie sich dramatisch verbessern.

Aber das vierte Kommunikationsmodell, das von vielen zu vielen, gab es überhaupt erst mit dem Aufkommen des Internets, das natürlich mit Glasfasertechnik funktioniert. Die Kommunikation zwischen uns allen macht das vierte Sandzeitalter aus. Denken Sie an das, was ich vorher über die Welt gesagt habe, die nicht auf uns reagiert, während wir auf sie reagieren. Ich erinnere mich noch an den Augenblick vor einigen Jahren, als ich das Internet ernst zu nehmen begann. Da passierte eine ausgesprochen alberne Geschichte. Es gab da einen Typen, einen Informatikstudenten an der Carnegie Mellon, der gern Dr. Pepper Light trank. Ein paar Stockwerke von ihm entfernt gab es einen Getränkeautomaten, zu dem er regelmäßig pilgerte, um sich seine Dr. Pepper zu holen, aber der Automat war oft leer, und der Student machte den Weg häufig umsonst. Irgendwann kam er auf einen Gedanken: »Moment mal, da ist doch ein Chip drin, und ich sitze hier an einem Computer, und ein Netzwerk verbindet das ganze Gebäude; warum schließe ich nicht einfach den Getränkeautomaten ans Netzwerk an? Dann kann ich ihn ganz nach Belieben von meinem Computer aus abrufen und weiß immer, ob der Weg vergeblich wäre oder nicht.« Er schloß den Automaten ans lokale Netzwerk an, aber das lokale Netz war Teil des Internets … so daß plötzlich jeder Mensch auf der Welt sehen konnte, was mit diesem Getränkeautomaten los war. Das war vielleicht keine sehr wichtige Information, aber sie stellte sich als äußerst faszinierend heraus – plötzlich wußte jeder, was mit dem Getränkeautomaten los war. Und das entwickelte sich weiter, weil der Chip in dem Automaten nicht nur die Auskunft gab: »Das Fach mit Dr. Pepper Light ist leer«, sondern alle möglichen anderen Informationen, etwa: »Es sind sieben Coca-Colas und drei Cola Lights vorhanden, ihre Lagertemperatur beträgt so und so viel Grad, letztes Mal nachgefüllt wurde dann und dann.« Es gab eine Menge Informationen, aber eine war wirklich sagenhaft: Sie teilte mit, wenn jemand fünfzig Cent reingesteckt aber nicht auf den Knopf gedrückt hatte, d. h., wenn der Automat geladen war, konnte man sich von seinem Computer aus, wo immer man sich auch auf der Welt befand, in den Getränkeautomaten einloggen und diese Dose rausholen. Es konnte also passieren, daß gerade jemand den Korridor entlangging, und plötzlich, peng! – fiel da eine Cola-Dose raus. Wer hatte das bewirkt? Nun, *offensichtlich* jemand, der fünftausend Meilen entfernt war! Na, das war eine völlig alberne, aber faszinierende Geschichte, und sie teilte mir mit, daß es uns hier zum ersten Mal gelungen war, auf die Welt zu reagieren. Es mag nicht schrecklich wichtig sein, daß man aus fünftausend Meilen Entfernung einen Universitätskorridor erreichen und eine Cola-Dose aus dem Automaten fallen lassen kann, aber es ist ein erster Schritt auf dem Weg zu einer ganz neuen Art von Kommunikation. Das also, denke ich, ist das vierte Sandzeitalter.

Stegreifvortrag, gehalten auf der Digital Biota 2
in Cambridge, September 1998

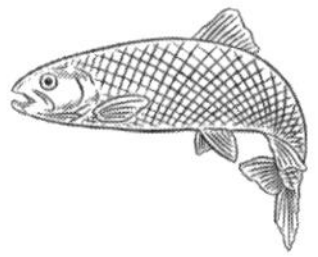

Kekse

Folgendes ist einem echten Menschen tatsächlich passiert, und dieser Mensch bin ich. Ich mußte mit dem Zug verreisen. Es war im April 1976 in Cambridge in England. Ich war etwas zu früh auf dem Bahnhof, weil ich mich in der Abfahrtszeit geirrt hatte. Also kaufte ich mir eine Zeitung, um das Kreuzworträtsel zu lösen, eine Tasse Kaffee und eine Packung Kekse. Ich setzte mich an einen Tisch. Stellen Sie sich die Szene bitte genau vor. Es ist sehr wichtig, daß Sie sich ein deutliches Bild davon machen. Da ist der Tisch, die Zeitung, die Tasse Kaffee, die Packung Kekse. Mir gegenüber sitzt ein Mann, ein vollkommen normal aussehender Mann in einem Straßenanzug und mit einer Aktentasche. Er sah nicht so aus, als würde er etwas Verrücktes machen. Doch dann machte er dies: Er beugte sich plötzlich vor, griff sich die Packung Kekse, riß sie auf, nahm einen Keks heraus und aß ihn.

Das, muß ich gestehen, ist genau die Sorte Verhalten, mit der Briten ganz schlecht umgehen können. Nichts in unserer Herkunft, Ausbildung oder Erziehung lehrt uns, wie man mit jemandem umgeht, der einem am hellichten Tag gerade Kekse geklaut hat. Sie wissen, was passieren würde, wenn das in South Central Los Angeles geschehen wäre. Ganz schnell wären Schüsse gefallen, Hubschrauber gelandet, CNN, na, Sie wissen schon … Aber schließlich tat ich das, was jeder heißblütige Engländer getan hätte: Ich ignorierte es. Ich starrte in die Zeitung, trank einen Schluck Kaffee, versuchte mich vergeblich an dem Kreuzworträtsel und dachte: *Was soll ich bloß tun?*

Schließlich dachte ich: *Geht nicht anders, ich muß einfach irgendwas tun,* und bemühte mich sehr angestrengt, keine Notiz davon zu nehmen, daß das Päckchen rätselhafterweise schon geöffnet war. Ich nahm mir einen Keks. *Jetzt habe ich's ihm aber gezeigt,* dachte ich. Doch nein, denn einen Augenblick später tat er es wieder. Er nahm sich noch einen Keks. Da ich schon beim ersten Mal nichts gesagt hatte, war es beim zweiten Mal irgendwie noch schwieriger, das Thema anzuschneiden. »Entschuldigen Sie, ich habe zufällig bemerkt...« Also wirklich, so geht das einfach nicht.

Aber so aßen wir die ganze Packung. Wenn ich sage, die ganze Packung, meine ich, es waren im ganzen nur etwa acht Kekse, aber mir kam es wie eine Ewigkeit vor. Er nahm sich einen Keks, ich nahm mir einen, er nahm sich einen, ich nahm mir einen. Als wir fertig waren, stand er endlich auf und ging weg. Na schön, wir warfen einander vielsagende Blicke zu, dann ging er weg, und ich atmete erleichtert auf und lehnte mich zurück.

Wenig später fuhr mein Zug ein, ich trank schnell meinen Kaffee aus, stand auf, nahm die Zeitung, und unter der Zeitung lagen meine Kekse. Besonders gut gefällt mir an dieser Geschichte die Vorstellung, daß seit einem Vierteljahrhundert irgendwo in England ein ganz normaler Mensch herumläuft, der genau dieselbe Geschichte erlebt hat. Nur fehlt ihm die Pointe.

Aus einer Rede bei Embedded Systems, 2001.

Und der ganze Rest

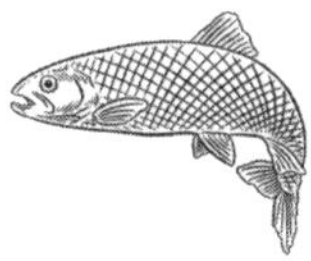

Interview mit dem Onion A.V. Club

Ich denke, der Begriff Kunst
tötet die Kreativität.

D.N.A.

THE ONION: Sie haben gerade eine ganze Menge Sachen in Arbeit. Worüber möchten Sie als erstes reden?
DOUGLAS ADAMS: Das Wichtigste ist wohl zweierlei. Zum einen sind wir gerade dabei, etwas fertigzustellen, woran ich länger als zwei Jahre gearbeitet habe, und zwar eine CD-ROM mit dem Titel *Starship Titanic (Raumschiff Titanic)*. Die wird in ein paar Monaten erscheinen. Zum anderen habe ich gerade dem Verkauf von *Per Anhalter durch die Galaxis* an Disney zugestimmt. Und damit werde ich vermutlich die nächsten zwei Jahre beschäftigt sein. Ich drehe diesen Film.
THE ONION: Erzählen Sie mir was über *Raumschiff Titanic*.
DOUGLAS ADAMS: Also, es ist eine CD-ROM, und das Wichtigste ist, daß sie von Anfang an als CD-ROM geplant war. Eigentlich wollte man, daß ich aus dem *Anhalter* eine CD-ROM mache, und ich dachte: »Nein, bloß nicht.« Ich hatte keine Lust, noch was aus einem Buch, das ich schon geschrieben hatte, sozusagen noch mal durch den Wolf zu drehen. Ich denke, die digitalen Medien sind für sich genommen interessant genug, um darin etwas ganz Neues zu machen. Denn in dem Moment, in dem man eine Idee hat, ist eigentlich der zweite Gedanke, der einem nach der ursprünglichen Idee durch den Kopf geht: »Was ist das? Ist es ein Buch, ist es ein Film, ist es dies, ist es jenes, ist es eine Kurzgeschichte

oder sind es Frühstücksflocken?« Von diesem Moment an bestimmt die Entscheidung, was es ist, die Art und Weise, wie es sich entwickelt. Dabei entfaltet sich eine Idee ganz anders, wenn sie zu einer CD-ROM als wenn sie zu einem Buch entwickelt wird. Aber jetzt lüge ich ein bißchen, denn die *Titanic*-Idee als solche war in Form einer Drei-Zeilen-Kurzgeschichte bereits in einem der *Anhalter*-Bücher aufgetaucht – ich glaube in *Das Leben, das Universum und der ganze Rest.* Denn wenn ich mit der Handlung im *Anhalter* irgendwie nicht weiterkam, erfand ich jedesmal ein paar andere kurze Storys, die ich dann dem *Reiseführer* in den Mund legte. Es gab da also diese kleine Idee in dem Buch, und ein paar Leute sagten, ich solle doch einen Roman daraus machen. Die Idee fand ich fast zu gut, und allzu guten Ideen widersetze ich mich gern. Doch dann kam ich dahinter, daß es einen sehr guten Grund dafür gab, aus *Raumschiff Titanic* kein Buch machen zu wollen, nämlich der, daß es im wesentlichen eine Geschichte über ein *Ding* war. Es war bloß so eine Idee von mir gewesen, und Menschen spielten darin keine Rolle, aber im Grunde kann man nur Geschichten über Menschen erzählen. Und später, als ich den Gedanken hatte: »Okay, jetzt will ich eine CD-ROM machen, um mich irgendwie dafür zu rechtfertigen, daß ich meine ganze Zeit an Computern rumfummle«, wollte ich daraus eine richtig ernsthafte Arbeit machen. Und ich überlegte, was wäre denn etwas richtig Gutes? Da wurde mir plötzlich klar, daß das Problem, aus *Raumschiff Titanic* ein Buch zu machen – also die Tatsache, daß es von einem Ding, einem Ort, einem Raumschiff handelte –, zu einem riesigen Vorteil wurde. Wenn man eine CD-ROM macht, geht es im wesentlichen darum, einen Ort, ein Milieu zu schaffen.

THE ONION: Und der Benutzer wird zum Mitspieler.

DOUGLAS ADAMS: Genau. Sobald der Ort Gestalt annimmt, setzt man Figuren hinein. Aber es geht nicht um die Figuren, es geht um das Raumschiff. Dann wollte ich etwas machen, das war … Also, es war entweder sehr altmodisch oder sehr radikal, je nachdem, wie man die Sache betrachtet;

ich wollte eine Dialogmaschine in das Spiel einbauen. Vor vielen Jahren habe ich mal zusammen mit einer Firma namens Infocom, einer tollen Firma, ein Videospiel entwickelt, das auf dem *Anhalter* beruhte. Das Unternehmen stellte geistreiche, intelligente, anspruchsvolle Spiele her, denen literarische Texte zugrunde lagen. Mehrere tausend Jahre menschlicher Kultur zeigen, was man alles aus Texten machen kann, und ein kleines bißchen zusätzliche Interaktivität könnte die Möglichkeiten noch erweitern. Man macht den Computer zum Erzähler und den Benutzer zum Zuhörer, wie früher, als der Geschichtenerzähler wirklich auf die Zuhörer reagierte, statt daß die Zuhörer auf den Erzähler reagierten. Ich hatte wirklich einen Mordsspaß bei dieser Arbeit. Mir gefiel es, diese virtuellen Gespräche zwischen Benutzer und Maschine zu konstruieren. Und ich hätte es toll gefunden, wenn das noch erweitert und in einem modernen, grafisch anspruchsvollen Computerspiel perfektioniert worden wäre. Denn ich wollte gern herausfinden, ob man nicht die alte Dialogtechnik nehmen und die Figuren wirklich zum Sprechen bringen könnte. Stell sie in eine bestimmte Umgebung und sieh dann zu, was passiert. Wir nahmen also das Problem in Angriff, mit den Figuren zu sprechen. Natürlich wird alles zu einem Riesenproblem, was man mit Sprache macht. Zuerst wollten wir es mit einem Programm versuchen, das Texte in Sprache verwandelt, was den Vorteil hat, daß man sehr viel flexibler ist, wenn man auf die Schnelle Sätze konstruiert. Allerdings hören sich dann alle Figuren wie Norweger mit einer leichten Gehirnerschütterung an, was ich als Nachteil empfand. Schließlich wurde uns klar, daß wir Sprache vorher aufnehmen mußten. Und ich dachte: »Das wird schrecklich, weil man dann nur eine begrenzte Anzahl Antworten hat. Das wird … na ja, ich weiß nicht recht.« Das Problem haben wir schließlich oder vielmehr ganz allmählich dadurch gelöst, daß die aufgezeichnete Sprachmenge immer größer, größer und noch größer wurde. Erst heute morgen hatten wir wieder eine zweistündige Aufnahmesitzung. Wir haben jetzt etwa sechzehn Stunden kleiner Gesprächsschnipsel zusammen: Wendungen, Sätze, Halbsätze und dergleichen, die das Gerät ganz schnell zu Antworten auf das zusammenfügt, was man eintippt. Lange Zeit hat es nicht so gut funktioniert. Und inzwischen, eigentlich erst in den letzten zwei, drei Wochen, paßte allmählich alles, und jetzt wird es geradezu unheimlich. Leute kommen vorbei und sagen: »Jajaja. Ich kann mir nicht denken, wie das funktionieren soll. Was passiert denn, wenn man diese Frage stellt?« Und dann fragen sie, und ihnen fällt der Unterkiefer runter. Es ist einfach wunderbar. Es kommen Leute vorbei und sitzen stundenlang da, ins Gespräch mit diesen Figuren vertieft. Ich muß nur rasch hinzufügen, daß ein ganzes Team von uns an diesen sechzehn Stunden Dialog geschrieben hat. Von mir stammt ein Teil der Dialoge, andere Teile wurde von anderen geschrieben, und dann haben wir das alles zusammengesetzt. Es ist schon bemerkenswert, wenn es funktioniert. Man hat plötzlich eine Welt voller Gestalten vor sich. Sehr merkwürdige, kaputte Roboter, die überall herumkriechen, eine riesige Vielfalt an Meinungen, Haltungen, Ideen und seltsamen Lebensgeschichten bieten und ganz unerwartete Kenntnisse haben. Man kann mit jedem von ihnen Gespräche führen.

THE ONION: Stört es Sie, wenn nach all dieser Arbeit das Publikum die CD-ROM nicht mit dem gleichen Respekt aufnimmt wie, sagen wir mal, einen Film oder ein Buch? Daß sie nicht als Kunstform behandelt wird?

DOUGLAS ADAMS: Im Gegenteil, ich hoffe darauf. Dieser Kunstbegriff bereitet mir Sorgen. Seit dem Ende meines Literaturstudiums habe ich versucht, den Gedanken zu meiden, daß ich Kunst produziere. Ich denke, der Begriff Kunst tötet die Kreativität. Unter anderem deshalb wollte ich unbedingt eine CD-ROM machen: Weil niemand sie ernst nehmen würde und man so eine Menge guter Dinge reinschmuggeln kann. Es ist komisch, wie oft so etwas geschieht. Ich nehme an, als der Roman aufkam, waren die meisten frühen Romane einfach so etwas wie Pornographie: Anscheinend haben die meisten Medien tatsächlich mal als Pornographie angefangen und sich von da aus irgendwie weiterentwickelt. Ich muß rasch hinzufügen, daß es keine pornographische CD-ROM ist. Vor 1962 meinten alle, Popmusik wäre irgendwie … Keinem wäre es auch nur im Traum eingefallen, sie als Kunst zu bezeichnen, und dann tauchen irgendwelche Leute auf und sind einfach so unglaublich kreativ in dieser Musik, weil sie sie wahnsinnig lieben und für den größten Spaß halten, den man nur haben kann. Und ein paar Jahre später erscheint *Sgt. Pepper's* und so weiter, und jeder sagt: Das ist Kunst. Ich glaube, die Medien sind am interessantesten, bevor es jemandem einfällt, sie als Kunst zu bezeichnen, wenn die Leute sie für reinen Schund halten.

THE ONION: Würden Sie denn in, sagen wir mal, zwanzig Jahren gern als einer der ersten CD-ROM-Künstler gelten?

DOUGLAS ADAMS: Na ja, mir wäre es schon recht, wenn möglichst viele Leute sie gekauft hätten. Erstens aus dem ganz naheliegenden Grund. Aber der andere ist der, daß man das Gefühl hat, gute Arbeit geleistet zu haben, wenn die Scheibe Erfolg hat und die Leute sie wirklich mögen und Spaß daran haben. Und wenn dann jemand kommt und sagt: »Oh, das ist Kunst« – sei's drum. Mir ist das eher egal. Aber ich denke, darüber sollten andere Leute später entscheiden. Darauf sollte man es nicht abgesehen haben. Es gibt nichts Schlimmeres, als sich hinzusetzen und einen Roman zu schreiben und zu sagen: »Also gut, ich werde jetzt etwas von hohem künstlerischem Wert schaffen.« Es ist komisch. Ich habe neulich etwas gelesen, aus purer Neugier; ich habe *Thunderball* gelesen, eines der James-Bond-Bücher, die ich gern gelesen hätte, als ich, sagen wir mal, ungefähr vierzehn war; ich hätte sie nur irgendwie durchgeblättert, um die Stellen zu finden, wo er ihr die linke Hand auf die Brust legt, und hätte gesagt: »Mein Gott, wie aufregend.« Jetzt aber dachte ich nur: Tja, James Bond ist zu einer solchen Ikone unserer Popkultur der letzten vierzig Jahre geworden, da wäre es doch interessant zu sehen, was denn tatsächlich dran ist. Dazu gebracht, mal abgesehen davon, daß ich das Buch zufällig irgendwo rumliegen sah, hat mich ein Artikel über Ian Fleming, in dem stand, er habe nicht literarisch sein, sondern einfach nur gut schreiben wollen. Was ein sehr, sehr großer und entscheidender Unterschied ist. Und ich dachte, na, mal sehen, ob er das hingekriegt hat. Es ist interessant, weil es handwerklich gesehen wirklich sehr gut geschrieben ist. Fleming wußte, wie man Sprache benutzt, er wußte, wie man sie zum Funktionieren bringt, und er hat gut geschrieben. Aber offensichtlich wollte das niemand Literatur nennen. Trotzdem finde ich, daß die interessantesten Arbeiten in Bereichen gelingen, in denen die Leute sich nicht für Künstler halten, sondern nur ein Handwerk ausüben und als gute Handwerker arbeiten. Als Schriftsteller gut schreiben können ist gutes Handwerk, es bedeutet, sich in seinem Job auszukennen, zu wissen, wie man seine Werkzeuge richtig einsetzt, ohne sie beim Gebrauch zu beschädigen. Wenn ich literarische Romane lese – Sie wissen schon, »große« Literatur –, finde ich immer, daß schrecklich viel davon Unsinn ist. Wenn ich etwas Interessantes darüber erfahren will, wie Menschen funktionieren, in welchem Verhältnis sie zueinander stehen und wie sie sich verhalten, dann finde ich, daß sehr viele Krimiautorinnen es besser können, Ruth Rendell zum Beispiel. Wenn ich aber etwas lesen will, über das ich wirklich ernsthaft und grundsätzlich nachdenken möchte, sagen wir, über die Lage der Menschheit oder darüber, was wir alle hier so treiben oder was vor sich geht, dann lese ich lieber etwas von einem Wissenschaftler aus den sogenannten Biowissenschaften, wie zum Beispiel Richard Dawkins. Ich finde, daß die wichtigen Themen des Lebens von den Romanschriftstellern auf die Wissenschaftsautoren übergegangen sind, weil die einfach mehr wissen. Ich bin sehr mißtrauisch gegenüber allem, was sich für Kunst hält, noch während es produziert wird. Was die CD-ROM angeht, so wollte ich einfach mein Allerbestes geben und bei ihrer Entstehung möglichst viel Spaß haben. Ich denke, sie ist ziemlich gut geworden. Es gibt immer Teile, über die man sich ärgert, weil sie nicht ganz perfekt sind, aber über irgendwas wird man sich immer ärgern. Das Ding ist wirklich verdammt gut.

THE ONION: Sie haben außerdem den Film vor sich. Ich habe Gerüchte gehört, Pläne zu einem *Anhalter*-Film würden schon seit Jahrzehnten hin- und hergeschoben.
DOUGLAS ADAMS: Tja. Da ist was dran. Die Sache köchelt auf Sparflamme, aber es gab zwei Ursachen für verfrühte Gerüchte. Die eine war, daß ich vor etwa fünfzehn Jahren das Buch an Ivan Reitman verkauft habe, der damals noch nicht so bekannt war wie heute. Es hat einfach nicht funktioniert, weil, als Ivan und ich uns zusammensetzten, wir letztlich nicht auf einer Wellenlänge lagen. Es stellte sich heraus, daß er das Buch gar nicht gelesen hatte, bevor er die Rechte kaufte. Er hatte bloß die Verkaufszahlen gelesen. Ich denke, es war einfach nicht sein Ding und deswegen wollte er etwas ganz anderes machen. Schließlich beharrte jeder auf seinem Standpunkt, wir gingen unserer Wege, und inzwischen waren die Rechte von ihm an die Columbia weitergegangen, und er drehte dann später einen Film mit dem Titel *Ghostbusters*, da können Sie sich wohl vorstellen, wie mich das geärgert hat. Viele Jahre saß ich da, während die Rechte bei der Columbia lagen. Ich glaube, Ivan Reitman ließ dann jemanden ein Drehbuch nach dem *Anhalter* schreiben, wohl das schlechteste Drehbuch, das ich je gelesen habe. Leider steht mein Name *und* der des anderen Autors drauf, obwohl ich kein einziges Komma beigesteuert habe. Erst kürzlich habe ich entdeckt, daß das Drehbuch schon dort in Drehbuchland oder wo auch immer herumliegt, und jeder nimmt an, ich hätte es geschrieben und wäre ein hundsmiserabler Drehbuchschreiber. Was sehr bedrückend für mich ist. Vor ein paar Jahren dann wurde ich jemandem vorgestellt, mit dem ich inzwischen gut befreundet bin, Michael Nesmith, der in seinem Leben schon eine Reihe verschiedener Dinge gemacht hat. Außer seiner Tätigkeit als Filmproduzent war er ursprünglich auch mal einer der Monkees. Was seltsam ist, wenn man ihn genauer kennt, denn er ist ein ernsthafter, nachdenklicher, ruhiger Typ, aber mit einer hintergründigen spitzbübischen Schadenfreude. Sein Vorschlag war, daß wir uns für diesen Film zusammentun. Er ist der Produzent, und

ich schreibe die Drehbücher und so weiter. Wir hatten eine Zeitlang viel Spaß an der Arbeit, aber ich glaube, Hollywood hielt das Projekt damals schon für veraltet. Es hatte seine beste Zeit hinter sich. Und was mir wahnsinnig oft gesagt wurde, läßt sich auf folgendes reduzieren: »Eine Science-fiction-comedy funktioniert als Film nicht. Und der Grund lautet: Wenn es funktionieren würde, hätte es schon jemand gemacht.«

THE ONION: Das klingt nicht sehr logisch.

DOUGLAS ADAMS: Und was passiert dann natürlich? *Men in Black* kam letztes Jahr raus, und plötzlich hat es schon jemand gemacht. Und *Men in Black* ist ... Wie kann ich es taktvoll ausdrücken? Sagen wir mal, es gab Dinge darin, die mir sehr bekannt vorkamen. Und plötzlich wurde ein komischer Science-fiction-Film, der fast im selben Ton wie der *Anhalter* daherkam, zu einem der erfolgreichsten Filme, die je produziert worden sind. Das hat die Landschaft ein klein wenig verändert. Plötzlich hatten die Leute irgendwie wieder Lust drauf. Das Projekt mit Michael ... Am Ende hatten wir es nicht bis zur Produktionsreife gebracht, wir haben uns als gute Freunde getrennt, und die sind wir immer noch. Ich hoffe nur, daß es in Zukunft noch andere Projekte geben wird, an denen wir zusammen arbeiten können, denn ich mag ihn ungeheuer gern, und wir sind sehr gut miteinander ausgekommen. Und außerdem: Je mehr Zeit ich in Santa Fe verbringe, desto besser. Jetzt also ist der Film bei Disney – oder, um genau zu sein, bei Caravan, das ist eine der größeren unabhängigen Produktionsfirmen, die aber irgendwie mit Disney verbandelt ist. Es war sehr enttäuschend, daß der Film in den letzten fünfzehn Jahren nicht zustande kam; trotzdem gibt es mir sehr viel Auftrieb, daß man jetzt daraus einen viel, viel, viel besseren Film machen kann, als das vor fünfzehn Jahren noch möglich war. Ich meine damit die Technik: wie der Film aussehen und wie er funktionieren wird. Natürlich liegt die eigentliche Qualität des Films beim Text und den Schauspielern und der Regie und so weiter, und die ist in den letzten fünfzehn Jahren weder besser noch schlechter geworden.

Aber wie man einen Film aussehen lassen kann, hat sich zumindest in einem wesentlichen Bereich enorm verbessert.
THE ONION: Und Jay Roach [*Austin Powers*] führt Regie, stimmt's?
DOUGLAS ADAMS: Stimmt. Er ist ein sehr interessanter Mann. Ich habe mich ziemlich lange mit ihm unterhalten. Der Schlüssel zu dem ganzen Projekt war in vielerlei Hinsicht, daß ich Jay Roach kennengelernt habe, denn mit ihm verstand ich mich auf Anhieb sehr gut, und ich dachte: »Ein sehr kluger intelligenter Bursche.« Und nicht nur das. Ich nenne ein Beispiel dafür, wie klug und intelligent er ist: Er möchte, daß ich an seinem Film ganz eng mitarbeite. Mit so etwas kann sich der Autor bei einem Regisseur immer beliebt machen. Als ich damals am Anfang die Hörspielreihe machte, kannte man so was übrigens noch nicht. Weil ich ja den Text verfaßt hatte. Aber irgendwie schaltete ich mich in den ganzen Produktionsvorgang ein. Der Produzent/Regisseur war davon etwas überrascht, hat sich aber schließlich sehr anständig verhalten. Und so hatte ich jede Menge zu tun, als die Sendung immer besser lief, und genau das erwartet Jay für diesen Film von mir. Und ich dachte: »Großartig, endlich jemand, mit dem ich arbeiten kann.« Natürlich sage ich das jetzt am Beginn eines Prozesses, der zwei Jahre dauern wird. Also, wer weiß, was noch alles passieren wird. Zu diesem Zeitpunkt kann ich nur sagen, daß die Dinge so gut laufen, wie sie nur laufen können. Deshalb bin ich sehr optimistisch und sehr aufgeregt.
THE ONION: Die Hörspielproduktion liegt jetzt fast zwanzig Jahre zurück, stimmt's?
DOUGLAS ADAMS: Ja, fast genau zwanzig Jahre. Nächsten Monat sind's zwanzig Jahre.
THE ONION: Worin liegt die fortwährende Anziehungskraft von *Per Anhalter durch die Galaxis*?
DOUGLAS ADAMS: Tja, keine Ahnung. Ich weiß nur, daß ich sehr hart daran gearbeitet, mir viele Sorgen deswegen gemacht habe, und ich denke, ich habe mir die ganze Sache sehr schwer gemacht. Jedesmal wenn es einen leichten Weg

gab, ein Problem zu lösen, suchte ich mir einen viel schwereren. Und vermutlich steht der Spaß, den die Leute daran hatten, doch irgendwie in einem Verhältnis zu der Menge Arbeit, die ich reingesteckt habe. Das ist sehr vereinfacht gesagt, aber etwas Besseres fällt mir dazu nicht ein.

THE ONION: Soll der Film nur das erste Buch beinhalten?

DOUGLAS ADAMS: Ja. Es ist komisch, weil ich mich im Internet danach umgesehen habe, was die Leute davon halten. Jemand schrieb: »Er wird alle fünf Bücher da reinpacken.« Die Leute verstehen einfach nicht, wie sich ein Buch zum Film verhält. Jemand hat mal gesagt, und damit hat er vermutlich recht, daß die beste Vorlage für einen Film eine Kurzgeschichte ist. Was für mich im Endeffekt bedeutet: Ja, es wird nur das erste Buch sein. Aber kaum habe ich das gesagt und setze mich wieder hin, um eine andere Version vom *Anhalter* zu machen, da ist sie das genaue Gegenteil von der zuvor. Ich kann über den Film lediglich sagen, daß er definitiv im Widerspruch zum ersten Buch stehen wird.

THE ONION: Mit welcher Version vom *Anhalter* sind Sie am glücklichsten?

DOUGLAS ADAMS: Nicht mit der Fernsehversion, das steht fest. Je nach Stimmung ist es entweder das Hörspiel oder das Buch, das sind die beiden anderen Versionen, da muß es ja eine von denen sein, nicht wahr? Ich habe zu jeder ein anderes Verhältnis. Auf der einen Seite ist es die Hörspielfassung, womit alles angefangen hat, da ist es gewachsen, da ist die Saat aufgegangen. Außerdem habe ich dabei gespürt, daß ich und die anderen, die daran mitgearbeitet haben – der Produzent und die Toningenieure und so weiter, und natürlich die Schauspieler –, daß wir etwas schufen, was damals wirklich bahnbrechend war. Aber eigentlich hatte ich manchmal das Gefühl, daß wir alle verrückt sind. Ich erinnere mich noch, wie ich in dem Studio im Keller saß und stundenlang hintereinander an dem Geräusch rumbastelte, das ein Wal macht, der mit dreihundert Meilen pro Stunde auf dem Boden aufschlägt, und ständig nach Möglichkeiten suchte, das Geräusch noch zu verbessern. Wenn man das Tag für Tag stundenlang macht, zweifelt man so langsam ernsthaft an seinem Verstand. Natürlich hat man keine Ahnung, ob irgend jemand sich das Zeug jemals anhören wird. Aber es gab da ein echtes Gefühl, daß noch nie jemand so etwas gemacht hatte. Und das war großartig; das bürdet einem eine große Verantwortung auf. Der Reiz der Bücher wiederum besteht für mich darin, daß sie einfach meine sind. Für jeden Autor ist der große Reiz eines Buches der, daß es einfach seines ist. Das ist alles. Kein anderer hängt da mit drin. Das stimmt natürlich nicht ganz, weil sich die Sache zunächst mal aus einer Radiosendung entwickelt hat und es darin Spuren von den vielen Leuten gibt, die auf diese oder jene Weise daran mitgearbeitet haben. Trotzdem gibt einem ein Buch dieses Das-ist-alles-mein-eigenes-Werk-Gefühl. Und ich bin zufrieden damit, wie es sich liest. Ich denke, es liest sich sehr flüssig. Es wirkt, als wäre es ganz einfach zu schreiben gewesen, und ich weiß, wie schwierig das zu erreichen war.

THE ONION: Bekommen Sie den *Anhalter* jemals über?

DOUGLAS ADAMS: Es gab eine Zeit, wo ich ihn total über hatte und wirklich nie wieder etwas von ihm hören wollte. Ich schrie die Leute fast an, wenn sie mich darauf ansprachen. Aber inzwischen habe ich mich mit anderem beschäftigt. Ich habe die Dirk-Gently-Bücher geschrieben. Mein allerliebstes Projekt liegt zehn Jahre zurück: Ich reiste mit einem befreundeten Zoologen auf der Suche nach verschiedenen seltenen und gefährdeten Tierarten um die Welt, und habe dann ein Buch darüber geschrieben, das *Die Letzten ihrer Art* heißt, mein persönliches Lieblingsbuch. Der *Anhalter* ist inzwischen etwas aus der Vergangenheit, das ich sehr gerne habe; es war toll, es war phantastisch und hat mir sehr geholfen. Vor einiger Zeit habe ich mich mit Pete Townshend von The Who unterhalten, und da habe ich irgendwann gesagt: »O Gott, ich hoffe, mich behält man nicht nur als den Typ in Erinnerung, der *Per Anhalter durch die Galaxis* geschrieben hat.« Und er hat mich ein bißchen gerügt. Er sagte: »Hör mal, mir geht's doch mit *Tommy* genauso, und eine Zeitlang habe ich wie du gedacht. Tatsache ist, wenn du so was in deiner Biographie vorzuweisen hast, öffnet dir das haufenweise Türen. Es ermöglicht dir eine Menge andere Dinge. Die Leute erinnern sich daran. Man sollte dankbar dafür sein.« Und ich dachte, er hat völlig recht.

THE ONION: Haben Sie Dirk Gently zur Seite gelegt?

DOUGLAS ADAMS: Ich habe ein neues Dirk-Gently-Buch angefangen und einfach die Lust daran verloren. Aus irgendeinem Grund bekam ich es nicht in Schwung und mußte es beiseite legen. Ich wußte nicht, was ich damit anfangen sollte. Ungefähr ein Jahr später habe ich mir das Material wieder angesehen und dachte plötzlich: »Der wirkliche Grund liegt darin, daß die Ideen und die Figur nicht zueinander passen. Ich habe versucht, mich mit den falschen Ideen auseinanderzusetzen, diese Ideen würden aber viel besser in ein *Anhalter*-Buch passen, doch im Moment will ich kein neues *Anhalter*-Buch schreiben.« Und so habe ich das ganze sozusagen beiseite gelegt. Vielleicht werde ich ja eines Tages wieder ein *Anhalter*-Buch schreiben, denn bei mir liegt eine Riesenmenge Material herum, das nur darauf wartet, verwendet zu werden. Aber um noch mal auf Dirk Gently zurückzukommen, den habe ich wirklich erst einmal beiseite gelegt. Vor zwei oder drei Monaten gab es in Oxford eine Studentenbühnenaufführung mit dem Titel *Dirk Gently, Holistic Detective*, und ich fuhr hin, um sie mir anzusehen. Das Buch hat eine ungeheuer komplizierte Handlung ... Das Komplizierte sollte unter anderem vertuschen, daß die Handlung nicht wirklich funktioniert ... Es war komisch, es auf der Bühne zu sehen, weil ich plötzlich wieder darüber nachzudenken begann und dachte: »Na ja, das haben sie ganz gut gemacht, aber besser wäre es gewesen, sie hätten dies gemacht oder jenes gemacht.« Verstehen Sie, die ganze Sache geht einem plötzlich wieder im Kopf rum. Interessant für mich war auch, daß ich dasaß und mir die Aufführung ziemlich kritisch ansah, während das Publikum zu meinem Erstaunen richtig Spaß daran hatte. Das war eine beinahe komische Situation. Ich dachte plötzlich: »Es wäre toll, wenn ich den Stoff als Film sehen könnte, denn wenn ich in diesem Zusammenhang noch einmal neu darüber nachdenke, wird mir plötzlich klar, was für ein Film das sein könnte, er könnte einfach toll werden.« Vielleicht würde ich das gern als nächstes machen, sobald der *Anhalter*-Film in einem Stadium ist, wo ich meine Aufmerksamkeit anderen Dingen zuwenden kann. Und wenn dieser Film erst mal draußen ist, werden sich hoffentlich neue Möglichkeiten zum Drehen von Filmen eröffnen. Ich würde sehr gern Filme drehen, aber das sage ich ganz unschuldig als jemand, der noch nie einen gedreht hat.

Das Gespräch führte Keith Phipps 1998

☆

Douglas Adams
48 Bloomsbury Terrace
London N1-6TS

14. April 1999

An
David Vogel
Walt Disney Pictures

Lieber David,

ich habe ein paarmal versucht, Sie telefonisch zu erreichen. Vielleicht wäre es besser gewesen, wenn ich den Grund meines Anrufs genannt hätte. Ich war für ein paar Tage in den USA und dachte, es wäre vielleicht hilfreich, wenn ich nach L.A. käme, damit wir beide uns treffen könnten. Ich habe nichts von Ihnen gehört, sitze mittlerweile in einem Flugzeug zurück nach England und tippe diesen Brief.

Wir haben offensichtlich ein Stadium erreicht, wo die Probleme sich höher aufzutürmen scheinen als die Chancen. Ich weiß nicht, ob ich damit recht habe, aber ich stoße nur auf anhaltendes Schweigen, was immer eine dürftige Informationsquelle ist.

Mir scheint, wir können entweder in die typischen Klischees abgleiten – Sie sind der Studioboß, der sich um Millionen von realen Problemen kümmern muß, und ich bin der Autor, dem nichts wichtiger ist, als daß seine Vision verwirklicht wird, egal zu welchem Preis und mit welchen Folgen –, oder wir erkennen an, daß wir beide das gleiche Ziel haben, nämlich den erfolgreichsten Film zu machen, zu dem wir in der Lage sind. Daß wir möglicherweise verschiedene Ansichten darüber haben, wie man dieses Ziel am besten erreicht, sollte Anlaß zu fruchtbaren Diskussionen und schrittweisen Problemlösungen sein. Mir will nicht einleuchten, daß ein Einbahnverkehr mit schriftlichen »Bemerkungen«, unterbrochen von langen, fürchterlichen Schweigepausen, ein guter Ersatz dafür ist.

Sie haben eine Menge Erfahrungen damit, großen Spielfilmen zum Leben zu verhelfen. Ich habe eine Menge Erfahrungen damit, dem Anhalter durch die Galaxis *in jedem Medium außer dem Film zum Leben zu verhelfen. Bestimmt sind Sie genauso enttäuscht darüber, daß ich offenbar nicht verstehe, mit welchem Ausmaß an Problemen Sie sich herumschlagen müssen, wie ich darüber enttäuscht bin, daß zwischen Disney und mir noch immer kein wirklich kreativer Dialog über das Projekt zustande gekommen ist. Ich mache Ihnen einen Vorschlag: Warum treffen wir uns nicht mal richtig und unterhalten uns?*

Ich könnte am nächsten Montag (19.4.) oder Anfang der folgenden Woche in L.A. sein. Ich würde Disney bitten, die Kosten für diesen zusätzlichen Flug zu übernehmen. Ich habe eine Liste mit Telefonnummern beigelegt, unter denen Sie mich erreichen können. Wenn es Ihnen gelingt, mich nicht zu erreichen, dann weiß ich, daß Sie sich wirklich sehr, sehr angestrengt bemühen, es nicht zu tun.

Freundliche Grüße,

Douglas Adams

E-Mail: dna@tdv.com
Assistentin Sophie Astin (und Mailbox):
555 171 555 1700 (zwischen 10 und 18 Uhr britischer Sommerzeit)
Bürofax: 555 171 555 1701
Privat (keine Mailbox): 555 171 555 3632
Fax privat: 555 171 555 5601
Britisches Handy (und Mailbox): 555 410 555 098
USA Handy (und Mailbox): (310) 555 555 6769
Zweitwohnsitz (Frankreich): 555 4 90 72 39 23
Jane Belson (Ehefrau) (Büro): 555 171 555 4715
Filmagent (USA) Bob Bookman: (310) 555 4545
Buchagent (GB) Ed Victor (Büro): 555 171 555 4100 (britische Bürozeiten)
Buchagent (GB) Ed Victor (Büro): 555 171 555 4112
Buchagent (GB) Ed Victor (privat): 555 171 555 3030
Produzent: Roger Birnbaum: (818) 555 2637
Regisseur: Jay Roach (Everyman Pictures) (323) 555 3585
Jay Roach (privat): (310) 555 5903
Jay Roach (Handy): (310) 555 0279
Shauna Robertson (Everyman Pictures): (323) 555 3585
Shauna Robertson (privat): (310) 555 7352
Shauna Robertson (Handy): (310) 555 8357
Robbie Stamp, Leitender Produzent (GB) (Büro): 555 171 555 1707
Robbie Stamp, Leitender Produzent (GB) (privat): 555 181 555 1627
Robbie Stamp, Leitender Produzent (GB) (Handy): 555 7885 55 8397
Janet Thrift (Mutter) (GB): 555 19555 62527
Jane Garnier (Schwester) (GB) (Büro): 555 1300 555 684
Jane Garnier (Schwester) (GB) (privat): 555 1305 555 034
Jakki Kelloway (Kindermädchen meiner Tochter) (GB): 555 171 555 5602
Angus Deayton & Lise Meyer (Nachbarn, bei denen man eine Nachricht hinterlassen kann) (GB) (Büro): 555 (145) 555 0464; (privat): 555 (171) 555 0855

Restaurants, in denen ich möglicherweise anzutreffen bin:
The Ivy (GB): 555 171 555 4751
The Groucho Club (GB): 555 171 555 4685
Granita (GB): 555 171 555 3222
Sainsbury's (Supermarkt, wo ich einkaufe; man kann mich dort immer ausrufen lassen): 555 171 555 1789
Internet-Forum: www.douglasadams.com/forum

☆

(Anmerkung des Herausgebers: Der Brief erzielte die gewünschte Wirkung. David Vogel meldete sich, was zu einem produktiven Treffen führte, das das Filmprojekt voranbrachte.)

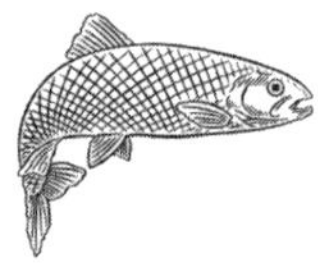

Jung-Zaphod geht auf Nummer Sicher

Ein großes Raumschiff flog sehr schnell über ein erstaunlich schönes Meer. Vom Vormittag an pendelte es in großen, sich erweiternden Kurven hin und her und erregte schließlich die Aufmerksamkeit der hiesigen Inselbewohner, eines friedlichen, sich vorzugsweise von Meeresfrüchten ernährenden Volkes, das sich am Strand versammelte, in die gleißende Sonne hinaufblinzelte und zu sehen versuchte, was da los war.

Jeder kultivierte, gut unterrichtete Mensch, der sich ein bißchen herumgetrieben und so manches zu Gesicht bekommen hat, hätte wahrscheinlich eine Bemerkung darüber fallen lassen, wie sehr das Raumschiff einem Aktenschrank glich – einem großen, kürzlich aufgebrochenen Aktenschrank, der auf dem Rücken lag, Schubladen in der Luft, und durch die Gegend flog. Den Insulanern, deren Erfahrungen anderer Art waren, fiel statt dessen auf, wie wenig das Raumschiff einem Hummer ähnelte.

Sie plapperten aufgeregt durcheinander, daß das Ding überhaupt keine Scheren, so einen steifen, nicht biegsamen Rücken und offenbar allergrößte Schwierigkeiten hatte, am Boden zu bleiben. Vor allem diese Eigenheit erschien ihnen besonders komisch. Sie hüpften unentwegt auf der Stelle, um dem dummen Ding zu demonstrieren, daß es für sie das leichteste von der Welt sei, am Boden zu bleiben. Doch bald verlor diese Unterhaltung jeden Reiz für sie. Da ihnen vollkommen klar war, daß das Ding kein Hummer war, und da ihre Welt mit einer Überfülle an Dingen gesegnet war, die Hummer waren (von denen in diesem Moment gerade ein gutes halbes Dutzend saftig den Strand herauf auf sie zu marschiert kam), sahen sie schließlich keinen Grund, noch irgendwelche Zeit auf das Ding zu verschwenden, sondern faßten auf der Stelle den Beschluß, sich zu einem späten Hummerfrühstück zu begeben.

Genau in diesem Augenblick hielt das Raumschiff plötzlich mitten in der Luft an, stellte sich senkrecht und stürzte dann der Länge nach in einer krachenden Gischtfontäne ins Meer, so daß die Inselbewohner schreiend in die Bäume flüchteten. Als sie ein paar Minuten später ängstlich wieder zum Vorschein kamen, sahen sie nur noch einen glattwelligen Kreis im Wasser und ein paar gluckernde Luftblasen.

Das ist merkwürdig, sagten sie zueinander, den allerbesten Hummer, der in der gesamten Westlichen Galaxis zu kriegen war, in den vollen Mündern, das ist jetzt schon das zweite Mal in einem Jahr, daß so was passiert.

Das Raumschiff, das kein Hummer war, tauchte sofort auf eine Tiefe von zweihundert Fuß und verharrte dort in der trüben Bläue, von gewaltigen Wassermassen umwogt. Hoch oben, wo das Wasser märchenhaft klar war, zischte ein glitzernder Schwarm Fische davon. Unten, wohin das Licht nur mit Schwierigkeit gelangte, verblaßte die Farbe des Wassers zu einem dunklen, wüsten Blau.

Hier, in zweihundert Fuß Tiefe, leuchtete die Sonne nur schwach. Ein massiger, seidenhäutiger Meeressäuger zog lässig vorbei, beäugte das Raumschiff irgendwie halb interessiert, als hätte er halbwegs erwartet, etwas derartiges hier in der Gegend zu finden, dann glitt er davon, hinauf ins sich kräuselnde Licht.

Das Raumschiff wartete dort eine oder zwei Minuten, in denen es Anzeigen ablas, dann sank es weitere hundert Fuß. In dieser Tiefe wurde es so richtig dunkel. Nach einigen Augenblicken schaltete sich die Innenbeleuchtung des Raumschiffs ab, und in der vielleicht einen Sekunde, die jetzt verging, bevor sich plötzlich die äußeren Hauptscheinwerfer ins Dunkel bohrten, kam der einzige sichtbare Lichtschein von einem diffus beleuchteten rosa Schildchen, auf dem stand: THE BEEBLEBROX SALVAGE AND REALLY WILD STUFF CORPORATION.

Die gewaltigen Scheinwerferkegel richteten sich nach unten und trafen auf einen gewaltigen Schwarm silbriger Fische, die in stummer Panik davonflitzten.

In dem dämmerigen Kontrollraum, der sich in einem weiten Bogen vom stumpfen Bug des Raumschiffs nach hinten erstreckte, waren vier Köpfe um ein Computerdisplay versammelt, auf dem die sehr, sehr schwachen und immer wieder aussetzenden Signale analysiert wurden, die von der Tiefe des Meeresbodens heraufdrangen.

»Das ist es«, sagte schließlich der Besitzer eines der Köpfe.

»Können wir da ganz sicher sein?« fragte der Besitzer eines anderen Kopfes.

»Hundertprozentig«, erwiderte der Besitzer des ersten Kopfes.

»Sie sind sich hundertprozentig sicher, daß das Schiff, das am Boden dieses Meeres zerborsten liegt, das Schiff ist, von dem Sie sagten, Sie wären sich hundertprozentig sicher, daß es mit hundertprozentiger Sicherheit niemals zerbersten könnte?« fragte der Besitzer der restlichen beiden Köpfe. »He« – er hob zwei seiner Hände –, »ich frag ja nur.«

Die zwei Beamten von der Sicherheits- und Zivilen Beruhigungsbehörde reagierten darauf mit einem sehr kalten Blick, aber der Mann mit der seltsamen Anzahl Köpfe (oder dem Doppelkopf) ignorierte ihn. Er warf sich wieder auf die Pilotencouch, machte zwei Biere auf – eines für sich und das andere ebenfalls für sich –, legte die Füße auf das Schaltpult und sagte durch das Ultraglas zu einem vorbeischwimmenden Fisch: »He, Kleiner.«

»Mr. Beeblebrox ...«, begann der kleinere und weniger beruhigende der beiden Beamten mit leiser Stimme.

»Ja?« sagte Zaphod und knallte eine plötzlich leere Bierdose gegen einige der empfindlicheren Instrumente. »Sind Sie bereit zu tauchen? Dann tun wir das.«

»Mr. Beeblebrox, lassen Sie uns eines vollkommen klarstellen ...«

»Ja, nur zu«, sagte Zaphod. »Wie wär's denn erst mal damit? Sagen Sie mir doch einfach, was sich wirklich in diesem Schiff befindet.«

»Wir haben es Ihnen doch gesagt«, antwortete der Beamte. »Nebenprodukte.«

Zaphod wechselte gelangweilte Blicke mit sich selbst.

»Nebenprodukte«, sagte er. »Nebenprodukte wovon?«

»Von Verfahren«, sagte der Beamte.

»Was für Verfahren?«

»Von vollkommen ungefährlichen Verfahren.«

»Santa Zarquana Voostra!« riefen Zaphods beide Köpfe im Chor. »So ungefährlich, daß Sie ein albernes Festungsschiff bauen müssen, um die Nebenprodukte zum nächstbesten schwarzen Loch zu schaffen und reinzukippen! Nur kommt es da nicht an, weil der Kommandant einen Umweg macht – ist das richtig? –, um ein paar Hummer an Bord zu nehmen? Okay, also der Typ ist cool, aber ... ich meine, geben Sie zu, dies ist die Zeit zum Hummerpulen, zu einem größeren Mittagessen, dies ist der Stuhl, der sich einer kritischen Menge annähert, dies ist ... dies ist ... dies ist ein totaler Vokabularausfall!

Halt den Mund!« schrie sein rechter Kopf seinen linken an. »Wir flanschen!«

Er nahm die verbliebene Bierdose fest und besänftigend in den Griff.

»Hört zu, Leute«, begann er nach einem Augenblick der Stille und des Nachdenkens von neuem. Die beiden Beamten hatten nichts gesagt. Eine Unterhaltung auf diesem Niveau strebten sie ihrer Meinung nach nicht an. »Ich möchte nur wissen«, beharrte Zaphod, »in was Sie mich hier reinziehen.«

Er stach mit dem Finger nach den gelegentlich über den Computerbildschirm huschenden Anzeigen. Sie sagten ihm nichts, aber ihr Aussehen gefiel ihm ganz und gar nicht. Sie waren völlig schnörkelig, hatten jede Menge lange Zahlenreihen und so was.

»Es bricht auseinander, ist es das?« schrie er. »Sein Laderaum ist mit strahlenden epsilonischen Aoriststäben oder so was Ähnlichem vollgestopft, was diesen ganzen Weltraumsektor für Zigtausende von Jahren verwüsten wird, und es bricht auseinander. Ist das die Wahrheit? Werden wir das da unten finden? Werde ich aus diesem Wrack mit noch mehr Köpfen herauskommen?«

»Es kann unmöglich ein Wrack sein, Mr. Beeblebrox«, beharrte der Beamte. »Das Schiff ist garantiert vollkommen sicher. Es kann unmöglich auseinanderbrechen.«

»Warum sind Sie dann so scharf drauf, hinzufahren und es sich anzusehen?«

»Wir sehen uns gern Sachen an, die vollkommen sicher sind.«

»Freeeooow!«

»Mr. Beeblebrox«, sagte der Beamte geduldig, »darf ich Sie daran erinnern, daß Sie eine Pflicht zu erfüllen haben?«

»Tjah, also, vielleicht bin ich plötzlich gar nicht mehr so scharf drauf. Wofür halten Sie mich, für vollkommen ohne moralische Dingsbumse, wie heißen sie noch, diese moralischen Dinger?«

»Skrupel?«

»Ohne alle Skrupel, danke? Was?«

Die beiden Beamten warteten ruhig. Sie hüstelten ein wenig, um die Zeit zu überbrücken.

Zaphod stieß eine Art Wo-soll-das-noch-hinführen-Seufzer aus, um sich von aller Verantwortung loszusprechen, und drehte sich in seinem Sitz herum.

»Schiff?« rief er.

»Jawollo?« sagte das Schiff.

»Tu, was ich tue.«

Darüber dachte das Schiff einige Millisekunden nach, und dann begann es, nachdem es alle Verschlüsse an seinen Hochleistungsschotts zweimal überprüft hatte, langsam und unerbittlich im dunstigen Licht seiner Lampen in die tiefsten Tiefen zu sinken.

Fünfhundert Fuß.

Eintausend.

Zweitausend.

Hier, bei einem Druck von nahezu siebzig Atmosphären, in den eiskalten Tiefen, in die kein Lichtschein dringt, bewahrt die Natur ihre ausgeflipptesten Erfindungen auf. Zwei Fuß lange Alpträume reckten sich wild in das bleichende Licht, gähnten und verschwanden wieder in der Schwärze.

Zweieinhalbtausend Fuß.

An den schummrigen Rändern der Lichtkegel des Raumschiffs flitzten Nachtmahre mit Stielaugen vorbei.

Allmählich stellte sich die Topographie des aus der Ferne näherkommenden Meeresbodens immer deutlicher auf den Computerdisplays dar, bis endlich eine Form zu erkennen war, die sich klar und deutlich von ihrer Umgebung abhob. Sie sah aus wie eine riesige, nach einer Seite geneigte zylindrische Festung, die sich auf halber Länge dramatisch verbreiterte, um der schweren Ultrapanzerung Platz zu bieten, mit der die besonders wichtigen Frachträume verkleidet waren und die nach Überzeugung seiner Erbauer das Raumschiff zum sichersten und unangreifbarsten hätte machen sollen, das je erbaut wurde. Vor dem Stapellauf war die Materialstruktur dieses Abschnitts bombardiert, gerammt, beschossen und allen Gewaltanwendungen ausgesetzt worden, von denen seine Erbauer wußten, daß es ihnen widerstehen konnte, um zu demonstrieren, daß es ihnen widerstehen konnte.

Die gespannte Stille im Cockpit verdichtete sich spürbar, als deutlich wurde, daß genau dieser Abschnitt säuberlich in zwei Teile zerbrochen war.

»In Wirklichkeit ist es vollkommen sicher«, sagte einer der Beamten. »Es wurde so gebaut, daß die Laderäume unmöglich beschädigt werden können, selbst wenn das Schiff zu Bruch geht.«

Dreitausendachthundertfünfundzwanzig Fuß.

Vier Hi-Smart-A-Druckanzüge bewegten sich langsam aus der offenen Luke des Rettungsraumschiffs und wateten durch den Lichtwall seiner Scheinwerfer auf das gigantische Gebilde zu, das dunkel aus der Meeresnacht ragte. Sie bewegten sich mit einer Art plumper Grazie, geradezu schwerelos, obwohl Unmengen Wasser auf ihnen lasteten.

Mit dem rechten Kopf spähte Zaphod hinauf in die schwarze Unendlichkeit über ihm, und einen Moment lang ertönte in seinem Innern ein stummer Schreckensschrei. Er blickte nach links und sah zu seiner Erleichterung, daß sein zweiter Kopf seelenruhig damit beschäftigt war, sich auf dem Helmdisplay die Übertragung des Brockianischen Ultrakricketspiels anzusehen. Ein Stückchen links hinter ihm marschierten die beiden Beamten von der Sicherheits- und Zivilen Beruhigungsbehörde, und ein Stückchen rechts vor ihm marschierte der leere Druckanzug, der ihre Utensilien trug und für sie den Weg sondierte.

Sie kamen an dem gewaltigen Riß im geborstenen Rücken des Sternenschiffs *Ewigkeitsbunker* vorbei und leuchteten mit ihren Taschenlampen hinein. Zerfetzte Maschinen und Triebwerke ragten undeutlich zwischen geborstenen und verbogenen zwei Fuß dicken Schotts auf. Eine Familie großer, durchsichtiger Aale wohnte jetzt darin, und es schien ihnen zu gefallen. Der leere Druckanzug ging den dreien an dem riesigen, düsteren Schiffsrumpf entlang voraus und versuchte, die Luftschleusen zu öffnen. Die dritte, die er probierte, ging widerwillig knirschend auf. Sie drängten sich hinein und warteten mehrere lange Minuten, während die Pumpen mit dem scheußlichen Druck des Meeres fertig zu werden versuchten und diesen langsam durch einen gleichermaßen scheußlichen Druck aus Luft und Edelgasen ersetzten. Endlich glitt die innere Tür auf, und sie wurden in einen dunklen äußeren Frachtraum des Sternenschiffs *Ewigkeitsbunker* eingelassen.

Mehrere weitere Hochsicherheits-Titan-O-Hold-Türen mußten durchschritten werden, die von den Beamten jeweils mit einem Sortiment von Quarkschlüsseln geöffnet wurden. Bald befanden sie sich so tief innerhalb der Starksicherheitsfelder, daß die Ultrakricketübertragungen schwächer wurden, und Zaphod mußte auf eine der Rockvideostationen umschalten, denn deren Reichweite war unbegrenzt.

Eine letzte Tür glitt auf, und sie gelangten in einen großen, düsteren Raum. Zaphod leuchtete mit seiner Taschenlampe auf die gegenüberliegende Wand, und der Lichtschein fiel voll auf ein schreiendes, feurige Blicke werfendes Gesicht.

Zaphod erwiderte den Schrei in einer verminderten Quinte, ließ seine Lampe fallen und setzte sich benommen auf den Boden, vielmehr auf eine Leiche, die dort ungefähr sechs Monate ungestört gelegen hatte; daß sich jemand auf sie setzte, quittierte sie mit einer sehr heftigen Explosion. Zaphod überlegte, wie er auf das alles reagieren sollte, und entschloß sich nach einer kurzen, aber hektischen inneren Debatte, daß ein Ohnmachtsanfall genau das richtige wäre.

Ein paar Minuten später kam er wieder zu sich und tat so, als wisse er nicht, wer er war, wo er war oder wie er dorthin gekommen sei, konnte aber niemanden damit überzeugen. Dann tat er so, als käme ihm plötzlich ganz schnell die Erinnerung zurück, und dieser Schock bewirkte erneut, daß er in Ohnmacht fiel, aber gegen seinen Willen half ihm der leere Druckanzug – gegen den er allmählich eine ernsthafte Abneigung zu fassen begann – wieder auf die Füße und zwang ihn, sich auf seine Umgebung einzustellen.

Die war matt und nur sporadisch beleuchtet und in vielerlei Aspekten unerfreulich, von denen die augenfälligste das farbige Arrangement war, in dem die Einzelteile des bedauernswerten verblichenen Navigationsoffiziers des Raumschiffs über Fußboden, Wände und Decke und vor allem über die untere Hälfte seines, Zaphods, Druckanzug verteilt waren. Das hatte eine so verblüffend ekelhafte Wirkung, daß wir an keiner Stelle dieser Erzählung noch einmal darauf zurückkommen wollen ... es soll nur kurz erwähnt werden, daß Zaphod sich auf diesen Anblick hin in seinem Druckanzug übergeben mußte, den er deshalb auszog und, nach entsprechenden Modifizierungen des Kopfteils, gegen den leeren Anzug austauschte. Leider genügten die stinkende Luft im Raumschiff und der Anblick seines eigenen Druckanzugs, der lässig mit faulenden Därmen behängt in der Gegend herumspazierte, daß er sich in dem anderen Anzug ebenfalls übergeben mußte – ein Problem, mit dem er und der Anzug einfach würden leben müssen.

So. Fertig. Keine Ekligkeiten mehr.

Zumindest keine Ekligkeit von dieser Sorte.

Der Besitzer des schreienden Gesichts hatte sich inzwischen ganz leicht beruhigt und blubberte in einem großen, mit einer gelben Flüssigkeit gefüllten Tank – einem Nährflüssigkeits-Nottank – unzusammenhängendes Zeug vor sich hin.

»Es war verrückt«, plapperte er, »verrückt! Ich sagte zu ihm, wir könnten doch die Hummer jederzeit auf dem Rückweg probieren, aber er war verrückt. Besessen! Haben Sie sich wegen ein paar Hummern jemals so aufgeführt? Ich bestimmt nicht. Kommt mir vor, als wären Hummer komplett aus Gummi und furchtbar knifflig zu essen, und hätten auch nicht allzu viel Geschmack, na ja, ich meine, habe ich nicht recht? Ich ziehe Muscheln entschieden vor, und das sagte ich auch. O Zarquon, ich habe es gesagt!«

Zaphod starrte auf diese ungewöhnliche Erscheinung, die in ihrem Tank herumpaddelte. Der Mann war an alle möglichen lebenserhaltenden Schläuche angeschlossen, und seine Stimme blubberte aus Lautsprechern, hallte wie wahnsinnig durchs ganze Schiff und kehrte in gespenstischen Echos aus tiefen und entfernten Gängen wieder.

»Das war mein Fehler«, schrie der Irre. »Ich habe tatsächlich gesagt, ich zöge Muscheln vor, und er antwortete, das liege daran, daß ich noch keinen richtigen Hummer gegessen hätte, wie sie ihn dort äßen, wo seine Vorfahren herkämen, nämlich hier, und das würde er beweisen. Er sagte, das sei kein Problem, er sagte, der Hummer hier lohne eine ganze Reise, von dem kleinen Umweg gar nicht zu reden, der nötig sei, um hierher zu gelangen, und er schwor, er könne mit dem Schiff in der Atmosphäre umgehen, doch es war Irrsinn, Irrsinn!« kreischte er, verstummte und verdrehte die Augen, als hätte das Wort ihn an irgend etwas erinnert. »Das Schiff geriet vollkommen außer Kontrolle! Ich hielt nicht für möglich, was wir da anstellten, und das nur, um irgendwas über Hummer zu beweisen, der als Nahrungsmittel wirklich furchtbar überschätzt wird, tut mir leid, daß ich unaufhörlich so viel über Hummer rede, ich möchte gleich damit aufhören, aber sie sind mir in den vielen Monaten, die ich in diesem Tank sitze, so viel im Kopf rumgegangen, können Sie sich vorstellen, wie das ist, wenn man monatelang mit denselben Typen in ein Raumschiff gesperrt ist und Junkfood zu sich nimmt, während einer von nichts anderem redet als von Hummern, und wenn man dann sechs Monate mutterseelenallein in einem Tank schwimmt und darüber nachdenkt? Ich verspreche, ich werde versuchen, über Hummer die Schnauze zu halten, ehrlich. Hummer, Hummer, Hummer – es reicht! Ich glaube, ich bin der einzige Überlebende. Ich bin der einzige, der es in einen Rettungstank geschafft hat, ehe wir abgestürzt sind. Ich funkte SOS, und dann schlugen wir auf. Es ist eine Katastrophe, stimmt's? Eine totale Katastrophe, und nur, weil der Kerl so gern Hummer aß. Wie vernünftig klingt das? Ich kann das wirklich nur schwer rausfinden.«

Er blickte sie flehend an, und sein Geist schien langsam wieder zu ihm herabzuschweben wie ein fallendes Blatt. Er zwinkerte mit den Augen und sah sie komisch an, wie ein Affe, der einen seltsamen Fisch betrachtet.

Mit seinen verhutzelten Fingern kratzte er neugierig an der Glasscheibe seines Tanks. Kleine, dicke gelbe Blasen strömten ihm aus Mund und Nase, verfingen sich kurz in seinen Haaren und perlten weiter nach oben.

»O Zarquon, o Himmel«, murmelte er gefühlvoll vor sich hin, »ich bin gefunden worden. Ich bin gerettet …«

»Nun ja«, sagte einer der Beamten forsch, »zumindest sind Sie gefunden worden.« Er ging zur Hauptcomputerkonsole in der Mitte des Raumes und machte sich daran, die Reihen der Hauptmonitore des Raumschiffs rasch nach Schadensberichten zu überprüfen.

»Die Kammern der Aoriststäbe sind unbeschädigt«, sagte er.

»Heilige Dingoscheiße«, stieß Zaphod wütend hervor, »es sind Aoriststäbe an Bord!«

Aoriststäbe waren bei einer inzwischen zum Glück aufgegebenen Form der Energieerzeugung verwandt worden. Als die Suche nach neuen Energiequellen irgendwann besonders hektisch geworden war, hatte ein kluger, junger Typ plötzlich entdeckt, wo nie alle verfügbare Energie verbraucht worden war – in der Vergangenheit. Und infolge des jähen Blutandrangs zum Kopf, den solche Erkenntnisse gerne auslösen, erfand er noch in derselben Nacht eine Möglichkeit, sie abzubauen, und binnen eines Jahres wurden riesigen Bereichen der Vergangenheit ihre gesamte Energie entzogen und verfielen einfach. Wer forderte, die Vergangenheit dürfe nicht ausgeplündert werden, wurde beschuldigt, sich einer extrem teuren Form von Sentimentalität hinzugeben. Die Vergangenheit sei eine sehr billige, ergiebige und saubere Energiequelle, man könne ja jederzeit ein paar Vergangenheits-Naturschutzgebiete einrichten, wenn jemand für deren Unterhalt zahlen wolle, und was die Behauptung betreffe, die Ausbeutung der Vergangenheit mache die Gegenwart ärmer, nun ja, vielleicht tue sie das, ein wenig, aber die positiven Auswirkungen seien unermeßlich, und man müsse wirklich die Verhältnismäßigkeit wahren.

Erst als die Leute merkten, daß die Gegenwart tatsächlich ärmer wurde und daß der Grund dafür darin zu suchen war, daß diese egoistischen Raubbau treibenden Ausbeuter-

Dreckskerle vorne in der Zukunft genau dasselbe taten, da wurde allen klar, daß jeder einzelne Aoriststab und das schreckliche Geheimnis ihrer Herstellung komplett und für immer vernichtet werden mußten. Sie machten geltend, es geschehe ihren Großeltern und Enkeln zuliebe, aber es geschah natürlich den Enkeln ihrer Großeltern und den Großeltern ihrer Enkel zuliebe.

Der Beamte von der Sicherheits- und Zivilen Beruhigungsbehörde zuckte verächtlich mit den Schultern. »Sie sind vollkommen ungefährlich«, sagte er. Er sah Zaphod an und sagte plötzlich mit untypischer Offenheit: »Es ist Schlimmeres als das an Bord. Zumindest«, fügte er hinzu und tippte auf einen der Computermonitore, »hoffe ich, daß es an Bord ist.«

Der andere Beamte fiel ihm scharf ins Wort.

»Was zum Teufel soll das denn heißen?« schnauzte er ihn an.

Der erste Beamte zuckte wieder mit den Schultern. »Ist doch völlig egal«, sagte er. »Er kann erzählen, was er will. Niemand würde ihm glauben. Deswegen haben wir uns doch entschlossen, ihn zu nehmen, statt irgendwas Offizielles zu machen, oder? Je verrückter die Geschichte, die er erzählt, desto eher klingt es, als wäre er irgendein ausgeflippter Abenteurer, der sie sich ausdenkt. Er kann sogar sagen, wir hätten das jetzt gesagt, und er wird sich anhören wie ein Irrer.« Er lächelte Zaphod freundlich an, der in seinem vollgekotzten Druckanzug schmorte. »Begleiten Sie uns doch«, sagte er zu ihm, »wenn Sie das wünschen.«

»Sehen Sie?« sagte der Beamte, der die äußeren Ultratitan-Siegelverschlüsse des Aoriststäbe-Laderaums überprüfte. »Vollkommen sicher, vollkommen ungefährlich.«

Dasselbe behauptete er, als sie durch Laderäume kamen, die so wirkungsvolle chemische Waffen enthielten, daß ein Teelöffelvoll einen ganzen Planeten erledigen konnte.

Dasselbe behauptete er, als sie durch Laderäume kamen, die so wirkungsvolle zetaaktive Mischungen enthielten, daß ein Teelöffelvoll einen ganzen Planeten ausradieren konnte.

Dasselbe behauptete er, als sie durch Laderäume kamen, die so wirkungsvolle thetaaktive Mischungen enthielten, daß ein Teelöffelvoll einen ganzen Planeten verstrahlen konnte.

»Ich bin nur froh, daß ich kein Planet bin«, murmelte Zaphod.

»Sie hätten nichts zu fürchten«, versicherte der Beamte von der Sicherheits- und Zivilen Beruhigungsbehörde. »Planeten sind sehr sicher. Vorausgesetzt«, fügte er hinzu – und verstummte. Sie näherten sich dem Laderaum, der der Stelle am nächsten lag, wo der Boden des Sternenschiffs *Ewigkeitsbunker* geborsten war. Hier war der Gang verbogen und verformt, und der Fußboden war stellenweise feucht und klebrig.

»Ä-hem«, sagte er, »Ä und ganz viel hem.«

»Was befindet sich in diesem Laderaum?« wollte Zaphod wissen.

»Nebenprodukte«, sagte der Beamte und verstummte wieder komplett.

»Nebenprodukte ...«, bohrte Zaphod ruhig nach, »wovon?«

Keiner der beiden Beamten antwortete. Statt dessen inspizierten sie sehr sorgfältig die Laderaumtür und sahen, daß die Siegel durch die Kräfte auseinandergebogen worden waren, die den ganzen Korridor verformt hatten. Einer der beiden berührte leicht die Tür. Auf seine Berührung hin schwang sie auf. Drinnen war es finster, nur zwei matte gelbe Lichter leuchteten tief drinnen.

»Wovon?« zischte Zaphod.

Der erste Beamte wandte sich an den zweiten.

»Es gab eine Fluchtkapsel«, sagte er, »in der die Mannschaft das Schiff verlassen sollte, bevor sie es in das schwarze Loch stürzten. Ich denke, es wäre gut zu wissen, daß sie noch da ist.« Der andere Beamte nickte und ging wortlos weg.

Der erste Beamte winkte Zaphod ruhig herein. Die großen, matten gelben Lichter glühten etwa sechs Meter von ihnen entfernt.

»Daß«, sagte er ruhig, »so behaupte ich, alles sonst in diesem Raumschiff sicher ist, liegt daran, daß niemand wirklich so verrückt ist, sie zu benutzen. Niemand. Zumindest würde niemand so Verrücktes jemals in ihre Nähe kommen. Jeder, der so wahnsinnig oder gefährlich ist, bringt sehr tiefe Alarmglocken zum Läuten. Manche Leute mögen dumm sein, aber so dumm sind sie auch wieder nicht.«

»Nebenprodukte«, zischte Zaphod erneut – er mußte zischen, damit man seiner Stimme nicht ihr Zittern anhörte – »wovon?«

»Äh, Designermenschen.«

»Was?«

»Der Sirius-Kybernetik-AG ist ein riesiger Forschungszuschuß bewilligt worden, damit sie auf Bestellung synthetische Personen entwickelt und herstellt. Die Ergebnisse waren durchweg katastrophal. Sämtliche ›Menschen‹ und ›Personen‹ stellten sich als Mischungen von Charaktereigenschaften heraus, die mit natürlich vorkommenden Lebensformen schlichtweg nicht zusammenleben konnten. Die meisten waren lediglich armselige, bemitleidenswerte Eigenbrötler, aber einige waren ausgesprochen gefährlich. Gefährlich, weil sie bei anderen Leuten keine Alarmglocken klingeln ließen. Sie konnten durch Situationen hindurchgehen wie Geister durch Wände, weil niemand die Gefahr erkannte.

Die allergefährlichsten waren drei, die völlig identisch waren … sie wurden in diesen Laderaum gesteckt, damit sie samt diesem Raumschiff ein für allemal aus diesem Universum geballert werden. Sie sind nicht bösartig, im Gegenteil, sondern ziemlich einfältig und reizend. Aber sie sind die gefährlichsten Geschöpfe, die je gelebt haben, weil es nichts gibt, was sie nicht tun, wenn man es ihnen erlaubt, und weil es nichts gibt, was man ihnen nicht erlaubt …«

Zaphod sah zu den matten, gelben Lichtern hinüber, den zwei matten, gelben Lichtern. Als sich seine Augen an das Licht gewöhnt hatten, sah er, daß die beiden Lichter ein drittes Areal umrahmten, wo etwas kaputt war. Nasse, klebrige Flecken schimmerten trübe auf dem Fußboden.

Zaphod und der Beamte gingen vorsichtig auf die Lichter zu. In dem Moment spie der andere Beamte vier Wörter in die Helmkopfhörer.

»Die Kapsel ist weg«, sagte er kurz und bündig.

»Finden Sie sie«, blaffte Zaphods Begleiter. »Stellen Sie exakt fest, wohin sie geflogen ist. Wir müssen wissen, wohin sie geflogen ist!«

Zaphod trat an die beiden verbliebenen Aquarien. Ein rascher Blick zeigte ihm, daß in beiden identische Körper schwammen. Einen musterte er genauer. Der Körper, der eines älteren Mannes, schwamm in einer dicken gelben Flüssigkeit. Der Mann sah freundlich aus und hatte viele lustige Lachfalten im ganzen Gesicht. Sein Haar erschien unnatürlich dicht und dunkel für jemanden in seinem Alter, und seine rechte Hand schien unaufhörlich hin und her zu pendeln, rauf und runter, als wenn er einer endlosen Reihe unsichtbarer Geister die Hand schüttelte. Er lächelte warm, lallte und plapperte wie ein Baby im Halbschlaf und schien ab und zu ganz leicht von kleinen Lachanfällen geschüttelt zu werden, als hätte er sich eben einen Witz erzählt, den er noch nie gehört hatte oder an den er sich nicht mehr genau erinnerte. Winkend, lächelnd, mit kleinen gelben perlenden Bläschen auf den Lippen vergnügt in sich hineinglucksend, schien er in einer fernen Welt schlichter Träume zu wohnen.

Eine zweite knappe Mitteilung kam plötzlich durch Zaphods Helmkopfhörer. Der Planet, auf den die Fluchtkapsel Kurs genommen hatte, war bereits identifiziert. Er lag im Galaktischen Sektor ZZ9 Plural Z Alpha.

Zaphod fand einen kleinen Lautsprecher an dem Aquarium und schaltete ihn ein. Der Mann in der gelben Flüssigkeit plapperte leise etwas von einer strahlenden Stadt auf einem Hügel.

Außerdem hörte er den Beamten von der Zivilen Sicherheits- und Beruhigungsbehörde Anweisungen des Inhalts erteilen, die fehlende Fluchtkapsel enthalte einen »Reagan«, und der Planet im Sektor ZZ9 Plural Z Alpha müsse »perfekt gesichert« werden.

Aus: *The Utterly Utterly Merry Comic Relief Christmas Book*, 1986

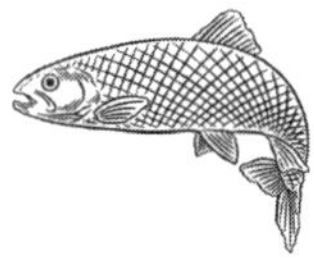

Auszüge aus einem von Matt Newsome geführten Interview

DOUGLAS ADAMS: Was Dirk Gently betraf, so kam es mir so vor, als hätte ich den Kontakt zu dieser Figur verloren und könne dieses Buch nicht in Gang kriegen, deshalb sagte ich: »Okay, lassen wir's und machen was anderes.« Aber dann dachte ich an all die Ideen, die in *Lachs im Zweifel* steckten, sah mir das Material ungefähr ein Jahr später wieder an und kam plötzlich dahinter, was ich nicht kapiert hatte, nämlich daß es sich im Grunde weit eher um *Anhalter*-Ideen handelte als um Dirk-Gently-Ideen.

Es wird also ein Zeitpunkt kommen, vermute ich, irgendwann in der Zukunft, wo ich ein sechstes *Anhalter*-Buch schreiben werde. Aber irgendwie will ich es auf die komische Tour machen, denn man hat völlig zu Recht gesagt, daß *Einmal Rupert und zurück* ein sehr düsteres Buch ist. Und es war ein düsteres Buch. Der Grund hierfür ist ganz einfach: Ich machte gerade ein ganz beschissenes Jahr durch, und zwar aus allen möglichen persönlichen Gründen, über die ich mich nicht weiter auslassen will, ich durchlebte einfach ein durch und durch freudloses Jahr und versuchte vor diesem Hintergrund ein Buch zu schreiben. Und raten Sie mal – heraus kam ein ziemlich düsteres Buch!

Ich würde den *Anhalter* gern in einem etwas optimistischeren Ton abschließen, und fünf scheint mit eine falsche Zahl zu sein, sechs ist eine bessere. Ich denke, daß eine Menge Material, das ursprünglich für *Lachs im Zweifel* entwickelt wurde und im Grunde nicht funktionierte, rausgenommen und mit irgendwelchen neuen Ideen kombiniert werden könnte.

MATT NEWSOME: Ja, weil bestimmt ein paar Leute gehört haben, daß aus *Lachs im Zweifel* jetzt ein neues *Anhalter*-Buch werden soll.

DOUGLAS ADAMS: Na ja, irgendwie schon, weil ich einige der Ideen retten will, die ich in einem Dirk-Gently-Zusammenhang nicht zum Funktionieren bringen konnte, und zwar indem ich sie in einen *Anhalter*-Zusammenhang stelle, wobei sie zwangsläufig Veränderungen unterworfen werden. Und um der alten Zeiten willen werde ich das Buch vielleicht *Lachs im Zweifel* nennen, oder ich nenne es vielleicht – na ja, wer weiß das schon!

Lachs im Zweifel

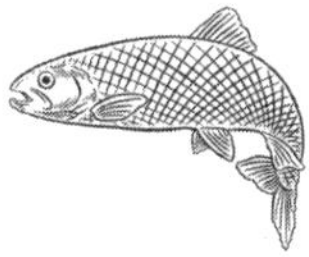

[Anmerkung des Herausgebers: Die hier vorgestellte Fassung von *Lachs im Zweifel* wurde aus verschiedenen Fassungen dieses unvollendeten Werks zusammengestellt. Zu Details, wie dabei vorgegangen wurde, lesen Sie bitte die Vorbemerkung des Herausgebers am Beginn dieses Buches. Auf die folgende Seite habe ich Douglas' Fax an seine langjährige Londoner Lektorin gesetzt, aus dem sein Gesamtplan für den Roman zu ersehen ist, der uns eine ungefähre Ahnung davon gibt, wie sich die Geschichte ab hier entwickelt haben könnte.]

☆

Fax

An: Sue Freestone
Von: Douglas Adams
Betr.: Inhalt von Lachs im Zweifel

Dirk Gently, von jemandem engagiert, dem er nie begegnet, um einen Auftrag zu erledigen, zu dem nie genaue Angaben gemacht werden, folgt schließlich auf gut Glück irgendwelchen Leuten. Seine Nachforschungen führen ihn nach Los Angeles, durch die Nasenschleimhäute eines Nashorns in eine ferne Zukunft, die von Immobilienmaklern und schwer bewaffneten Känguruhs beherrscht wird. Witze, leicht pochierter Fisch und die gefährlichen Eigenheiten komplexer Systeme bilden den Hintergrund zu Dirk Gentlys rätselhaftestem und unbegreiflichstem Fall.

1

Fast täglich stieg Dave am frühen Morgen zu dieser einsamen Stelle auf dem Hügel hinauf und brachte dem Heiligtum von St. Clive, dem Schutzheiligen der Immobilienmakler, kleine Opfergaben dar. Was er heute gebracht hatte, war, soweit er es erkennen konnte, Bestandteil eines Swimmingpool-Reinigungsgeräts, eine Art großer, wie ein Hummer geformter Saugapparat aus Plastik.

Er legte ihn vorsichtig nieder und trat zurück, um die Wirkung zu bewundern.

Das Heiligtum war eigentlich nichts weiter als ein niedriger Steinhaufen mit einer kleinen Ansammlung von Dingen, die hier und da ans Tageslicht befördert worden waren. Da lag die Fernbedienung von einem Garagentor, irgend etwas, das wahrscheinlich zu einem Entsafter gehört hatte, und ein kleiner beleuchteter Frosch Kermit. Das hummerartige Poolreinigungsdingsbums war eine recht gute Ergänzung, und er arrangierte es so, daß sein zwei Fuß langer, zerrissener, gerippter Plastikschlauch wie ein Elefantenrüssel über Kermit herunterbaumelte.

Seine morgendlichen Ausflüge hinauf zu dem Schrein unternahm er teilweise nur, um seinen Spaß zu haben, aber auch als eine Gelegenheit, allein zu sein und über Dinge nachzudenken. Dieser ganze Ort hatte ihm zunächst lediglich dazu gedient, irgendwo alleine herumzualbern, er war aber schnell zu etwas geworden, das irgendwie mächtiger war, als er gemeint hatte, und er hatte einen Ort nötig, wo er von allem loskommen und über Dinge nachdenken konnte.

Manchmal machte er sich sogar Sorgen. Wenn er besorgt war, begann er leise zu kichern, und wenn er wirklich besorgt war, fing er an, alte Carpenters-Songs vor sich hin zu summen, bis die Sorgen verschwanden.

Aber heute würde er sich keine Sorgen machen. Heute wollte er seinen Spaß haben. Er nahm den Segeltuchsack, den er mit heraufgebracht hatte, von seiner Schulter und ließ ihn kurz zu Boden gleiten.

Von hier oben war der Blick phantastisch. Dichter Wald umgab DaveLand in allen Himmelsrichtungen, Wald von außerordentlicher Üppigkeit und Vielfalt, strotzend von Leben und Farben. Durch diesen Wald wand sich der Fluß Dave, der sich sodann weiter durch die Berge schlängelte, bis er, fünfhundert Meilen entfernt, in das riesige Meer mündete, das Dave bis vor kurzem DaveMeer genannt, in einem Anflug scheuer Bescheidenheit inzwischen aber in Karen-Meer umgetauft hatte. Den Namen Stiller Ozean hatte er schon immer ziemlich blöd gefunden. Er war auf ihm herumgefahren. Der Ozean war alles andere als still. Das hatte er korrigiert.

DaveLand selbst war inzwischen eine recht eindrucksvolle Angelegenheit. Erstaunlich eigentlich, wenn er darüber nachdachte. Er fuhr sich mit der Hand durch seine glatten Haare und blickte auf DaveLand hinaus, wobei er ein ganz, ganz leises Kichern unterdrückte.

DaveLand bedeckte mit Leichtigkeit etwa neunzig Morgen Bergflanke, und schon entstanden auf den nahe gelegenen Hügeln neue Baustellen. Schöne Häuser. Viel schönere als jedes von denen, die sein imaginärer St. Clive an den Mann gebracht oder sich auch nur vorgestellt hätte. Nicht so ein Maisonetten-Scheiß im Ranchhausstil mit dusseligen Plauderecken, in denen jeder mit ein bißchen Verstand sich eher umbringen als plaudern würde. Daves Häuser waren völlig anders.

Abgesehen von allem anderen waren es raffinierte Häuser. In ihrer einfachen Art waren sie dennoch klug ausgerichtet. Sie hatten Glas an den richtigen Stellen, Stein an den richtigen Stellen, Wasser an den richtigen Stellen und Pflanzen an den richtigen Stellen, und so wehte die Luft angemessen hindurch und war warm, wo man es wünschte, und kühl, wo man es wünschte. Es war reine Physik. Die meisten Architekten hatten von Physik keine Ahnung, fand er. Sie kannten bloß blödes Zeug. In Daves Häusern lenkten Prismen und Faserstoffe das Sonnenlicht dorthin, wo man es haben wollte. Wärmetauscher entnahmen den Speisen im Kühlschrank die Wärme und erhitzten damit die Speisen auf dem Herd. Ganz einfach. Die Leute betraten Daves Häuser und sagten: »He! Das ist aber wirklich hübsch! Wieso bauen andere Leute nicht auch solche Häuser?« Antwort? Weil sie blöd sind.

Und Telefone. Dave hatte den Leuten hier viel schickere, raffiniertere, alles in allem tollere Telefone gegeben, als sie je gehabt hatten. Jetzt wollten sie auch Fernseher haben, was Dave überhaupt ziemlich blöd fand und kolossal blöd unter den obwaltenden Umständen; andererseits war es ein recht interessantes Problem gewesen, und Dave hatte es natürlich gelöst. Doch Dave hatte so viele Probleme gelöst, daß er aus Versehen ein neues geschaffen hatte. DaveLand war inzwischen eine Gemeinde mit nahezu tausend Einwohnern, die ihn sozusagen verantwortlich machte. Er hatte nicht erwartet, verantwortlich gemacht zu werden.

Er riß ein Büschel langer Grashalme aus und wedelte gereizt damit herum. Die frühe Morgensonne strahlte auf die Villa Dave. Sie war ohne Zweifel das größte und geschmackvollste aller Gebäude auf, nun ja, auf der Welt. Sie umgab kreisförmig den Gipfel des gegenüberliegenden Hügels mit anmutigen, schwungvollen weißen Mauern und, so schien es, Riesenflächen aus Glas. Der Gipfel selbst war als japanischer Garten angelegt. Aus ihm rieselten Bäche durchs Haus hindurch ins Tal.

Direkt unterhalb der Villa Dave und innerhalb desselben Sicherheitszauns (er konnte es nicht glauben, daß er jetzt so etwas wie Sicherheitszäune nötig hatte; und vierzig – vierzig – der mehr als neunhundert Einwohner von DaveLand waren inzwischen Rechtsanwälte) lag Der Weg ins Nasenloch.

Der Weg ins Nasenloch war wahrscheinlich schlicht das Raffinierteste, was Dave sich je ausgedacht hatte. Selbst er, für den die meisten Dinge, die die meisten Leute für ziemlich raffiniert hielten, ziemlich blöd waren, hielt es für ziemlich raffiniert. Es war der einzige Grund dafür, daß dies alles hier war, und es war allmählich das einzige, abgesehen vielleicht von den Rechtsanwälten, was Dave dazu brachte, meistens alte Carpenters-Songs vor sich hin zu summen.

Die Sonne stand inzwischen hellglänzend über ganz DaveLand. Es war ziemlich hübsch, das mußte Dave zugeben, aber er mußte auch zugeben, daß er DaveLand irgendwie sehr gern gehabt hatte, als es nur seine eigene komische, lächerliche Stelle war, zu der er ging, weil nur er clever genug war, sich bis dorthin durchzuschlagen. Aber eines hatte zum anderen geführt, und inzwischen zu alledem. Hier stand er, erst fünfundzwanzig Jahre alt, und schon fühlte er sich allmählich fast wie dreißig.

Na ja, scheiß drauf. Heute würde er sich ein bißchen amüsieren. Er hob den großen Segeltuchsack auf und warf ihn sich wieder über die Schulter. Sam würde in Ohnmacht fallen. Die Anwälte würden durchdrehen. Gut. Er wandte sich um und stieg den Hügel weiter hinauf. Der Hügel hieß Top of the World, Dach der Welt, und war nach dem gleichnamigen Song der Carpenters benannt. Mit das Beste daran, seine eigene Welt zu besitzen, war, daß man einfach die Carpenters auf ihr mögen konnte.

Der Hügel wurde weiter oben ziemlich felsig und schroff, und Dave mußte ein wenig klettern, um dahin zu kommen, wohin er wollte.

Nach etwa zwanzig Minuten war ihm ziemlich heiß, und er war ein bißchen verschwitzt, aber er hatte es auf den Gipfel geschafft oder zumindest bis auf das letzte wichtige flache Stückchen, eine massive Platte aus tief gefurchtem Fels, auf die er sich setzte und den Sack fallen ließ. Er wartete ein Weilchen, um wieder zu Atem zu kommen, dann begann er den Sack auszupacken. Er zog aus ihm Aluminiumstreben heraus, er zog orangefarbene Schnüre und kleine violette Stücke Kevlar hervor.

Nach etwa zehn Minuten war das Ding fertig zusammengebaut, ein Apparat wie ein großes Insekt mit hauchdünnen Flügeln. Die zwischen die Streben des Rahmens gespannten Kevlar-Fetzen waren erstaunlich klein und merkwürdig geformt. Dave hatte errechnet, daß der größte Teil des Stoffs, der an konventionellen Hanggleitern eingesetzt wurde, überflüssig war, und hatte ihn weggelassen.

Systematisch überprüfte er den montierten Rahmen und vergewisserte sich, daß alles so war, wie es sein sollte, daß es davewürdig war.

Ängstlich schaute er in die Weite hinaus, doch nur kurz. Er würde es sowieso tun, folglich war es blöd, ängstlich zu sein. Vorsichtig hob er den Hanggleiter hoch und trug ihn vor an den Rand des Felsens, bis er auf einem Vorsprung stand, der die ganze Weite von DaveLand überblickte. Er bemerkte zufrieden, daß sein Gleiter, obwohl er kaum anders aussah als eine Art Trockengestell für Seidenbikinis, sehr steif war, und daß er ihn mit aller Kraft durch die Luft ziehen mußte, um ihn zu bewegen.

Von hier zur Villa Dave waren es in der Waagerechten etwa eine Meile und in der Senkrechten ein paar hundert Fuß. Gerade noch konnte er seinen in der Sonne funkelnden, großen blauen Swimmingpool sehen, der sorgfältig abgeschirmt im Innern des japanischen Gartens auf dem Gipfel von Daves Hügel lag. Durch die Entfernung und die Richtung der Sonne waren die Einzelheiten ein wenig schwierig zu erkennen, aber er hatte keine Zweifel, daß Sam dort neben dem Pool auf ihn warten würde. Er rechnete damit, daß er sich recht elegant in ihn hinabsenken könnte. Er blickte auf seine Uhr. Es war kurz nach acht, und er hatte das Treffen auf acht Uhr anberaumt. Sam würde da sein.

Sam fand, daß eine Menge von Daves Plänen und Projekten leichtsinnig, verrückt und verantwortungslos waren und gelegentlich geradezu an schlichten Blödsinn grenzten. Sich in den Swimmingpool zu stürzen, so etwas würden Blödmänner gar nicht schaffen. Aber wie schwierig konnte es sein, wenn man Dave war?

Er überprüfte die Windrichtung, legte einen leichten Sicherheitsgurt an, zog ihn straff, befestigte ihn mit Clips an dem Gleiter, fuhr mit den Händen durch zwei Schlaufen, packte die Hauptstreben und war startbereit.

Nun brauchte er sich nur noch ins Leere zu stürzen.

Mannomann. Okay. Los.

Keine Hektik, kein Blödsinn. Leichten Herzens warf er sich nach vorn und segelte in den leeren Raum. Die Luft rüttelte ihn zwar ein wenig durch, trug ihn aber sofort. Er stemmte sich gegen den Rahmen und versuchte, sich ein bißchen zu entspannen, dann entspannte er sich ein bißchen mehr und versuchte, eine gute Balance zu finden, so daß er locker blieb, aber schnell reagieren konnte. Das gelang ihm. Er war da draußen in der Luft. Er flog. Er war einfach so was wie ein Vogel.

He, es war wunderbar. Die leere Luft war gewissermaßen ein Schock, aber ein angenehmer Schock, wie ein Swimmingpool am Morgen. Und die Luft war gar nicht leer. Es war, als falle man in riesige unsichtbare Kissen, aus denen Finger ragten, die an einem zerrten und rissen, einem die Haare zerzausten und das T-Shirt zum Flattern brachten. Als sein Gehirn die ungeheure Weite um ihn herum erfaßte, kam er sich vor wie ein kleines, am Ende eines gewaltigen Mobiles hängendes Spielzeug, das sich langsam über DaveWelt drehte. Er schwenkte in einem großen, sanften Bogen ein wenig nach rechts und dann, auf eine leichte Verschiebung seines Gewichts hin, ein wenig nach links, doch noch immer, so schien es, bewegte er sich als Bogen innerhalb eines Bogens, als Rad innerhalb eines Rades. Die Welt, seine Welt, drehte sich langsam unter ihm, grün, fruchtbar, üppig und lebendig.

Es war etwa 1,2 Millionen Jahre her, seit die Menschheit plötzlich ausgestorben war, und die Welt hatte sich in dieser Zeit wirklich enorm erholt. Geologisch gesehen war es natürlich nur ein flüchtiger Augenblick gewesen, aber die Kräfte der Evolution hatten plötzlich Unmengen von Raum, in denen sie spielen, riesige Lücken, die sie füllen konnten, und alles hatte sich wie verrückt entwickelt. Jeder pflegte davon zu reden, daß er die Welt retten würde – nun, Dave hatte es getan. Jetzt war sie phantastisch. Die ganze Welt war jetzt richtig hübsch. DaveWelt. Yeah.

Er schwebte jetzt recht angenehm durch die Luft, kämpfte nicht gegen sie an, sondern ließ sich von ihr tragen. Aber so allmählich wuchs in ihm das Gefühl, daß sich einfach in den eigenen Swimmingpool fallen zu lassen möglicherweise ein bißchen schwieriger sein könnte, als er es erwartet hatte. Aber so mochte er die Dinge nun mal – ein bißchen schwieriger als er es erwartete.

Vielleicht würde es sogar sehr viel schwieriger, dachte er allmählich. Angenehm in der Schwebe zu bleiben, mit den Luftströmungen zu treiben und sich nach und nach tiefer sinken zu lassen, war eines, aber es war ganz was anderes, das Ding irgendwie sinnvoll zu steuern. Als er eine zu scharfe Kurve zu fliegen versuchte, begann die grazile Konstruktion um ihn herum zu klappern und recht beunruhigend zu knallen.

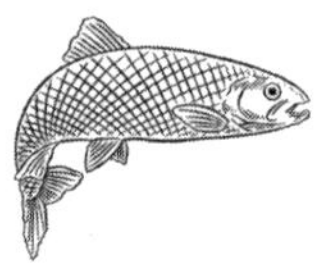

2

»Ich befasse mich nicht mit Katzen«, sagte Dirk Gently.

Sein Ton war scharf. Er war der Ansicht, daß er es in der Welt zu was gebracht hatte. Er besaß zwar keine Beweise, die seine Ansicht stützten, aber er war einfach der Meinung, es sei an der Zeit. Er hatte auch eine Magenverstimmung, aber die hatte ganz und gar nichts damit zu tun.

Die Frau – wie hieß sie noch? Melinda irgendwas. Er hatte den Namen irgendwo auf einen Zettel geschrieben, ihn aber inzwischen verkramt, möglicherweise unter dem Stapel ungeöffneter Kontoauszüge dort hinten an der Ecke seines Schreibtischs – stand vor seinem Schreibtisch und hatte ihre linke Augenbraue empört in die Höhe gezogen.

»In Ihrer Anzeige steht ...«

»Die Anzeige ist nicht mehr gültig«, unterbrach Dirk barsch. »Ich befasse mich nicht mit Katzen.« Er wedelte mit der Hand als Zeichen, sie solle verschwinden, und tat, als sei er mit irgendwelchem Papierkram beschäftigt.

»Womit befassen Sie sich denn?« beharrte sie.

Dirk schaute kurz hoch. Schon als die Frau hereingekommen war, hatte er eine Abneigung gegen sie gehabt. Sie hatte ihn nicht nur vollkommen überrumpelt, sie war obendrein auch noch beängstigend schön. Er mochte keine schönen Frauen. Sie brachten ihn durcheinander mit ihrer Grazie, ihrem Charme, ihrem übermäßigen Liebreiz und daß sie sich absolut weigerten, mit ihm essen zu gehen. Er spürte vom ersten Augenblick an, als diese Melinda ins Zimmer kam, daß sie mit ihm nicht essen gehen würde, selbst wenn er der letzte Mann auf Erden wäre und ein rosafarbenes Cadillac-Kabrio besäße, und so beschloß er, Präventivmaßnahmen zu ergreifen. Wenn sie schon nicht mit ihm essen gehen würde, dann würde sie unter seinen Bedingungen nicht mit ihm essen gehen.

»Geht Sie nichts an«, schnappte er. Seine Eingeweide gurgelten peinlich.

Sie zog auch die andere Augenbraue nach oben.

»Habe ich Sie mit dem Termin, den ich mit Ihnen habe, zu einer ungünstigen Zeit erwischt?«

»Ja«, dachte Dirk, sagte es aber nicht. Es war einer der schlechtesten Monate, an die er sich erinnern konnte. Die Geschäfte waren schleppend gelaufen, aber nicht nur schleppend. Was normalerweise ein Rieseln war, hatte sich zunächst zu einem Tröpfeln verlangsamt und war dann völlig versiegt. Nichts. Niemand. Keinerlei Arbeit, es sei denn man zählte die bekloppte Alte dazu, die mit einem Hund zu ihm gekommen war, dessen Name ihr nicht mehr einfiel. Sie habe, sagte sie, einen leichten Schlag gegen den Kopf erlitten und dadurch den Namen ihres Hundes vergessen, woraufhin er nicht käme, wenn sie ihn riefe. Ob er nicht bitteschön herausfinden könnte, wie der Hund heißt. Normalerweise würde sie ihren Mann fragen, erklärte sie, der sei aber neulich beim Bungee-jumping gestorben, was er in seinem Alter nicht hätte tun sollen, nur war es sein siebzigster Geburtstag, und er sagte, er würde genau das tun, was er wollte, und wenn es ihn umbrächte, was es natürlich prompt tat, und obwohl sie natürlich versucht hatte, durch ein Medium Kontakt mit ihm aufzunehmen, lautete die einzige Mitteilung, die sie von ihm erhalten hatte, daß er an diesen dummen Spiritualisten-Blödsinn nicht glaube, es sei alles ein verdammter Humbug, was sie sehr grob von ihm fand und sicherlich ziemlich peinlich für das Medium. Und so weiter.

Er hatte den Auftrag übernommen. So weit war es mit ihm gekommen.

Natürlich verriet er nichts von alledem. Er warf dieser Melinda bloß einen kühlen Blick zu und sagte: »Das hier ist ein achtbares Privatdetektivbüro. Ich …«

»Achtbar«, sagte sie, »oder geachtet?«

»Was wollen Sie damit sagen?« Dirk brachte normalerweise viel schärfere Erwiderungen als diese zuwege, aber wie die Frau ja bereits gesagt hatte, hatte sie ihn zu einer ungünstigen Zeit erwischt. Nach einem Wochenende, das davon beherrscht gewesen war, den Namen eines Hundes herauszufinden, war gestern überhaupt nichts passiert, wenn man von einer Geschichte absah, die ihm einen sehr üblen Schrecken versetzt und ihn auf die Idee gebracht hatte, ob er nicht langsam verrückt würde.

»Ist ’n himmelweiter Unterschied«, fuhr diese Melinda fort. »Wie der Unterschied zwischen etwas, das angeblich aufblasbar, und etwas, das wirklich aufgeblasen ist. Zwischen etwas, das angeblich unzerbrechlich ist, und etwas, das es tatsächlich übersteht, kräftig gegen die Wand gedonnert zu werden.«

»Was?« sagte Dirk.

»Ich meine, wie achtbar Ihr Büro auch sein mag, wenn es tatsächlich geachtet wäre, könnten Sie sich wahrscheinlich einen Teppich, etwas Farbe an den Wänden und vielleicht sogar einen zweiten Stuhl hier drin leisten, auf den man sich setzen kann.«

Dirk hatte keine Ahnung, was mit dem zweiten Stuhl in seinem Büro geschehen war, aber das würde er bestimmt nicht zugeben.

»Sie brauchen keinen Stuhl«, sagte er. »Ich fürchte, Sie sind aufgrund eines Mißverständnisses hier. Wir haben nichts zu besprechen. Ihnen einen guten Tag, verehrte gnädige Frau, aber ich werde nicht nach Ihrer verschwundenen Katze suchen.«

»Ich habe gar nicht gesagt, daß die Katze verschwunden ist.«

»Entschuldigung«, sagte Dirk. »Sie haben doch klar und deutlich ...«

»Ich habe gesagt, es ginge sozusagen um eine verschwundene Katze. Sie ist nur zur Hälfte verschwunden.«

Dirk sah sie ausdruckslos an. Abgesehen davon, daß sie auf eine irgendwie blonde, gertenschlanke Art äußerst gut aussah, war sie sehr elegant gekleidet, und zwar nach der »Es ist mir egal, was ich anziehe, halt irgendwelche alten Plünnen, die zufällig herumliegen«-Methode, die darauf beruht, daß man äußerst sorgfältig darauf achtet, was man zufällig so herumliegen läßt. Sie war offensichtlich recht klug, hatte wahrscheinlich eine ziemlich gute Stellung, wie etwa die Leitung irgendeiner größeren Textil- oder Telekommunikationsfirma, obwohl sie zweifellos erst zweiunddreißig war. Mit anderen Worten, sie gehörte genau zu den Menschen, denen es nicht passiert, daß sie ihre Katze nicht mehr finden können, und die sicherlich nicht zu lumpigen kleinen Privatdetektivbüros gelaufen kommen, falls es ihnen passiert. Er fühlte sich unbehaglich.

»Drücken Sie sich bitte klar aus«, sagte er scharf. »Meine Zeit ist kostbar.«

»Ach ja? Wie kostbar denn?«

Sie sah sich verächtlich in seinem Büro um. Er mußte sich insgeheim eingestehen, daß es schrecklich aussah, aber er dachte gar nicht daran, einfach nur so dazusitzen und es hinzunehmen. Bloß weil er Arbeit brauchte, Geld nötig hatte und nichts Besseres mit seiner Zeit anzufangen wußte, brauchte niemand anzunehmen, er würde nach der Pfeife jeder gutaussehenden Frau tanzen, die in sein Büro hereinmarschiert kam und sich erbot, für seine Dienste zu zahlen. Er fühlte sich gedemütigt.

»Ich rede nicht von meinen Honoraren, auch wenn sie, das kann ich Ihnen versichern, beängstigend hoch sind. Ich dachte nur an die vergehende Zeit. Zeit, die nie wieder so vergehen wird.«

Er beugte sich energisch nach vorn.

»Die Zeit ist ein endliches Gebilde, verstehen Sie. Nur noch etwa vier Milliarden Jahre, bis die Sonne explodiert. Ich weiß, im Augenblick sieht das nach sehr viel aus, aber diese Zeit wird schnell vergehen, wenn wir sie bloß mit albernem Blödsinn und unverbindlichem Gerede verplempern.«

»Unverbindliches Gerede! Wir reden hier über die Hälfte meiner Katze!«

»Gnädige Frau, ich weiß nicht, wer dieses ›wir‹ ist, auf das Sie sich beziehen, aber …«

»Hören Sie zu. Wenn Sie die Einzelheiten dieses Falles erfahren haben, werden Sie sich vielleicht entschließen, ihn nicht zu übernehmen, weil er, zugegeben, ein bißchen sonderbar ist. Aber ich habe mit Ihnen einen Termin vereinbart auf der Basis dessen, was in Ihrer Annonce steht, nämlich daß Sie verlorengegangene Katzen wiederfinden, und wenn Sie mir einen Korb geben, nur weil Sie verlorengegangene Katzen nicht wiederfinden, dann muß ich Sie daran erinnern, daß es ja auch noch die Gewerbeordnung gibt. Ich weiß nicht mehr genau, was da drin steht, wette aber um fünf Pfund, sie besagt, daß Sie das nicht tun dürfen.«

Dirk seufzte. Er griff zu einem Bleistift und zog einen Schreibblock zu sich heran.

»Na schön«, sagte er. »Ich werde mir die Einzelheiten des Falles notieren.«

»Vielen Dank.«

»Und dann werde ich ihn ablehnen.«

»Das ist Ihre Sache.«

»Ich will damit sagen«, sagte Dirk, »daß sie das nicht ist. Also. Wie heißt diese Katze?«

»Gusty.«

»Gusty.«

»Ja. Kurz für Gusty Winds. Böige Winde.«

Dirk sah sie an. »Ich verkneife mir die Frage«, sagte er.

»Das werden Sie noch bereuen.«

»Das zu beurteilen überlasse ich Ihnen.«

Sie zuckte die Achseln.

»Männchen?« fragte Dirk. »Weibchen?«

»Männchen.«

»Alter?«

»Vier Jahre.«

»Farbe?«

»Tja, äh. Das ist ein bißchen kompliziert.«

»Wie schwierig kann die Frage denn sein? Was ist er, schwarz? Weiß? Rötlichbraun? Getigert?«

»Oh. Ein Siamkater.«

»Gut«, sagte Dirk und notierte »Siamkater«. »Und wann haben Sie ihn zum letzten Mal gesehen?«

»Vor etwa drei Minuten.«

Dirk legte den Bleistift hin und sah sie an.

»Vielleicht vier, wenn man's genau nimmt«, setzte sie hinzu.

»Mal sehen, ob ich Sie richtig verstanden habe«, sagte Dirk. »Sie sagen, Ihnen ist Ihr Kater, äh, ›Gusty‹ weggelaufen, während Sie hier stehen und mit mir reden?«

»Nein. Er ist mir vor zwei Wochen weggelaufen – oder sozusagen zur Hälfte weggelaufen. Aber zuletzt gesehen habe ich ihn, das war ja Ihre Frage, unmittelbar bevor ich in Ihr

Büro gekommen bin. Ich habe nur mal eben nachgesehen, ob er okay ist. Und das war er. Na ja, sozusagen okay. Wenn man das okay nennen kann.«

»Und … äh, wo war er genau, als sie nachgesehen haben, ob er okay war?«

»In seinem Korb. Soll ich ihn reinholen? Er steht gleich hier draußen.«

Sie ging aus dem Zimmer und kam mit einem mittelgroßen Katzenkorb aus Weidengeflecht zurück. Sie stellte ihn auf Dirks Schreibtisch. Sein Inhalt miaute leise. Sie schloß die Tür hinter sich.

Dirk runzelte die Stirn.

»Entschuldigen Sie, wenn ich ein bißchen schwer von Begriff bin«, sagte er, während er um den Korb herum den Blick auf sie richtete. »Sagen Sie mir, welchen Teil der Geschichte ich falsch verstanden habe. Wie mir scheint, fragen Sie mich, ob ich meine beruflichen Erfahrungen darauf verwenden möchte, nach einem Kater zu suchen, ihn wenn möglich zu finden und Ihnen wiederzubringen …«

»Ja.«

»… den Sie aber in einem Katzenkorb bereits bei sich haben.«

»Tja, das stimmt bis zu einem gewissen Punkt.«

»Und welcher Punkt ist das?«

»Sehen Sie doch selbst nach.«

Sie zog die Metallstange heraus, die den Deckel festhielt, langte in den Korb, hob den Kater heraus und stellte ihn neben den Korb auf Dirks Schreibtisch.

Dirk sah ihn an.

Er – Gusty – sah Dirk an.

Es gibt eine ganz spezielle Verachtung, mit der Siamkatzen einen anblicken. Jeder, der versehentlich bei der Queen reingeplatzt ist und sie beim Zähneputzen erwischt hat, wird diesen Blick kennen.

Gusty sah Dirk an und fand ihn offensichtlich irgendwie abstoßend. Er drehte sich weg, gähnte, streckte sich, putzte kurz seine Schnurrhaare, leckte ein kleines Stückchen zerzaustes Fell glatt, sprang dann leichtfüßig vom Tisch und begann, einen Dielensplitter in Augenschein zu nehmen, den er viel interessanter fand als Dirk.

Wortlos starrte Dirk Gusty an. Bis zu einem gewissen Punkt sah Gusty genau wie ein normaler Siamkater aus. Bis zu einem gewissen Punkt. Der Punkt, bis zu dem Gusty wie ein normaler Siamkater aussah, war seine Taille, die durch ein schmales, wolkiges, graues Band begrenzt war.

»Die Vorderhälfte sieht ja ganz gut aus«, sagte Melinda Wie-auch-immer-sie-heißen-mochte mit leiser Stimme. »Eigentlich ganz geschmeidig und gesund.«

»Und die hintere Hälfte?« fragte Dirk.

»Ist das, wonach ich Sie zu suchen bitte.«

Hinter dem grauen, wolkigen Band war nichts mehr. Der Körper des Katers hörte einfach mittendrin auf. Alles etwa unterhalb der neunten Rippe war, tja, nicht vorhanden.

Das Merkwürdige daran war, daß der Kater davon völlig unbeeindruckt zu sein schien. Was nicht heißen soll, daß er mit seinem schlimmen Gebrechen zu leben gelernt hätte oder daß er beherzt das Beste aus seinem Zustand machte. Er war schlicht und einfach davon völlig unberührt. Er schien ihn nicht zu bemerken. Nicht genug damit, daß der Kater die normalen Erfordernisse der Biologie mißachtete, er stand auch im klaren Widerspruch zu den Gesetzen der Physik. Er lief, sprang, spazierte und saß genau so, als wenn seine hintere Hälfte da gewesen wäre.

»Sie ist nicht unsichtbar«, sagte Melinda und hob den Kater ungeschickt vom Boden hoch. »Sie ist wirklich nicht vorhanden.« Sie wedelte mit der Hand durch die Luft, wo das Hinterteil des Katers eigentlich hätte sein sollen. Der wand und drehte sich in ihrem Griff, miaute verärgert und sprang dann flink auf den Boden, wo er beleidigt umherstolzierte.

»Jungejunge«, sagte Dirk und bettete das Kinn auf seine spitz zusammengelegten Finger. »Das ist merkwürdig.«

»Sie übernehmen den Fall?«

»Nein«, sagte Dirk. Er schob den Schreibblock von sich weg. »Tut mir leid, aber ich kann mich mit solchem Zeug nicht befassen. Wenn ich zu etwas noch weniger Lust habe, als eine Katze zu suchen, dann ist es, eine halbe Katze zu suchen. Angenommen, ich hätte das Unglück, sie zu finden. Was dann? Wie sollte ich sie denn wieder zusammenleimen? Es tut mir leid, aber mit Katzen bin ich fertig, und ich bin absolut fertig mit allem, was auch nur entfernt nach Übernatürlichem oder Übersinnlichem riecht. Ich bin ein rationales Wesen und … entschuldigen Sie bitte.« Das Telefon klingelte. Dirk hob ab. Er seufzte. Es war Thor, der altnordische Donnergott. Daß er es war, erkannte Dirk augenblicklich an dem langen, unheilvollen Schweigen und den leisen, gereizten Brummtönen, denen ein seltsames fernes Brüllen folgte. Thor kam mit Telefonen nicht sehr gut klar. Normalerweise stellte er sich drei Meter davon entfernt auf und schrie ihnen göttliche Befehle zu. Das funktionierte überraschend gut, soweit es um das Herstellen der Verbindung ging, machte aber ein Gespräch fast unmöglich.

Thor war bei einer jungen Amerikanern aus Dirks Bekanntenkreis eingezogen, und Dirk entnahm den seltsamen isländischen Erklärungen, die durch die Leitung hallten, daß er, Dirk, heute nachmittag zum Tee vorbeikommen solle.

Dirk sagte, ja, das wisse er, er werde etwa um fünf da sein und freue sich darauf und bis später; aber Thor hörte von da, wo er stand, natürlich nichts von alledem, wurde langsam wütend und brüllte wie ein Wahnsinniger.

Dirk mußte es schließlich aufgeben, legte zögernd auf und hoffte nur, Thor würde in Kates kleiner Wohnung nicht allzu viel Schaden anrichten. Er wußte, daß es ihr gelungen war, den mächtigen Gott zu überreden, während seiner Wutanfälle Pakete mit Kartoffelchips zu zerquetschen statt echte Sofas und Motorräder, aber manchmal stand es auf des Messers Schneide, wenn Thor wirklich nicht kapierte, was Sache war.

Dirk fühlte sich bedrückt. Er schaute auf. Ach ja.

»Nein«, sagte er. »Gehen Sie. Ich mag mit solchem Zeug nichts mehr zu tun haben.«

»Aber Mr. Gently, soviel ich weiß, haben Sie einen gewissen Ruf auf diesem Gebiet.«

»Und den genau möchte ich loswerden. Also gehen Sie bitte und nehmen Sie ihr zweifüßiges Katzenvieh mit.«

»Na schön, wenn Sie meinen …«

Sie schnappte sich den Katzenkorb und schlenderte nach draußen. Der Halbkatze gelang es mit ziemlich gutem Erfolg, ebenfalls hinauszuschlendern.

Dirk saß an seinem Schreibtisch, schäumte ein, zwei Minuten vor sich hin und überlegte, warum er heute nicht auf dem Damm war. Als er aus seinem Fenster sah, erblickte er die äußerst attraktive und faszinierende Klientin, die er eben aus schierer Verdrießlichkeit so unhöflich abgewiesen hatte. Sie sah besonders großartig und charmant aus, als sie über die Straße auf ein schwarzes Londoner Taxi zueilte.

Er rannte zum Fenster und riß es auf. Er beugte sich hinaus.

»Abendessen kommt also wohl nicht in Frage?« schrie er.

3

»Thor hast du gerade verpaßt, tut mir leid«, sagte Kate Schechter. »Plötzlich ist er in einem Anfall nordischer Existenzangst weggerannt.«

Sie fuchtelte mit der Hand vage zu dem klaffenden, gezackten Loch in dem Fenster mit Blick auf Primrose Hill hinüber. »Ist wahrscheinlich wieder im Zoo, um Elche anzustarren. In ein paar Stunden wird er voller Bier und schlechtem Gewissen wieder da sein und eine große Glasscheibe anschleppen, die nicht paßt. Darüber wird er dann wieder die Fassung verlieren und irgendwas anderes in Stücke hauen.«

»Zwischen uns gab es leider ein kleines Mißverständnis am Telefon«, sagte Dirk. »Aber ich weiß wirklich nicht, wie ich es vermeiden soll.«

»Das kannst du nicht«, sagte Kate. »Er ist kein glücklicher Gott. Es ist nicht seine Welt. Wird es auch nie sein.«

»Also, was wirst du tun?«

»Ach, es gibt jede Menge zu tun. Allein die Sachen zu reparieren, hält mich auf Trab.«

Es war nicht das, was Dirk gemeint hatte, aber er bemerkte, daß sie es wußte, und bohrte nicht weiter nach. Sie ging in diesem Moment sowieso in die Küche, um den Tee zu holen. Er ließ sich in einen angejahrten Sessel sinken und sah sich in der kleinen Wohnung um. Ihm fiel auf, daß sich inzwischen ziemlich viele Bücher über nordische Mythologie auf Kates Schreibtisch stapelten, aus denen zahlreiche Lesezeichen und mit Anmerkungen versehene Karteikarten herauslugten. Sie tat offenbar ihr Bestes, um mit der Situation fertig zu werden. Doch ein Buch, das etwa vier Zoll tief in der Wand steckte und zweifellos mit übermenschlicher Kraft dorthin befördert worden war, vermittelte eine gewisse Vorstellung von der Sorte Schwierigkeiten, mit denen sie zu tun hatte.

»Frage bloß nicht«, sagte sie, als sie mit dem Tee zurückkam. »Erzähl mir lieber, was mit dir ist.«

»Ich habe heute nachmittag etwas gemacht«, sagte er und rührte in dem blassen, schwächlichen Tee, wobei ihm plötzlich wieder einfiel, daß Amerikaner natürlich keine Ahnung haben, wie man welchen macht, »was unglaublich dämlich war.«

»Ich hatte den Eindruck, du wärst ein bißchen verstimmt.«

»Wahrscheinlich eher die Ursache als die Wirkung. Ich hatte eine fürchterliche Woche, außerdem eine Magenverstimmung, und die hat mich wohl ein bißchen …«

»Sag nichts. Du bist einer sehr attraktiven und begehrenswerten Frau begegnet und warst unglaublich arrogant und grob zu ihr.«

Dirk starrte sie an. »Woher weißt du das?« flüsterte er.

»Das tust du doch immer. Hast du auch mit mir gemacht.«

»Hab ich nicht!« protestierte Dirk.

»Hast du doch!«

»Nein, nein, nein.«

»Ich versichere dir, du ...«

»Warte«, unterbrach Dirk sie. »Jetzt fällt's mir wieder ein. Hmm. Interessant. Und du sagst, ich mache das immer?«

»Vielleicht nicht immer. Wahrscheinlich mußt du hin und wieder mal schlafen.«

»Aber du behauptest, daß ich zu attraktiven Frauen normalerweise grob und arrogant bin?«

Er hievte sich aus dem Sessel hoch und kramte in seiner Tasche nach einem Notizbuch.

»Ich wollte nicht, daß du's so ernst nimmst, es ist nicht direkt ein schwerer ... na ja, wenn ich jetzt so drüber nachdenke, vermute ich doch, daß es wahrscheinlich ein schwerer Charakterfehler ist. Was machst du denn da?«

»Oh, ich mache mir nur eine Notiz. Das Komische am Leben als Privatdetektiv – man verbringt seine Zeit damit, kleine Dinge über andere Leute herauszufinden, die kein anderer weiß, aber dann kommt man dahinter, daß es alle möglichen Dinge gibt, die alle anderen von einem wissen, bloß man selbst nicht. Wußtest du zum Beispiel, daß ich einen merkwürdigen Gang habe? Jemand hat ihn mir als watschelndes Stolzieren beschrieben.«

»Ja, natürlich weiß ich das. Jeder, der dich kennt, weiß das.«

»Nur ich nicht, verstehst du?« sagte Dirk. »Jetzt, wo ich's weiß, habe ich mich, wenn ich an Schaufenstern vorbeigehe, dabei zu ertappen versucht. Funktioniert natürlich nicht. Ich sehe mich immer nur mitten im Schritt verharren, einen Fuß in der Luft, und wie ein Fisch den Mund aufsperren. Jedenfalls bin ich dabei, eine kleine Liste aufzustellen, zu der ich eben hinzugefügt habe: ›Bin immer äußerst grob und arrogant zu attraktiven Frauen.‹«

Dirk stand auf und starrte einen Moment lang auf die Notiz.

»Weißt du was«, sagte er nachdenklich, »das könnte erstaunlich vieles erklären.«

»Ach, komm«, sagte Kate. »Du nimmst das ein bißchen zu wörtlich. Ich wollte damit nur sagen, daß ich bemerkt habe, daß du, wenn du dich nicht gut fühlst oder irgendwie in der Klemme steckst, in die Defensive gerätst, und immer dann … schreibst du das auch alles auf?«

»Natürlich. Es ist alles nützliches Material. Am Ende könnte ich vielleicht regelrechte Ermittlungen gegen mich selber führen. Hab verdammt noch mal nichts anderes zu tun im Augenblick.«

»Keine Arbeit?«

»Nein«, antwortete Dirk niedergeschlagen.

Kate versuchte ihm einen gewitzten Blick zuzuwerfen, aber er guckte aus dem Fenster.

»Und hat die Tatsache, daß du keine Arbeit hast, irgendwas damit zu tun, daß du sehr grob zu einer attraktiven Frau gewesen bist?«

»Kommt einfach so reingeplatzt«, murmelte Dirk halb vor sich hin.

»Sag nichts weiter«, sagte Kate. »Sie wollte, daß du nach einer entlaufenen Katze suchst.«

»O nein«, erwiderte Dirk. »Nichts derart Großartiges. Vergangen sind die Zeiten, als ich noch nach ganzen Katzen zu suchen hatte.«

»Was meinst du denn damit?«

Dirk beschrieb die Katze. »Verstehst du, womit ich mich herumplagen muß?« setzte er hinzu.

Kate starrte ihn an.

»Das ist nicht dein Ernst.«

»Doch«, sagte er.

»Eine halbe Katze?«

»Ja. Nur die hintere Hälfte.«

»Ich meinte, du hättest gesagt, die vordere Hälfte …«

»Nein, die hatte sie. Die war vollständig da. Sie wollte nur, daß ich die hintere Hälfte suche.« Er blickte über den erhabenen Rand seiner Porzellanteetasse hinweg gedankenverloren auf London.

Kate sah ihn mißtrauisch an.

»Aber ist das nicht …«, sagte sie, »… sehr, sehr, sehr eigenartig?«

Dirk drehte sich um und sah sie an.

»Ich würde sagen«, erklärte er, »es war das allereigenartigste und ungewöhnlichste Phänomen, das ich in meinem ganzen Leben voller eigenartiger und ungewöhnlicher Phänomene zu sehen bekommen habe. Leider«, fügte er hinzu und drehte sich wieder weg, »war ich nicht in der richtigen Stimmung dafür.«

»Was meinst du damit?«

»Ich hatte eine Magenverstimmung. Ich habe immer schlechte Laune, wenn ich eine Magenverstimmung habe.«

»Und nur deswegen hast du …«

»Es war mehr als nur das. Ich hatte auch den Zettel verlegt.«

»Welchen Zettel denn?«

»Auf den ich mir den Termin mit ihr notiert hatte. Kam unter einem Stapel Kontoauszügen wieder zum Vorschein.«

»Die du nie öffnest oder dir ansiehst.«

Dirk zog die Stirn kraus und klappte wieder sein Notizbuch auf.

»'Öffne … nie … Konto… auszüge'«, notierte er nachdenklich. »Also, als sie ankam«, fuhr er fort, nachdem er das Buch wieder in seine Tasche gesteckt hatte, »hatte ich sie nicht erwartet und war folglich nicht Herr der Lage. Was bedeutete, daß …«

Er zog wieder sein Notizbuch heraus und schrieb etwas hinein.

»Was notierst du dir jetzt?« fragte Kate.

»Will immer alles unter Kontrolle haben«, sagte Dirk. »Mein erster Impuls war, sie aufzufordern, Platz zu nehmen und dann so zu tun, als würde ich an etwas weiterarbeiten, während ich meine Fassung wiedergewann.«

»Und?«

»Ich sah mich um und bemerkte, es war kein zweiter Stuhl da. Weiß Gott, wohin der verschwunden war. Was bedeutete, daß sie vor mir stehenbleiben mußte. Was ich auch nicht mag. Das war der Moment, in dem ich richtig muffig wurde.« Er blickte wieder in sein Notizbuch und blätterte darin herum. »Seltsames Zusammentreffen von winzigkleinen Ereignissen, findest du nicht auch?«

»Wie meinst du das?«

»Na ja, hier bot sich mir ein ganz außergewöhnlicher Fall. Eine schöne, intelligente und offenbar betuchte Frau taucht auf und bietet an, mich für die Untersuchung eines Phänomens zu bezahlen, das die gesamten Grundlagen von allem, was wir über Physik und Biologie wissen, in Frage stellt, und ich ... lehne ab. Erstaunlich. Normalerweise würde man mich festnageln müssen, um mich von einem Fall wie diesem zurückzuhalten. Es sei denn«, setzte er nachdenklich hinzu und wedelte mit seinem Notizbuch langsam in der Luft herum, »es sei denn, man kannte mich so gut.«

»Worauf willst du hinaus?«

»Tja, ich weiß nicht. Die ganze Folge kleiner Hindernisse wäre vollkommen unsichtbar gewesen, wenn man von einer Sache absieht. Als ich nämlich schließlich den Zettel fand, auf dem ich mir ihre Einzelheiten notiert hatte, fehlte die Telefonnummer. Der untere Teil des Zettels war abgerissen. Und so ist es für mich nicht leicht, sie zu finden.«

»Na ja, du könntest versuchen, die Auskunft anzurufen. Wie heißt denn die Frau?«

»Smith. Hoffnungslos. Aber findest du es nicht merkwürdig, daß die Nummer abgerissen worden war?«

»Nein, eigentlich nicht, wenn ich ehrlich sein soll. Man reißt doch ständig Papierschnipsel ab. Ich kann verstehen, daß du möglicherweise in einer Stimmung bist, in der du aus der Sache irgendeine massive, das Raum-Zeit-Kontinuum verbiegende Verschwörungstheorie konstruierst, aber ich habe den Verdacht, daß du einfach einen Papierstreifen abgerissen hast, um dir damit die Ohren zu putzen.«

»Du würdest dir auch Gedanken über das Raum-Zeit-Kontinuum machen, wenn du diese Katze gesehen hättest.«

»Vielleicht mußt du einfach mal deine Kontaktlinsen reinigen lassen.«

»Ich trage keine Kontaktlinsen.«

»Vielleicht wär's an der Zeit, daß du welche trägst.«

Dirk seufzte. »Vermutlich ist meine Phantasie gelegentlich ein bißchen überreizt«, sagte er. »Ich hatte in letzter Zeit einfach zu wenig zu tun. Das Geschäft ging so schleppend, daß ich sogar nachgesehen habe, ob meine Nummer richtig in den Gelben Seiten steht, und dann habe ich mich selber angerufen, um zu überprüfen, ob's funktioniert. Kate ...?«

»Ja, Dirk?«

»Du würdest es mir doch sagen, wenn ich allmählich durchdrehe oder so was, stimmt's?«

»Dafür sind Freunde schließlich da.«

»Wirklich?« sinnierte Dirk. »Wirklich? Weißt du, das habe ich mich oft gefragt. Ich frage, weil als ich mich selbst angerufen habe...«

»Ja?«

»Habe ich den Hörer abgenommen.«

»Dirk, alter Freund«, sagte Kate, »du brauchst etwas Ruhe.«

»Ich habe nichts als Ruhe gehabt«, brummte Dirk.

»In dem Fall brauchst du unbedingt was zu tun.«

»Ja«, antwortete Dirk. »Aber was?«

Kate seufzte. »Ich kann dir nicht sagen, was du tun sollst, Dirk. Du läßt dir von keinem etwas sagen. Nie glaubst du etwas, es sei denn, du hast es selber herausgefunden.«

»Hmmm«, sagte Dirk und schlug sein Notizbuch wieder auf. »Das ist wirklich interessant.«

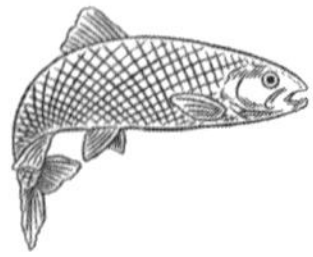

4

»Josh«, sagte eine Stimme mit einer Art schwedisch-irischem Akzent.

Dirk beachtete sie nicht. Er leerte seinen kleinen Einkaufsbeutel in Teile seiner schlimm zugerichteten Küche. Es handelte sich vor allem um Tiefkühlpizzen, und die gingen zum größten Teil in sein kleines Tiefkühlfach, das fast völlig mit alten, weißen, platt gepreßten Dingen gefüllt war, vor deren Identifizierung er sich im Augenblick zu sehr fürchtete.

»Jude«, sagte die schwedisch-irische Stimme.

»Don't make it bad«, summte Dirk vor sich hin. Er schaltete das Radio zu den Sechs-Uhr-Nachrichten ein. Die brachten vor allem düsteres Zeug. Umweltverschmutzung, Katastrophen, Bürgerkriege, Hungersnöte usw. sowie, lediglich als Zugabe, Spekulationen darüber, ob die Erde von einem riesigen Kometen getroffen werden würde oder nicht.

»Julian«, sagte die schwedisch-irische Stimme blechern. Dirk schüttelte den Kopf. Bestimmt nicht.

Mehr zu der Kometengeschichte: Es gab die unterschiedlichsten Ansichten darüber, was genau geschehen würde. Einige Experten meinten, er werde am siebzehnten Juni auf Sheridan, Wyoming, niedergehen. NASA-Wissenschaftler sagten, er werde in der oberen Atmosphäre verglühen und nicht bis zur Erde gelangen. Ein Team indischer Astronomen meinte, er werde mehrere Millionen Meilen entfernt an der Erde vorbeifliegen und später in die Sonne stürzen. Die britischen Experten sagten, er werde genau das tun, was die Amerikaner sagten.

»Julio«, sagte die Stimme. Keine Reaktion.

Die nächste Radiomeldung verpaßte Dirk wegen des Lärms, den seine flatternde Fassadenwand machte. Seine Fassade bestand im Moment aufgrund eines ein paar Wochen zurückliegenden Vorkommnisses aus großen, dicken Plastikbahnen; und zwar war da in einem radikalen Abweichen von den Verhaltensformen, die Dirks Nachbarn favorisierten, ein Tornado-Kampfflugzeug aus Dirks Hausfassade geschossen und dröhnend auf Finsbury gestürzt.

Natürlich gab es eine absolut logische Erklärung für das Ganze, und Dirk war es satt, sie zu geben. Dirk hatte ein Tornado-Kampfflugzeug in seiner Diele gehabt, weil er nicht gewußt hatte, daß es ein Tornado-Kampfflugzeug war. In seinen Augen hatte es sich lediglich um einen großen, schlecht gelaunten Adler gehandelt, den er in seine Diele gesperrt hatte, so wie das jeder tun würde, um ihn daran zu hindern, ständig im Sturzflug auf ihn niederzugehen. Daß ein großes Tornado-Kampfflugzeug für kurze Zeit die Gestalt eines Adlers angenommen hatte, lag an einer unglücklichen Luftkollision mit dem Donnergott Thor aus der Sage, und …

Dies war der Teil der Geschichte, bei dem sich Dirk üblicherweise ein bißchen anstrengen mußte, um die geduldige Aufmerksamkeit seiner Zuhörer wachzuhalten, die er, falls er erfolgreich war, noch weiter mit der Erklärung strapazierte, der Donnergott Thor habe seinen Wutanfall sodann bereut und beschlossen, die Dinge wieder in Ordnung zu bringen, indem er dem Tornado seine alte Form zurückgab. Leider war Thor, da er ein Gott ist, mit seinen Gedanken bei höheren, zumindest aber anderen Dingen gewesen und hatte nicht angerufen, wie das jeder Sterbliche wohl getan hätte, um anzufragen, ob es der richtige Moment sei. Er hatte es einfach beschlossen, und so geschah es, peng.

Totale Verwüstung.

Und dazu das verdammte Versicherungsproblem. Die damit befaßten Versicherungsgesellschaften hatten allesamt geltend gemacht, es handele sich hier nach allen vernünftigen Kriterien um einen »act of God«, um höhere Gewalt. Aber, hatte Dirk argumentiert, von welchem Gott? England sei laut Verfassung ein christlich-monotheistischer Staat, folglich müsse sich jeder in einem juristischen Dokument so bezeichnete »act of God« auf diesen Anglikaner in den Bleiglasfenstern beziehen und nicht auf irgendeinen polytheistischen Rowdy aus Norwegen. Und so weiter.

Unterdessen wurde Dirks Haus – nicht gerade ein Prachtbau, um es gleich zu sagen – mit Gerüsten abgestützt und mit Plastikplanen verhängt, und Dirk hatte keine Ahnung, wann er es würde reparieren lassen können. Falls die Versicherung nicht zahlte – was immer wahrscheinlicher wurde angesichts der Strategie, die die Versicherungsgesellschaften in den letzten Jahren ergriffen hatten, nämlich für ihre Dienstleistungen Reklame zu machen, statt sie wirklich durchzuführen – würde Dirk in die Zwangslage geraten ... tja, er wußte nicht genau, in welche. Er hatte kein Geld. Zumindest kein eigenes. Er besaß noch etwas von dem Bankkredit, wusste aber nicht, wie viel das war.

»Justin«, intonierte das Stimmchen. Es erfolgte keine Reaktion.

Dirk lud seine ungeöffneten Kontoauszüge auf dem Küchentisch ab und schaute sie voll Abscheu an. Einen Augenblick kam es ihm so vor, als würden die Umschläge leicht vibrieren, ja als würde das gesamte Raum-Zeit-Kontinuum langsam um sie zu kreisen beginnen und in ihren Ereignishorizont gesaugt, aber das bildete er sich wahrscheinlich nur ein.

»Karl.« Nichts. »Karel. Keir.« Nichts. Nichts.

Dirk machte Kaffee, wobei er den längeren Weg durch seine Küche einschlug, um seinen Kontoauszügen ja nicht zu nahe zu kommen, jetzt wo er sie abgelegt hatte. Eigentlich konnte man sein gesamtes Erwachsenenleben als Anstrengung interpretieren, das Öffnen seiner Kontoauszüge zu vermeiden. Die Kontoauszüge von jemand anderem – ja, das war ganz was anderes. Er war kaum glücklicher, als wenn er sich in die Kontoauszüge eines anderen vertiefte: stets fand er, daß sie reich an Atmosphäre und erzählerischem Schwung waren, vor allem, wenn er sie über Dampf öffnen mußte. Aber bei der Aussicht, seine eigenen zu öffnen, überkam ihn das kalte Grausen.

»Keith«, sagte die Stimme optimistisch und nasal. Nichts.

»Kelvin.« Nein.

Dirk goß sich seinen Kaffee so langsam wie möglich ein, denn für ihn stand fest, daß die Zeit endlich reif war. Er mußte die Auszüge öffnen und sich aufs Schlimmste gefaßt machen. Er wählte das größte Messer aus, das er fand, und näherte sich drohend den Kontoauszügen.

»Kendall.« Schweigen.

Schließlich tat er es beinahe lässig mit einer sadistischen kleinen ruckartigen Schlitzbewegung. Er hatte tatsächlich ziemlichen Spaß daran und fühlte sich dabei sogar zeitgemäß boshaft. In wenigen Sekunden waren die vier Umschläge – seine Finanzgeschichte der letzten vier Monate – geöffnet. Dirk legte deren Inhalt vor sich hin.

»Kendrick.« Nichts.

»Kennedy.« Das blecherne Stimmchen ging Dirk allmählich auf die Nerven. Er guckte in die Zimmerecke. Zwei traurige Augen blickten ihn in stummer Verwirrung an.

Als Dirk endlich auf die Zahlen am unteren Ende des letzten Blattes blickte, drehte sich alles um ihn. Er sah genau hin. Der Tisch krümmte sich und schwankte. Er kam sich vor, als kneteten die Hände des Schicksals seine Schultern. Er hatte es sich schlimm vorgestellt, ja, in den letzten paar Wochen hatte er sich fast ununterbrochen vorgestellt, wie schlimm es vielleicht sein könnte, aber selbst in seinen schlimmsten Vorstellungen hatte er keine Ahnung gehabt, daß es so schlimm war.

Sein Hals war wie zugeschnürt. Er konnte doch unmöglich, auf gar keinen Fall um mehr als £22 000 überzogen haben. Er schob seinen Stuhl vom Küchentisch zurück und saß einige Augenblicke einfach so mit klopfendem Herzen da. £22 000 …

Der Name »Kenneth« schwebte spöttisch durch den Raum.

Als er seine Gedanken eilig zurückwandern ließ, um sich an seine Ausgaben im Laufe der letzten Wochen zu erinnern – ein unüberlegtes Hemd hier, ein leichtsinniges belegtes Brötchen da, ein wildes Wochenende auf der Isle of Wight –, wurde ihm klar, daß er recht haben mußte. Er konnte sein Konto unmöglich um £22 000 überzogen haben.

Er holte tief Luft und warf noch mal einen Blick auf die Zahlen.

Da stand es wieder. £22 347,43.

Da mußte einfach ein Fehler vorliegen. Irgendein schrecklicher, schrecklicher Fehler. Aber natürlich hatte wahrscheinlich er ihn gemacht, und während er zitternd auf das Papier starrte, wurde ihm ganz plötzlich klar, daß er ihn tatsächlich gemacht hatte.

Er hatte nach einer Minuszahl gesucht und daher angenommen, daß es genau das sei, was er vor sich hatte. In Wirklichkeit stand sein Konto bei £22 347,43. Im Plus.

Haben …

So was hatte er noch nie erlebt. Er wußte nicht mal, wie so was aussah. Hatte es einfach nicht erkannt. Langsam, vorsichtig, fast so, als könnten die Zahlen von dem Papier herunterfallen und sich am Boden verkrümeln, sichtete er die Blätter eines nach dem anderen, um möglicherweise herauszufinden, woher um alles auf der Welt dieses Geld gekommen war. »Kenny«, »Kentigern« und »Kermit« glitten ungehört vorbei.

Sofort wurde klar, daß es regelmäßige Beträge waren, die einmal pro Woche hereinkamen. Sieben waren es gewesen – bisher. Der letzte war am Freitag vor einer Woche eingegangen, das war der Tag, bis zu dem diese Auszüge reichten. Das Merkwürdige daran war, daß die Zahlungen zwar regelmäßig eingingen, die Summen aber schwankten, zwar jede Woche ähnlich, aber nicht genau gleich waren. Die Zahlung vom vorigen Freitag betrug £3 267,34. Die von Donnerstag davor (sie waren alle gegen Ende der Woche eingegangen, drei an einem Donnerstag, vier an einem Freitag) lautete auf £3 232,57. In der Woche davor waren es £3 329,14 gewesen. Und so weiter.

Dirk stand auf und holte tief Luft. Was zum Teufel ging hier vor? Er hatte das Gefühl, daß sich seine ganze Welt ganz langsam in eine Richtung drehte, und zwar, soweit er es beurteilen konnte, entgegen dem Uhrzeigersinn. Das weckte in ihm eine vage Erinnerung, daß das letzte Mal, als er Tequila getrunken hatte, die Wirkung die gewesen war, daß sich seine Welt ganz langsam im Uhrzeigersinn gedreht hatte. Offensichtlich brauchte er das, wenn er in der Lage sein wollte, klar über die ganze Sache nachzudenken. Eilig kramte er einen Schrank voller staubiger, zu neun Zehnteln geleerter Flaschen mit halb vergessenen Rums und Whiskys durch und fand einige. Eine halbvolle Flasche Mezcal. Er goß sich einen Fingerbreit in eine Teetasse und kehrte eilig zu seinen Kontoauszügen zurück, plötzlich voller Panik, die Zahlen könnten verschwinden, während er nicht hinsah.

Sie waren noch da. Unregelmäßig hohe, regelmäßig eingezahlte Summen. Wieder wurde ihm ganz schwummerig. Was waren das für Summen? Zinszahlungen, die versehentlich dem falschen Konto gutgeschrieben worden waren? Wenn es Zinszahlungen waren, würde das die Schwankungen in der Höhe der Summen erklären. Aber es ergab trotzdem keinen Sinn, und das aus dem einfachen Grund, daß über £3 000 Zinsen pro Woche die Zinsen für zwei oder drei Millionen Pfund darstellten und der Besitzer von so viel Geld es nicht zulassen würde, daß sie aufs falsche Konto gerieten, schon gar nicht sieben Wochen hintereinander. Er trank einen Schluck von dem Mezcal. Der marschierte die Fäuste schwenkend in seinem Mund herum, wartete ein Weilchen und begann dann, sein Gehirn kurz und klein zu schlagen.

Er dachte nicht vernünftig über die Sache nach, soviel stand fest. Das Problem war, daß es sich um seine eigenen Kontoauszüge handelte, und er es gewohnt war, die von anderen Leuten zu lesen. Da es seine eigenen waren, konnte er ja einfach bei der Bank anrufen und nachfragen. Nur daß sie natürlich jetzt geschlossen war. Und er hatte das entsetzliche Gefühl, wenn er anriefe, wäre die Antwort: »Hoppla, Entschuldigung, falsches Konto. Vielen Dank, daß Sie uns auf den Irrtum aufmerksam gemacht haben. Wie dumm von uns anzunehmen, daß dieses Geld Ihnen gehören könnte.« Er mußte versuchen herauszukriegen, woher es kam, ehe er die Bank fragte. Vielmehr, er mußte das Geld von der Bank abheben, ehe er sie fragte. Wahrscheinlich mußte er einfach auf die Fidschis oder sonstwohin flüchten, ehe er sie fragte. Außer – angenommen, das Geld ging weiterhin ein?

Als er seine Aufmerksamkeit wieder den Auszügen zuwandte, fiel ihm noch etwas auf, das er sofort bemerkt hätte, wenn er nicht so durcheinander gewesen wäre. Es stand natürlich ein Code neben jedem Posten. Zweck des Codes war, ihm mitzuteilen, um was für einen Zahlungseingang es sich handelte. Er schlug den Code nach. Ganz einfach. Jede Zahlung war via internationaler Überweisung auf sein Konto gelangt.

Hmmm.

Das würde auch die Schwankungen erklären. Internationale Wechselkurse. Wenn jede Woche dieselbe Summe in einer ausländischen Währung überwiesen wurde, dann würden die Kursschwankungen dafür sorgen, daß tatsächlich jedesmal eine leicht abweichende Summe einging. Es würde auch erklären, warum sie nicht jedesmal am selben Wochentag einging. Es dauerte zwar nicht mal eine Sekunde, um per Computer eine internationale Geldüberweisung durchzuführen, aber die Banken machten gern möglichst viele Umstände, damit die Gelder noch eine Zeitlang profitabel in ihrem System herumschwirrten.

Aber aus welchem Land kamen die Zahlungen? Und warum?

»Kevin«, sagt die irisch-schwedische Stimme. »Kieran.«

»Ach, halt die Schnauze!« schrie Dirk plötzlich.

Das rief eine Reaktion hervor. Der kleine Terriermischling, der verwirrt in einem Körbchen in der Zimmerecke lag, hob aufgeregt den Kopf und jaulte erfreut. Bei keinem der Namen, die der ältliche Computer auf dem Tisch neben dem Hund aus einer Datei mit männlichen Vornamen vorgetragen hatte, hatte er auch nur die geringste Reaktion gezeigt, aber offenbar bereitete es dem Tier Vergnügen, wenn man ihm sagte, es solle die Schnauze halten, und es hatte Lust auf mehr.

»Kimberly«, sagte der Computer. Nichts. Der Hund ohne Namen guckte enttäuscht.

»Kirby.«

»Kirk.« Der Hund ließ sich langsam auf sein Lager aus alten Zeitungen nieder und nahm wieder seinen früheren Ausdruck verwirrten Kummers an.

Alte Zeitungen. Das war es, was Dirk brauchte.

Ein paar Stunden später hatte er die Antwort, oder zumindest so was Ähnliches wie eine Antwort. Nichts, was schon wirklich einen Sinn ergeben hätte, aber genug, daß Dirk eine gewisse Aufgeregtheit verspürte: es war ihm gelungen, einen Teil des Rätsels zu knacken. Wie groß der Teil war, wußte er nicht. Denn bis jetzt hatte er keine Ahnung, wie groß das Rätsel war, mit dem er zu tun hatte. Absolut keine Ahnung.

Er hatte eine repräsentative Auswahl an Zeitungen der letzten paar Wochen unter dem Hund, dem Sofa und seinem Bett hervorgezogen, andere hatten im Bad herumgelegen, und es war ihm, was entscheidend war, gelungen, sich von einem alten Tippelbruder zwei feuchte, aber besonders wichtige Exemplare der *Financial Times* zu beschaffen, und zwar im Tausch gegen eine Wolldecke, etwas Cidre und ein Exemplar von *Der Ursprung des Bewußtseins durch den Zusammenbruch der bikameralen Psyche*. Ein seltsamer Wunsch, dachte er, als er aus dem winzigen Park nach Hause schlenderte, aber wahrscheinlich nicht seltsamer als seiner. Dauernd wurde er daran erinnert, wie völlig anders die Welt war, wenn man sie von einer Stelle lediglich drei Fuß weiter links betrachtete.

Mit den Zahlen aus den Zeitungen war er in der Lage, eine Liste der Bewegungen aller wichtigen Währungen der Erde im Laufe der letzten paar Wochen zu erstellen und sie dann mit den Schwankungen der Summen, die jede Woche auf seinem Konto eingegangen waren, zu vergleichen. Die Antwort war offensichtlich. US-Dollars. Fünftausend, um genau zu sein. Wenn jede Woche $5 000 aus den USA nach England überwiesen worden waren, dann kamen sie mehr oder weniger exakt als die Summen auf seinen Kontoauszügen an. Heureka! Zeit, zur Feier des Tages den Kühlschrank zu plündern.

Dirk hockte sich mit drei Stücken kalter Pizza und einer Dose Bier vor den Fernseher, schaltete auch noch das Radio ein und legte eine ZZ-Top-CD auf. Er mußte nachdenken.

Irgend jemand zahlte ihm wöchentlich $5 000, und das schon seit sieben Wochen. Verblüffend. Er kaute grübelnd an seiner Pizza. Und nicht bloß das, sondern er wurde von jemandem in Amerika bezahlt. Er biß noch einen üppig mit Käse, Pfeffersalami, scharf gewürztem Hackfleisch, Sardellen und Ei belegten Happen ab. Er war nicht lange in Amerika gewesen und kannte dort niemanden – auch nirgendwo sonst auf der ganzen Erde –, der ihn dermaßen leichtfertig mit unverlangten Dollars zuschütten würde.

Ihm kam ein anderer Gedanke, aber diesmal ging es nicht um Geld. Ein ZZ-Top-Song über Fertiggerichte ließ ihn einen Moment lang über seine Pizza nachdenken, und er betrachtete sie mit einem Mal völlig fassungslos. Käse, Pfeffersalami, scharfgewürztes Hackfleisch, Sardellen und Ei. Kein Wunder, daß er heute eine Magenverstimmung gehabt hatte. Die anderen drei Stücke waren sein Frühstück gewesen. Nach dieser Pizzasorte war er süchtig, wahrscheinlich als einziger auf der ganzen Welt, und er hatte ihr vor einigen Monaten feierlich abgeschworen, weil seine Därme damit nicht mehr klar kamen. Er hatte nicht lange gezögert, als er heute morgen im Kühlschrank auf sie gestoßen war, weil sie genau das war, was man gern in einem Kühlschrank findet. Es war ihm nicht in den Sinn gekommen, sich zu fragen, wer sie da hineingetan hatte. Er jedenfalls war es nicht gewesen.

Langsam und angewidert entfernte er den halb gekauten Bissen aus seinem Mund. Er glaubte nicht an die Pizzafee.

Er warf die halb gekauten klebrigen Stücke in den Müll und besah sich dann genau die beiden restlichen Pizzateile. An ihnen war ganz und gar nichts ungewöhnlich oder verdächtig. Es war genau die Pizza, die er regelmäßig gegessen hatte, bis er sich dazu durchgerungen hatte, auf sie zu verzichten. Er rief die Pizzeria in der Nachbarschaft an und fragte, ob irgend jemand anderer bei ihnen gewesen sei und eine Pizza mit diesem ganz speziellen Belag gekauft hätte.

»Ah, Sie sind der Typ mit die *gastricciana*, stimmt?« sagte der Pizzabäcker.

»Die was?«

»So wir nennen sie. Nein, *amico*, niemand sonst jemals hat gekauft diese wunderbare Zusammenstellung, glauben Sie mir.«

Dirk war mit gewissen Teilen dieser Unterhaltung ein wenig unzufrieden, beließ es aber dabei. Nachdenklich legte er den Hörer auf. Er spürte, daß irgend etwas sehr Sonderbares passierte, und er wußte nicht, was.

»Niemand weiß irgend etwas.«

Die Worte weckten seine Aufmerksamkeit, und er schaute auf den Fernseher. Ein flotter Kalifornier mit einem Hawaiihemd von der Sorte, die man zur Not als Seenotzeichen benutzen könnte, stand im strahlenden Sonnenschein und beantwortete Fragen, die sich, wie Dirk schnell kombinierte, um den heranjagenden Meteor drehten. Er nannte den Meteor Toodle Pip.

»Toodle Pip?« fragte der Interviewer, der BBC-Korrespondent in Kalifornien.

»Yeah. Wir nennen ihn Toodle Pip, weil man sich von so ziemlich allem, wo er einschlägt, verabschieden könnte.«

Der Kalifornier grinste.

»Sie sagen also, er wird hier einschlagen?«

»Ich sage, ich weiß es nicht. Niemand weiß es.«

»Na ja, aber die Wissenschaftler von der NASA sagen …«

»Die NASA«, sagte der Kalifornier freundlich, »redet Scheiß. Die Leute wissen es nicht. Wenn wir es nicht wissen, wissen sie es todsicher auch nicht. Wir hier bei Similarity Engines haben die allerstärksten Parallelcomputer der Welt, und wenn ich sage, wir wissen es nicht, weiß ich, wovon ich rede. Wir wissen, daß wir nichts wissen, und wir wissen, warum wir nichts wissen. Die NASA weiß nicht einmal das.«

Die nächste Meldung in den Nachrichten kam ebenfalls aus Kalifornien und betraf eine Lobbygruppe namens Grüne Schößlinge, die jede Menge Rückendeckung erhielt. Ihr Standpunkt war, und damit sprachen sie die angeschlagene Psyche vieler Amerikaner an, daß die Welt viel besser in der Lage sei, auf sich achtzugeben, als wir das könnten, folglich sei es sinnlos, sich furchtbar darüber aufzuregen oder zu versuchen, unser natürliches Verhalten zu mäßigen. »Keine Sorge«, riet ihr Slogan und zitierte den Titel eines populären Songs: »Don't worry, be happy.«

»Great Balls of Fire«, dachte Dirk im stillen, ein Zitat aus einem anderen Song.

»Wissenschaftler in Australien«, sagte jemand im Radio, »sind dabei, Känguruhs das Sprechen beizubringen.« Dirk kam zu dem Schluß, für ihn sei es jetzt am wichtigsten, sich mal richtig auszuschlafen.

Am Morgen erschien ihm plötzlich alles wunderbar klar und einfach. Er hatte auf nichts eine Antwort, wußte aber, was zu tun war. Ein paar Anrufe bei der Bank hatten bestätigt, daß es furchtbar schwierig wäre, die Herkunft des Geldes festzustellen, zum Teil, weil es an sich schon sowieso ein schwieriges Unterfangen war, zum Teil, weil sich schnell herausstellte, daß, wer auch immer ihm das Geld überwiesen hatte, sich einige Mühe gegeben hatte, seine Spuren zu verwischen, vor allem aber, weil der Mann in der Devisenabteilung seiner Bank eine Hasenscharte hatte.

Das Leben war zu kurz, das Wetter zu schön und die Welt voller äußerst interessanter und aufregender Fallstricke. Dirk würde segeln gehen.

Das Leben, sagte er sich oft und gern, ist wie ein Meer. Man kann sich entweder drüber hinwegquälen wie ein Motorboot, oder man kann den Winden und Strömungen folgen –

mit anderen Worten, sich treiben lassen. Den Wind hatte er: irgendwer bezahlte ihn. Vermutlich bezahlte ihn jemand, damit er etwas tat, aber was, das hatte ihm derjenige nicht mitgeteilt. Na gut, das war das Recht eines Klienten. Aber Dirk hatte das Gefühl, er sollte auf diesen großzügigen Impuls, ihn zu bezahlen, reagieren und irgend etwas tun. Aber was? Nun, er war Privatdetektiv, und wenn Privatdetektive bezahlt wurden, schnüffelten sie meistens Leuten hinterher.

Das war also einfach. Dirk würde jemandem hinterherschnüffeln.

Was bedeutete, daß er jetzt eine günstige Strömung suchen mußte: jemanden, hinter dem er herschnüffeln würde. Okay, er hatte sein Bürofenster, an dem eine ganze Welt vorbeiwogte – na, zumindest ein paar Leute. Er würde sich einen herauspicken. Er war ganz kribbelig vor Aufregung, weil seine Ermittlungen endlich in Gang kamen, oder zumindest in Gang kommen würden, sobald der Nächste – nein, nicht der Nächste, der … Fünftnächste um die Ecke auf der anderen Straßenseite bog.

Er war sofort froh, daß er sich entschlossen hatte, eine kurze Phase geistiger Vorbereitung einzulegen. Fast im selben Moment kam Nummer eins, eine Frau wie ein dickes Federbett, mit den Nummern zwei und drei um die Ecke, die sich widerwillig von ihr mitschleifen ließen – ihre Kinder, über die sie bei jedem Schritt meckerte und schimpfte. Dirk stieß einen Seufzer der Erleichterung aus, daß nicht sie es sein würde.

In stummer Erwartung stand er neben seinem Fenster. Einige Minuten lang bog niemand mehr um die Ecke. Dirk beobachtete, wie die dicke Frau ihre beiden Kinder trotz deren Geschreis, daß sie nach Hause und fernsehen wollten, in den Zeitungsladen zerrte. Ein, zwei Minuten später zerrte sie sie wieder nach draußen in die Sonne, trotz ihres Geschreis, daß sie ein Eis und einen Judge-Dredd-Comic haben wollten.

Sie schleifte sie mit sich fort, die Straße hinunter, und auf der Szene kehrte wieder Stille ein.

Die Szene hatte aufgrund des Winkels, in dem die beiden Straßen aufeinander stießen, eine Dreiecksform. Dirk war erst kürzlich in dieses neue Büro gezogen – neu für ihn, um genau zu sein; das Gebäude als solches war alt und baufällig und blieb mehr aus Gewohnheit als aus einer ihm eigenen baulichen Solidität stehen – und zog es seinem früheren Büro bei weitem vor, das irgendwo in der Pampa gelegen hatte. In seinem alten Büro hätte er die ganze Woche darauf warten können, daß fünf Leute um eine Ecke bogen.

Nummer vier tauchte auf.

Nummer vier war ein Briefträger mit einem Handkarren. Eine kleine Schweißperle trat Dirk auf die Stirn, als ihm dämmerte, wie furchtbar schief sein Plan laufen könnte.

Und da war auch schon Nummer fünf.

Nummer fünf taumelte geradezu ins Blickfeld. Er war Ende zwanzig, ziemlich groß, hatte rötliche Haare und trug eine schwarze Bomberlederjacke. Kaum war er um die Ecke gebogen, machte er halt und blieb einen Augenblick regungslos stehen. Er schaute sich um, als erwarte er irgendwie, jemanden zu treffen. Dirk setzte sich in Bewegung, als plötzlich Nummer sechs um die Ecke bog.

Nummer sechs war etwas ganz und gar anderes: eine recht appetitlich aussehende Frau in Jeans mit kurzem, dichtem, schwarzem Haar. Dirk fluchte leise vor sich hin und überlegte, ob er insgeheim nicht sechs statt fünf gemeint hatte. Aber nein. Pflicht war Pflicht, und außerdem zahlte man ihm eine Menge Geld. Egal wer das Geld bezahlte, er war es ihm schuldig, sich an jede wie auch immer lautende Abmachung zu halten, die sie eigentlich gar nicht getroffen hatten. Nummer fünf stand noch immer schwankend an der Straßenecke, und Dirk rannte schnell nach unten, um die Verfolgung aufzunehmen.

Als er die zerborstene Haustür öffnete, kam ihm Nummer vier entgegen, der Briefträger mit dem Handkarren, und überreichte ihm ein kleines Bündel Briefe. Dirk steckte sie in die Tasche und eilte hinaus auf die Straße und in die Frühlingssonne.

Er hatte schon eine ganze Zeit niemanden mehr beschattet und stellte fest, daß er den Bogen nicht mehr so richtig raus hatte. Er machte sich dermaßen begeistert an die Verfolgung seines Opfers, daß er schließlich bemerkte, daß er viel zu schnell ging und den Mann einfach würde überholen müssen. Das tat er, blieb verwirrt ein Weilchen stehen, kehrte um und ging wieder zurück, woraufhin er mit seinem Opfer frontal zusammenprallte. Weil Dirk so fassungslos darüber war, daß er wirklich körperlich mit der Person zusammengestoßen war, die er eigentlich unauffällig beschatten wollte, sprang er, um jeden Verdacht zu zerstreuen, auf einen vorbeifahrenden Bus auf und fuhr die Rosebery Avenue hinunter davon.

Dies, so spürte er, war kein vielversprechender Anfang. Einige Sekunden saß er in dem Bus, über seine Ungeschicklichkeit total verblüfft. Dafür wurden ihm $5 000 pro Woche bezahlt. Na schön, gewissermaßen. Er merkte, daß einige Leute ihn etwas seltsam ansahen. Doch nicht annähernd so seltsam, überlegte er, wie sie es tun würden, wenn sie auch nur die leiseste Ahnung davon hätten, was er tatsächlich tat.

Er drehte sich auf seinem Sitz um, schielte nach hinten die Straße hinunter und überlegte, welcher Schritt als nächster ratsam wäre. Wenn man jemanden beschattete, gab es normalerweise ein Problem, wenn der Beschattete unerwartet auf einen Bus aufsprang, das Problem war aber fast noch größer, wenn man selber unerwartet auf einen Bus aufsprang. Wahrscheinlich war es das Beste, wenn er einfach ausstieg und die Spur wieder aufzunehmen versuchte, aber wie um alles auf der Welt er jetzt unauffällig wirken sollte, wußte er nicht. Kaum hielt der Bus das nächste Mal, sprang er ab und ging die Rosebery Avenue zurück. Er war noch nicht weit gekommen, als er sein Opfer entdeckte, wie es die Straße herunter in seine Richtung geschlendert kam. Er fand, daß es ihm gelungen war, sich eine bemerkenswert hilfsbereite und kooperative Zielperson auszusuchen und eine bessere, als er verdient hätte. Zeit, sich wieder in den Griff zu kriegen und ein bißchen vorsichtiger zu sein. Er befand sich kurz vor dem Eingang eines kleinen Cafés, und so suchte er darin Deckung. Er stellte sich an den Tresen und tat so, als betrachte er einen Moment lang unschlüssig die Sandwiches, bis er das Gefühl hätte, sein Opfer sei vorbeigegangen.

Es ging nicht vorbei. Das Opfer kam herein und stellte sich hinter ihn an den Tresen. In Panik bestellte sich Dirk ein Thunfisch-Zuckermais-Brötchen, das er nicht ausstehen konnte, und einen Cappuccino, der zu Fisch besonders schlecht paßte, und eilte davon, um an einem der Tischchen Platz zu nehmen. Er wünschte, er könnte sich hinter einer Zeitung verstecken, hatte aber keine, folglich mußte er sich mit seiner Post behelfen. Eifrig vertiefte er sich in sie. Verschiedene Rechnungen der üblichen absurden und übertrieben optimistischen Sorte. Verschiedene Sendungen der seltsamen Art, wie sie Privatdetektive öfter erhielten – Kataloge voller winziger elektronischer Geräte, die alle dazu dienten, sich gegenseitig auszuschalten, Werbung für besonders lichtempfindliche Filme oder revolutionäre neue dünne Plastikstreifen. Dirk hatte zwar keine Lust, sich mit irgend etwas davon abzugeben, zögerte aber kurz bei einem Reklamezettel für ein neu erschienenes Buch über moderne Überwachungstechniken. Er knüllte ihn ärgerlich zusammen und warf ihn auf den Boden.

Der letzte Umschlag war wieder ein Kontoauszug. Seine Bank war seit langem dazu übergegangen, sie ihm wöchentlich zuzuschicken, eigentlich nur, damit er sie nicht vergaß. Bislang hatte sie sich noch nicht auf seine neue glänzende Zahlungsfähigkeit eingestellt oder sie traute dem Frieden nicht. Wahrscheinlich hatte sie sie nur noch nicht bemerkt. Er öffnete den Auszug, noch immer eher ungläubig.

Ja.

Wieder £3 253,29. Letzten Freitag. Unglaublich. Unerklärlich. Aber da waren sie.

Aber da war auch etwas anderes Seltsames. Er brauchte einige Sekunden, um es auszumachen, weil er mit halbem Expertenauge sein Opfer beobachtete, das sich einen Kaffee und einen Doughnut kaufte und sie aus einem Stapel Zwanzigern bezahlte.

Der letzte Posten auf Dirks Kontoauszug zeigte eine Barabhebung mit seiner Scheckkarte an: £500. Gestern. Der Auszug war offensichtlich gestern zum Geschäftsschluß abgeschickt worden und informierte über die letzten Kontobewegungen des Tages. Das war natürlich alles ausgezeichnet und sehr effizient und ein schöner Beweis für die Leistungsfähigkeit moderner Computertechnik, aber Tatsache war, daß Dirk gestern keine £500 abgehoben hatte, übrigens auch an keinem anderen Tag. Man mußte ihm die Karte gestohlen haben. Teufel noch mal! Besorgt angelte er nach seiner Brieftasche.

Nein. Seine Karte war da. Sicher an ihrem Platz.

Er überlegte. Er konnte sich nicht vorstellen, wie ein Betrüger ohne die echte Karte eine echte Barabhebung machen konnte. Ein schrecklicher, bedrückender Gedanke schnürte ihm plötzlich den Magen zu. Es waren doch wohl seine Kontoauszüge, die er erhalten hatte, oder? Alarmiert sah er nach. Ja. Sein Name, seine Adresse, seine Kontonummer. Er hatte die anderen schon gestern abend überprüft, mehrmals. Zweifellos seine Auszüge. Offenbar enthielten sie nur nicht seine finanziellen Transaktionen, das war alles.

Zeit, sich auf die aktuelle Aufgabe zu konzentrieren. Er schaute auf. Sein Opfer saß zwei Tische von ihm entfernt und kaute geduldig und ins Nichts starrend auf seinem Brötchen herum.

Nach einem Weilchen erhob sich der Mann, wischte ein paar Krümel von seiner Lederjacke, wandte sich um und ging zur Tür. Er hielt einen Moment inne, als überlegte er, wo lang er gehen sollte, und dann setzte er sich lässig schlendernd in die Richtung in Bewegung, in die er vorher schon gegangen war. Dirk steckte sich seine Post in die Tasche und folgte unauffällig.

Wie ihm schnell klar wurde, hatte er sich eine günstige Zielperson ausgesucht. Das rötliche Haar des Mannes strahlte in der Frühlingssonne wie ein Leuchtturm, so daß es, wenn er kurz von einer Menschenmenge verschluckt wurde, immer nur eine Frage von Sekunden war, bis Dirk ihn wieder im Blick hatte, wie er müßig die Straße hinunterbummelte.

Dirk fragte sich, was er wohl beruflich machte. Nicht viel, schien es – zumindest heute. Ein angenehmer Spaziergang durch Holborn und ins West End. Eine halbe Stunde lungerte er in zwei Buchhandlungen herum (Dirk notierte sich die Titel, in denen der Mann blätterte), machte zu einem (weiteren) Kaffee in einem italienischen Café halt, um eine Nummer von *The Stage* zu überfliegen (was möglicherweise erklärte, warum er so viel Zeit hatte, in Buchläden und italienischen Cafés herumzuhängen), und schließlich unternahm er einen langen, gemütlichen Spaziergang durch Regent's Park und dann quer durch Camden wieder zurück in Richtung Islington... Dirk bekam allmählich das Gefühl, daß es eigentlich ein ziemlich angenehmer Job war, Leute zu beschatten. Frische Luft, Bewegung – er fühlte sich am Ende des Tages in so ungeheuer guter Stimmung, daß ihm, sobald er durch die Eingangstür – oder vielmehr durch die Plastikeingangsklappe – sein Haus betreten hatte, augenblicklich klar war, daß der Hund Kierkegaard hieß.

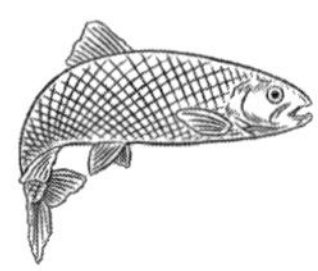

5

Eine Lösung kommt fast immer aus der Richtung, aus der man sie am wenigsten erwartet, was bedeutet, daß es keinen Sinn hat, in diese Richtung zu gucken, weil sie nicht von dort kommen wird.

Diese Erkenntnis hatte Dirk oft anderen Menschen gegenüber geäußert, und er äußerte sie erneut Kate gegenüber, als er sie an diesem Abend anrief.

»Moment mal, Moment mal, Moment mal«, sagte sie, als sie versuchte, in seinen Monolog einen Satz einzuflechten und ihn so aus der Balance zu bringen. »Willst du damit sagen …«

»Ich will damit sagen, daß der tote Ehemann der Frau, die den Namen ihres Hundes vergessen hat, Biograph gewesen ist.«

»Aber …«

»Und ich nehme an, du weißt, daß Biographen ihre Haustiere oft nach ihren Themen benennen.«

»Nein. Ich …«

»Und das tun sie, damit sie jemanden haben, den sie anschreien können, wenn ihnen ihr Thema zum Hals raushängt. Stundenlang waten sie durch anderer Leute Gelaber über die teleologische Aufhebung des Ethischen oder so was, und manchmal müssen sie einfach schreien können: ›Ach, halt's Maul, Kierkegaard, Himmelherrgott.‹ Daher der Name des Hundes.«

»Dir…«

»Manche Biographen benutzen ein kleines Holzornament oder eine Topfpflanze, aber die meisten haben lieber etwas, das mit einem netten Gekläffe reagiert. Feedback, verstehst du? Apropos: Gehe ich recht in der Annahme, daß du eine Bemerkung zu machen hast?«

»Dirk, willst du mir etwa erzählen, daß du den ganzen Tag damit zugebracht hast, einem völlig fremden Menschen hinterherzulaufen?«

»Aber sicher. Und morgen habe ich dasselbe vor. Ich werde früh am Tag in der Nähe seiner Haustür herumlungern. Na, zumindest am Tag. Früh hat keinen Zweck. Er ist Schauspieler.«

»Dafür könntest du eingesperrt werden!«

»Berufsrisiko. Kate, ich bekommen wöchentlich $5 000 bezahlt. Da muß man darauf gefaßt sein, zu …«

»Aber nicht, einen Wildfremden zu beschatten!«

»Ganz egal, wer mich beschäftigt, er kennt meine Methoden. Und ich wende sie an.«

»Du weiß doch gar nichts von dem, der dich beschäftigt.«

»Im Gegenteil, ich weiß eine ganze Menge.«

»Na schön, wie heißt er denn?«

»Frank.«

»Frank, und wie weiter?«

»Keine Ahnung. Hör zu, ich weiß auch nicht, ob er Frank heißt. Sein – oder ihr – Name hat nichts damit zu tun. Der springende Punkt ist, daß die Leute ein Problem haben. Das Problem ist ernst, sonst würden sie mir doch keine so stattliche Summe bezahlen, um es zu lösen. Und das Problem ist indefinibel, sonst würden sie mir sagen, worum es geht. Wer immer es auch ist, er weiß, wer ich bin, wo ich bin und ganz genau, wie ich am besten erreichbar bin.«

»Oder die Bank hat vielleicht einfach einen Fehler gemacht. Kaum zu glauben, ich weiß, aber …«

»Kate, du glaubst, ich rede Unsinn, aber das stimmt nicht. Hör zu. Früher haben die Leute stundenlang ins Feuer gestarrt, wenn sie nachdenken wollten. Oder aufs Meer. Die endlosen tanzenden Formen und Muster reichen viel tiefer in unsere Seelen als wir das mit Vernunft und Logik zuwege brächten. Verstehst du, Logik kann nur von den Hypothesen und Vermutungen ausgehen, die wir bereits haben, und so fahren wir bloß wie Aufziehautos immer in kleinen Kreisen herum. Wir benötigen tanzende Formen, die uns erheben und forttragen, aber sie sind heutzutage immer schwieriger zu finden. Man kann ja nicht auf einen Heizkörper starren. Man kann nicht aufs Meer starren. Okay, man kann, aber es ist von Plastikflaschen und gebrauchten Kondomen bedeckt, und man sitzt bloß da und ärgert sich. Das einzige, in das wir starren können, ist das weiße Rauschen. Das Zeug, das wir manchmal Information nennen, das aber in Wirklichkeit bloß in die Luft steigendes Geschwätz ist.«

»Aber ohne Logik …«

»Die Logik kommt hinterher. Mit ihr verfolgen wir unsere Schritte zurück. Man ist erst hinterher schlauer. Vorher muß man ziemlich dusselig sein.«

»Ach. Und das machst du also zur Zeit.«

»Stimmt. Nun ja, ein Problem ist damit schon gelöst. Ich habe keine Ahnung, wie lange ich sonst gebraucht hätte, um herauszufinden, daß der widerliche Köter Kierkegaard heißt.

Nur aufgrund eines äußerst glücklichen Zufalls hat mein Beobachtungsobjekt wahllos zu einer Kierkegaard-Biographie gegriffen, die, wie ich dann feststellte, als ich sie mir selbst genauer ansah, von dem Mann verfaßt worden war, der sich später mit Gummibändern an den Beinen von einem Kran gestürzt hat.«

»Aber die beiden Fälle hatten nichts miteinander zu tun.«

»Habe ich erwähnt, daß meiner Ansicht nach alle Dinge grundsätzlich miteinander zusammenhängen? Ich glaube ja.«

»Ja.«

»Weshalb ich jetzt losgehen und ein paar von den anderen Büchern überprüfen muß, an denen er interessiert war, bevor ich mich auf die Expedition morgen vorbereite.«

»...«

»Ich höre, wie du besorgt und verwirrt den Kopf schüttelst. Keine Bange. Alles gerät ganz wunderbar außer Kontrolle.«

»Wenn du's sagst, Dirk. Ach, nebenbei, was bedeutet eigentlich ›indefinibel‹?«

»Keine Ahnung«, sagte Dirk kurz angebunden, »aber ich werde es rauskriegen.«

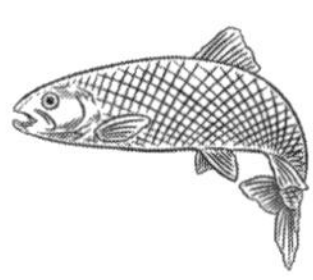

6

Am nächsten Morgen war das Wetter so eklig, daß es kaum diesen Namen verdiente, und Dirk beschloß, es statt dessen Stanley zu nennen.

Stanley war kein ordentlicher Platzregen. Nichts gegen einen ordentlichen Platzregen, um die Luft zu reinigen. Stanley war eher so beschaffen, daß es eines ordentlichen Platzregens bedurfte, um die Luft von ihm zu reinigen. Stanley war dumpfig, schwül und drückend wie ein dicker verschwitzter Mensch, der in der U-Bahn gegen einen gepreßt wird. Stanley regnete nicht, sondern dröppelte alle Naselang auf einen runter.

Dirk stand draußen im Stanley.

Der Schauspieler ließ ihn jetzt schon über eine Stunde warten, und Dirk wünschte sich allmählich, er wäre seiner Meinung gefolgt, daß Schauspieler nie früh aufstehen. Statt dessen war er ziemlich hektisch gegen halb neun vor der Wohnung des Schauspielers aufgekreuzt und hatte dann eine Stunde lang hinter einem Baum gestanden.

Mittlerweile fast anderthalb Stunden. Kurz entstand etwas Aufregung, als ein Motorradbote kam und ein kleines Päckchen ablieferte, aber das war's dann auch schon. Dirk lungerte ungefähr zwanzig Meter von der Tür des Schauspielers entfernt herum.

Das Erscheinen des Motorradboten hatte ihn ein wenig überrascht. Der Schauspieler schien nicht besonders wohlhabend zu sein. Er sah aus, als befände er sich eher noch in der Klinkenputzphase seiner Karriere als in der Mir-werden-die-Textbücher-per-Motorradbote-vorbeigebracht-Phase.

Die Zeit schleppte sich dahin. Dirk hatte die kleine Auswahl Zeitungen, die er sich mitgebracht hatte, zweimal durchgelesen und den Inhalt seines Portemonnaies und der Jackentaschen mehrere Male überprüft: der übliche Stapel Visitenkarten von Leuten, an die persönlich er sich nicht erinnern konnte, nicht identifizierbare Telefonnummern auf Zetteln, Kreditkarten, sein Scheckbuch, sein Paß (ihm war plötzlich eingefallen, daß er ihn in einer anderen Jacke hatte stecken lassen, als seine Zielperson gestern längere Zeit vor dem Schaufenster eines Reisebüros stehen geblieben war), seine Zahnbürste (er reiste nie ohne seine Zahnbürste, was dazu führte, daß sie völlig unbrauchbar war) und sein Notizbuch.

Er zog sogar in einer der Zeitungen sein Horoskop zu Rate,

das ein übel beleumundeter Freund von ihm verfaßte, der sich unter dem Namen Der Große Zaganza skrupellos durchs Leben schlug. Zuerst warf Dirk einen Blick auf die Horoskope der anderen Sternzeichen, nur um herauszufinden, in welcher Stimmung der GZ gerade war. Sanftmütig, so schien es auf den ersten Blick. »Ihre Fähigkeit, langfristig zu planen, wird Ihnen helfen, obwohl einige der kleineren Schwierigkeiten, die Sie durchmachen werden, wenn Merkur …« »Die vergangenen Wochen haben Ihre Geduld auf eine harte Probe gestellt, aber nun werden sich neue Möglichkeiten ergeben, da die Sonne …« »Vorsicht, lassen Sie nicht zu, daß andere Ihre Gutmütigkeit ausnutzen. Entschlossenheit wird besonders nötig sein, wenn …« Fades, langweiliges Zeug. Er las sein eigenes Horoskop. »Heute werden Sie einem drei Tonnen schweren Nashorn namens Desmond begegnen.«

Irritiert schlug Dirk die Zeitung zu, und in diesem Augenblick ging plötzlich die Tür auf. Der Schauspieler erschien mit entschlossener Miene. Er hatte einen kleinen Koffer in der Hand, eine Umhängetasche über der Schulter und einen Mantel über dem Arm. Etwas ging hier vor. Dirk sah auf seine Uhr. Drei Minuten nach zehn. Er hielt alles rasch in seinem Notizbuch fest. Sein Puls beschleunigte sich.

Ein Taxi kam die Straße entlang auf sie zu. Der Schauspieler winkte es heran. Verdammt! So was Simples. Er würde ihm entwischen. Der Schauspieler stieg in das Taxi, und es fuhr die Straße hinunter davon, an Dirk vorbei. Er drehte sich um, weil er ihm hinterherblicken wollte, und sah gerade noch, wie der Schauspieler durch die Heckscheibe zurückschaute. Dirk sah hilflos zu, dann spähte er die Straße rauf und runter in der vergeblichen Hoffnung, daß …

Fast wie durch ein Wunder tauchte plötzlich ein zweites Taxi am Ende der Straße auf und kam auf ihn zu. Dirk streckte blitzschnell den Arm aus, und es kam neben ihm zum Stehen.

»Fahren Sie diesem Taxi hinterher!« rief Dirk, während er sich mühsam auf den Rücksitz hievte.

»Bin jetzt schon über zwanzig Jahre Taxifahrer«, sagte der

Taxifahrer, während er sich in den Verkehr einfädelte. »Hab aber bis jetzt noch nie erlebt, daß das mal wirklich jemand zu mir sagt.«

Dirk hockte auf der Kante seines Sitzes und beobachtete, wie das Taxi vor ihnen sich durch das quälend langsame Londoner Verkehrsgewühl schlängelte.

»Na, Ihnen kommt das vielleicht nicht wichtig vor, aber es ist doch interessant, oder?«

»Was?« fragte Dirk.

»Jedesmal, wenn man inner Glotze sieht, wie einer in 'n Taxi springt, heißt es immer: ›Fahren Sie diesem Taxi hinterher‹, stimmt's?«

»Ach ja? Ist mir noch nie aufgefallen«, sagte Dirk.

»Klar, Ihnen nicht«, sagte der Taxifahrer. »Sie sind ja auch kein Taxifahrer. Worauf man achtet, hängt davon ab, wer man ist. Wenn man Taxifahrer ist, dann achtet man beim Fernsehen«, fuhr der Taxifahrer fort, »besonders auf die Taxifahrer. Um zu sehen, was sie so vorhaben. Verstehn Sie?«

»Äh, ja«, sagte Dirk.

»Aber im Fernsehen sieht man eigentlich nie die Taxifahrer, verstehn Sie? Man sieht nur die Leute hinten im Taxi. Irgendwie ist der Taxifahrer nie von Interesse.«

»Äh, ja, wahrscheinlich«, sagte Dirk. »Ähm, können Sie eigentlich das Taxi noch sehen, dem wir hinterherfahren wollten?«

»Na klar, ich fahre ihm die ganze Zeit hinterher. Also, das einzige Mal, wo man den Taxifahrer überhaupt mal zu sehen kriegt, ist, wenn ein Fahrgast was zu ihm sagt. Und wenn in einem Film ein Fahrgast etwas zu einem Taxifahrer sagt, wissen Sie, was es dann ohne Ausnahme ist?«

»Lassen Sie mich raten«, sagte Dirk. »Bestimmt: ›Fahren Sie diesem Taxi hinterher!‹«

»Genau, sag ich doch. Und wenn man glauben soll, was man im Fernsehen sieht, dann tun alle Taxifahrer nix anderes«, fuhr der Taxifahrer fort, »als anderen Taxifahrern hinterherzufahren.«

»Hmmm«, sagte Dirk unschlüssig.

»Was mich in eine sehr merkwürdige Position bringt, wenn ich der einzige Taxifahrer bin, von dem nie verlangt wird, einem anderen Taxi hinterherzufahren. Und was mich natürlich zu dem Schluß führt, daß ich der Taxifahrer sein muß, dem alle anderen Taxifahrer hinterherfahren …«

Dirk spähte aus dem Fenster und versuchte auszumachen, ob er nicht in ein anderes Taxi umsteigen könnte.

»Nun, ich sag ja nicht, das passiert wirklich, aber man sieht doch, wie jemand auf diesen Gedanken verfallen könnte, stimmt's? Es ist die Macht der Medien, oder?«

»Es gab mal«, sagte Dirk, »eine ganze Fernsehserie über Taxifahrer. Die hieß, soweit ich mich erinnere, *Taxi*.«

»Jaaa, na ja, darüber rede ich ja nicht, oder?« sagte der Taxifahrer unbeirrt. »Ich rede über die Macht der Medien, selektiv die Realität zu verzerren. Darüber rede ich. Ich meine, im Grunde genommen leben wir alle in unserer eigenen unterschiedlichen Realität, stimmt's, ich meine, im Grunde genommen.«

»Tja, also, da haben Sie wohl wirklich recht«, sagte Dirk zaghaft.

»Ich meine, nehmen Sie doch mal diese Känguruhs, denen sie das Sprechen beizubringen versuchen. Was glaubt man denn, über was wir reden werden? Was sagen wir denn dann, hä? ›Na – wie geht's, wie steht's bei all dem Gehopse?‹ ›Oh gut, kann nicht klagen. Bloß dieser Beutel hier vorne geht mir 'n bißchen auf den Sack, immer voller Fusseln und Büroklammern.‹ So wird es aber nicht sein. Diese Känguruhs haben Gehirne so groß wie Walnüsse. Sie leben in einer anderen Welt, verstehn Sie? Es wäre genauso, als wenn man versuchen würde, mit John Selwyn Gummer zu reden. Verstehn Sie, was ich meine?«

»Können Sie das Taxi sehen, dem wir hinterherfahren?«

»Klar und deutlich. Wahrscheinlich sind wir noch vor ihm da.«

Dirk zog die Stirn kraus.

»Wir sind wo vor ihm da?«

»Heathrow.«

»Woher um alles in der Welt wissen Sie, daß er nach Heathrow fährt?«

»Jeder Taxifahrer merkt, ob ein anderer Taxifahrer nach Heathrow fährt.«

»Was soll das heißen?«

»Man erkennt die Zeichen. Okay, bestimmte Dinge sind offensichtlich, beispielsweise daß der Fahrgast Gepäck bei sich hat. Dann die Route, die er einschlägt. Das ist einfach. Aber, halten Sie dagegen, vielleicht fährt er bloß Freunde in Hammersmith besuchen. Dazu kann ich nur sagen, der Fahrgast ist nicht wie jemand ins Taxi eingestiegen, der Freunde in Hammersmith besucht. Also, wonach hält man noch Ausschau? Tja, um das zu wissen, muß man ein echter Taxifahrer sein. Das normale Leben eines Taxifahrers besteht aus vielen kleinen Fahrten mal hierhin, mal dahin. Man weiß von einer Minute zur andern nicht, was passieren wird, was für 'ne Fahrt man kriegen wird, wie der Tag laufen wird. Man schleicht sozusagen irgendwie ruhelos herum. Aber wenn man eine Fahrt nach Heathrow kriegt, ist man sofort weg. Anständige, solide klasse Fahrt, anständiger, klasse Fahrgast, ungefähr 'ne Stunde Warten in der Schlange, 'ne anständige, klasse Fahrt zurück in die Stadt. Damit ist dein ganzer Morgen ausgefüllt. Man fährt vollkommen anders. Man ist was Besseres auf der Straße, man fährt schnittiger durch die Kurven. Man ist unterwegs. Man fährt wo hin. Die Heathrow-Tour heißt das bei uns. Jeder Taxifahrer bemerkt es sofort.«

»Hmm«, sagte Dirk. »Das ist bemerkenswert.«

»Was man bemerkt, hängt davon ab, wer man ist.«

»Sie könnten mir nicht zufällig sagen, welchen Flug er nimmt, oder?« fragte Dirk.

»Wofür halten Sie mich, Kumpel«, erwiderte der Taxifahrer, »für einen verdammten Privatdetektiv?« Dirk lehnte sich auf seinem Sitz zurück und starrte gedankenverloren aus dem Fenster.

7

Es muß irgendeine Krankheit geben, die bewirkt, daß Leute so reden, und die Krankheit muß Fluglinien-Silbenstreß-syndrom oder so ähnlich heißen. Es ist die Krankheit, die offenbar ab etwa zehntausend Fuß ausbricht und bei zunehmender Flughöhe immer prononcierter spürbar wird, wenn »prononciert« in diesem Zusammenhang das passende Wort ist, bis sie sich bei etwa 35 000 Fuß auf einem Niveau des totalen Unsinns einpegelt. Sie läßt ansonsten vernünftige Leute plötzlich Dinge sagen wie: »Jetzt hat der Kapitän die Sicherheitsgurt-Anlegen-Anzeige ausgeschaltet«, als lungere jemand im Cockpit herum und wolle bestreiten, daß der Kapitän etwas Derartiges getan hat, daß er überhaupt der Kapitän ist und kein Betrüger und es nicht haufenweise zweitklassige und minderwertige Sicherheitsgurt-Anlegen-Anzeigen gibt, an denen er vielleicht nicht herumgefummelt haben könnte.

Außerdem dachte Dirk, als er es sich in seinem Sitz bequem machte, über den seltsamen Zufall nach, daß das Äußere eines Flugzeugs nicht nur so aussieht wie das Äußere eines Staubsaugers, sondern daß das Innere eines Flugzeugs auch so riecht wie das Innere eines Staubsaugers.

Er nahm von dem Steward ein Glas Champagner entgegen. Vermutlich hatte man den Großteil der Wörter, die das Flugpersonal gebrauchte, oder vielmehr die meisten Sätze, zu denen sie üblicherweise zusammengefügt wurden, so heftig bearbeitet, daß sie daran eingegangen waren. Die seltsamen Betonungen, mit denen die Stewards und Stewardessen sie fortwährend malträtierten, waren wie Elektroschocks, die man Herzinfarktpatienten verabreicht, wenn man sie wiederzubeleben versucht.

Na schön.

Es waren seltsame und komplizierte anderthalb Stunden gewesen. Dirk war sich noch immer keineswegs sicher, daß nicht irgendwo irgend etwas schrecklich schief gelaufen war, und es reizte ihn, jetzt, wo der Kapitän die Sicherheitsgurt-Anzeigen ausgeschaltet hatte, einen kleinen zwanglosen Spaziergang durch das Flugzeug zu unternehmen, um nach seiner Zielperson Ausschau zu halten. Aber da in nächster Zeit sowieso niemand einsteigen oder aussteigen würde, wäre es wahrscheinlich klüger, sich eine Stunde lang zurückzuhalten. Oder auch länger. Es handelte sich schließlich um einen Elfstundenflug nach Los Angeles.

Er hatte nicht damit gerechnet, heute nach Chicago zu fliegen, und kurz gezögert als er sah, wie sein Opfer schnurstracks auf den Abfertigungsschalter für den 13-Uhr-30-Flug nach Chicago zueilte. Doch beschlossen war beschlossen, und so hatte sich Dirk nach einer kurzen Pause, in der er sich überzeugte, daß sein Opfer nicht bloß an den Abfertigungsschalter getreten war, um nach dem Weg zum Schlipsladen zu fragen, wie auf Wolken zum Ticketschalter begeben und sein Plastikkärtchen hingeknallt.

Im Hochgefühl seiner plötzlichen Zahlungsfähigkeit hatte er sogar Businessclass gebucht. Sein anonymer Arbeitgeber war offensichtlich jemand mit Geld, der über ein paar kleinere Ausgaben nicht meckern würde. Angenommen, sein Opfer reiste Businessclass? Von einem Sitzplatz ganz hinten in der Maschine könnte Dirk den Mann nicht im Auge behalten. Man könnte sich fast eine Begründung für ein Ticket in der ersten Klasse einfallen lassen, allerdings, wie Dirk sich widerstrebend eingestand, keine vernünftige.

Doch anderthalb Stunden, nachdem das Flugzeug gestartet war, begann Dirk sich Fragen zu stellen. Als Businessclass-Passagier war ihm der Zugang zur Ersten Klasse oben in der Nase der Maschine untersagt, aber er konnte überall sonst ungehindert herumwandern, wo er wollte. Er war ungehindert jeden Gang dreimal auf und ab gewandert, hatte heimlich jede Toilettentür beäugt und den Mann nirgendwo gesichtet. Er kehrte auf seinen Platz zurück und überdachte die Lage. Entweder saß seine Zielperson in der Ersten Klasse oder sie war gar nicht an Bord.

Erster Klasse? So sah der Mann einfach nicht aus. Der Flugpreis betrüge etliche Monatsmieten für dessen Wohnung. Aber wer weiß? Vielleicht war in Hollywood ein Besetzungschef auf ihn aufmerksam geworden, der ihn zu einer Probeaufnahme herüberholte. Es wäre nicht schwierig, sich mal eben in die Erste Klasse zu stehlen und rasch umzuschauen, aber es wäre schwierig, dabei nicht aufzufallen.

Nicht an Bord? Dirk hatte ihn auf die Paßkontrolle zusteuern sehen, aber irgendwann hatte sich der Mann plötzlich umgeschaut, und Dirk war schnell in die Buchhandlung geschlüpft.

Als Dirk einige Sekunden später wieder aufsah, war seine Zielperson verschwunden – in die Paßkontrolle, wie Dirk annahm. Dirk hatte noch eine angemessene Zeit herumgetrödelt, sich ein paar Zeitungen und Bücher gekauft und sich dann selber durch die Paßkontrolle in die Abflughalle begeben.

Es hatte ihn nicht besonders überrascht, daß er seine Zielperson in der Abflughalle nirgends zu Gesicht bekam: sie war ein glitzerndes Labyrinth nichtssagender Läden, Cafés und Lounges, und Dirk hielt es für sinnlos, wenn er in der Gegend herumrannte und nach dem Mann suchte. Sie würden sowieso zwangsläufig in dieselbe Richtung geschleust werden und im selben Flugzeug sitzen.

Nicht an Bord? Dirk saß da und rührte sich nicht. Im nachhinein mußte er zugeben, daß er den Mann leibhaftig das letzte Mal gesehen hatte, bevor er durch die Paßkontrolle gegangen war und alles übrige auf der Annahme beruhte, seine Zielperson verhielte sich genau so, wie er, Dirk, es insgeheim beschlossen hatte. Das, wurde ihm nun klar, war allerdings eine recht weitgehende Annahme. Kalte Luft blies ihm aus dem Ventil über seinem Kopf über den Hals.

Gestern hatte er beim Beschatten dieses Mannes wie ein Stümper einen Bus bestiegen. Heute, so schien es, hatte er irrtümlich ein Flugzeug nach Chicago bestiegen. Er legte die Hand an seine Stirn und fragte sich, wie gut er, nun mal ehrlich, als Privatdetektiv wirklich war.

Er rief einen Steward, bestellte sich ein Glas Whisky und hielt sich dran fest, als wäre der wirklich ganz mies. Nach einer Weile griff er in seine Plastiktüte mit den Büchern und Zeitungen. Er konnte sich genauso gut die Zeit vertreiben. Er seufzte und zog etwas aus der Tasche, das er seines Wissens gar nicht hineingetan hatte.

Es war ein Kurierdienstpäckchen, das bereits geöffnet worden war. Mit leichtem Stirnrunzeln zog er dessen Inhalt hervor. Es war ein Buch. Er drehte es verwundert um. Es trug den Titel *Moderne Überwachungstechniken.* Er erkannte es wieder. Gestern hatte er einen Reklamezettel dafür in der Post gehabt. Er hatte ihn zusammengeknüllt und auf den Boden geworfen. Zwischen zwei Seiten des Buches lag zusammengefaltet genau dieser Reklamezettel, entknittert und glatt gestrichen. Voller böser Vorahnungen faltete Dirk ihn langsam auf. Mit Filzstift waren in einer Handschrift, die ihm merkwürdig bekannt vorkam, die Worte »Bon Voyage!« quer darüber gekritzelt. Der Steward beugte sich über ihn. »Darf ich Ihnen noch mal nachschenken, Sir?« fragte er.

8

Die Sonne stand hoch über dem fernen Pazifik. Der Tag war hell, der Himmel blau und wolkenlos, die Luft, wenn man den Geruch von verbrannten Teppichen mochte, makellos. Los Angeles. Eine Stadt, in der ich noch nie war.

Ein Auto, ein blaues Kabrio, schnittig und begehrenswert, jagte in westlicher Richtung aus Beverly Hills kommend durch die, wenn ich das richtig sehe, eleganten Kurven des Sunset Boulevards. Jeder, der so einen Wagen sah, hätte ihn haben wollen. Verständlich. Er war so konstruiert, daß die Leute ihn begehrenswert finden mußten. Hätte sich herausgestellt, daß die Leute ihn nicht unbedingt haben wollten, hätten die Konstrukteure ihn immer und immer wieder umgestaltet, bis die Leute ihn unbedingt haben wollten. Inzwischen ist die Welt voller Dinge wie dieses Auto, und natürlich befinden die Leute sich deshalb in einem ständigen Zustand des Habenwollens.

Am Steuer saß eine Frau, und ich kann Ihnen versichern, daß sie sehr schön war. Sie hatte gepflegtes, dunkles, zu einem Bubikopf geschnittenes Haar, das in dem warmen Fahrtwind leicht zerzaust wurde. Ich würde Ihnen erzählen, was sie anhatte, kenne mich aber in Kleiderfragen überhaupt nicht aus, und wenn ich Ihnen etwas von einem Armanidings und einem Farhibums erzählen würde, wäre Ihnen instinktiv klar, daß ich was vortäusche, und da Sie die Mühe auf sich nehmen zu lesen, was ich geschrieben habe, möchte ich Sie mit Respekt behandeln, auch wenn ich Sie gelegentlich und in freundlicher und wohlmeinender Absicht beschwindele.

Und darum sage ich nur, daß die Kleider, die sie trug, genau die Sorte Kleider waren, die jemand, der weitaus mehr von Kleidern versteht als ich, ungeheuer bewundert hätte, und daß sie blau waren. Unglaublich hohe Palmen ragten über ihr in den Himmel, schweigsame Mexikaner bewegten sich über unglaublich makellose Rasenflächen.

Die Tore von Bel Air flogen vorüber – und dahinter vollendet schöne Villen in vollendet schönen Sträucherarrangements. Genau diese Häuser habe ich im Fernsehen gesehen, und selbst ich skeptischer, spöttischer alter Mann hatte das Gefühl, daß ich wirklich allzugern eines davon besitzen würde. Zum Glück bringen mich die Dinge, die die Besitzer solcher Häuser zueinander sagen, dermaßen zum Kichern, daß mir der Tee aus der Nase spritzt, und so geht diese Anwandlung vorüber.

Das schnittige, begehrenswerte blaue Kabrio sauste weiter. Es gibt eine Ampelanlage, so heißt es, an der Grenze zwischen Bel Air und Brentwood, und als der Wagen sich ihr näherte, schaltete sie auf Rot. Der Wagen kam zum Stehen. Die Frau schüttelte ihr Haar und rückte im Rückspiegel ihre Sonnenbrille zurecht. Während sie das tat, bemerkte sie im Spiegel eine kurze zuckende Bewegung, als ein kleiner, dunkelhaariger Kerl geräuschlos aus dem Schatten des Straßenrandes trat und um das Wagenheck herumhuschte. Einen Augenblick später beugte er sich über sie und hielt ihr eine kleine Pistole vors Gesicht. Von Pistolen habe ich noch weniger Ahnung als von Kleidern. In Los Angeles wäre ich vollkommen verloren. Man würde mich nicht nur wegen meines mangelnden Sinns für Mode auslachen, sondern auch wegen meines erbärmlichen Unvermögens, eine Magnum .38 von einer Walter PPK oder gar, du lieber Himmel, von einer Derringer zu unterscheiden. Allerdings weiß ich, daß die Pistole ebenfalls blau war, zumindest aber blauschwarz, und daß die Frau zu Tode erschrocken war darüber, daß ihr jemand damit aus nicht mal einem Zoll Entfernung ins linke Auge zielte. Der Angreifer gab ihr zu verstehen, daß jetzt ein erstklassiger Augenblick wäre, ihren Platz zu räumen und, nein, nicht etwa den Zündschlüssel mitzunehmen oder gar zu versuchen, nach ihrer Handtasche zu greifen, die auf dem Sitz neben ihr lag, sondern einfach ganz cool zu sein, sich ganz ungezwungen, ganz vorsichtig zu bewegen und sich schnellstens aus dem Wagen zu verpissen.

Die Frau versuchte, ganz cool zu sein, sich ganz ungezwungen und vorsichtig zu bewegen, wurde dabei aber durch den Umstand behindert, daß sie vor unbändiger Angst am ganzen Körper schlotterte, während die Pistole nur einen Zoll vor ihrem Gesicht herumtanzte wie eine Eintagsfliege im Sommer. Allerdings verpißte sie sich tatsächlich schnellstens aus dem Wagen. Zitternd stand sie mitten auf der Straße, als der Dieb in den Wagen und auf ihren Sitz sprang, den Motor in einem kurzen Triumphgeheul auf Touren brachte und mit einem Affenzahn den Sunset Boulevard hinunter-, um die Kurve und davonraste. Entgeistert und hilflos drehte sie sich auf der Stelle herum. Ihre Welt stand mit einem Mal Kopf und kippte sie aus sich heraus, und sie war jetzt, plötzlich und unerwartet, der hilfloseste aller Menschen in Los Angeles, ein Fußgänger.

Sie versuchte ein, zwei andere Autos auf der Straße anzuhalten, aber die umkurvten sie höflich. Einer davon war ein offener Mustang, aus dessen Radio laute Musik dröhnte. Ich würde zu gern sagen, daß das Radio auf einen Oldiesender eingestellt war und daß in diesem Augenblick die Worte »How does it feeeeel? How does it feeeeel?« durch die Luft dröhnten, aber selbst einem Roman sind Grenzen gesetzt. Es war ein Oldiesender, okay, aber der spielte gerade »Sunday Girl« von Blondie, und das paßte nicht im entferntesten, weil sich die Sache an einem Donnerstag abspielte. Was konnte sie tun?

Wieder ein perfektes Verbrechen. Wieder ein perfekter Tag in der Stadt der Engel. Und nur eine einzige winzigkleine Lüge.

Verzeihen Sie mir.

9

Wenn es in England ein häßlicheres Gebäude als Ranting Manor gibt, dann habe ich es noch nicht zu Gesicht bekommen. Es muß sich irgendwo verstecken und nicht, wie Ranting Manor, inmitten von hundert Acres hügeligem Parkland liegen. Der ursprüngliche Besitz bestand aus vielen Hunderten von Acres mehr, dem Stolz Oxfordshires, aber Generationen syphilitischer Verblödung und geistiger Umnachtung haben ihn auf seinen gegenwärtigen hinfälligen Zustand reduziert – den einer ungepflegten Ansammlung von Wäldern, Äckern und Rasenflächen, verschandelt mit den Überresten verschiedener gescheiterter Versuche, mit allen Mitteln, die irgendwer gerade für eine gute Idee gehalten hatte, Geld aufzutreiben: mit einem jämmerlichen Rummelplatz, einem einst recht gut ausgestatteten Zoo und, neueren Datums, einem kleinen Hi-tech-Industriepark, dessen augenblickliche Inhaberin, eine kränkelnde Computerspielfirma, inzwischen von ihrer amerikanischen Muttergesellschaft ihrem Schicksal überlassen worden war und als die einzige derartige Firma auf der Welt galt, die Verluste schrieb. Man könnte auf dem Grundstück von Ranting Manor ein Ölfeld von mehreren Milliarden Tonnen entdecken und ziemlich sicher sein, daß es innerhalb von zwei Jahren mit Verlust arbeiten und den Verkauf des Familienzinns erforderlich machen würde, um seinen Betrieb aufrechtzuerhalten. Das Familiensilber ist natürlich schon lange weg, genauso wie der größte Teil der Familie. Krankheiten, Alkohol, Drogen, sexueller Schwachsinn und ein schlecht gewarteter Fahrzeugpark haben fürchterliche Schneisen in die Reihen der Rantings geschlagen und sie fast auf Null reduziert.

Wieviel Geschichte hätten Sie denn gerne? Vielleicht nur ein kleines bißchen. Das Rittergut selbst stammt aus dem dreizehnten Jahrhundert, zumindest Teile davon. Diese Teile sind alles, was von dem ursprünglichen Kloster noch da ist, das ungefähr zwei Jahrhunderte lang von einem frommen Orden von Kalligraphen und Päderasten bewohnt wurde. Dann bekam es Heinrich VIII. in die Klauen und überließ es als Belohnung für irgendeinen spektakulären Beweis loyaler Schurkerei einem Höfling und Drecksack namens John Ranting. Der ließ es abreißen und nach seinem Wohlgefallen wieder aufbauen, also wahrscheinlich recht gefällig, wenn man bedenkt, daß die Architekten der Tudorzeit ziemlich genau wußten, was sie taten: dicke Balken, hübscher Stuck und Bleiglasfenster, all die Dinge, die wir heute enorm zu schätzen wissen, John Rantings Nachkommen aber leider nicht – vor allem der viktorianische Gummimagnat Sir Percy Ranting nicht, der in den sechziger Jahren des 19. Jahrhunderts den Bau zum größten Teil abreißen und als Jagdhütte wieder aufbauen ließ. Diese viktorianischen »Jagdhütten« wurden errichtet, weil man von den unermeßlich reichen Kaufleute jener Zeit nicht erwartete, daß sie ihre unverhüllten Penisse in der Öffentlichkeit zur Schau stellten, statt dessen wur den weiten Teilen der schönen und unschuldigen englischen Landschaft ihre Erektionen aufgebürdet: massige, knollige, sozusagen rotbackige Bauwerke mit riesigen Ballsälen, pompösen, verwinkelten Treppenhäusern und so vielen Türmchen und Zinnen wie ein Designerkondom.

Das neunzehnte Jahrhundert war, ästhetisch gesehen, für Ranting Manor eine ziemliche Katastrophe, aber unmittelbar danach kam natürlich das zwanzigste mit all seinen Architekturtheorien und Doppelverglasungen. Die wichtigsten Anbauten während dieser Zeit waren in den dreißiger Jahren eine Art riesiger Nazi-Billardsaal und in den Sechzigern ein orange und weinrot gekacheltes Hallenbad, das inzwischen verschiedene üppig wuchernde Batzen leuchtend bunter Pilze zieren.

Alle diese unterschiedlichen Stile verbindet die allgemeine Atmosphäre von Moder und Verfall und das Gefühl, falls ein Bürger mit Gemeinsinn versuchen würde, das Haus in Brand zu stecken, dann würde das Feuer schon lange vor Eintreffen der Feuerwehr wieder ausgehen. Was noch? Oh ja. Es spukt darin.

Genug von diesem ekelhaften Gebäude.

Am Abend gegen halb elf, also ungefähr zur gleichen Zeit, als das Auto auf den Sunset Boulevard gestohlen wurde, ging quietschend eine kleine Seitenpforte auf. Die eisernen Haupttore zu dem Anwesen wurden nachts geschlossen gehalten, aber das Seitentürchen blieb in der Regel unverschlossen. Der Ruf des Hauses, gesundheitsschädlich und unangenehm zu sein, reichte normalerweise aus, um jeden Eindringling abzuschrecken. Auf einem alten Schild am Haupttor stand WARNUNG VOR DEM BISSIGEN HUND, worunter jemand gekritzelt hatte: »Warum denn bloß vor dem Hund?«

Die Gestalten eines großen Hundes und eines kleinen Mannes schlüpften durch das Seitentürchen. Beide bewegten sich deutlich hinkend. Der Hund hinkte auf der linken Vorderpfote, der Mann auf dem rechten Bein oder, genauer gesagt, nicht auf dem rechten Bein, weil er gar kein rechtes Bein hatte. Es war unter dem Knie nicht mehr vorhanden. Stattdessen hinkte der Mann auf einem Holzbein, das einen ganzen Zoll länger als sein linkes Bein war und das Laufen nicht nur erschwerte, sondern zu einer echten Strapaze machte.

Die Nacht war bedeckt. Der Mond war zwar aufgegangen, zumindest die Hälfte, blieb aber größtenteils in Wolken gehüllt. Die beiden schattenhaften Gestalten hinkten einträchtig die Auffahrt entlang, wobei sie von weitem solchen Spielzeugen mit eiernden Rädern ähnlich sahen, die Kinder an Schnüren hinter sich herziehen. Sie schlugen den langen

Weg zu dem Haus ein. Der schlängelte sich umständlich durch das Grundstück, vorbei an einigen der gescheiterten oder gerade Schiffbruch erleidenden geschäftlichen Unternehmungen.

Der Hund winselte und knurrte ein bißchen, bis sich sein Herrchen ungelenk herunterbeugte und ihn von der Leine ließ, worauf er vor Freude ein rauhes Jaulen hören ließ, ein paar Schritte vorwärtstorkelte und dann seinen Humpelgang wieder aufnahm, im Gleichschritt mit – doch jetzt gut zwei Yards vor – seinem Herrchen. Ab und zu schaute er sich um, ob sein Herrchen noch da, ob alles in Ordnung wäre und ob nicht irgendwas angesprungen käme und sie bisse.

In diesem Tempo gingen sie langsam durch eine lange Biegung der Auffahrt, der Mann trotz der angenehmen Abendtemperatur in einen langen dunklen Mantel gehüllt. Nach ein paar Minuten kamen sie linker Hand am Eingang des Zoos vorbei, der für die begrenzten Mittel des Gutes eine so große Belastung gewesen war. Er enthielt jetzt nur noch sehr wenige Tiere: zwei Ziegen, ein Huhn und ein Capybara, das größte Nagetier der Welt. Im Moment gab es außerdem noch ein besonderes Gasttier in dem Zoo, das hier vorübergehend einquartiert war, während sein gewohntes Gehege im Zoo von Chatsfield umgebaut wurde. Desmond – das Tier hieß Desmond – war erst seit zwei Wochen zu Gast, aber seine Anwesenheit hatte nicht unerwartet in dem Dorf Little Ranting für einiges Aufsehen gesorgt.

Als der Mann und sein Hund am Eingang des Zoos vorbeikamen, zögerten sie einen Moment, machten dann kehrt und sahen noch einmal hin. Die niedrige hölzerne Pforte, die zu dieser Nachtzeit eigentlich hätte verschlossen sein müssen, stand offen. Der Hund winselte und schnüffelte am Boden herum, der ein bißchen zertrampelt und aufgewühlt zu sein schien. Der Mann hinkte zu der offenen Pforte und spähte in die Finsternis dahinter. Zwischen der Ansammlung niedriger Häuschen war alles dunkel bis auf ein einzelnes mattes Licht, das aus der Hütte kam, in der Roy Harrison wohnte, Desmonds Wärter aus Chatsfield. Nichts Ungewöhnliches. Kein

Anzeichen von Bewegung. Also warum stand die Pforte offen? Möglicherweise bedeutete es gar nichts. Das meiste, hätte Ihnen der Mann gesagt, wenn Sie ihn gefragt hätten, bedeutete möglicherweise gar nichts. Trotzdem rief er seinen Hund mit einem barschen Laut zu sich, humpelte brummig durch die Pforte und schloß sie hinter sich. Langsam, knirschend bewegten sie sich auf dem Kiesweg zu der einsamen Lichtquelle: Roy Harrisons vorübergehende Behausung.

Das Haus wirkte friedlich.

Der Mann klopfte heftig gegen die Tür und horchte. Keine Antwort. Er klopfte noch mal. Wieder nichts. Er öffnete die Tür. Sie war nicht verschlossen, wahrscheinlich gab es aber auch keinen Grund, sie verschlossen zu halten. Als er sich in die winzige, dunkle Diele schob, stieg ihm ein eigentümlicher Geruch in die Nase. Zoowärterbehausungen waren genau das, wo man eine große und reichhaltige Auswahl eigentümlicher Gerüche anzutreffen erwartete, aber nicht unbedingt diesen besonders süßen, widerlichen Geruch. Hmmmph. Der Hund gab ein sehr, sehr leises, kleines Jaulen von sich.

Auf der rechten Seite der Diele war eine Tür, die Quelle sowohl des Lichts, das von draußen zu sehen war, als auch des süßen Duftes, den man drinnen riechen konnte. Immer noch war alles still. Vorsichtig stieß der Mann die Tür auf.

Beim ersten Anblick dachte er, die über dem Küchentisch zusammengesackte Gestalt wäre möglicherweise tot, aber nach einem langen, schier endlosen Augenblick der Stille ließ sie ein leises sägendes Schnarchen hören.

Wieder winselte der Hund und schnüffelte nervös am Boden herum. Für einen Hund seiner Größe wirkte er ständig merkwürdig nervös und schaute sich zur eigenen Beruhigung immer wieder nach seinem Herrchen um. Tatsächlich war er alles in allem ein sonderbarer Hund von völlig undefinierbarer Rasse oder Mischung. Er war groß und schwarz, hatte aber buschiges Fell, einen knochigen plumpen Körper, und sein Verhalten war reizbar, ängstlich, an der Grenze zur völligen Neurose. Immer wenn er mal kurz zum Stillstand kam, machte es ihm offenbar häufig Mühe, wieder in Gang zu kommen, als hätte er Schwierigkeiten, sich daran zu erinnern, wo er jedes seiner Beine gelassen hatte. Er sah aus, als wäre ihm etwas sehr Unangenehmes zugestoßen oder würde ihm jeden Moment zustoßen.

Der schlafende Wärter schnarchte weiter. Neben ihm sah man eine Ansammlung zerdrückter Bierdosen, eine halbleere Whiskeyflasche und zwei Gläser. Im Aschenbecher lagen die Kippen von drei Joints, und im Zimmer verstreut waren Fetzen einer zerrissenen Zigarettenpackung, ein Packen Zigarettenpapier und ein Stück Silberfolie, auf traditionelle Art und Weise zusammengedreht. Die Quelle des Geruchs. Roy hatte offensichtlich mit jemandem einen tollen Abend verbracht, und dieser Jemand war offensichtlich abgehauen. Der Besucher rüttelte ihn sanft an der Schulter, doch ohne Erfolg. Er versuchte es noch einmal, aber diesmal sackte der Wärter langsam zur Seite und plumpste wie ein schlampiger, sabbernder Haufen zu Boden. Darüber erschrak der Hund dermaßen, daß er mit einem wilden Satz hinter dem Sofa Deckung suchte. Leider war der Hund größer und schwerer als das Sofa. Er stieß es beim Springen nach hinten, so daß es umkippte und auf ihn fiel. Wieder jaulte der Hund, scharrte kurz übers Linoleum, und suchte dann mit einem erneuten Satz Deckung hinter einem Couchtischchen, das er dabei zerlegte. Nachdem ihm die Stellen ausgegangen waren, wohin er springen konnte, kauerte er sich vor Angst zitternd in eine Ecke.

Sein Herrchen vergewisserte sich, daß Roy sich nur vorübergehend in einem Zustand chemischen Ungleichgewichts befand und nicht wirklich in Gefahr war, beruhigte seinen Hund mit ein paar sanften Worten und verließ das Haus. Zusammen folgten sie dem Pfad zurück bis zur Pforte, betraten die Hauptzufahrt, machten sich wieder auf den Weg, den sie zuvor eingeschlagen hatten, und humpelten Richtung Haupthaus. Der Fahrweg wies tiefe Hufspuren auf.

Desmond war plötzlich ganz durcheinander. Alles, was er immer an der Welt gerochen hatte, war ihm mit einem Mal ganz undeutlich und sonderbar vorgekommen. Um ihn herum blitzten ein paar Lichter, aber daraus machte er sich nichts. Lichter gingen ihn eigentlich nichts an. Blinker-blinker. Na und? Aber das hier war höchst sonderbar. Er hätte gesagt, daß er halluziniere, nur daß er das Wort nicht kannte, ja eigentlich überhaupt kein Wort. Er wußte nicht einmal, daß er Desmond hieß, aber, um es noch einmal zu sagen, das gehörte nicht zu den Dingen, die ihn störten. Ein Name war nur ein Laut, den man hörte, und roch nicht so kräftig und berauschend, als wäre er wirklich etwas. Ein Laut stieg einem nicht in den Kopf und machte *woomph* wie ein Geruch. Geruch war real, Geruch war etwas, dem man vertrauen konnte.

Zumindest war es bisher so gewesen. Aber jetzt hatte er das Gefühl, als kippe die ganze Welt rückwärts um und ihm über den Kopf, und das, dieser Eindruck drängte sich ihm auf, war ein sehr beunruhigendes Verhalten für die Welt.

Er holte tief Luft, um seine gewaltige Körperfülle ins Gleichgewicht zu bringen. Er sog Milliarden kräftiger kleiner Moleküle über die empfindlichen Membranen seiner Nüstern. Nicht allzu kräftig, zugegeben. Die Gerüche hier waren armselige, schwache Gerüche – flache, schale, bittere Gerüche mit einer ätzenden Beimischung von etwas Ekelhaftem, das verbrannt wurde. Nichts von den mächtigen, generösen Gerüchen heißer, grasgesättigter Luft und tagealtem Dung, die seine Phantasie beschäftigten, aber wenigstens sollten ihm diese lumpigen hiesigen Gerüchlein das Gleichgewicht wiedergeben und ihn festen Boden fassen lassen.

Sie taten es nicht.

Hhrrphraaah! Inzwischen schien er zwei verschiedene und total widersprüchliche Welten in seinem Kopf zu haben. Graaarphhh! Was war das? Wohin war der Horizont verschwunden?

Das war es. Deswegen schien die Welt über seinen Kopf zu kippen. Wo sonst ein vollkommen normaler Horizont war, gab es jetzt keinen mehr. Statt dessen gab es mehr Welt. Viel mehr. Sie erstreckte sich weiter und immer weiter in eine seltsame, diesige Ferne. Desmond fühlte mächtige, eigenartige Ängste in sich aufsteigen. Plötzlich hatte er das instinktive Gefühl, er müsse auf irgendwas losgehen, aber man konnte ja nicht auf eine beunruhigende Ungewißheit losgehen. Fast wäre er gestolpert.

Wieder atmete er tief ein. Er blinzelte träge.

Haaarh! Das neue Stück Welt war verschwunden! Wo war es? Wohin war es verschwunden? Da war es wieder! Es kehrte allmählich an Ort und Stelle zurück, und er hatte das Gefühl, als kippte er wieder um, aber diesmal gelang es ihm schneller, sein Gleichgewicht wiederzugewinnen. Blöde kleine Lichter. Blinker-blinker-blinker. Dieses neue Stück Welt – was war es eigentlich? Unsicher starrte er hinein und ließ die Nüstern seines Inneren darüberstreichen. Allmählich verwirrten ihn diese Lichter. Er machte die Augen zu, um sich auf seine Erkundung zu konzentrieren, aber genau da verschwand die neue Welt! Wieder! Einen verwirrenden Moment lang überlegte er, ob es irgendeinen logischen Zusammenhang zwischen diesen beiden Ereignissen gebe, aber logische Zusammenhänge zwischen Ereignissen herzustellen, war wirklich keine von Desmonds Stärken. Er dachte nicht weiter drüber nach. Als er seine runzeligen Äuglein wieder öffnete, entfaltete sich die unirdisch neue Welt langsam in seinem Inneren. Erneut warf er einen Blick hinein.

Es war eine wildere Welt als die, die er gewohnt war, eine Welt voller Wege und Hügel. Die Wege gabelten sich, teilten und verloren sich in Tälern, und die Hügelketten türmten sich zu hohen Bergen auf. In der Ferne ragten massive Gebirgsketten in die Höhe, und tiefe zerklüftete Canons hüllten sich in wogende Nebel. Ihn erfüllten große Sorgen. So wie logische Zusammenhänge herzustellen, gehörte auch Bergsteigen nicht zu Desmonds Stärken.

Der flachste, breiteste Weg lag direkt vor ihm, aber als er seine Aufmerksamkeit auf ihn richtete, wurden beunruhigende Dinge deutlich.

Etwas Häßliches lag an diesem Weg. Etwas Großes und

Häßliches. Etwas, das noch größer und häßlicher war, so dachte Desmond schließlich, als Desmond selber. Wieder blinzelte er kurz, und wieder verschwand das Ganze ärgerlicherweise. Als es sich in der Nüster seiner Gedanken eine oder zwei Sekunden später wieder zusammensetzte, verstärkte sich das Gefühl einer unmittelbar drohenden Gefahr.

War das Donner?

Normalerweise hatte Desmond nichts gegen Donner und bemerkte Blitze kaum, aber gegen diesen Donner hatte er was. Es gab keinen erhebenden Strudel tanzender schwerer Luft, nur unangenehme krachende Explosionen aus Schwärze. Allmählich bekam Desmond große Angst. Seine enorme Körperfülle zitterte und bebte, und plötzlich rannte er los. Die sonderbare neue Welt zersplitterte und verschwand. Er rannte wie ein Lkw. Er polterte durch einen Wirbel kleiner, matter Lichter und brachte eine ganze Tonne von irgendwas, er wußte nicht was, um sich herum krachend zum Einsturz. Es knallte laut und blitzte ein bißchen, aber Desmond pflügte mitten hindurch. Da gehörte er nicht hin, er floh wie eine Lokomotive, brach durch eine dünne Tür, vielleicht sogar eine Wand, ganz egal. Er stürzte in die Nachtluft hinaus und stampfte den Boden mit den Hammerschlägen seiner riesigen Füße.

Um ihn herum stoben Dinge von ihm weg. Dinge schrieen auf. Weit hinter ihm erklangen klagende Rufe voller Angst und Verzweiflung, aber Desmond achtete nicht darauf. Er brauchte einfach etwas Nachtluft in der Lunge. Selbst diese Nachtluft war gut, mochte sie auch noch so schal und ätzend sein. Sie war kühl und brauste über ihn hinweg und in ihn hinein, während er weiterstürmte. Er spürte hartes Pflaster unter sich, dann kurz Teile eines Zauns um den Hals, und schließlich rauhes, stoppeliges Gras unter den hämmernden, stampfenden Füßen.

Er befand sich kurz unter dem Gipfel eines niedrigen Hügels. Es war ein echter Hügel aus Erde, nicht irgendeine schreckliche Halluzination, die sich in seinem Inneren aufrichtete wie das Nahen des Todes. Einfach ein Hügel, umgeben von anderen niedrigen, schräg abfallenden Hügeln. Der Himmel war wolkenlos, aber dunstig und bedeckt. Sterne interessierten Desmond nicht. Ein Stern verschaffte einem keinen angenehmen Luftzug, aber hier waren sie nicht einmal richtig zu sehen. Das war ihm egal, er erreichte gerade ein gutes, beträchtliches Tempo auf dem Weg den Hügel hinunter, wobei er ein paar müde Muskeln weckte und auf Trab brachte. Braaarrrm! Renne! Rase! Stürme! Krach! Wumm! Wieder hingen ihm anscheinend ein paar Zaunteile um den Hals, und plötzlich kam er viel weniger frei voran, war mit allem möglichen Zeug beladen. Er stampfte mühsam weiter. Plötzlich fand er sich in einem Getümmel auseinanderstiebender, kreischender Kreaturen wieder, während seine gewaltige Körpermasse durch sie hindurchraste. Der Lärm von Schreien und Gebell und leisem Geklirr erfüllte die Luft. Verwirrende Gerüche umtanzten ihn – ein Schwall von angebranntem Fleisch, berauschende Düfte von irgendwelchem benebelndem Zeug, dicke, ekelhaft süße Moschusschwaden. Er war verwirrt und versuchte, den Blick auf etwas zu richten. Er traute dem Sehvermögen nicht sehr, es teilte ihm nicht sehr viel mit. Er konnte nur ungefähr unterscheiden, ob Dinge blinkten oder herumschlichen oder umherrannten. Er versuchte die schreienden, umherhastenden Formen zu orten, und dann sah er ein großes, verschwommenes Rechteck aus Licht. Das war etwas. Er warf sich herum und stürmte darauf los.

Wumm!

Und auch irgendwelche unangenehmen, feuchten, klebrigen Empfindungen überall an seiner Flanke. Das mochte er nicht. Er strauchelte, als er in einen großen Raum platzte und auf der Stelle von einer stickigen Orgie aus Gerüchen, schrillen Schreien und blendenden Lichtern überfallen wurde. Er rannte in einen wirren Haufen kreischender Kreaturen hinein, die erst tobten und gellend schrieen und dann kaputt gingen und weich und schlabberig wurden. Eine von denen steckte auf ihm, und Desmond mußte den Kopf schütteln, um sie loszuwerden. Vor ihm lag jetzt ein anderes großes, glitzerndes Rechteck, und ein kleines Stück dahinter schimmerte ein blaßblaues Licht am Boden. Desmond stürmte erneut vorwärts. Wieder krachte es, und wieder regnete ein Schauer heftiger, beunruhigender Schmerzen auf ihn herunter. Er rannte weiter und wieder hinaus ins Freie.

Das Licht am Boden war ein seltsamer Wassertümpel mit kreischenden Dingen darin. Noch nie hatte er Wasser so leuchten sehen. Und dann sah er wieder ein paar blitzende Lichter vor sich. Er beachtete die kleinen Lichter nicht. Nicht einmal den Knall beachtete er, der mit jedem Aufblitzen einherging. Peng-peng, na und? Aber was seine Aufmerksamkeit gefangen nahm, war der plötzliche beißende Geruch und die Blumen aus Schmerz, die auf einmal in seinem Körper blühten. Eine Blume wurde ihm in die Schulter gepflanzt und dann noch eine. Sein Bein bewegte sich plötzlich komisch. Eine Blume wurde ihm in die Flanke gepflanzt, was sich sehr merkwürdig und beunruhigend anfühlte. Eine andere Blume wurde ihm in den Kopf gepflanzt, und allmählich kam ihm die ganze Welt entfernter und unwichtiger vor. Sie begann zu dröhnen. Er merkte, wie er enorm langsam nach vorn kippte und allmählich von wundervollen Wellen warmer, leuchtender Bläue umfangen wurde.

Während die Welt sich von ihm zurückzog, hörte er eine schnatternde, hysterische Stimme, die Geräusche von sich gab, die für ihn keinen Sinn ergaben, aber folgendermaßen klangen:

»Ruft die Notärzte! Ruft die Polizei! Nicht bloß aus Malibu, holt die Polizei aus L.A. Auf der Stelle! Sie sollen mit einem Helikopter hier raufkommen! Wir haben Tote und Verletzte! Und sagt ihnen … ich weiß nicht, wie sie das aufnehmen werden, aber sagt ihnen, wir haben ein totes Nashorn im Swimmingpool.«

10

Obwohl Dirk inzwischen peinlich klar war, daß nur er und nicht seine aktuelle Zielperson an Bord des Fluges war, daß er durch einen absurd einfachen Trick viertausend Meilen weit und um ein paar tausend wichtige Pfund erleichtert in die Irre geführt worden war, beschloß er dennoch, eine letzte Kontrolle durchzuführen. Er nahm direkt am Ausgang Aufstellung, als auf dem Flughafen O'Hare alle Passagiere von Bord gingen. Er sah so aufmerksam hin, daß er beinahe seinen Namen überhört hätte, der über die Lautsprecheranlage des Flugzeugs ausgerufen wurde und ihn aufforderte, sich zum Informationsschalter der Fluggesellschaft zu begeben.

»Mr. Gently?« fragte die Dame am Schalter munter.

»Ja ...«, sagte Dirk mißtrauisch.

»Darf ich mal Ihren Paß sehen, Sir?«

Er reichte ihn ihr. Da er Unannehmlichkeiten erwartete, blieb er auf den Fußballen balancierend stehen.

»Ihr Ticket nach Albuquerque, Sir.«

»Mein ???«

»Ticket nach Albuquerque, Sir.«

»Mein Ticket nach ???«

»Albuquerque, Sir.«

»Albuquerque?«

»Albuquerque, New Mexico, Sir.«

Dirk betrachtete die ihm angebotene Ticketmappe, als wäre sie ein Silvesterkrapfen. »Wo kommt das her?« fragte er. Er nahm sie und starrte auf die Flugdaten.

Die Dame schenkte ihm ein enormes Airline-Lächeln und ein enormes Airline-Schulterzucken. »Aus diesem Apparat hier, vermute ich. Der druckt diese Tickets einfach aus.«

»Und was sagt Ihr Computer?«

»Sagt nur: Vorausbezahltes Ticket nach Albuquerque, New Mexico, für Mr. Dirk Gently. Wird abgeholt. Hatten Sie nicht erwartet, heute nach Albuquerque zu fliegen, Sir?«

»Ich hatte erwartet, an einem unerwarteten Ort zu landen, ich hatte bloß nicht erwartet, daß es Albuquerque sein würde, das ist alles.«

»Klingt nach einem herrlichen Reiseziel für Sie, Mr. Gently. Genießen Sie den Flug.«

Das tat er. Er saß da und grübelte über die Ereignisse der letzten zwei Tage nach, indem er sie in seinem Inneren nicht so ordnete, daß sie schon einen Sinn ergaben, sondern sie als vieldeutige kleine Muster beließ. Ein Meteor hier, ein halber Kater da, die elektronischen Fäden zwischen unsichtbaren Dollars und unerwarteten Flugtickets. Vor der Landung in Chicago war sein Selbstbewußtsein stark angeschlagen gewesen, aber inzwischen empfand er die Spannung als erregenden Kitzel. Irgendwo da draußen war etwas oder jemand, mit dem er eine Verpflichtung eingegangen war, etwas, das nur er gefunden hatte und zu dem er jetzt hingezogen wurde. Daß er immer noch keine Ahnung hatte, wer oder was das war, beunruhigte ihn nicht länger. Es war da, er hatte es gefunden und es ihn. Er hatte den Puls dieses Etwas gespürt. Gesicht und Name würden zur rechten Zeit zum Vorschein kommen.

Auf dem Flughafen in Albuquerque blieb er eine Weile still unter der hohen bemalten Balkendecke stehen, umgeben von den dunklen, durchdringenden Augen der Promillesünder-Anwälte, die von ihren Reklametafeln herabblickten. Er atmete tief durch. Er fühlte sich ganz ruhig, er fühlte sich gut, er fühlte sich in der Lage, sich den wilden, grotesken, unmittelbar unter der langweiligen Oberfläche der erzählten Welt liegenden Unwahrscheinlichkeiten zu stellen und ihre Sprache zu sprechen. Er schlenderte gemächlich zu den langen

Rolltreppen und rauschte langsam nach unten wie ein unsichtbarer König.

Er wurde bereits erwartet.

Dirk erkannte ihn auf der Stelle – ein weiterer regloser Punkt in der Hektik des Flughafens. Es war ein großer, fetter, schwitzender Mann mit einem schlecht sitzenden Anzug und einem Gesicht wie ein schlecht gedeckter Tisch. Er stand ein paar Schritte vom Fuß der Rolltreppe entfernt und blickte mit trägem, aber schwer durchschaubarem Gesichtsausdruck nach oben. Nur gut, daß Dirk nach ihm Ausschau gehalten hatte, sonst hätte er das Schild, das der Mann in die Höhe hielt und auf dem D. JENNTRY stand, leicht übersehen können.

Dirk stellte sich vor. Der Mann sagte, er heiße Joe und gehe jetzt den Wagen holen. Und, so Dirks recht banales Gefühl, das war's.

Der Wagen hielt an der Bordsteinkante, eine nicht mehr ganz taufrische schwarze Cadillac-Stretchlimousine, die in der Flughafenbeleuchtung matt glänzte. Dirk betrachtete sie zufrieden, stieg ein und machte es sich mit einem leisen freudigen Grunzen auf dem Rücksitz bequem.

»Der Kunde hat gesagt, er würde Ihnen gefallen«, verkündete Joe in einiger Entfernung auf seinem Fahrersitz, als er das Ding geräuschlos ins Rollen brachte und zur Flughafenausfahrt steuerte. Dirk betrachtete die abgenutzte, fadenscheinige blaue Samtpolsterung um sich herum und den getönten Plastikfilm, der von den Scheiben blätterte. Als Dirk den Fernseher anzuschalten versuchte, gab der nur ein Rauschen von sich, und die asthmatische Klimaanlage pustete einen muffigen Luftstrom aus, der um nichts besser war als die warme Abendluft der Wüste, durch die sie fuhren.

Der Kunde hatte hundertprozentig recht.

»Der Kunde«, sagte Dirk, als das große rumpelnde Ding auf die matt beleuchtete Schnellstraße durch die Stadt fuhr. »Wer genau ist eigentlich der Kunde?«

»Ein australischer Gentleman, so hörte er sich an«, sagte Joe. Seine Stimme klang ziemlich hoch und klagend.

»Ein Australier?« sagte Dirk überrascht.

»Ja, Sir, Australier. Wie Sie.«

Dirk runzelte die Stirn. »Ich bin aus England«, sagte er.

»Aber Australier, stimmt's?«

»Warum eigentlich Australier?«

»Australischer Akzent.«

»Na ja, eigentlich nicht.«

»Also, wo liegt denn dieser Ort?«

»Welcher Ort?« fragte Dirk.

»Neuseeland«, sagte Joe. »Australien liegt in Neuseeland, stimmt's?«

»Tja, nicht direkt, aber ich verstehe, was Sie … also, ich wollte sagen, ich verstehe, worauf Sie hinaus wollen, weiß aber nicht genau, ob ich's verstehe.«

»Aus welchem Teil von Neuseeland sind Sie denn?«

»Na ja, eigentlich irgendwie mehr aus England.«

»Liegt das in Neuseeland?«

»Nur bis zu einem gewissen Grad«, sagte Dirk.

Der Wagen fuhr auf der Schnellstraße nach Norden in Richtung Santa Fe. Zauberhaft lag das Mondlicht auf der Hochwüste. Die Abendluft war frisch.

»Schon mal in Santa Fe gewesen?« näselte Joe.

»Nein«, sagte Dirk. Er hatte es aufgegeben, den Mann in ein sinnvolles Gespräch zu verwickeln, und fragte sich allmählich, ob er nicht gerade wegen seiner Defizite auf diesem Gebiet ausgewählt worden war. Dirk mühte sich redlich, sich in seine Gedanken zu vertiefen, aber Joe zerrte ihn immer wieder an die Oberfläche zurück.

»Schöne Stadt«, sagte Joe. »Wunderschön. Falls sie nicht von all den Kaliforniern kaputt gemacht wird, die herziehen. Kalifornisierung nennen sie das. Har-har. Wissen Sie, wie sie's nennen?«

»Kalifornisierung?« riet Dirk.

»Santa Fe«, antwortete Joe. »Diese ganzen Hollywood-Typen ziehen von Kalifornien her. Machen es kaputt. Vor allem seit dem Erdbeben. Sie haben von dem Erdbeben gehört?«

»Tja, natürlich habe ich davon gehört«, sagte Dirk. »Es kam in den Nachrichten. Ziemlich oft.«

»Yeah, es war ein schweres Erdbeben. Und jetzt ziehen all die Kalifornier hierher. Nach Santa Fe. Und machen's kaputt. Kalifornier. Wissen Sie, wie sie es nennen?«

Dirk merkte, wie die ganze Unterhaltung sich im Kreis drehte und von neuem auf ihn losging. Er versuchte, ihr eine andere Wendung zu geben.

»Sie leben also schon immer in Santa Fe?« fragte er matt.

»Oh ja«, antwortete Joe. »Na ja, fast. Über ein Jahr jetzt. Kommt einem vor wie immer.«

»Und wo haben Sie davor gewohnt?«

»Kalifornien«, sagte Joe. »Bin hergezogen, nachdem meine Schwester aus einem fahrenden Auto 'ne Kugel abgekriegt hat. Gibt's bei Ihnen in Neuseeland Schießereien aus fahrenden Autos?«

»Nein«, sagte Dirk. »Nicht in Neuseeland, soweit ich weiß. Bis jetzt nicht mal in London, das ist die Stadt, in der ich wohne. Hören Sie, das tut mir leid mit Ihrer Schwester.«

»Yeah. Stand gerade an 'ner Straßenecke unten an der Melrose, da fahren zwei Typen in 'nem Mercedes vorbei, einem von diesen neuen, verstehn Sie, mit Doppelverglasung, und peng! haben sie sie umgelegt – ein 500 SEL war's, glaub ich. Mitternachtsblau. Wirklich schick. Hatten sie bestimmt geklaut. Gibt's bei Ihnen Carjacking drüben im alten England?«

»Carjacking?«

»Leute kommen auf Sie zu und klauen Ihnen Ihr Auto.«

»Nein, danke, daß Sie fragen. Bei uns gibt's Leute, die putzen einem die Windschutzscheibe, obwohl man es nicht möchte, aber, äh ...«

Joe hustete verächtlich.

»Die Sache ist die«, erklärte Dirk, »bestimmt könnte man in London auf jemanden zugehen und ihm das Auto stehlen, aber man kann damit nicht wegfahren.«

»Irgend so 'ne raffinierte Vorrichtung?«

»Nein, nur der Verkehr«, sagte Dirk. »Aber, äh ... Ihre Schwester«, fragte er nervös. »War sie okay?«

»Okay?« rief Joe. »Wenn Sie mit 'ner Kalaschnikow auf jemand schießen und der ist okay, können Sie Ihr Geld zurückverlangen. Har-har.«

Dirk versuchte, mitfühlende Laute von sich zu geben, aber sie wollten in seiner Kehle nicht so recht entstehen. Der Wagen verlangsamte sein Tempo, und so kurbelte er das abblätternde Fenster herunter, um einen Blick in die Wüstennacht zu werfen.

Ein vorbeisausendes Verkehrszeichen leuchtete kurz im Scheinwerferlicht des Wagens auf.

»Halten Sie an!« rief Dirk plötzlich.

Er lehnte sich aus dem Wagenfenster und bemühte sich zurückzuschauen, während der Wagen allmählich schlingernd zum Halten kam. In der Ferne zeichnete sich undeutlich der Umriß eines Straßenschildes im Mondlicht ab.

»Würden Sie die Straße ein Stück zurückfahren?« sagte Dirk mit Nachdruck.

»Es ist eine Schnellstraße«, protestierte Joe.

»Ja, ja«, sagte Dirk. »Aber es ist ja keiner hinter uns. Die Straße ist leer. Nur ein paar hundert Yards.«

Vor sich hinbrummelnd schaltete Joe den dicken Schlitten in den Rückwärtsgang, dann kurvten sie langsam die Schnellstraße ein Stück zurück.

»Das machen sie wohl in Neuseeland, was?« klagte er.

»Was denn?«

»Rückwärts fahren.«

»Nein«, sagte Dirk. »Aber ich weiß, was Sie meinen. Genau wie wir Briten fahren sie dort auf der anderen Straßenseite.«

»Vermutlich ist es so sicherer«, sagte Joe, »wenn alle rückwärts fahren.«

»Ja«, sagte Dirk. »Viel sicherer.« Er sprang aus dem Wagen, kaum daß der angehalten hatte.

Im Lichtkegel des Wagens stand hell erleuchtet, fünftausend Meilen von Dirks baufälligem Büro in Clerkenwell entfernt, ein viereckiges gelbes Verkehrsschild, auf dem in großen Buchstaben zu lesen war: »GUSTY WINDS«, böige

Winde, und in kleineren Buchstaben darunter: »MAY EXIST«, kann es geben. Darüber stand der Mond hoch am Himmel.

»Joe!« rief Dirk zu dem Fahrer hinüber. »Wer hat das hier aufgestellt?«

»Was denn?« fragte Joe.

»Dieses Schild hier!« sagte Dirk.

»Sie meinen dieses Schild?« fragte Joe.

»Ja!« rief Dirk. »›Gusty Winds May Exist‹.«

»Tja«, sagte Joe, »das Staatliche Fernstraßenamt, nehme ich an.«

»Was?« sagte Dirk, von neuem völlig verwirrt.

»Das Staatliche Fernstraßenamt«, sagte Joe leicht verdattert. »Man sieht sie doch überall.«

»›Gusty Winds May Exist‹?« sagte Dirk. »Sie meinen, das ist ein normales Verkehrsschild?«

»Also, yeah«, sagte Joe. »Bedeutet doch bloß, daß es hier ein bißchen windig ist. Verstehen Sie, Wind kommt quer durch die Wüste. Kann einen 'n bißchen herumpusten. Vor allem in 'nem Schlitten wie dem hier.«

Dirk blinzelte. Er kam sich plötzlich ziemlich dämlich vor. Er hatte sich vorgestellt, ein bißchen verrückt natürlich, daß jemand eigens ihm zuliebe den Namen eines zweigeteilten Katers auf ein Verkehrsschild an einer Straße in New Mexico gepinselt hatte. Was absurd war. Man hatte den fraglichen Kater offenbar nach einem vollkommen gebräuchlichen amerikanischen Straßenschild benannt. Paranoia, erinnerte er sich, gehörte zu den normalen Nebenwirkungen von Jetlag und Whisky.

Ernüchtert ging er zurück zum Taxi. Dann zögerte er und dachte einen Augenblick nach. Er trat an Joes Wagenfenster und blickte hinein.

»Joe«, sagte er. »Sie sind plötzlich langsamer gefahren, als wir uns dem Schild genähert haben. War das Absicht, damit ich es auch sehe?« Er hoffte, daß nicht bloß der Whisky und der Jetlag aus ihm sprachen.

»Oh nein«, sagte Joe. »Langsamer gefahren bin ich wegen dem Nashorn.«

11

»Wahrscheinlich der Jetlag«, sagte Dirk. »Einen Moment lang dachte ich, Sie hätten Nashorn gesagt.«

»Aber klar«, erwiderte Joe entrüstet. »Wurde vorher schon mal von ihm aufgehalten. Als wir aus dem Flughafen rausfuhren.«

Dirk versuchte das gründlich zu Ende zu denken, ehe er etwas sagte, das ihn der Lächerlichkeit preisgeben würde. Vermutlich gab es am Ort eine Footballmannschaft oder eine Rockband, die sich die Nashörner nannte. Ganz sicher. Kamen aus dem Flughafen? Fuhren nach Santa Fe? Er mußte wohl fragen.

»Von genau welchem Typ Nashorn reden wir hier eigentlich?« fragte er.

»Keine Ahnung. In Nashornrassen bin ich nicht so gut«, sagte Joe, »wie in Akzenten. Wenn's 'n Akzent wäre, könnte ich Ihnen sagen, was genau für 'n Typ es wäre, aber da's ein Nashorn ist, kann ich Ihnen bloß sagen, es ist eins von dieser dicken, grauen Sorte, verstehn Sie, mit'm Horn. Aus Irkutsk oder irgend so 'ner Gegend. Verstehn Sie, Portugal oder so.«

»Sie meinen Afrika?«

»Könnte auch Afrika sein.«

»Und Sie sagen, es ist da vorn auf der Straße vor uns?«

»Yup.«

»Dann fahren wir hinterher«, sagte Dirk. »Schnell.«

Er stieg wieder in den Wagen, und Joe steuerte ihn zurück auf den Highway. Dirk hockte sich in der Fahrgastzelle ganz nach vorn und spähte Joe über die Schulter, während sie weiter durch die Wüste flitzten. Binnen weniger Minuten tauchte im Scheinwerferlicht des Cadillac die Form eines riesigen Lkw auf. Es war ein grüner Tieflader, auf dem mit Tauen eine gewaltige Lattenkiste befestigt war.

»So. Sie sind also ziemlich interessiert an Nashörnern«, sagte Joe im Plauderton.

»Nicht besonders«, antwortete Dirk. »Nicht, bis ich heute morgen mein Horoskop gelesen habe.«

»Ach ja? Ich persönlich glaub nicht an Horoskope. Wissen Sie, was in meinem heute morgen stand? Da stand, ich sollte lange und gründlich über meine persönlichen und finanziellen Aussichten nachdenken. So ziemlich dasselbe, was gestern drin stand. 'türlich ist das so ziemlich dasselbe, was ich jeden Tag tue, wenn ich einfach so rumfahre. Deshalb nehme ich an, es bedeutet was. Was hat denn in Ihrem gestanden?«

»Daß ich einem Drei-Tonnen-Nashorn namens Desmond begegnen würde.«

»Ich denke, in Neuseeland sieht man ganz andere Sterne«, sagte Joe.

»Es ist ein Ersatz. Das hab ich jedenfalls gehört«, sagte Joe unvermittelt.

»Ein Ersatz?«

»Yup.«

»Ein Ersatz wofür?«

»Das andere Nashorn.«

»Na ja, ich nehme mal an, es wäre wohl kaum ein Ersatz für eine Glühbirne?« sagte Dirk. »Sagen Sie – was ist eigentlich dem, äh, anderen Nashorn zugestoßen?«

»Gestorben.«

»Was für eine Tragödie. Wo denn? Im Zoo?«

»Auf einer Party.«

»Einer Party?«

»Yup.«

Dirk saugte nachdenklich an seiner Lippe. Es gab ein Prinzip, an dem er gern festhielt, wenn er daran dachte, nämlich nie eine Frage zu stellen, wenn er nicht ziemlich sicher war, daß ihm die Antwort gefiel. Er saugte an seiner anderen Lippe.

»Ich denke, ich gehe mal selber nachsehen«, sagte er und stieg aus dem Wagen.

Der große dunkelgrüne Lastwagen hatte am Straßenrand gehalten. Seine Seiten waren an die vier Fuß hoch, und eine schwere Persenning war mit Seilen über einer riesigen Kiste befestigt. Der Fahrer lehnte an der Fahrerhaustür und rauchte eine Zigarette. Er glaubte offenbar, die Verantwortung für ein Drei-Tonnen-Nashorn bedeute, daß kein Mensch mit ihm darüber streiten würde, aber da hatte er sich geirrt. Eine enorme Menge Beschimpfungen wurde ihm von den Fahrern entgegengeschleudert, die sich einer nach dem anderen an seinem Truck vorbeikämpften.

»Arschlöcher!« murmelte der Fahrer vor sich hin, als Dirk ganz auf die Lässige zu ihm geschlendert kam und sich leutselig selber eine Zigarette ansteckte. Er versuchte gerade, das Rauchen aufzugeben, hatte aber aus taktischen Gründen immer ein Päckchen in der Tasche.

»Wissen Sie, was ich nicht ausstehen kann?« sagte Dirk zu dem Lastwagenfahrer. »Diese Schilder in Taxis, auf denen steht: ›Danke, daß Sie nicht rauchen.‹ Ich habe nichts dagegen, wenn drauf steht: ›Bitte nicht rauchen‹ oder auch ganz direkt ›Rauchen verboten‹. Aber ich hasse diese gespreizten ›Danke, daß Sie nicht rauchen‹-Schilder. Da will man sich am liebsten sofort eine anstecken und sagen: ›Sie brauchen mir nicht zu danken, ich hatte nicht vor, nicht zu rauchen.‹«

Der Fahrer lachte.

»Müssen Sie mit dem alten Mistvieh noch weit?« fragte Dirk mit der Miene eines altgedienten Nashorn-Transporteurs, der Erfahrungen mit einem anderen austauscht. Er warf einen prüfenden Blick auf den Truck.

»Bloß bis nach Malibu«, sagte der Fahrer. »Rauf in 'n Topanga Cañon.«

Dirk schnalzte wissend mit der Zunge, als wollte er sagen: »Erzählen Sie mir nichts vom Topanga Cañon, ich mußte mal eine ganze Herde Gnus in einem Minibus nach Cardiff fahren. Sie wollen Ärger? Das war echter Ärger.« Er saugte heftig an seiner Zigarette.

»Muß ja 'ne tolle Party gewesen sein«, bemerkte er.

»Party?« sagte der Fahrer.

»Ich war schon immer der Meinung, daß ein Nashorn einen ziemlich schlechten Partygast abgibt«, sagte Dirk. »Versuchen Sie's, wenn Sie unbedingt müssen, aber machen Sie sich auf alles gefaßt.« Dirks Standpunkt war, direkte Fragen machen die Leute vorsichtig. Effektiver war es, wenn man kompletten Unsinn redete und sich von den Leuten berichtigen ließ.

»Was meinen Sie mit ›Party‹?« sagte der Fahrer.

»Die Party, auf der das andere Nashorn zu Gast war«, sagte Dirk und tippte seitlich an seine Nase, »als es starb.«

»Zu Gast war?« sagte der Fahrer mit einem Stirnrunzeln. »Ich würde nicht sagen, daß es wirklich ein Partygast war.«

Dirk zog aufmunternd eine Augenbraue hoch.

»Es kam von den Hügeln runtergerast, fetzte durch die Umzäunung, krachte durchs Panoramafenster ins Haus rein, drehte ein paar Runden im Salon, wobei es ungefähr siebzehn Leute verletzte, stürmte wieder raus in den Garten, wo jemand es abknallte, worauf es langsam in einen Swimmingpool voller meistens nackter Drehbuchautoren kippte und einen halben Zentner Avocadodip und 'ne Art polynesischen Obstsalat mit sich riß.«

Dirk brauchte ein, zwei Augenblicke, um diese Information zu verarbeiten. Dann fragte er: »Wessen Haus war das?«

»Von irgendwelchen Filmleuten. Offenbar hatten sie erst vorige Woche Bruce Willis da. Und jetzt das.«

»Ich find's auch ganz schön hart für das alte Nashorn«, sagte Dirk. »Und jetzt ist schon wieder eins da.«

Auszüge aus einem Interview mit dem Daily Nexus am 5. April 2000

Wie wird Douglas Adams zum Kaffee hierher kommen? Wenn er es wie die Leute aus Montecito macht, die mal kurz ins Pierre Lafond's reinschauen, würde er mit einer Off-Road-Limousine aufkreuzen, einem Luxuswagen oder einem luxuriösen Off-Roader. Die einfache Tasse Kaffee kostet im Pierre Lafond's $1,25 und nennt sich »französische Bioröstung«. Sie schmeckt genau wie der Kaffee bei McDonald's oder die biologisch-dynamische Flüssigkeit in einem Kurbelgehäuse, aber das macht den Fahrern von Off-Road-Limousinen anscheinend nichts aus.

Von Adams erwartete ich mehr als bloß eine Off-Road-Limousine. Am liebsten hätte ich ihn aus einem Raumschiff springen, sich materialisieren oder auch einfach bloß aussteigen sehen. Er ist jemand, der das Buch *Per Anhalter durch die Galaxis* geschrieben hat und dem es gelungen ist, das Leben, das Universum und den ganzen Rest sehr viel unterhaltsamer zu machen. Und so fragte ich mich, wie kommt er wohl hierher?

Schwarzer Mercedes.

Adams ist knapp einen Meter sechsundneunzig groß und hat ungeheuer runde Augen. Er hatte keinen guten Tag gehabt. Seine Tochter war krank, und das Croissant, das er nachmittags um fünf gegessen hatte, war sein Mittagessen gewesen. Aber das Leben hat es mit dem neunundvierzigjährigen Adams nicht schlecht gemeint. Er reist durch die Welt, seine neun Bücher sind über 15 Millionen Mal verkauft worden, und der immer wieder verschobene *Anhalter*-Film wird jetzt von Disney produziert und hat den Regisseur von *Austin Powers* unter Vertrag.

»Der ewige Film, der seit ungefähr zwanzig Jahren demnächst gedreht werden sollte und jetzt etwas demnächster gedreht wird«, sagte Adams. »Aber wir werden sehen. Ich wünschte, ich hätte nie die Idee gehabt, einen Film daraus zu machen. Das würde mir zehn Jahre meines Lebens wiedergeben.«

Zum ersten Mal seit über zehn Jahren schreibt Adams wieder an einem Buch.

»Es gab eine Zeit, da hatte ich das Ganze restlos satt. Meine Bücher haben die Tendenz, meine Ideen in einem atemberaubenden Tempo zu verschlingen«, sagte er. »Zunächst einmal hatte ich überhaupt nicht vor, Romanschriftsteller zu werden, und ich beschloß, eine ganze Reihe anderer Dinge zu tun … Die Folge davon ist, ich habe einen riesigen Überhang an Ideen, und jetzt ist meine Panik: ›Kann ich sie alle in der restlichen Zeit meines Lebens noch umsetzen, wenn man das Tempo bedenkt, in dem sie mir im Augenblick einfallen?‹ Die andere Panik ist natürlich das ewige Problem des Schriftstellers, das Sitzfleisch. Ich glaube, ich habe mehr Angst vor dem Schreiben als die meisten Autoren.«

Das neue Buch ist weder ein *Anhalter*-Buch – von denen gibt es bereits fünf – noch ein Dirk-Gently-Buch, »wird aber stilistisch für jeden wiedererkennbar sein, der diese Bücher kennt.

»Inzwischen habe ich massenweise Plots auf Lager, die darauf warten, daß ich Bücher daraus mache. Eins davon bekommt den Titel *Lachs im Zweifel*, aber ich weiß noch nicht, welches.«

1990 schrieb Adams zusammen mit dem Zoologen Mark Carwardine das Buch *Die Letzten ihrer Art*. Es ist eines seiner Bücher, das sich am schwierigsten auftreiben läßt, und sein Lieblingsbuch. Wenn Adams – der seit zwei Jahren in Santa Barbara lebt – heute an der UCSB seinen Vortrag hält, wird er über dieses Buch sprechen.

»Ich halte fast überall im Land Vorträge«, sagte Adams. »Deshalb wollte ich unter allen Umständen auch hier einen halten, nur um irgendwie ›Hallo, hier bin ich‹ zu sagen.«

Adams hält viele Vorträge vor großen Firmen, normalerweise über High-Tech-Themen.

»Viel lieber halte ich natürlich speziell diesen Vortrag, zu dem ich aber normalerweise nur von Colleges eingeladen werde, denn komischerweise haben es große Firmen nicht besonders gern, etwas über den Schutz der gefährdeten Natur zu hören«, sagte er. »Die gefährdete Natur kostet sehr viel Geld.«

Die Letzten ihrer Art war zunächst ein Zeitschriftenartikel für den World Wildlife Fund. Die Organisation schickte Adams nach Madagaskar, wo er Carwardine kennenlernte. Adams schrieb über das Fingertier oder Aye-Aye, eine gefährdete Art nächtlicher Lemuren, die aussehen wie eine Kreuzung aus einer Fledermaus, einem Affen und einem sehr erstaunten Kind.

»Damals glaubte man, es gebe davon nur noch fünfzehn Exemplare. Man hat ein paar mehr gefunden, und so ist die Art nicht ganz so gefährdet, bloß sehr, sehr, sehr gefährdet«, sagte Adams. »Das Ganze war absolut märchenhaft.«

So märchenhaft, daß Adams und Carwardine das nächste Jahr durch die Welt reisten und gefährdete Tierarten wie die flugunfähigen Kakapos oder Eulenpapageien in Neuseeland und die Baiji-Flußdelphine in China besuchten. Die letzten zwanzig Delphine werden ausgerottet, wenn die chinesische Regierung den Drei-Schluchten-Staudamm fertigstellt und damit den Lebensraum der Delphine vernichtet.

»Es ist hoffnungslos, nicht nur, weil wieder eine Tierart verloren geht und das eine Tragödie ist, sondern auch, weil ich nicht weiß, warum wir unentwegt diese Scheißdämme bauen«, sagte Adams in einem überraschend energischen britischen Flüsterton. »Sie lösen nicht nur soziale und Umweltkatastrophen aus, sondern leisten von sehr wenigen Ausnahmen abgesehen ganz und gar nicht das, was man von ihnen erwartete. Sehen Sie sich den Amazonas an, wo sie alle verschlammt sind. Und wie reagiert man darauf? Es werden weitere achtzig gebaut. Das ist einfach bescheuert. Wir müssen Bibergene oder so was in uns haben ... Es gibt einfach so eine Art sinnliches Verlangen, Dämme zu bauen, und vielleicht sollte man das mal unter die Lupe nehmen und aus der menschlichen Natur entfernen. Vielleicht kann das Human Genome Project das Biber/Dammbau-Gen lokalisieren und ausschalten.«

In *Per Anhalter durch die Galaxis* zerstörten intergalaktische Bulldozer die Erde und vernichteten die Menschheit. Eine ganz andere Sorte Bulldozer vernichtete die erfolgreichste Tiergruppe, die der Planet jemals gekannt hat. Vor fünfundsechzig Millionen Jahren schlug ein zehn Kilometer breiter Asteroid in die Halbinsel Yucatán ein, riß einen Krater von hundertsechzig Kilometern Durchmesser und schickte eine Wolke aus kochendheißem Dampf und Staub in die Luft. Das war's dann so ziemlich für die Dinosaurier.

»Ich bin ziemlich besessen von der Idee, daß der Einschlag dieses Kometen das Ereignis ist, dem wir unsere ganze Existenz verdanken«, sagte Adams. »Es ist wohl das dramatischste Vorkommnis, das sich je auf der Welt zugetragen hat, und sicherlich das dramatischste Ereignis für unser Leben, weil es den Weg für unsere Existenz ebnete, und keiner war dabei und hat es gesehen.«

Felsbrocken, die Dinosaurier töten, sind klassische Physik. Die neuere Physik ist ein bißchen zu exotisch für Adams, der geschrieben hat, daß die Antwort auf das Leben, das Universum und den ganzen Rest 42 lautet. Ein Computer lieferte diese Antwort, und laut Adams werden Computer alles verändern.

»Jetzt, wo wir Computer bauen, machten wir sie zuerst zimmergroß, dann schreibtischgroß und in Aktenmappen- und Taschengröße, bald werden sie so im Übermaß vorhanden sein wie Staub – dann kann man Computer überallhin verstreuen. Nach und nach wird die gesamte Umwelt viel aufgeschlossener und klüger, und wir werden ein Leben führen, das sich die in diesem Moment auf dem Planeten lebenden Menschen nur sehr schwer vorstellen können«, sagte Adams. »Ich nehme an, meine sechsjährige Tochter wird damit viel besser umgehen können.«

Adams hat ein bißchen von allem gemacht, vom Rundfunk übers Fernsehen bis zum Entwerfen von Computerspielen. Nicht alles hat geklappt.

»Das sind die kleinen Lernerfahrungen des Lebens«, sagte er. »Wissen Sie, was eine Lernerfahrung ist? Eine Lernerfahrung ist eines von diesen Dingern, die sagen: ›Du weißt doch, was du gerade gemacht hast? Laß es bleiben.‹

Am Ende all dieses Strebens, Hans Dampf in allen Gassen zu sein, bin ich wohl besser dran, wenn ich mich einfach hinsetze und hunderttausend Wörter in eine pfiffige Reihenfolge bringe.«

Adams schreibt »langsam und mühevoll.«

»Die Leute denken, man sitzt in einem Zimmer, macht ein nachdenkliches Gesicht und schreibt tolle Gedanken auf«, sagte er. »Doch meistens sitzt man in einem Zimmer, macht ein panisches Gesicht und hofft, sie haben einem noch keine Wache vor die Tür gestellt.«

Adams wird wahrscheinlich die nächsten paar Jahre schreiben, bevor seine Tochter groß ist.

»Weil es Gerüchte gibt, daß ich fürs Fernsehen eine große Dokumentarreihe mache, werde ich wohl folgendes tun: Ich warte, bis bei meiner Tochter die Hormone zu tanzen beginnen, dann bin ich weg wie der Blitz«, sagte er. »Wenn sie ungefähr dreizehn ist, ziehe ich einfach los und mache eine große Dokumentarserie und komme wieder, wenn sie wieder bei Vernunft ist.«

Das Interview endete, als Adams' Handy in seiner Tasche klingelte. In der anderen Tasche hatte er ein kleines Stück wattierten, rot gepaspelten Baumwollstoff mit einer Giraffe darauf. Es sah aus, als gehörte es seiner Tochter. Seine Frau wollte mit der Tochter an diesem Abend eigentlich nach London fliegen, aber da bekam die Tochter eine Ohrinfektion. »Eine ernste, wirklich.«

Es war Zeit, daß Adams wieder in seinen Mercedes stieg und zu ihr nach Hause fuhr.

Was er auch tat.

Das Interview führte
BRENDAN BUHLER, *Artsweek*

Epilog

Eine Totenklage für Douglas Adams, am besten bekannt als Verfasser von *Per Anhalter durch die Galaxis*, der am Samstag im Alter von neunundvierzig Jahren an einem Herzinfarkt starb.

Dies ist kein Nachruf; dafür bleibt noch Zeit genug. Es ist keine Würdigung, kein ausgewogenes Urteil über ein außerordentliches Leben, keine Laudatio. Es ist eine Totenklage, zu schnell verfaßt, um abgewogen zu sein, zu schnell, um sorgfältig durchdacht zu sein. Douglas, du kannst nicht tot sein.

Ein sonniger Freitagmorgen im Mai, zehn nach sieben, schlurfe aus dem Bett, rufe wie gewohnt die E-Mail ab. Die üblichen blauen, hervorgehobenen Titelzeilen tauchen auf, das meiste Schrott, einige erwartet, und mein Blick folgt ihnen geistesabwesend die Seite hinunter. Der Name Douglas Adams fällt mir ins Auge, und ich lächele. Die wenigstens wird für einen Lacher gut sein. Dann setzt bei mir die klassische verzögerte Reaktion ein. Auf dem Bildschirm zurück nach oben.

Was stand in dieser Titelzeile wirklich? Douglas Adams ist vor einigen Stunden an einem Herzinfarkt gestorben. Dann das andere Klischee, die Wörter, die vor meinen Augen verschwimmen.

Es gehört bestimmt zu dem Scherz. Es muß sich um irgendeinen anderen Douglas Adams handeln. Das ist zu lächerlich, um wahr zu sein. Ich schlafe sicher noch. Ich öffne die Nachricht, sie kommt von einem bekannten deutschen

Softwaredesigner. Es ist kein Scherz, ich bin hellwach. Und es ist der richtige – oder vielmehr der falsche – Douglas Adams. Ein plötzlicher Herzinfarkt, im Sportstudio in Santa Barbara. »Mann, Mann, Mann, Mann oh Mann«, schließt die Nachricht. Mann in der Tat, was für ein Mann. Ein Riese von einem Mann, sicherlich eher zwei Meter als eins neunzig groß, breitschulterig, und er ging nicht gebückt wie manche sehr lange Menschen, denen ihre Größe peinlich ist. Aber er stolzierte auch nicht machohaft großspurig einher, was bei einem großen Menschen einschüchternd wirken kann. Und weder entschuldigte er sich für seine Länge, noch protzte er damit. Sie gehörte zu dem Scherz auf seine eigenen Kosten.

Der subtile Humor eines der großen Geister unserer Zeit gründete in einer tiefen, miteinander verwobenen Kenntnis der Literatur und Naturwissenschaften, zweier meiner großen Lieben. Und er machte mich mit meiner Frau bekannt – auf der Party zu seinem vierzigsten Geburtstag.

Er war genauso alt wie sie, sie hatten gemeinsam an *Dr. Who* gearbeitet. Sollte ich es ihr gleich jetzt sagen oder sie noch ein wenig schlafen lassen, bevor ich ihr den Tag kaputt machte? Er hatte unser Zusammenleben initiiert und war immer wieder ein wichtiger Teil von ihm. Ich muß es ihr jetzt sagen.

Douglas und ich lernten uns persönlich kennen, weil ich ihm spontan einen Fanbrief geschrieben hatte – ich glaube der einzige, den ich je geschrieben habe. Für *Per Anhalter durch die Galaxis* hatte ich geschwärmt. Dann las ich *Der Elektrische Mönch – Dirk Gently's holistische Detektei*.

Kaum hatte ich das Buch zu Ende gelesen, kehrte ich auf Seite eins zurück und las es auf der Stelle noch einmal – das einzige Mal, daß ich so etwas getan habe, und ich schrieb ihm, um ihm das zu sagen. Er antwortete, er sei ein Fan meiner Bücher, und lud mich zu sich nach London ein. Mir ist selten jemand begegnet, mit dem ich mich auf Anhieb so geistesverwandt fühlte. Natürlich wußte ich, daß er spaßig sein würde. Ich wußte aber nicht, wie ungemein belesen er in den Naturwissenschaften war. Ich hätte es ahnen können, denn viele der Witze im *Anhalter* versteht man einfach nicht, wenn man nicht eine Menge höhere Naturwissenschaft kennt. Und in der modernen Elektronik war er ein echter Experte. Er sprach viel über Naturwissenschaft, privat, aber auch öffentlich auf Literaturfesten und im Rundfunk oder im Fernsehen. Und er wurde mein Guru bei allen technischen Problemen. Statt mich mit irgendeinem schlecht geschriebenen und unverständlichen Handbuch in ostasiatisch-kalifornischem Pidgin-Englisch herumzuschlagen, feuerte ich eine E-Mail an Douglas ab. Er antwortete immer, oft innerhalb von Minuten, sei es aus London oder Santa Barbara oder irgendeinem Hotelzimmer irgendwo auf der Welt. Im Gegensatz zu den meisten Mitarbeitern professioneller Hotlines verstand Douglas mein Problem ganz genau, er wußte genau, warum es mich quälte, und hatte immer die Lösung parat, klar und amüsant erklärt. Unsere vielen E-Mails strotzten vor literarischen und naturwissenschaftlichen Witzen und liebevoll-boshaften kleinen Seitenhieben. Seine Technophilie war stets zu spüren, aber ebenso sein köstliches Gespür fürs Absurde. Die ganze Welt war ein einziger riesiger Monty-Python-Sketch, und die menschlichen Torheiten waren in den Silicon Valleys der Welt so komisch wie überall sonst.

Mit dem gleichen offenen Humor lachte er über sich. Zum Beispiel über seine episch langen Schreibblockaden (»Ich liebe Abgabetermine. Ich liebe das zischende Geräusch, das sie machen, wenn sie verstreichen«), als der Legende nach sein Verleger und sein Buchagent ihn in ein Hotelzimmer ohne Telefon einschlossen, in dem er nichts anderes tun konnte als schreiben, und aus dem sie ihn nur zu überwachten Spaziergängen rausließen. Wenn seine Begeisterung mit ihm durchging und er eine biologische Theorie vorbrachte, die für meinen professionellen Skeptizismus allzu exzentrisch war, als daß ich sie ihm durchgehen lassen konnte, dann war seine Reaktion auf meine Ablehnung immer eher humorvoll-selbstironisch als wirklich geknickt. Und dann ließ er eine neue vom Stapel.

Er lachte über seine eigenen Witze, was gute Komiker angeblich nicht tun, aber er tat es mit einem solchen Charme, daß die Witze noch komischer wurden. Er konnte sich freundlich über jemanden lustig machen, ohne ihn zu verletzen, und es ging nie gegen eine einzelne Person, sondern nur gegen deren absurde Ideen. Zur Veranschaulichung des eitlen Gedankens, das Universum müsse irgendwie für uns vorherbestimmt sein, weil wir für das Leben darin so gut geeignet sind, machte er herrlich komisch eine Wasserpfütze nach, die sich behaglich in eine Bodendelle schmiegt, da die Vertiefung unerklärlicherweise genau die gleiche Form wie die Pfütze hat. Oder er erzählte mit riesigem Vergnügen eine Parabel, deren Moral ohne weitere Erklärung deutlich wird. Ein Mann verstand nicht, wie Fernseher funktionieren, und war überzeugt, in der Kiste wären viele, viele kleine Männchen, die sehr schnell mit Bildern hantierten. Ein Ingenieur erklärte ihm die Hochfrequenzmodulationen des elektromagnetischen Spektrums, Sender und Empfänger, Verstärker und Braunsche Röhren und die Abtastlinien, die sich quer über einen phosphoreszierenden Schirm und von oben nach unten bewegen. Der Mann hörte dem Ingenieur mit gespannter Aufmerksamkeit zu und nickte bei jedem Argumentationsschritt. Zum Schluß sagte er, er sei mit der Erklärung zufrieden. Jetzt verstehe er wirklich, wie Fernseher funktionieren. »Aber ein paar kleine Männchen sind doch wohl trotzdem drin, oder?«

Die Naturwissenschaften haben einen Freund verloren, die Literatur hat eine Leuchte verloren, der Berggorilla und das schwarze Nashorn haben einen mutigen Verteidiger verloren (einmal ist er in einem Nashornkostüm auf den Kilimandscharo gestiegen, um Geld für den Kampf gegen den idiotischen Handel mit Rhinozeroshörnern zu sammeln), Apple Computers haben ihren wortgewaltigsten Apologeten verloren. Und ich habe einen unersetzlichen Geistesgefährten und einen der freundlichsten und spaßigsten Menschen verloren, die mir je begegnet sind. Am Tag, als Douglas starb, habe ich die offizielle Bestätigung einer erfreulichen Nachricht erhalten, die ihn entzückt haben würde. Ich durfte sie in den Wochen, in denen ich heimlich Kenntnis von ihr hatte, niemandem erzählen, und jetzt, wo ich es darf, ist es zu spät.

Die Sonne scheint, das Leben geht weiter, nutze den Tag und was es sonst noch an Klischees gibt.

Wir werden am heutigen Tag einen Baum pflanzen: eine Douglasfichte, groß, aufrecht, immergrün. Es ist die falsche Jahreszeit, aber wir werden unser Bestes tun.

Ab ins Arboretum.

RICHARD DAWKINS in: *The Guardian*, 14. Mai 2001
(Richard Dawkins ist Charles Simonyi,
Professor of the Public Understanding of Science
an der Universität Oxford.)

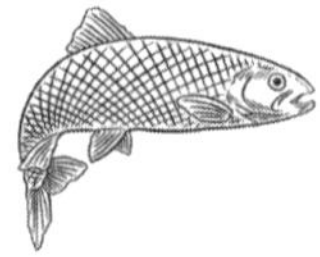

Douglas Noel Adams
1952–2001

Abfolge des Gottesdienstes zu seinem Gedenken

Schübler-Choräle – J. S. Bach

Abschied der Hirten aus *L'Enfance du Christ*
– Hector Berlioz

Begrüßung in der Kirche durch Reverend Antony Hurst im Namen von St-Martin-in-the-Fields

Einführung und Eröffnungsgebet durch Stephen Coles

JONNY BROCK

Drei Könige wandern aus Morgenland – Peter Cornelius

ED VICTOR

Mine eyes have seen the glory of the coming of the Lord –
Traditionelle amerikanische Melodie,
Text von Julia Ward Howe

MARK CARWARDINE

Gone Dancing – Robbie McIntosh

Te Fovemus – The Chameleon Arts Chorus (von P. Wickens)

JAMES THRIFT, SUE ADAMS, JANE GARNIER

Rockstar – Margo Buchanan

Dankgebete durch Stephen Coles

Holding On – Gary Brooker

Wish You Were Here – David Gilmour

RICHARD DAWKINS

For the beauty of the earth – Musik von Conrad Kocher,
Text von Folliott S. Pierpoint

ROBBIE STAMP

Vergnügte Ruh, beliebte Seelenlust aus der *Kantate Nr. 170*
– J. S. Bach

Aria:
Contented rest, beloved heart's desire,
You are not found in the sins of hell,
But only in heavenly concord;
You alone fortify the feeble heart.
Contented rest, beloved heart's desire,
Therefore non but the gifts of virtue
Shall have their abode in my heart.

SIMON JONES

For all the Saints who from their labours rest –
Musik von R.Vaughan Williams, Text von William W. How

SEGNUNG DURCH REVEREND ANTONY HURST

Orgelmusik von J.S. Bach:
Fantasia in G
Präludium und Fuge in C
Italienisches Konzert

Danksagung des Herausgebers

An Douglas, ohne den wir alle nicht das überreiche Vergnügen an diesen Seiten hätten; du fehlst mir;

an Jane Belson, Douglas' geliebte Frau; ihr Glaube an dieses Buch und ihre Hilfe bei dessen Entstehung sind das Fundament, auf dem es ruht;

an Ed Victor, Douglas' langjährigen Agenten und treuen Freund, dessen Engagement für diese Unternehmung jedes Hindernis beseitigte;

an Sophie Astin, Douglas' unersetzliche Assistentin, deren Intelligenz, Hingabe und Beiträge aus erster Hand zu diesen Seiten sich als unentbehrlich erwiesen;

an Chris Ogle, Douglas' engen Freund, dessen Fertigkeiten am Computer und Kenntnis von Douglas' Gedankengängen, Passwörtern und dessen, was man sehr nachsichtig als sein Ablagesystem bezeichnen könnte, ihn befähigten, eine Masterdisk aller Arbeiten von Douglas zusammenzustellen, ohne die dieses Buch nicht existieren würde;

an Robbie Stamp, Douglas' guten Freund und Geschäftspartner, der mich daran erinnerte, daß Douglas die Gliederung für dieses Buch bereits geschaffen hatte;

an Shaye Areheart und Linda Loewenthal von Harmony Books, die mich als erste zu diesem Projekt ermunterten, und Bruce Harris, Chip Gibson, Andrew Martin, Hilary Bass und Tina Constable, die Douglas verlegten und liebten; Peter Strauss und Nicky Hursell in England für ihre wertvollen editorischen Anregungen;

an Mike J. Simpson, den ehemaligen Präsidenten von ZZ9, Douglas Adams' offiziellem Fanclub, dessen Großzügigkeit und enzyklopädische Kenntnisse über Douglas' Leben und Werk eine unschätzbare Quelle waren;

an Patrick Hunnicutt, der meine Bemühungen in Chapel Hill unterstützte, und an Lizzy Kremer, Maggie Philips und Linda Van in Ed Victors Büro;

an die verschiedenen Verlage, Autoren und Freunde von Douglas, die mir so großzügig Zugang zu ihren Werken und die Erlaubnis gewährten, diese zu benutzen, wenn sie zu Douglas' Werk in Beziehung standen;

an Isabel, meine Lebenspartnerin;

an meine Söhne Sam und William, die, wie neue Generationen es gern tun, Douglas' Bücher verschlungen haben;

an alle Leser von Douglas: wie Sie wissen, ging die Liebe (und das tut sie immer noch) in beide Richtungen.

Zu weiteren Informationen über Douglas Adams und seine Werke besuchen Sie bitte www.douglasadams.com, die offizielle Website.

Vielleicht haben Sie Lust, ZZ9 Plural Z Alpha beizutreten, dem 1980 gegründeten offiziellen »*Per Anhalter durch die Galaxis*«-Fanclub. Zu Einzelheiten über diesen Club besuchen Sie www.zz9.org.

Douglas Adams war Förderer der folgenden beiden Stiftungen: Dian Fossey Gorilla Fund (www.gorillas.org) und Save the Rhino International (www.savetherhino.org).